香港文學大系

兒童文學卷

霍玉英 主編

商務印書館

香港文學大系一九一九—一九四九・兒童文學卷

主　　編：霍玉英
責任編輯：洪子平
封面設計：張　毅
出　　版：商務印書館（香港）有限公司
香港筲箕灣耀興道 3 號東滙廣場 8 樓
http://www.commercialpress.com.hk
發　　行：香港聯合書刊物流有限公司
香港新界大埔汀麗路 36 號中華商務印刷大廈 3 字樓
印　　刷：中華商務彩色印刷有限公司
香港新界大埔汀麗路 36 號中華商務印刷大廈
版　　次：2014 年 11 月第 1 版第 1 次印刷

ISBN 978 962 07 4514 0

《香港文學大系一九一九——一九四九》人員名單

編輯委員會

總主編　陳國球

副總主編　陳智德

編輯委員　危令敦　陳國球　陳智德　黃子平　黃仲鳴　樊善標（按姓氏筆畫序）

顧問

王德威　李歐梵　許子東　陳平原　黃子平（按姓氏筆畫序）

各卷主編

1 新詩卷　陳智德
2 散文卷一　樊善標
3 散文卷二　危令敦
4 小說卷一　謝曉虹
5 小說卷二　黃念欣
6 戲劇卷　盧偉力
7 評論卷一　陳國球
8 評論卷二　林曼叔
9 舊體文學卷　程中山
10 通俗文學卷　黃仲鳴
11 兒童文學卷　霍玉英
12 文學史料卷　陳智德

總序

陳國球

香港文學未有一本從本地觀點與角度撰寫的文學史，是說膩了的老話，也是一個事實。早期出現多種境外出版的香港文學史，疏誤實在太多，香港學界乃有先整理組織有關香港文學的資料，然後再為香港文學修史的想法。由於上世紀三〇年代面世的《中國新文學大系》被認為是後來「新文學史」書寫的重要依據，於是主張編纂香港文學大系的聲音，從一九八〇年代開始不絕於耳。[1]這個構想在差不多三十年後，首度落實為十二卷的《香港文學大系一九一九—一九四九》。際此，有關「文學大系」如何牽動「文學史」的意義，值得我們回顧省思。

一、「文學大系」作為文體類型

在中國，以「大系」之名作書題，最早可能就是一九三五至三六年出版，由趙家璧主編，蔡元培總序，胡適、魯迅、茅盾、朱自清、周作人、郁達夫等任各集編輯的《中國新文學大系》。「大系」這個書業用語源自日本，指有系統地把特定領域之相關文獻匯聚成編以為概覽的出版物：「大」指此一出版物之規模；「系」指其間的組織聯繫。[2]趙家璧在《中國新文學大系》出版五十年後的回憶文章，就提到他以「大系」為題是師法日本；他以為這兩字：

既表示選稿範圍、出版規模、動員人力之「大」，而整套書的內容規劃，又是一個有「系統」的整體，是按一個具體的編輯意圖有意識地進行組稿而完成的，與一般把許多單行本雜湊在一起的叢書文庫等有顯著的區別。[3]

《中國新文學大系》出版以後，在不同時空的華文疆域都有類似的製作，並依循着近似的結構方式組織各種文學創作、評論以至相關史料等文本，漸漸被體認為一種具有國家或地域文學史意義的文體類型。[4] 資料顯示，在中國內地出版的繼作有：

➤《中國新文學大系一九二七——一九三七》（上海：上海文藝出版社，一九八四——一九八九）；
➤《中國新文學大系一九三七——一九四九》（上海：上海文藝出版社，一九九〇）；
➤《中國新文學大系一九四九——一九七六》（上海：上海文藝出版社，一九九七）；
➤《中國新文學大系一九七六——二〇〇〇》（上海：上海文藝出版社，二〇〇九）。

另外也有在香港出版的：

➤《中國新文學大系續編一九二八——一九三八》（香港：香港文學研究社，一九六八）。

在臺灣則有：

➤《中國現代文學大系》（一九五〇——一九七〇）（台北：巨人出版社，一九七二）；
➤《當代中國新文學大系》（一九四九——一九七九）（台北：天視出版事業有限公司，一九七九——一九八一）；

▼《中華現代文學大系——臺灣一九七〇—一九八九》（台北：九歌出版社，一九八九）；
▼《中華現代文學大系（貳）——臺灣一九八九—二〇〇三》（台北：九歌出版社，二〇〇三）。

在新加坡和馬來西亞地區有：

▼《馬華新文學大系》（一九一九—一九四二）（新加坡：世界書局／香港：世界出版社，一九七〇—一九七二）；
▼《馬華新文學大系（戰後）》（一九四五—一九七六）（新加坡：世界書局，一九七九—一九八三）；
▼《新馬華文文學大系》（一九四五—一九六五）（新加坡：教育出版社，一九七一）；
▼《馬華文學大系》（一九六五—一九九六）（新山：彩虹出版有限公司，二〇〇四）。

內地還陸續支持出版過：

▼《戰後新馬文學大系》（一九四五—一九七六）（北京：華藝出版社，一九九九）；
▼《新加坡當代華文文學大系》（北京：中國華僑出版公司，一九九一—二〇〇一）；
▼《東南亞華文文學大系》（廈門：鷺江出版社，一九九五）；
▼《臺港澳暨海外華文文學大系》（北京：中國友誼出版公司，一九九三）等。

其他以「大系」名目出版的各種主題的文學叢書，形形色色還有許多，當中編輯宗旨及結構模式不少已經偏離《中國新文學大系》的傳統，於此不必細論。

1 「文學大系」的原型

由於趙家璧主編的《中國新文學大系》正是「文學大系」編纂方式的原型，其構思如何自無而有，如何具體成形，以至其文化功能如何發揮，都值得我們追跡尋索，思考這類型的文化工程的意義。在時機上，我們今天進行追索比較有利，因為主要當事人趙家璧，在一九八〇年代陸續發表回顧編輯生涯的文章，尤其文長萬字的〈話說《中國新文學大系》〉，除了個人回憶，還多方徵引紀錄文獻和相關人物的記述，對《新文學大系》由編纂到出版的過程有相當清晰的敘述。[5] 後來不少研究者如劉禾、徐鵬緒及李廣等，討論《中國新文學大系》的編輯過程時，幾乎都不出《編輯憶舊》一書所載。[6] 在此我們不必再費詞重複，而只揭其重點。

首先我們注意到作為良友圖書公司一個年輕編輯，趙家璧有編「成套文學書」的事業理想；同時，身為商業機構的僱員，他當然要照顧出版社的成本效益、當時的版權法例，以至政治審查等種種限制。[7] 從政治及文化傾向而言，趙家璧比較支持左翼思想，對國民政府正在推行的「新生活運動」，以至提倡尊孔讀經、重印古書等，不以為然。因此，他想要編集「五四」以來的文學作品成叢書的想法，可說是在運動落潮以後，重新召喚歷史記憶及其反抗精神的嘗試。[8]

在趙家璧構思計劃的初始階段，有兩本書直接起了啟迪作用：阿英（錢杏邨）介紹給他的劉半農編《初期白話詩稿》，以及阿英以筆名「張若英」寫的《中國新文學運動史》。前者成了趙家璧「理想中的那本『五四』以來詩集的雛形」，後者引發他思考：「如果沒有『五四』新文學運動的理論建設，怎麼可能產生如此豐富的各類文學作品呢？」由是，趙家璧心中要鋪陳展現的不僅止是歷史上出現過的文學現象，他更要揭示其間的原因和結果；原來僅限作品採集的「『五四』以來文學名著百種」的想法，變成「請人編選各集，在集後附錄相關史料」的比較立體的構想，再進而落實為「一套包括理論、作品、史料」的「新文學大系」。《史料集》一卷的作用主要是為選入的作品佈置歷史定位的座標，提供敘事的語境；而「理論」部分，因為鄭振鐸的建議，擴充為《建設理論集》和《文學論爭集》。這兩集被列作《大系》的第一、二集，引領讀者走進一個文學史敘事體的閱讀框架：新文學好比這個敘事體中的英雄，其誕生、成長，以至抗衡、挑戰，甚而擊潰其他文學「惡」勢力（包括「舊體文學」、「鴛鴦蝴蝶文學」等）的故事輪廓就被勾勒出來。其餘各集的長篇〈導言〉，從不同角度作出點染着色，讓置身這個「歷史圖象」的各體文學作品，成為充實「寫真」的具體細部。

《中國新文學大系》的主體當然是其中的《小說集》、《散文集》、《新詩集》和《戲劇集》等七卷。劉禾對《大系》作了一個非常矚目的判斷；她認定它「是一個自我殖民的規劃」（“self-colonizing project”），證據之一是《大系》按照「小說、詩歌、戲劇、散文」的文類形式四分法（“four-way division of generic forms”）組織「所有文學作品」，而這四種文類形式是英語的“fiction”，“poetry”，“drama”，“familiar prose”的對應翻譯，《大系》把這種西方文學形式的「『翻譯』的基準」（“‘translated’ norms”）典律化，使自梁啟超以來顛覆古典文學之經典地位的想法得成具體（crystallized）；所謂「自我殖民化」的意思是，趙家璧的《中國新文學大系》視西方為「中國文學」意義最終解釋的根據地。[9] 衡之於當時的歷史狀況，劉禾這個論斷應該是一種非常過度的詮釋。首先西方的文學論述傳統似乎沒有以「小說、詩歌、戲劇、散文」的四分法來統領「所有文學作品」。[10]而現代中國的「文學概論」式的文類四分法可說是一種揉合中西文學觀的混雜體；其構成基礎還是中國傳統的「詩文」分類，再加上受西方文學傳統影響而致「文學位階」得以提升的「小說」與「戲劇」，統合成文學的四種類型。這四種文體類型的傳播已久；翻查《民國時期總書目》，我們可以看到以這些文類概念作為編選範圍的現代文學選本，在《大系》出版以前或約略同時，就有不少，例如《新詩集》（一九二〇）、《現代中國詩歌選》（一九三三）、《當代小說讀本》（一九三二）、《短篇小說選》（一九三四）、《近代戲劇集》（一九三〇）、《現代中國戲劇選》（一九三三）等等。[11]趙家璧的回憶文章提到，他當時考慮過的「文類」是：「長篇小說」、「短篇小說」、「散文」、「詩」、「戲劇」、「理論文章」，[12]而不是四分文類的定型思考。因此，這種文類觀念的通行，不應該由趙家璧或《中國新文學大系》負責。事實上後來出現的「文學大系」亦沒有被趙家璧的先例所限囿，例如：《中國新文學大系一九二七—一九三七》增加了「報告文學」和「電影」；《中國新文學大系一九三七—一九四九》的小說類再細分「短篇」、「中篇」和「長篇」，又另闢「雜文」集；《中國新文學大系一九七六—二〇〇〇》的小說類除長、中、短篇以外，增設「微型」一項，又調整和增補了「紀實文學」、「兒童文學」、「影視文學」。可見「四分法」未能賅括所有中國現代文學的文類。

劉禾指《中國新文學大系》「自我殖民」——完全依照西方標準（而不是中國傳統文學的典範）來斷定「文學」的內涵——更是一種「污名化」的詮釋。如果採用同樣欠缺同情關懷的批判方式，我們也可以指摘那些拒絕參照西方知識架構的文化人為「自甘被舊傳統宰制的原教主義信徒」。無論是那一種方向的「污名化」，都不值得鼓勵，尤其在已有一定歷史距離的今天作學術討論時。近代以來中國知識份子面對西潮無所不至的衝擊，其間危機感帶來的焦慮與徬徨，實在是前古所未有。正如朱自清說當時學術界的趨勢，「往往以西方觀念為範圍去選擇中國的問題，姑無論將來是好是壞，這已經是不可避免的事實」；[13] 在這個關頭，有責任感的知識份子都在思考中國文化「如何應變」、「自何自處」的問題。無論他們採用哪一種內向或者外向的調適策略，都有其歷史意義，需要我們同情地了解。

胡適、朱自清，以至茅盾、鄭振鐸、魯迅、周作人，或者鄭伯奇、阿英，這些《中國新文學大系》各卷的編者，各懷信仰，尤其對於中國未來的設想，取徑更千差萬別；但在進行編選工作時，其相同的思路還是明顯的——就是為歷史作證。從各集的〈導言〉可見，其關懷的歷史時段長短不一；有只駐目於關鍵的「新文學運動第一個十年」，如鄭振鐸的《文學論爭集・導言》，或者朱自清的《詩集・導言》；也有由今及古、上溯文體淵源，再探中西同異者，如郁達夫的《散文二集・導言》。[14] 當然，其中歷史視野最為宏闊的是時任中央研究院院長的蔡元培所寫的〈總序〉。〈總序〉以「歐洲近代文化，都從復興時代演出」開篇，將「新文學運動」比附為歐洲的「文藝復興」運動；此時中國以白話取代文言為文學的工具，好比「復興時代」歐洲各民族以方言而非拉丁文創作文學。蔡元培在文章結束時說，「歐洲的復興」歷三百年，「我國的復興，自五四運動以來不過十五年」：

新文學的成績，當然不敢自詡為成熟。其影響於科學精神民治思想及表現個性的藝術，均尚在進行中。但是吾國歷史，現代環境，督促吾人，不得不有奔軼絕塵的猛進。吾人自期，至少應以十年的工作抵歐洲各國的百年。所以對於第一個十年先作一總審查，使吾人有以鑑既往而策將來，希望第二個十年與第三個十年時，有中國的拉飛爾與中國的莎士比亞等應運而生呵！[15]

我們知道自晚清到民國，歐洲歷史上的"Renaissance"是一個重要的象徵符號，是許多文化人的迷思；然而這個符號在中國的喻指卻是多變的。有比較重視歐洲在中世紀以後追慕希臘羅馬古典著述之「古學復興」的意義，認為偏重經籍整理的清代學術與之相似；也有注意到十字軍東征為歐洲帶來外地文化的影響，謂清中葉以後西學傳入開展了中國的「文藝復興」；又有從歐洲「文藝復興」時期出現以民族語言創作文學而產生輝煌的作品着眼，這就是自一九一七年開始的「文學革命」的宣傳重點。[16]蔡元培的〈總論〉也是這種論述的呼應，但結合了他對中西文化發展的觀察，使得「新文學」與「尚在進行中」的「科學精神」、「民治思想」及「表現個性的藝術」等變革相互關聯，從而為閱讀《大系》中各個獨立文本的讀者提供了詮釋其間文化政治的指南針。[17]

《中國新文學大系》的結構模型——賦予文化史意義的「總序」、從理論與思潮搭建的框架、主要文類的文本選樣，經緯交織的導言，加上史料索引作為鋪墊——算不上緊密，但能互相扣連，又留有一定的詮釋空間，反而有可能勝過表面上更周密，純粹以敘述手段完成的傳統文學史書寫，更能彰顯歷史意義的深度。

2「新文學大系」的繼承

《中國新文學大系》面世以後，贏得許多的稱譽；[18] 正如蔡元培和茅盾等的期待，趙家璧確有意續編第二、第三輯。[19] 一九四五年抗戰接近尾聲時，趙家璧在重慶就開始着手組織「抗戰八年文學」的第三輯編輯工作，並邀約了梅林、老舍、李廣田、茅盾、郭沫若、葉紹鈞等編選各集。[20] 但時局變幻，這個計劃並未能按預想實行。一九四九年以後，政治氣氛也不容許趙家璧進行續編的工作；即使已出版的第一輯《中國新文學大系》，亦不再流通。

直至一九六二年及一九七二年香港文學研究社先後兩次重印《中國新文學大系》；[21] 香港文學研究社還在一九六八年出版了《中國新文學大系・續編》。這個《續編》同樣有十集，取消了《建設理論集》，補上新增的《電影集》。至於編輯概況，《續編・出版前言》故作神秘，説各集主編名字不適宜刊出，但都是「國內外知名人物」，「分在三地東京、星加坡、香港進行」編輯，以四年時間完成。事實上《續編》出版時間正逢大陸文化大革命如火如荼，文化人備受迫害；各種不幸的消息，相繼傳到香港，故此出版社多加掩蔽，是情有可原的。據現存的資訊顯示，編輯的主要工作由在大陸的常君實和香港文學研究社的譚秀牧擔當；[22] 然而兩人之間並無直接聯繫，無法互相照應。另一方面，二人各因所處環境和視野的局限，所能採集的資料難以全面；在大陸政治運動頻仍，顧忌甚多；在香港則材料散落，張羅不易；再加上出版過程並不順利，即使在香港的譚秀牧亦不能親睹全書出版。[23] 這樣得出來的成績，很難説得上完美。不過，我們要評價這個「文學大系」傳統的第一任繼承者，應該要考慮當時的各種限制。無論如何，在香港出版，其實頗能說明香港的文化空間的意義，其承載中華文化的方式與成效亦頗值得玩味。[24]

《中國新文學大系》的「正統」繼承，要等到中國的文化大革命正式落幕。從一九八〇年到一九八二年，上海文藝出版社徵得趙家璧同意，影印出版十集《中國新文學大系》，同時組織出版《中國新文學大系一九二七—一九三七》二十冊作為第二輯，由社長兼總編輯丁景唐主持，趙家璧作顧問，一九八四年至一九八九年陸續面世；隨後，趙家璧與丁景唐同任顧問的第三輯《中國新文學大系一九三七—一九四九》二十冊於一九九〇年出版，第四輯《中國新文學大系一九四九—一九七六》二十冊於一九九七年出版。二〇〇九年由王蒙、王元化總主編第五輯《中國新文學大系一九七六—二〇〇〇》三十冊，繼續由上海文藝出版社出版；二十世紀以前的「新文學」，好像都有了「大系」作為相照的汗青。這「第二輯」到「第五輯」的說法，顯然是繼承、延續之意。然而第一輯到第二輯之間，其政治實況是中國經歷從民國到共和國的政權轉換，在大陸地區社會文化曾經發生翻天覆地的劇變。「嫡傳」、「正宗」的想像，其實需要刻意忽略這些政治社會的裂縫。當然趙家璧的認可，被邀請作顧問，讓這個「嫡傳」的合法性增加一種言說上的力量。不過，這後四輯對其他「大系」卻未必有明顯的垂範作用；起碼從面世時間先後來說，比起海外各大系之承接「新文學」薪火，反而是後發的競逐者。

在這個看來「嫡傳」的譜系中，因為時移世易，各輯已有相當的變異或者發展。在內容選材上，最明顯的是文體類型的增補，可見文類觀念會因應時代需要而不斷調整；這一點上文已有交代。另一個顯而易見的形式變化是：第二、三、四輯都沒有總序，只有〈出版說明〉。《大系》原型的第一輯每集都有〈導言〉，即使是同一文類的分集，如「小說」三集分別有茅盾、魯迅、鄭伯奇的論述；「散文」兩集又有周作人和郁達夫兩種觀點。其優勢正在於論述交錯間的矛盾與縫隙，可以生發更繁富的意義。第二、三輯開始，同一文類只冠以一位名家序言，論述角度當然有統整齊一之效。再看第二、三兩輯的〈說明〉基本修辭都一樣，聲明編纂工作「以馬克思列寧主義，毛澤東思想為指針，堅持從新文學運動的實際出發」，前者以「反帝反封建的作品佔主導地位」，後者的主導則是「革命的、進步的作品」；毫不含糊地為文學史的政治敘事設定格局；這當然是第一輯以「新文學」為敘事英雄的激越發展；第二、三輯的理論集序文，大概有着指標的作用，據此可以推想：第二輯的主角是「左翼文藝運動」，第三輯是「文藝為政治（戰爭）服務」。

第四輯〈出版說明〉的文字格式與前兩輯不同，逗漏了又一種訊息。這一輯出版於一九九七年，形勢上無論出於外發還是內需，有必要營構一個廣納四方的空間：「對那些曾經遭受過錯誤批判和不公正對待，或者在『文革』中雖未能正式發表、出版，但在社會上廣泛流傳產生過較大影響的作品，都一視同仁地加以遴選」；「這一時期發表的臺灣、香港、澳門作家的新文學作品，一並列選。」於是少不了臺灣余光中的一縷鄉愁、瘂弦掛起的紅玉米；異品如馬朗寄居在香港的焚琴浪子，也得到收容。第五輯〈出版說明〉繼續保留「這一時期發表的臺灣、香港、澳門作家的新文學作品，一並列選」的句子，其為政治姿態，眾人皆見；尤其各卷編者似乎有很大的自由度決定他們對臺港澳的關切與否。因此我們實在不必介懷其所選所取是否「合理」、是否「得體」。

只不過若要衡度政治意義，則美國華裔學者夏志清、李歐梵和王德威之先後入選四、五兩輯，或者有需要為讀者釋疑，可惜兩輯的編者都未有任何說明。

第五輯回復有〈總序〉的傳統，共有兩篇。其中〈總序二〉是王元化生前在編輯會議上的發言；因此王蒙撰寫的一篇才是正式的〈總序〉。這一篇意在綜覽全局的序文，可與王蒙在第四輯寫的《小說卷・序》合觀；兩篇分別寫於一九九六年及二〇〇九年的文章，都表示要以正面、積極的態度去面對過去。王蒙在第四輯努力地討論「記憶」的意義，說「記憶實質是人類的一切思想情感文化文明的基礎和根源」，其目的是找到「歷史」與「現實」的通感類應。在第五輯〈總序〉王蒙則標舉「時間」；說時間是「慈母」，「偏愛已經被認真閱讀過並且仍然值得重讀或新讀的許多作品」；又說時間如「法官」：「無情地惦量着昨天」：

> 時間法官同樣有差池，但是更長的時間的回旋與淘洗常常能自行糾正自己的過失，時間的因素同樣能製造假象，但是更長的時間的反復與不舍晝夜的思量，定能使文學自行顯露真容。

《中國新文學大系》發展到第五輯，其類型演化所創造出來的方向、習套和格式已經相當明晰。不過，我們還有一系列「教外別傳」的範例可以參看。

3 「文學大系」的「教外別傳」

我們知道臺灣在一九七二年就有《中國現代文學大系》的編纂，由巨人出版社組織編輯委員會，余光中撰寫〈總序〉，編選一九五〇年到一九七〇年的小說、散文、詩三種文類作品，合成八輯。另外司徒衛等在一九七九年至一九八一年編輯出版《當代中國新文學大系》十集，沿用《中國新文學大系》原型的體例，唯一變化是《建設理論集》改為《文學論評集》，而取材以一九四九年到一九七九年在臺灣發表之新文學作品為限。兩輯都明顯要繼承趙家璧主編《大系》的傳統，但又要作出某種區隔。司徒衛等編委以「當代」標明其時間以國民政府遷臺為起點，與止於一九二七年的趙編《大系》並非線性相連。余光中等的《大系》則以「現代文學」之名與「新文學」區辨。他撰寫的〈總序〉非常刻意的辨析臺灣新開展的「現代文學」與「五四早期新文學」之不同。相對來說，余光中比司徒衛更長於從文學發展的角度作分析；司徒衛的論調卻多有迎合官方意志之嫌。然而我們不能說《當代中國新文學大系》水準有所不如；事實上這個《當代大系》各集的編者大都具有文學史的眼光，取捨之間，極見功力；各集都有導言，觀點又起縱橫交錯的作用。其中瘂弦主編的《詩集》視野更及於臺灣以外的華文世界——從體例上可能與全書不合，但從概念上卻是當時的「中國」概念的一種詮釋；香港不少詩人如西西、蔡炎培、淮遠、羈魂、黃國彬的作品都被選入。余光中等編《現代文學大系》的選取範圍基本上只在臺灣，只是朱西甯在「小說輯」中收錄了張愛玲兩篇小說，另外（張）曉風編的「散文輯」又有思果三篇作品，但都沒有解釋說明；張愛玲是否「臺灣作家」是後來臺灣文學史一個爭論熱點；這些討論可以從此出發。論規模和完整格局，《當代中國新文學大系》實在比《中國現代文學大系》優勝，但後者的編輯團隊——余光中、朱西甯、洛夫、曉風——也是有份量的本色行家，所撰各體序文都能照應文體通變，又關聯到當時臺灣的文學生態。其中朱西甯序小說篇末，詳細交代《大系》的體例，其中一個論點很值得注意：

> 我們避免把「大系」作為「文選」，只圖個體的獨立表現，精選少數卓越的小說家作品中的菁華，而忽略了整體的發展意義。這可以用一句話來說，我們所選輯的是可成氣候的作品。如此「大系」也便含有了「索引」的作用，供後世據此而獲致從事某一小說家的專門研究資料蒐集的線索。[25]

朱西甯這個論點不必是《中國現代文學大系》各主編的共同認識，[26]但卻為「文學大系」的文類功能作出一個很有意義的詮釋。

「文學大系」的文類傳統在臺灣發展，余光中最有貢獻。在巨人出版社的《中國現代文學大系》以後，他繼續主持了兩次「大系」的編纂工作：由九歌出版社先後於一九八九年出版《中華現代文學大系——臺灣一九七〇—一九八九》，二〇〇三年出版《中華現代文學大系（貳）——臺灣一九八九—二〇〇三》。兩輯都增加了《戲劇卷》和《評論卷》；前者涵蓋二十年，共十五冊；後者十五年，十二冊。余光中也撰寫了各版《現代文學大系》的〈總序〉。在臺灣思考文學史或者文學傳統，難免要連繫到「中國」這個概念。在巨人版《大系・總序》，余光中的重點是把一九四九年以後臺灣的「現代文學」與「五四」時期的「新文學」相提並論，也講到臺灣文學「與昨日脫節」——對三、四十年代作家作品的陌生——帶來的影響：向更古老的中國古典傳統和西方學習。他又解釋以「大系」為名的意義：「除了精選各家的佳作之外，更企圖從而展示歷史的發展，和文風的演變，為二十年來的文學創作留下一筆頗為可觀的產業。」他更曲終奏雅，在〈總序〉的結尾說：

我尤其要提醒研究或翻譯中國現代文學的所有外國人：如果在泛政治主義的煙霧中，他們有意或無意地竟繞過了這部大系而去二十年來的大陸尋找文學，那真是避重就輕，一偏到底了。[27]

這是向「國際人士」呼籲，也可以作為「中國」二字放在書題的解釋：真正的「中國文學」在臺灣，而不在大陸；這是文學上的「正統」之爭。但從另一個角度來看，對臺灣許多知識份子而言，「中國」這個符號的意義，已經慢慢從政治信念變成文化想像，甚或虛擬幻設；我們知道，中華民國於一九七一年退出聯合國，一九七二年美國總統尼克遜訪問北京。在司徒衛等編成《當代中國新文學大系》之前不久，一九七八年十二月美國與中華民國斷絕外交關係。

所以，九歌版的兩輯「大系」，改題《中華現代文學大系》，並加註「臺灣」二字，是國際政治形勢使然。「中華」是民族文化身份的標誌，其指向就是「文化中國」的概念；「臺灣」則是具體的地理空間。余光中在《臺灣一九七〇——一九八九》的總序探討《中國現代文學大系》到《中華現代文學大系》前後四十年的變化，注意到一九八七年解除「戒嚴令」後兩岸交流帶來的文化衝擊，從而思考「臺灣文學」應如何定位的問題。「中國的文學史」與「中華民族的滾滾長流」，是當時余光中和他的同道企盼能找到答案的地方。到了《中華現代文學大系（貳）》，余光中卻有另一角度的思考，他說：

臺灣文學之多元多姿，成為中文世界的巍巍重鎮，端在其不讓土壤，不擇細流，有容乃大。如果把……非土生土長的作家與作品一概除去，留下的恐怕無此壯觀。[28]

他還是注意到臺灣文學在「中文世界」的地位，不過協商的對象，不再是外國研究者和翻譯家，而是島內另一種文學取向的評論家。

究之，余光中的終極關懷顯然就是「文學史」或者「歷史上的文學」。在他主持的三輯「文學大系」中，他試圖揭出與文學相關的「時間」與「變遷」，顯示文學如何「應對」與「抗衡」。「時間」是「文學大系」傳統的一個永恆母題。王蒙請「時間」來衡量他和編輯團隊（第五輯《中國新文學大系》）的成績：

我們深情地捧出了這三十卷近兩千萬言的《中國新文學大系》第五輯，請讀者明察，請時間的大河、請文學史考驗我們的編選。[29]

余光中在《中華現代文學大系（貳）‧總序》結束時說：

至於對選入的這兩百多位作家，這部世紀末的大系是否真成了永恆之門、不朽之階，則猶待歲月之考驗。新大系的十五位編輯和我，樂於將這些作品送到各位讀者的面前，並獻給漫漫的廿一世紀。原則上，這些作品恐怕都只能算是「備取」，至於未來，究竟其中的哪些能終於「正取」，就只有取決定悠悠的時光了。[30]

4「文學大系」的基本特徵

以上看過兩個系列的「文學大系」，大抵可以歸納出這種編纂傳統的一些基本特徵：

一、「文學大系」是對一個範圍的文學（一個時段、一個國家／地域）作系統的整理，以多冊的、「成套的」文本形式面世；

二、這多冊成套的文學書，要能自成結構；結構的方式和目的在於立體地呈現其指涉的文學史；「立體」的意義在於超越敘事體的文學史書寫和示例式的選本的局限和片面；

三、「時間」與「記憶」、「現實」與「歷史」是否能相互作用，是「文學大系」的關鍵績效指標；

四、「國家文學」或者「地域文學」的「劃界」與「越界」，恆常是「文學大系」的挑戰。

二、「香港的」文學大系：《香港文學大系一九一九—一九四九》

1「香港」是甚麼？誰是「香港人」？

葉靈鳳，一位因為戰禍而南下香港然後長居於此的文人，告訴我們：

> 香港本是新安縣屬的一個小海島，這座小島一向沒有名稱，至少是沒有一個固定的總名……。這一直到英國人向清朝官廳要求租借海中小島一座作為修船曬貨之用，並指名最好將「香港」島借給他們，這才在中國的輿圖上出現了「香港」二字。[31]

「命名」是事物認知的必經過程。事物可能早就存在於世，但未經「命名」，其存在意義是無法掌握的。正如「香港」，如果指南中國邊陲的一個海島，據史書大概在秦帝國設置南海郡時，就收在版圖之內。但在統治者眼中，帝國幅員遼闊，根本不需要一一計較領土內眾多無名的角落。用葉靈鳳的講法，香港島的命名因英國人的索求而得入清政府之耳目；[32]而「香港」涵蓋的範圍隨着清廷和英帝國的戰和關係而擴闊，再經歷民國和共和國的默認或不願確認，變成如今天香港政府公開發佈的描述：

> 香港是一個充滿活力的城市，也是通向中國內地的主要門戶城市。……香港是中華人民共和國成立的特別行政區。香港自一八四二年開始由英國統治，至一九九七年，中國政府按照「一國兩制」的原則對香港恢復行使主權。根據《基本法》規定，香港目前的政治制度將會

維持五十年不變，以公正的法治精神和獨立的司法機構維持香港市民的權利和自由。……香港位處中國的東南端，由香港島、大嶼山、九龍半島以及新界（包括二六二個離島）組成。[33]

「香港」由無名，到「香港村」、「香港島」，到「香港島、九龍半島、新界和離島」合稱，經歷了地理上和政治上不同界劃，經歷了一個自無而有，而變形放大的過程。更重要的是，「香港」這個名稱底下要有「人」；有人在這個地理空間起居作息，有人在此地有種種喜樂與憂愁、言談與詠歌。有人，有生活，有恩怨愛恨，有器用文化，「地方」的意義才能完足。

猜想自秦帝國及以前，地理上的香港可能已有居民，他們也許是越族蜑民。李鄭屋古墓的出土，或許可以說明漢文化曾在此地流播。[34]據說從唐末至宋代，元朗鄧氏、上水廖氏及侯氏、粉嶺文氏及彭氏五族開始南移到新界地區。許地山，從臺灣到中國內地再到香港直至長眠香港土地下的另一位文化人，告訴我們：

香港及其附近底居民，除新移入底歐洲民族及印度波斯諸國民族以外，中國人中大別有四種：一、本地；二、客家；三、福佬；四、蛋家。……本地人來得最早的是由湘江入蒼梧順西江下流底。稍後一點底是越大庾嶺由南雄順北江下流底。[35]

「本地」，不免是外來；香港這個流動不絕的空間，誰是土地上的真正主人呢？再追問下去的話，秦漢時居住在這個海島和半島上的，是「香港人」嗎？大概只能說是南海郡人或者番禺縣人；再晚來的，就是寶安縣人、新安縣人吧。因為當時的政治地理，還沒有「香港」這個名稱、這個概念。然而，換上了不同政治地理名號的「人」，有甚麼不同的意義？「人」和「土地」的關係，就會有所改變嗎？

2 定義「香港文學」

「香港文學」過去大概有點像南中國的一個無名島，島民或漁或耕，帝力於我何有哉？自從上世紀八〇年代開始，「香港文學」才漸漸成為文化人和學界的議題。這當然和中英就香港前途問題進行談判，以至一九八四年簽訂中英聯合聲明，讓香港進入一個漫長的過渡期有關。「香港有沒有文學」、「甚麼是香港文學」等問題陸續浮現。前一個問題，大概出於與「香港文學」、或者所有「文學」都無甚關涉的人。香港以外地區有這種觀感的，可以理解；值得玩味的是在港內同樣想法的人並不是少數；責任何在？實在需要深思。至於後一個問題，則是一個定義的問題。

要定義「香港文學」，大概不必想到唐宋秦漢，因為相關文學成品（artifact）的流轉，大都在「香港」這個政治地理名稱出現以後。[36]只便如此，還是困擾了不少人。一種定義方式，是以文本創製者為念：説文學是性靈的抒發，故「香港文學」應是「香港人所寫的文學」。這個定義帶來的問題首先是「誰是香港人」？另一種方式，從作品的內容着眼，因為文學反映生活，如果這生活的場景就是香港，當然就是「香港文學」。依着這個定義，則不涉及香港具體情貌的作品，是要排除在外了。再有一種，以文本創製工序的完成為論，所以「香港文學」是「在香港出版、面世的文學作品」。此外，與出版相關的是文學成品的受眾，所以這個定義可以改換成以「接受」的範圍和程度作準：「在香港出版，為香港人喜愛（最低限度是願意）閱讀的文學作品。」先不說定義中還是包含未有講明白的「香港人」一詞，而且「讀者在哪裏？」是不易說清楚的。事實上，由於歷史的原因，以香港為出版基地，但作者讀者都不在香港的情況不是沒有。[37] 因為香港就是這麼奇妙的一個文學空間。[38]

從過去的議論見到，創作者是否「香港人」是一個基本問題；換句話說，很多討論是圍繞着「香港作家」的定義來展開。有一種可能會獲得官方支持的講法是：「持有香港身份證或居港七年以上，曾出版最少一冊文學作品或經常在報刊發表文學作品」；[39] 這個定義的前半部分是以「政治」和「法律」論文學的一例，很難令人釋懷；[40] 兼且「法律」是有時效的，這時不合法並不排除那時的「非違法」。我們認為：「文學」的身份和「文學」的有效性不必倚仗一時的統治法令去維持。至於「出版」與「報刊發表」當然是由創作到閱讀的「文學過程」中一個接近終點的環節，可以是一個有效的指標；而出版與發表的流通範圍，究竟應否再加界定？是可以進一步討論的。

3 劃界與越界

我們在歸納「文學大系」的編纂傳統時，第一點提到這是「對一個範圍的文學（一個時段、一個國家／地域）作系統的整理」；第四點又指出「國家文學」或者「地域文學」的「劃界」與「越界」，恆常是「文學大系」的挑戰；兩點都是有關「劃定範圍」的問題。上文的討論是比較概括地把「香港文學」的劃界方式「問題化」（problematize），目的在於啟動思考，還未到解決或解脱的階段。

以下我們從《香港文學大系》編輯構想的角度，再進一步討論相關問題。首先是時段的界劃。目前所見的幾本國內學者撰寫的「香港文學史」，除了謝常青的《香港新文學簡史》外，[41]其餘都是以一九四九或一九五〇年為正式敘事起始點。這時中國內地政情有重大變化，大陸和香港兩地的區隔愈加明顯；以此為文學史時段的上限無疑是方便的，也有一定的理據。然而，我們認為香港文學應該可以往上追溯。因為新文學運動以及相關聯的「五四運動」，是香港現代文化變遷的一個重要源頭。北京上海的波動傳到香港，無疑有一定的時間差距，但「五四」以還，直到一九四九年，香港文學的實績還是班班可考的。因此我們選擇「從頭講起」，擬定「一九一九年」和「一九四九年」兩個時間指標，作為《大系》第一輯工作上下限；希望把源頭梳理好，以後第二輯、第三輯……，可以順流而下，進行其他時段的考察。我們明白這兩個時間標誌源於「非文學」的事件，卻認為這些事件與文學的發展有密切的關聯。我們又同意這個時段範圍的界劃不是確切不能動搖的，尤其上限不必硬性定在一九一九年，可以隨實際掌握的材料往上下挪動。比方說「舊體文學卷」和「通俗文學」的發展應可以追溯到更早的年份；而「戲劇」文本的選輯年份可能要往下移。

第二個可能疑義更多的是「香港文學」範圍的界劃。我們在回顧《中國新文學大系》各輯的規模時，見識過邊界如何「彈性」地被挪移，以收納「臺港澳」的作家作品。這究竟是「越界」還是隨「非文學」的需要而「重劃邊界」？這些新吸納的部分，與原來的主體部分如何，或者是否可以，構成一個互為關聯的系統？我們又看過余光中領銜編纂的《大系》，把張愛玲、夏志清等編入其中。前者大概沒有在臺灣居停過多少天，所寫所思好像與臺灣的風景人情無甚關涉；後者出身上海北京，去國後主要在美國生活、研究和著述。[42] 他們之「越界」入選，又意味着甚麼樣的文學史觀？

《香港文學大系》編輯委員會參考了過去有關「香港文學」、「香港作家」的定義，認真討論以下幾個原則：

一、「香港文學」應與「在香港出現的文學」有所區別（比方說瘂弦的詩集《苦苓林的一夜》在香港出版，但此集不應算作香港文學）；

二、（在一段相當時期內）居住在香港的作者，在香港的出版平台（如報章、雜誌、單行本、合集等）發表的作品（例如侶倫、劉火子在香港發表的作品）；

三、（在一段相當時期內）居住在香港的作者，在香港以外地方發表的作品（例如謝晨光在上海等地發表的作品）；

四、受眾、讀者主要是在香港，而又對香港文學的發展造成影響的作品（如小平的女飛賊黃鶯系列小說；這一點還考慮到早期香港文學的一些現象：有些生平不可考，是否同屬一人執筆亦未可知，但在香港報刊上常見署以同一名字的作品）。

編委會各成員曾將各種可能備受質疑的地方都提出來討論。最直接意見的是認為「相當時期」

一語太含糊，但又考慮到很難有一個學術上可以確立的具體時間（七年以上？十年以上？）。各項原則應該從寬還是從嚴？內容寫香港與否該不該成為考慮因素？文學史意義以香港為限還是包括對整體中國文學的作用？這都是熱烈爭辯過的議題。大家都明白《大系》中有不同文類，個別文類的選輯要考慮該文類的習套、傳統和特性，例如「通俗文學」的流通空間主要是「省港澳」（廣州、香港、澳門），「新詩」的部分讀者可能在上海，「戲劇」會關心劇作與劇場的關係。各種考慮，林林總總，很難有非常一致的結論。最後，我們同意請各卷主編在採編時斟酌上列幾個原則，然後依自己負責的文類性質和所集材料作決定；如果有需要作出例外的選擇，則在該卷〈導言〉清楚交代。大家的默契是以「香港文學」為據，而不是歧義更多的「香港作家」概念，尤其後者更兼有作家「自認」與他人「承認」與否等更複雜的取義傾向。歷史告訴我們，「香港」的屬性，從來就是流動不居的。在《大系》中，「香港」應該是一個文學和文化空間的概念：「香港文學」應該是與此一文化空間形成共構關係的文學。香港作為文化空間，足以容納某些可能在別一文化環境不能容許的文學內容（例如政治理念）或形式（例如前衛的試驗），或者促進文學觀念與文本的流轉和傳播（影響內地、臺灣、南洋、其他華語語系文學，甚至不同語種的文學，同時又接受這些不同領域文學的影響）。我們希望《香港文學大系》可以揭示「香港」這個「文學／文化空間」的作用和成績。

4 「文學大系」而非「新文學大系」

《香港文學大系》的另一個重要構想是，不用「大系」傳統的「新文學」概念，而稱「文學大系」。這個選擇關係到我們對「香港文學」以至香港文化環境的理解。在中國內地，「新文學」以「文學革命」的姿態登場，其抗衡的對象是被理解為代表封建思想的「舊」文化與「舊」文學；為了突出「新文學」，於是「舊」的範圍和其負面程度不斷被放大。革命行動和歷史書寫從運動一開始就互相配合，「新文學」沒有耐心等待將來史冊評定它的功過，文學革命家如胡適從《留學日記》、〈文學改良芻議〉、〈建設的文學革命論〉到《五十年來中國之文學》，都是一邊宣傳革命、實行革命，一邊修撰革命史。這個策略在當時中國的環境可能是最有效的，事實上與「國語運動」同時並舉的「新文學運動」非常成功，其影響由語言、文學，到文化、社會、政治，可謂無遠弗屆。[43] 十多年後趙家璧主編《中國新文學大系》，其目標不在經驗沉澱後重新評估過去的新舊對衡之意義，而在於「運動」之奮鬥記憶的重喚，再次肯定其間的反抗精神。

香港的文化環境與中國內地最大分別是香港華人要面對一個英語的殖民政府。為了帝國利益，港英政府由始至終都奉行重英輕中的政策。這個政策當然會造成社會上普遍以英語為尚的現象，但另一方面中國語言文化又反過來成為一種抗衡的力量，或者成為抵禦外族文化壓迫的最後堡壘。由於傳統學問的歷史比較悠久，積聚比較深厚，比較輕易贏得大眾的信任甚至尊崇。於是通曉儒經國學、能賦詩為文（古文、駢文），隱然另有一種非官方正式認可的社會地位。另一方面，來自內地——中華文化之來源地——的新文學和新文化運動，又是「先進」的象徵，當這些帶有開新和批判精神的新文學從內地傳到香港，對於年輕一代特別有吸引力。受「五四」文學新潮影響的學子，既有可能以其批判眼光審視殖民統治的不公，又有可能倒過來更加積極學習英語文學及文化，以吸收新知，來加強批判能力。至於「新文學」與「舊文學」之間，既有可能互相對抗，也有協成互補的機會。換句話說，英語代表的西方文化，與中國舊文學及新文學構成一個複雜多角的關係。如果簡單借用在中國內地也不無疑問的獨尊「新文學」觀點，就很難把「香港文學」的狀況表述清楚。

事實上，香港能寫舊體詩文的文化人，不在少數。報章副刊以至雜誌期刊，都常見佳作。這部分的文學書寫，自有承傳體系，亦是香港文學文化的一種重要表現。例如前清探花，翰林院編修，官至南書房行走、江寧提學使的陳伯陶，流落九龍半島二十年，編纂《勝朝粵東遺民錄》、《明東莞五忠傳》等，又研究宋史遺事，考證官富場（現在的官塘）宋王臺、侯王廟等歷史遺跡；他的所為，和葉靈鳳捧着清朝嘉慶二十四年刊《新安縣志》珍本，辛勤考證香港的前世往跡有甚麼不同？一個傳統的讀書人，離散於僻遠，如何從地誌之「文」，去建立「人」與「地」與「時」的關係？我們是否可以從陳伯陶與友儕在一九一六年共同製作的《宋臺秋唱》詩集中，見到那上下求索的靈魂在嘆息？他腳下的土地，眼前的巨石，能否安頓他的心靈？詩篇雖為舊體，但其中的文心，不是常新嗎？[44] 可以說，「香港文學」如果缺去了這種能顯示文化傳統在當代承傳遞嬗的文學記錄，其結構就不能完整。[45]

再如擅寫舊體詩詞的黃天石，又與另一位舊體詩名家黃冷觀合編「通俗文學」的《雙聲》雜誌，發表鴛鴦蝴蝶派小說；後來又是「純文學」的推動者，創立國際筆會香港中國筆會，任會長十年；又曾辦《文學世界》，支持中國文學研究；影響更大的是以筆名「傑克」寫的流行小說。這樣多面向的文學人，我們希望在《香港文學大系》給予充分的尊重。這也是《香港文學大系》必須有《通俗文學卷》的原因之一。我們認為「通俗文學」在香港深入黎庶，讀者量可能比其他文學類型高得多。再說，香港的「通俗文學」貼近民情，而且語言運用更多大膽試驗，如「粵語入文」，或者「三及第化」，是香港文化以文字方式流播的重要樣本。當然，「通俗文學」主要是商業運作，產量多而水準不齊，資料搜羅固然不易，編選的尺度拿捏更難；如何澄沙汰礫，如何從文學史的角度與其他文類協商共容，都極具挑戰性。無論如何，過去《中國新文學大系》因為以「新文學」為主，把影響民眾生活極大的通俗文學棄置一旁，是非常可惜的。

《香港文學大系》又設有《兒童文學卷》。我們知道「兒童文學」的作品創製與其他文學類型最大的不同是，其擬想的讀者既隱喻作者的「過去」，也寄託他所構想的「未來」；當然作品中更免不了與作者「現在」的思慮相關聯。已成年的作者在進行創作時，不斷與自己童稚時期的經驗對話，時光的穿梭是一個必然的現象；在《大系》設定一九四九年以前的時段中，「兒童文學」在香港還有一種「空間」穿越的情況，因為不少兒童文學的作者都身不在香港；「空間」的幻設，有時要透過在香港的編輯協助完成。另一方面，這時段的兒童文學創製有不少與政治宣傳和思想培育有關。部分香港報章雜誌上的兒童文學副刊，是左翼文藝工作者進行思想鬥爭的重要陣地。依照成年人的政治理念去模塑未來，培養革命的下一代，又是這時期香港兒童文學的另一個現象。可以說，「兒童文學」以另一種形式宣明香港文學空間的流動性。

5 「文學大系」中的「基本」文體

「新詩」、「小說」、「散文」、「戲劇」、「文學評論」，這些「基本」的現代文學類型，也是《香港文學大系》的重要部分。這些文類原型的創發與「新文學運動」息息相關，是由中國而香港的「現代性」降臨的一個重要指標。[46] 其中新詩的發展尤其值得注意。詩歌從來都是語言文字的實驗室；尤其在移走可以依傍的傳統詩詞的格律框之後，主體的心靈思緒與載體語言之間的纏鬥更加激烈而無邊際。朱自清在《中國新文學大系・詩集》的〈選詩雜記〉中提到他的編選觀點：「我們要看看我們啟蒙期詩人努力的痕跡。他們怎樣從舊鐐銬解放出來，怎樣學習新言語，怎樣尋找新世界。」香港的新詩起步比較遲，但若就其中傑出的作家作品來看，卻能達到非常高的水平。[47] 這可能是因為香港的語言環境比較複雜，日常生活中的語言已不斷作語碼轉換，感情思想與語言載體互相作用的頻率特別高，實驗多自然成功機會也增加。相對來說，小說受到寫實主義思潮的引導，而香港的寫實卻又是中國內地小說的再模仿，其依違之間，使得「純文學」的小說家難以無障礙地完成構築虛擬的世界。例如理應展現香港城市風貌的小說場景，究竟是否上海十里洋場的複製，就需要推敲。與包袱比較輕的通俗小說作者相比，學習「新文學」的小說家的道路就比較艱難了，所留下繽紛多元的實績，很值得我們珍視。

散文體最常見的風格要求是明快、直捷，而這時期香港散文的材料主要寄存於報章副刊，編者重回「閱讀現場」的感覺會比較容易達成。《大系》的散文樣本，可以更清晰地指向這時段香港的世態人情，生活的憂戚與喜樂。由於香港的出版自由相對比中國內地高，報章檢查沒有國內嚴苛，只要不觸碰殖民政府「當局」，成為全中國的「輿論中心」是有可能的。報章上的公共言論，有時有會超脱香港本地的視野；香港報章轉成內地輿情的進出口。所以説，「香港」作為一個文化地理的空間，其功能和作用往往不限於本土。《大系》兩卷散文，少不免對此有所揭示。類似的情況又可見於我們的《戲劇卷》。中國現代劇運以動員羣眾為目標，啟蒙與革命是主要的戲碼；這時期香港的劇運，不計由英國僑民帶領的英語劇場，可謂全國的附庸，也是政治運動的特遣。讀《香港文學大系》的戲劇選輯，很容易見到政治與文藝結合的前台演出。然而，當中或許有某些不求外揚的藝術探索，或者存在某種本土呼吸的氣息，有待我們細心尋繹。至於香港出現的「文學評論」，其來源也是多元的。越界而來的文藝指導在中國多難的時刻特別多；尤其抗日戰爭和國共內戰期間，政治宣傳和鬥爭往往以文藝論爭的方式出現；其論述的面向是全國而不是香港；這就是「全國輿論中心」的貢獻。[48] 然而正因為資訊往來方便，中外的文化訊息在短時間內得以在本地流轉；由此也孕育出不少視野開闊的批評家，其關注面也廣及香港、全中國，以至國際文壇。這也是「香港」的一個重要意義。

6 小結

綜之，我們認為「香港」是一個文學和文化的空間，「香港」可以有一種「文學的存在」；「香港文學」是一個文化結構的概念。我們看到「香港文學」是多元的而又多面向的。我們以一九一九到一九四九為大略的年限，整理我們能搜羅到的各體文學資料，按照所知見的數量比例作安排，「散文」、「小說」、「評論」各分「一九一九──一九四一」及「一九四二──一九四九」兩卷；「新詩」、「戲劇」、「舊體文學」、「通俗文學」、「兒童文學」各一卷，加上「文學史料」一卷，全書共十二卷。每卷主編各撰寫本卷〈導言〉，說明選輯理念和原則，以及與整體凡例有差異的地方和差異的理據。編委會成員就全書方向和體例有充分的討論，與每卷主編亦多番往返溝通。我們不強求一致的觀點，但有共同的信念。我們不會假設各篇〈導言〉組成周密無漏的文學史敘述，所有選材拼合成一張無缺的文學版圖。我們相信虛心聆聽之後的堅持，更有力量；各種論見的交錯、覆疊，以至留白，更能抉發文學與文學史之間的「呈現」與「拒呈現」的幽微意義。我們期望這十二卷《香港文學大系一九一九──一九四九》能夠展示「香港文學」的繁富多姿。我們更盼望時間會證明，十二卷《大系》中的「香港文學」，並沒有遠離香港，而且繼續與這塊土地上生活的人對話。

三、餘話

最後，請讓我簡單交代《香港文學大系一九一九—一九四九》編輯的經過。二〇〇九年我和同事陳智德開始聯絡同道，組織編輯委員會，成員包括：黃子平、黃仲鳴、樊善標、危令敦、陳智德以及本人。又邀請到陳平原、王德威、黃子平、李歐梵、許子東擔任計劃的顧問。在籌備階段，我們得到李律仁先生的襄助，私人捐助我們一筆啟動基金。李先生對香港文學的熱誠，對我們的信任，在此致上衷心的感謝。經過編委員討論編選範圍和方針以後，我們組織了《大系》各卷的主編團隊：陳智德（新詩卷、文學史料卷）、樊善標（散文卷一）、危令敦（散文卷二）、謝曉虹（小說卷一）、黃念欣（小說卷二）、盧偉力（戲劇卷）、程中山（舊體文學卷）、黃仲鳴（通俗文學卷）、霍玉英（兒童文學卷）、陳國球（評論卷一）、林曼叔（評論卷二）。編輯委員會通過整體計劃後，我們向香港藝術發展局申請資助，順利通過得到撥款。因為全書規模大，出版並不容易，我們有幸得到聯合出版集團總裁陳萬雄先生的幫忙；陳先生非常熱心香港文化事業，一直關注香港文學史的編撰；經過他的鼎力推介，《香港文學大系一九一九—一九四九》由香港商務印書館出版。期間總經理葉佩珠女士與副總編輯毛永波先生全力支持，《大系》編務主持人洪子平先生專業支援，讓《大系》順利分批出版，編委會成員都非常感激。此外，我們還要向為《香港文學大系》題籤的鍾育淳先生敬致謝忱。《大系》編選工作艱巨，各卷主編自是勞苦功高；搜集整理資料的細務，有賴香港教育學院中國文學文化研究中心的成員：楊詠賢、賴宇曼、李卓賢、雷浩文、姚佳琪、許建業等承擔，其中賴宇曼更是後勤工作的總負責人，出力最多。我們相信，《香港文學大系》是一項有意義的文化工作，大家出過的每一分力，都值得記念。

二〇一四年六月三十日定稿

註釋

1 例如一九八四年五月十日在《星島晚報》副刊《大會堂》就有一篇絢靜寫的〈香港文學大系〉，文中說：「在鄰近的大陸，臺灣，甚至星洲，早則半世紀前，遲至近二年，先後都有它們的『文學大系』由民間編成問世。香港，如今無論從哪一個角度看，都不比他們當年落後，何以獨不見自己的『文學大系』出現？」十多年後，二〇〇一年九月廿九日，也斯在《信報》副刊發表〈且不忙寫香港文學史〉說：「在編寫香港文學史之前，在目前階段，不妨先重印絕版作品、編選集、編輯研究資料，編新文學大系，為將來認真編寫文學史作準備。」

2 日本最早用「大系」名稱的成套書大概是一八九六年十一月出版的《國史大系》。日本有稱為「三大文學全集」的《新釋漢文大系》（明治書院）、《日本古典文學大系》（岩波書店）、《現代日本文學大系》（筑摩書房），都以「大系」為名，可見他們的傳統。

3 據趙家璧的講法，這個構思得到施蟄存和鄭伯奇的支持，也得良友圖書公司的經理支持，於是以此定名《中國新文學大系》。見趙家璧〈話說《中國新文學大系》〉，原刊《新文學史料》，一九八四年第一期；收入趙家璧《編輯憶舊》（一九八四；北京：三聯書店，二〇〇八再版），頁一〇〇。

4 在此「文體類型」的概念是現代文論中"genre"一詞的廣義應用，指依循一定的結撰習套而形成書寫傳統的文本類型。作為一個文體類型的個別樣本，對外而言應該與同類型的其他樣本具有相同的特徵；對內而言則自成一個可以辨認的結構。中國文學傳統中也有「體」的觀念，其指向相當繁複，但也可以從這個寬廣的定義去理解。

5 〈話說《中國新文學大系》〉，以及〈魯迅怎樣編選《小說二集》〉等文，均收錄於趙家璧《編輯憶舊》。此外，趙家璧另有《編輯生涯憶魯迅》（北京：人民文學，一九八一）、《書比人長壽》（香港：三聯書店，一九八八）、《文壇故舊錄：編輯憶舊續集》（北京：三聯書店，一九九一）等著，亦有值得參看的記述。當然我們必須明白，這是多年後的補記；某些過程交代，難免摻有後見之明的解說。

6 Lydia H. Liu, "The Making of the 'Compendium of Modern Chinese Literature,'" in Liu, *Translingual Practice: Literature, National Culture, and Translated Modernity-China, 1900-1937* (Stanford University Press, 1995), pp. 214-238; 徐鵬緒、李廣《〈中國新文學大系〉研究》（北京：社會科學文獻出版社，二〇〇七）。

7 據國民政府一九二八年頒佈的《著作版權法》，已出版的單行本受到保護，而編採單篇文章以合成一集則沒有限制；又一九三四年六月國民黨中央宣傳部成立圖書雜誌審查會，所制定的《修正圖書雜誌審查辦法》第二條規定：社團或著作人所出版之圖書雜誌，應於付印前將稿本送審。第九條規定：凡已經取得審查證或免審證之圖書雜誌稿件，在出版時應將審查證或免審證號數刊印於封底，以資識別。均見劉哲民編《近現代出版社新聞法規彙編》（北京：學林出版社，一九九二）頁一六〇、二三二。

8 據趙家璧追述，阿英認為「這樣的一套書，在當前的政治鬥爭中具有現實意義，也還有久遠的歷史價值和學術價值」。〈話說《中國新文學大系》〉，頁九八。

9 *Translingual Practice*, 235.

10 自歌德以來，以三分法——抒情詩（lyric）、史詩（epic）、戲劇（drama）——作為所有文學的分類才是「共識」。西方固然有 "familiar essay" 作為文類形式的討論，但並沒有把它安置於一種四分的格局之中。事實上西方的「散文」（prose）是與「詩體」（poetry）相對的書寫載體，在層次上與現代中國文學的四分觀念並不吻合。現代中國文學習用的四分法，在理論上很難周備無漏，需要隨時修補。參考陳國球〈「抒情」的傳統：一個文學觀念的流轉〉，《淡江中文學報》，第二十五期（二〇一一年十二月），頁一七三—一九八。

11 這些例子均見於《民國總書目》（北京：書目文獻出版社，一九九二）。

12 〈話說《中國新文學大系》〉，頁九七。

13 朱自清〈評郭紹虞《中國文學批評史》上卷〉，載《朱自清古典文學論集》（上海：上海古籍出版社，一九八一，頁五四一）。

14 觀夫郁達夫和周作人兩集散文的〈導言〉，可以見到當中所包含自覺與反省的意識，不能簡單地稱之為「自我殖民」。

15 蔡元培〈總序〉，《中國新文學大系》，頁一一。又趙家璧為《大系》撰寫的〈前言〉亦徵用「文藝復興」的比喻，說中國新文學運動「所結的果實，也許不及歐洲文藝復興時代般的豐盛美滿，可是這一羣先驅者們開闢荒蕪的精神，至今還可以當做我們年青人的模範，而他們所產生的一點珍貴的作品，更是新文化史上的瑰寶。」《中國新文學大系》，頁一。

16 參考羅志田〈中國文藝復興之夢：從清季的「古學復興」到民國的「新潮」〉，載羅志田《裂變中的傳承——二十世紀前期的中國文化與學術》（北京：中華書局，二〇〇三），頁五三—九〇；李長林〈歐洲文藝復興在中國的傳播〉，載鄭大華、鄒小站編《西方思想在近代中國》（北京：社會科學文獻出版社，二〇〇五），頁一―四八。

17 蔡元培有關「文藝復興」的論述，起碼有三篇文章值得注意：一、〈中國的文藝中興〉（一九二四）；二、〈吾國文化運動之過去與將來〉（一九三四）；三、《中國新文學大系・總序》（一九三五）。幾篇文章對「文藝復興」或者「文藝中興」的論述和判斷頗有些差異，第一篇演講所論的「文藝中興」始於晚清；但二、三兩篇則專以「新文學／新文化運動」為「復興」時代；又頗借助胡適的「國語的文學，文學的國語」的論述。然而胡適個人的「文藝復興」論亦不止一種：有時也指清代學術（如一九一九年出版的《中國哲學史大綱（卷上）》〔北京：商務印書館，一九八七影印〕），頁九―一〇）；有時具體指新文學／新文化運動（如一九二六年的演講："The Renaissance in China,"《胡適英文文存》，頁二〇一―三七）。他曾認為 Renaissance 中譯應改作「再生時代」；後來又把這用語的涵義擴大，上推到唐以來中國歷史上幾次大規模的文化變革。有關胡適的「文藝復興」觀與他領導的「新文學運動」的關係，參考陳國球《文學史書寫形態與文化政治》（北京：北京大學出版社，二〇〇四），頁六七―一〇六。

18 姚琪〈最近的兩大工程〉，《文學》，五卷六期（一九三五年七月），頁二二八―二三二；畢樹棠〈書評：《中國新文學大系》〉，《宇宙風》，第八期（一九三六），頁四〇六―四〇九。都非常正面；又趙家璧〈話說《中國新文學大系》〉指出《大系》銷量非常好，見頁一二八―一二九。

19 茅盾回憶錄中提到他把《大系》稱作第一輯，「是寄希望於第二輯、第三輯的繼續出版」；轉引自趙家璧《書比人長壽——編輯憶舊集外集》（北京：中華書局，二〇〇八），頁一八九。

20 〈話說《中國新文學大系》〉，頁一三〇―一三六。

21 李輝英〈重印緣起〉，《中國新文學大系・續編》（香港：香港文學研究社，一九七二再版），頁二；〈再版小言〉，無頁碼。

22 常君實是內地資深編輯，一九五八年被中國新聞社招攬，擔任專為海外華僑子弟編寫文化教材和課外讀物的工作，主要在香港的上海書局和香港進修出版社出版。譚秀牧，曾任《明報》副刊編輯，《南洋文藝》主編，香港文學研究社編輯等。

23 參考譚秀牧〈我與《中國新文學大系．續編》〉，《譚秀牧散文小說選集》（香港：天地圖書公司，一九九〇），頁二六二——二七五。譚秀牧在二〇一一年十二月到二〇一二年五月的個人網誌中，再交代《續編》的出版過程，以及回應常君實對《續編》編務的責難。見 http://tamsaumokgblog.blogspot.hk/2012/02/blog_post.html（檢索日期：二〇一四年五月三十日）。

24 羅孚〈香港文學初見里程碑〉一文談到《中國新文學大系續編》說：「《續編》十集，五六百萬字，實在是一個浩大的工程，在那個時時要對知識分子批判，觸及肉體直到靈魂的日子，主編這樣一部完全可以能被認為是替封、資、修『樹碑立傳』的書，該有多大的難度，需要多大的膽識！真叫人不敢想像。誰也沒有想到，這樣一個偉大的工程竟然在默默中完成了，而香港擔負了重要的角色，這實在是香港在中國新文學運動史上一個重要的貢獻，應該受到表揚。不管這《續編》有多大缺點或不足，都應該得到肯定和表揚。」載絲韋（羅孚）《絲韋隨筆》（香港：天地圖書公司，一九九七），頁一〇一。又參考羅寧〈《中國文學大系續編》簡介〉，《開卷月刊》，二卷八期（一九八〇年三月），頁二九。此外，大約在香港文學研究社籌劃《大系續編》的時候，在香港中文大學任教的李輝英和李棪，也正在進行另一個《中國新文學大系》的續編計劃，由中大撥款支持；看來構思已相當成熟，可惜最後沒有完成。見李棪、李輝英〈《中國新文學大系．續編》的編選計劃〉，《純文學》，第十三期（一九六八年四月），頁一〇四——一一六。

25 《中國現代文學大系．小說第一輯》序，頁一九。

26 曉風的序「散文」從開篇就講選本的意義，視自己的工作為編輯選本，明顯與朱西甯的說法不同調，見《中國現代文學大系．散文第一輯》，頁一——四。

27 《中國現代文學大系》，頁一一。

28 《中華現代文學大系（貳）——臺灣一九八九—二〇〇三》，頁一三。

29 《中國新文學大系一九七六—二〇〇〇》，頁五。

30 《中華現代文學大系（貳）——臺灣一九八九—二〇〇三》，頁一四。

31 〈香港村和香港的由來〉，載葉靈鳳《香島滄桑錄》（香港：中華書局，二〇一一），頁四。現在我們知道「香港」之名初見於明朝萬曆年間郭棐所著的《粵大記》，但不是指現稱香港島的島嶼，而是今日的黃竹坑一帶。見郭棐撰，黃國聲、鄧貴忠點校《粵大記》（廣州：中山大學出版社，一九九八），〈廣東沿海圖〉，頁九一七。

32 又參考馬金科主編《早期香港研究資料選輯》（香港：三聯書店，一九九八），頁四三—四六。葉靈鳳又提醒我們，根據英國倫敦一八四四年出版的《納米昔斯號航程及作戰史》（*Narrative of the Voyages and Services of the Nemesis*），早在一八一六年「英國人的筆下便已經出現『香港』這個名稱了」。見葉靈鳳《香港的失落》（香港：中華書局，二〇一一），頁一七五。

33 香港特區政府網站：http://www.gov.hk/tc/about/abouthk/facts.htm（檢索日期，二〇一四年六月一日）。

34 參考屈志仁（J. C. Y. Watt）《李鄭屋漢墓》（香港：市政局，一九七〇）；香港歷史博物館編《李鄭屋漢墓》（香港：香港歷史博物館，二〇〇五）。

35 許地山《國粹與國學》（長沙：嶽麓書社，二〇一一）頁六九—七〇。

36 《新安縣志》中的《藝文志》載有明代新安文士歌詠杯渡山（屯門青山）、官富（官塘）之作。我們今天應如何理解這些作品，是值得用心思量的。請參考程中山《舊體文學卷》的〈導言〉。

37 例如不少內地劇作家的劇本要避過國民政府的審查，而選擇在香港出版，但演出還是在內地。

38 上世紀八〇年代以來，為「香港文學」下定義的文章不少，以下略舉數例：黃維樑〈香港文學研究〉（一九八三），收入黃維樑《香港文學初探》（香港：華漢文化事業公司，一九八八二版），頁一六—十八；鄭樹森《聯合文學・香港文學專號・前言》（一九九二），刪節後改題〈香港文學的界定〉，收入黃繼持、盧瑋鑾、鄭樹森《追跡香港文學》（香港：牛津大學出版社，一九九八），頁五三—五五；黃康顯〈香港文學的分期〉（一九九五），收入黃康顯《香港文學的發展與評價》（香港：秋海棠文化企業出版社，一九九六），頁八；劉以鬯主編《香港文學作家傳略》（香港：市政局公共圖書館，一九九六），〈前言〉，頁iii；許子東《香港短篇小說選一九九六——一九九七・序》，載許子東《香港短篇小說初探》（香港：天地圖書公司，二〇〇五），頁二〇—二二。

39 《香港文學作家傳略》，〈前言〉，頁iii。

40 在香港回歸以前，任何人士在香港合法居住七年後，可申請歸化成為英國屬土公民並成為香港永久居民；香港主權移交後，改由持有效旅行證件進入香港、連續七年或以上通常居於香港並以香港為永久居住地的條件，可成為永久性居民。參考香港特區政府網站：http://www.gov.hk/tc/residents/immigration/idcard/roa/verifyeligible.htm（檢索日期，二〇一四年六月一日）。

41 謝常青《香港新文學簡史》（廣州：暨南大學出版社，一九九〇）。

42 夏志清長期在臺灣發表中文著作，但他個人未嘗在臺灣長期居留。又《中華現代文學大系（貳）——臺灣一九八九—二〇〇三》由馬森主編的小說卷，也收入香港的西西、黃碧雲、董啟章等香港小說家。

43 參考陳國球《文學史書寫形態與文化政治》，頁六七—一〇六。

44 參考高嘉謙〈刻在石上的遺民史：《宋臺秋唱》與香港遺民地景〉，《臺大中文學報》，四十一期（二〇一三年六月），頁二七七—三一六。

45 羅孚曾評論鄭樹森等編《香港文學大事年表》（一九九六）不記載傳統文學的事件，鄭樹森的回應是：「雖然有人認為《年表》可以選收舊體詩詞，但是，恐怕這並不是整理一般廿世紀中國文學發展的慣例。」《年表》後來再版，題目的「文學」二字改換成「新文學」。分見《絲韋隨筆》，頁一〇〇；鄭樹森、黃繼持、盧瑋鑾編《香港新文學年表（一九五〇——一九六九）》（香港：天地圖書公司，二〇〇〇），頁五。

46 英國統治帶來的政制與社會建設，也是香港進入「現代性」境況的另一關鍵因素。

47 鄭樹森等在討論香港早期的新文學發展時，認為「詩歌的成就最高」，柳木下和鷗外鷗是「這時期的兩大詩人」。見鄭樹森、黃繼持、盧瑋鑾編《早期香港新文學作品選》（香港：天地圖書公司，一九九八），頁三一—四二。

48 參考侯桂新《文壇生態的演變與現代文學的轉折——論中國作家的香港書寫》（北京：人民出版社，二〇一一）。

凡例

一、《香港文學大系一九一九—一九四九》共十二卷，收錄一九一九年至一九四九年之香港文學作品，編纂方式沿用《中國新文學大系》以體裁分類，同時考慮香港文學不同類型文學之特色，分別為新詩卷、散文卷一、散文卷二、小説卷一、小説卷二、戲劇卷、評論卷一、評論卷二、舊體文學卷、通俗文學卷、兒童文學卷、文學史料卷。

二、作品排列是以作者或主題為單位，以作者為單位者，以入選作品發表日期先後為序，同一作者入選多於一篇者，以發表日期最早者為據。

三、入選作者均附作者簡介，每篇作品於篇末註明出處。如作品發表時所署筆名與作者通用之名不同，亦於篇末註出。

四、本書所收作品根據原始文獻資料，保留原文用字，避免不必要改動，部分文章礙於當時報刊審查制度，違禁字詞以X或□代替，亦予保留。

五、個別明顯誤校、字粒倒錯，或因書寫習慣而出現之簡體字，均由編者逕改；個別異體字如無法顯示則以通用字替代，不另作註。

六、原件字跡模糊，須由編者推測者，在文字或標點外加上方括號作表示，如「不以為〔然〕」；原件字跡太模糊，實無法辨認者，以圓括號代之，如「前赴（　）國」，每一組圓括號代表一個字。

七、本書經反覆校對，力求準確，部分文句用字異於今時者，是當時習慣寫法，或原件如此。

八、因篇幅所限或避免各卷內容重複，個別篇章以〈存目〉方式處理，只列題目而不收內文，各存目篇章之出處，將清楚列明。

九、《香港文學大系一九一九—一九四九》之編選原則詳見〈總序〉，各卷之編訂均經由編輯委員會審議，惟各卷主編對文獻之取捨仍具一定自主，詳見各卷〈導言〉。

導言

霍玉英

一

如果說香港「新文學」被視為「小兒科」，[1]那麼，向以為從屬於「新文學」的兒童文學，誠為「小兒科」中的「小兒科」，更不用說她在中國文學廟堂裏能佔一個怎樣的位置。兒童文學既以「兒童」為讀者對象，知識份子中不少因一種以天下為己任的「中心心態」，未有想到有了解兒童的必要，更遑論委身「小兒科」，為孩子創作，構築兒童文學的園地。在中國，把兒童看待為獨立的個體，將「兒童文學」看成為認真的事來幹，那要等到周作人高舉「人的發現」後才有所體現。不過，早於一九一二年，周作人在〈家庭教育一論〉裏，已提出中國當下先理治者有二，一曰兒童研究，一曰婦女問題。[2]兒童研究所以前置於婦女問題，那是因為只有明白「兒童在生理心理上，雖然和大人有點不同，但他仍是完全的個人，有他自己的內外兩面的生活。兒童期的二十幾年的生活，一面固然是成人生活的預備，但一面也自有獨立的意義與價值」。[3]不把兒童當作「縮小的成人」，也不輕視他們為「不完全的小人」，讓孩子在尊重中成長，那麼，婦女問題，甚或社會問題、國際問題也許都不再是問題，因為明白彼此都是獨立的個體，有其自身存在的意義與價值。

兒童文學中的詩歌與圖畫是幼兒成長中不可或缺，就詩歌而言，周作人在一九一二年〈兒歌之研究〉裏就指出當中道理，「凡兒生半載，聽覺發達，能辨別聲音，聞有韻或有律之音，甚感愉快。」[4]林良從幼兒發展的觀點，把周作人的話演繹得更為寬廣，指出幼兒的第一門文學課程是聽兒歌，幼兒第一門藝術課程是看圖畫。[5]聽歌悦耳，讀圖娛目，一切都如周作人所稱，最上乘的兒童在於「無意思之意思」——「兒童空想正旺盛的時候，能夠得到他們的要求，讓他們愉快地活動，這便是最大的實益，至於其餘觀察記憶，言語練習等好處即使不說也罷。」[6]兒歌兒語並非淺語，她是「淺語的藝術」；兒童文學更非「小兒科」，她是最淺顯，但也最高深的學問。

香港，處於南陲，從地理位置而言，她是「化外之地、邊緣的邊緣」；[7]有學者就政治因素，認為香港「失養於祖國，受虐於異類」，背負無從救贖的「原罪」——殖民統治。[8]不過，以二十至四十年代南來文化人為例，邊緣的香港就提供了特殊的空間，讓他們繼續寫作，不少「在」香港的文學就在這個時期產生，黃繼持稱之為「移入」。[9]李歐梵也指出被政權迫向邊緣化的知識份子縱然流落香港，他們對香港文化和歷史都沒有真正的興趣，因此，在香港掀起蓬勃的文藝活動，只為了向中心喊話，為北返而鋪墊。[10]

三十年代的香港兒童文學，大都依附在報刊副刊而發展，要到了一九四一年才有了第一本的兒童雜誌——《新兒童》。戰後，在香港成立的兒童文學研究組，掀起了華南兒童文學運動，各大報章先後創辦兒童副刊，與一九四六年在港復刊的《新兒童》，以及「叢書」與「文庫」等兒童讀物，進一步推動香港兒童文學的發展。如前述，對南來文人為香港兒童文學的建樹，或許可以有這樣的理解：一、迫於戰爭而避地香港，但在港期間得以繼續創作，既為抗戰大業出力，又可據邊緣小島，向對立政權喊話，宣揚政治思想；二、一九四九年前在港創辦的兒童雜誌與副刊，都成為南來文人的發表陣地，本土的聲音寥落，但又弔詭地培育了讀者和作者，為香港兒童文學埋下種子。

曾經有學者這樣評價四十年代的香港兒童文學：一、創作隊伍並非土生土長，流動性大；二、作品大多來自原作的改編改寫；三、欠缺有生命力的作品；四、兒童文學的評論工作未受到應有的重視。[11] 上述批評雖然不無道理，但四十年代香港兒童文學萌發，葉枝並未茂盛，作品生命力或許不足，而改編改寫更不難理解，致使評論未受到應有的重視，這也是必然的。然而，就創作隊伍的流動性來說，有認為「對香港文學的發展造成了負面的影響」，[12] 但也指出是「這個小島城市在文學發展的一個特色。」[13] 再證之於政權更替，南北對流，香港又再以她的地理優勢，為右翼文人提供場所，開張另一道風景，並據邊緣小島向中心喊話，此是後話。

如前所述，香港兒童文學向為人所忽視，原始資料缺乏系統的輯錄與整理，更不利尋根溯源，沒法還當年初建面貌。以九十年代出版的「香港文學史」，[14] 以及兩種兒童文學史及專著為例，[15] 其中雖有專章論及香港兒童文學的發展，但引述大都來自〈華南兒童文學運動及其方向〉一文。[16] 一九九六年，周蜜蜜以當事人——作者與讀者的篇什與憶述，輯錄了香港兒童文學的舊日足跡。[17] 近年，隨着數碼化的發展，前輩努力輯佚的原始資料得以通達四方，裨益不論遠近的研究者。[18] 一九九九年，盧瑋鑾、黃繼持與鄭樹森以國共內戰時間為縱，橫向從原始資料入手，梳理而為三冊資料選及作品選。就兒童文學的範圍，三位學者都有論及，並從報章與叢書篩選具代表性的作品，展現內戰時期此地兒童文學所表現的特色。[19]

過去，由於戰事與政局關係，原始資料散佚不全，就《新兒童》的討論，大都以黃慶雲在一九八〇年在《開卷》月刊發表的〈回憶《新兒童》在香港〉為據，[20] 沒能讓資料自道身世，誠是可惜。二〇〇六年，香港中文大學圖書館與香港教育學院圖書館聯合主辦「薪火相傳：香港兒童文學發展六十五年回顧展」，部分在港復刊的《新兒童》（一九四六—一九四九）經數碼化處理後，上載於香港中文大學圖書館「香港文學資料庫」，研究者於是能據原始資料，尋繹《新兒童》的發展面貌。[21] 不過，創刊至一九四六年八月十六日共七十三期《新兒童》，仍湮沒在歷史中。最近，通過「全國報刊索引」，已能檢閱一九四二—一九四九年期間《新兒童》絕大部分的全文，[22] 一段空白至今幾得填補，有助還原她的面貌。

二

有謂香港兒童副刊始於《大光報・兒童號》，[23] 但就現存資料，僅見一九三三年四月五日的「兒童號」，眉牌「兒童號」旁註「其弍」。[24] 除〈編者話〉及四篇文章外，這一期的「兒童號」刊有一張圖畫（見本卷頁七十），救國主題顯而易見。創刊於一九三六年六月十一日的《大眾日報・小朋友》，仍以救國為務，在創刊號署名「大朋友」的〈發刊歌唱〉，即呼籲作為「世界主」的小朋友，「大家同心協力把國救」。[25] 同日，署名亦夫的〈小朋友週刊獻詞〉，也期許小朋友能振興救國，以血洗盡世界的污穢，以心在黑暗中放出光明。[26] 及至日本大舉侵華，《大公晚報·兒童樂園》亦沿襲救國路線，把寄附在報章的兒童版面，視為一致抗敵的宣傳陣地。一九三九年十一月九日發表的〈弟弟失學了〉，寫城破軍臨，小孩被迫改用日文課本，讀日本歷史的屈辱，作者在詩首說明中高喊：「救救淪陷區的孩子！」[27] 宋因在〈十月天〉，把此地優裕的兒童生活，對比祖國前線士兵的苦寒，呼籲小朋友打破撲滿，捐獻抗戰大業。

一九四一年六月，曾昭森出資創辦《新兒童》半月刊，由在讀研究生黃慶雲出任主編。[28] 創辦半年，即因太平洋戰事爆發停刊，離港後輾轉於桂林、廣州及香港復刊。雖然，《新兒童》在港創刊，但在一九四二年桂林復刊首期，曾昭森詳述了《新兒童》在港出版的緣由：

> ……怎樣去教育這些未來文化的繼承人——兒童——這責任是我們每個年長者所應負起來的。為了這，同人等便組織了進步教育出版社，出版「新兒童」半月刊，想藉一個較易普及而有力的媒介——文字——幫忙我們負擔這重大的使命。為着當時我們工作同人服務和求學的嶺南大學因廣州失陷而遷到香港，我們藉着香港印刷技術及材料的便利，便選擇了香港做出版地，於去年六月一日創刊。[29]

雖然，《新兒童》本無意在香港創辦，但香港的地理優勢、先進的印刷技術及材料的便捷，[30] 成就了《新兒童》。情非得已，而在港創辦的《新兒童》，滋養本地兒童讀者的同時，間接培育未來的創作者，那又不啻一段佳話。

《新兒童》創辦人曾昭森，是美國教育家杜威（John Dewey，一八五九—一九五二）教育理念的追隨者，曾翻譯他的《經驗與教育》（Experience and Education）與《我的教育信條》（My Pedagogic Creed）。一九四一年，他以杜威的基本教育理念，寫成〈兒童教育信條〉，三十信條中涵蓋以下三者：一、兒童具有「神聖不得侵犯」的人格，有本身的需要、興趣及要求，此等都應得到尊重，成人與社會應該對兒童的幸福與兒童的人格發展負責；二、兒童教育應以兒童為中心，愛護兒童，全面看待兒童，在生活中顧及兒童的興趣，經驗，能力與需要，而宗教、文學等社會資源亦有助於兒童的發展；三、兒童的發展也具有社會和國家的目的，兒童應該愛自己的祖國，兒童的幸福與兒童的社會教育決定着社會和國家的未來。[31] 曾昭森在「附誌」指出，「信條是關於理想的領域，而所謂理想的領域當然不經已成為普遍的認識與現象」，[32] 於是，他以此作為進步教育出版社出版的中心思想，而《新兒童》半月刊「就是想把這種見解予以具體的闡述」。[33]

此外，在《新兒童》撰稿的著名教育家，像莊澤宣、唐現之及朱有光等，教育理念雖或不是全然來自杜威，但致力引介西方教育理論和兒童概念，尊重兒童為獨立個體，正是這一批教育家的共同理念。再證之於一九四九年兒童節，以曾昭森為首所發表的〈一九四九年兒童節日兒童文化工作者宣言〉，[34] 以及黃慶雲的〈孩權宣言草案〉，[35] 莫不呼應着當年的信仰與理想，可見以杜威「兒童為中心」的教育理念，是曾昭森、進步教育出版社及《新兒童》所堅守的理想。

就本卷選收《新兒童》的篇什，大致可分為三類。第一類，着重兒童心理與趣味。兒童文學的讀者對象為兒童，因此，「以兒童為本位的兒童文學反對為走向成人目標而『縮略童年』的功利行為，而是將『浪費時間』的遊玩、閒逛看作是童年期裏正當合理的一種生活態度。兒童本位的兒童文學給兒童以擁有自己人生的權利，鼓勵兒童從容不迫地享受童年的幸福，滿足並發展兒童的生命欲求和願望。」[36] 四十年代的香港，雖然社會狀況比內地較為安穩，但上述言論也許被視為奢談。不過，審視《新兒童》的作品，也有不少切中兒童心理，着重兒童遊戲精神，能為戰亂中的艱難歲月，帶來一點生趣。呂志澄在〈慕琦的心事〉寫無法接受初生弟弟的慕琦，向父親直抒心中的鬱悶與不平，對讀呂志澄在一九四六年選譯的〈母親的測驗〉，便能明白作者所以確切了解兒童心理，體恤孩子被冷落的心情的原委。[37] 再而是〈吳先生和人造雨〉，主人翁吳外錚成功發明人造乾冰以解旱天，但該哪天下雨呢？家中老少各持己見，理由看似合理，但又荒誕滑稽，無疑切合了兒童口味。

黃慶雲在〈鼠寶乘車記〉寫鼠寶誤拉繩子，觸響鈴子，這些連鎖式的情節所製造出來的喜劇效果，也深為兒童喜愛。此外，寓言有所寄託，但往往出於幽默與反諷，像〈王子和魚〉的機智，〈鬥聰明的魚〉的哲思，無不對應了孩子追根究柢的精神。至若賀宜的〈慢伯和他的老婆〉，或意有所指，借以諷喻人生，但仍不失風趣。〈捕虱運動〉的諷刺則較為辛辣，直指當權者的無理與人性的醜陋。在《新兒童》作品中，最為亮眼的是鷗外鷗的〈大衣後面的門〉，弟弟童言無忌，並堅持再三，正表現了兒童的稚拙與想像：

弟弟說：

「這大衣後面的門，

放屁用的罷；
一定是放屁用的門了！」[38]

第二類，培養品德情意。就兒童與遊戲、與玩具的關係，周作人早於一九一四年就有精確的見解，「遊戲者兒童之事業，玩具者其器具」，[39]而「玩具之用，不獨足以娛悅小兒，且可促其智力之發達」。[40]一九二三年，他更斬釘截鐵稱「兒童的文學只是兒童本位的，此外更沒有甚麼標準。」[41]然而，把兒童文學視為伴隨教育而來，承擔教育的功能的論調也有不少。[42]不過，過分強調兒童文學中的教育功用，難免流於教訓，而教條式的告誡，更令孩子生厭。因此，如何堅持以兒童為中心，寓教於樂，則有待作者的拿捏。以珍惜光陰、勤奮好學，做個「新兒童」為主題的作品，就有黃慶雲的〈聽鐘鐘〉、〈春的消息〉、〈不做工的王新新〉。呂志澄在〈聰明的家畜〉以反面的例子勸說遷善改正，雖然曲終奏雅，但運用類近連鎖歌的方式說唱，誠是兒童最喜愛的韻律，一如琅琅上口的遊戲歌。

第三類，從時局出發，向極權控訴、抗戰救國、呼籲和平，以及振興祖國。鷗外鷗在〈尼泊爾王子如是說〉直斥當權者不知民間疾苦，而呂志澄一系列的歌謠，像〈學校門外的李大材〉與〈看看這一羣〉，則反映了迫於生活而為童工、擦鞋童，甚或流浪兒的艱苦歲月。因之，控訴極權，團結或一致抗日，或呼籲停止內戰，建設和平的篇什日多。其中，黃慶雲〈一個真實的敵後故事〉中的新民，〈中國小主人〉裏的小華最為經典，新民和小華不過十歲，但在作家的素描下，他們都成為機智聰明的小戰士，小小年紀或掩護盟軍朋友，逃出淪陷區；或讓父親免於漢奸逮捕，抓住身為父親的偽警隊長鍾大利的心理，最後勸說其加入抗日陣線。這種主題先行的作品，無疑是時代的產物。

抗戰勝利後不久，又掀起內戰，呼籲和平成為這一時期作品常有的題材，像黃慶雲〈為和平而爭〉。〈夜來香〉中的虹之花，因為親睹醫生、護士、築路工人、革命黨人，以及新聞記者不辭勞苦，為改善不滿的現狀而奮鬥，她感動了。最後，虹之花蛻變而為「夜來香」，夜夜安慰着這些為建設美好世界的人。〈詩人〉呢？不再吟風弄月，談愛傷感，作者讓他們到羣眾裏去，並向大眾學習。最後，「虹之花」與「詩人」的追求，在〈兩個小石像〉得見「虹之國」。梳理上述四個作品的發表時序，比較作品的主題演化，也許明白轉變的時局對作者的影響，而早期以改良主義為兒童教育方針的《新兒童》，也日益接近社會，積極宣傳革命思想。

三

就戰後香港文學藝術活動的發展，黃繼持認為「左翼的文藝工作是全國配合的，華南不過其中一個環節。因此，內地多項文學理論及政策趨向往往在香港出現，有部分則加上香港本地色彩。」[43]其中，由文藝協會港粵分會研究部所擬寫的〈關於文藝上的普及問題（討論提綱）〉更開宗明義，指出「普及，是大眾化的具體內容……是我們今後文藝運動的基本路線，同時也是我們作家今後的主要創作方向」，[44]最能表現中共在港粵兩地的文藝政策。沿此，關係兒童文學的發展路向，也不例外。[45]

創刊於一九二一年的《華僑日報》（前身為《香港華商總會報》）是一份工商界出版的報章，沒有明顯的政治立場，主要以香港的利益為出發點，[46]總編輯何建章卻能相容左右兩派，予編輯極大自主。戰後，《華僑日報》創辦了不少副刊，其中《兒童周刊》就在一九四七年三月一日創立，[47]主編原來屬意黃慶雲，但她以《新兒童》編務繁忙為理由，推薦學妹許穉人與胡明樹，許為主編，胡則除供稿外，還幫忙編務。許穉人是地下黨員，[48]在《兒童周刊》創刊初期，即以徵文比賽吸納讀者，引領組織「兒童周刊讀者會」，[49]透過多元化的文藝活動培養幹部，積極地回應中共的文藝政策，有鮮明的政治立場。

戰後的香港，經濟尚未恢復，重開或創辦學校並不容易，傳播廣泛的報章於是成為教養場所，並座落於兒童副刊，讓在學與失學兒童，以至生活窘迫的童工都能身受教澤。如果說兒童副刊為教養場所，那麼，「誰來教」的「誰」，就指向主編和作者了，他們不單主導整個版面，又左右了「教甚麼」。因此，許穉人的背景無可避免地影響着《兒童周刊》的編創方向，也就是「教甚麼」的內容。在〈發刊詞〉中，許穉人一方面指出戰後香港缺乏健康的兒童讀物，一方面則呼籲關心兒童的朋友來為這片荒蕪的園地播種耕作，肩負「導師」的重任，引領並鼓勵讀者參與園地的播種與耕耘。[50]

在作品中，許穉人所關注與反映的兒童可分為兩類：一、受壓迫的童工，以〈小倔強〉為代表，在被澤教化之後，他長了知識，添了勇氣，並奮起反抗，在偌大的世界裏尋找自己的路；

二、「思想進步」的新兒童，以〈雙十節〉中的小穎為典型，她用「繼承先烈遺志，爭取民主、自由」的口號，領導小同學巡遊去。[51] 許稺人更喜於作品中說理，在戲劇〈互助〉便借工人葉強的話，指出小乞丐小牛和洪仔並非敵對的對方，真正的敵人是不合理的社會，是站在人民頭上壓迫他們的人。受壓者要過好日子，不出兩者，一、自力更生；二、團結起來改造不合理的社會。

胡明樹在《兒童周刊》也發表了不少作品，但篇幅所限，部分存目。不過，與其他南來文人不同，胡明樹的作品頗能反映香港的地貌風俗，在詩歌〈香港仔〉，他既描繪本土地貌，像香港仔、大澳、大小丫洲，又寫到香港水上人家的生活。題為〈榕樹爺爺契男〉的故事，不單以李妹仔「契榕樹」反映本地風俗，同時又道出父母雙亡、識字不多的他，如何從行乞、偷搶到自力更生，由中環到西環挨家挨戶派送報紙的生活。此外，胡明樹更不避方言俗語，以至髒話，期以表現社會裏最下層、失教報童的語言，又隱隱然指出社會上嚴重的失學失教問題。

《星島日報》兒童副刊《兒童樂園》創刊於一九四八年四月九日，晚於《兒童周刊》一年多，主事者如何與佔全港銷量第一位的《華僑日報》爭雄？[52] 盧瑋鑾就曾以「高度分工」來形容《星島日報》在戰後創刊的幾個副刊，[53] 並歸納對這些副刊的印象。[54]《兒童樂園》在創刊之初，並沒有主編的署名，到第四期改為周刊後，即以「豐子愷題」或「子愷題」的書畫為報頭，主編署名「豐子愷」，直到一九四九年年底。[55] 且勿論豐子愷曾否主編《兒童樂園》，但報刊主事者以「兒童的崇拜者」[56] 為「主編」，其實反映了副刊的宗旨——「兒童本位」。再而以豐子愷的畫作為報頭，如盧瑋鑾所言，此舉能「建立讀者對編者的信任」。[57]

綜觀在《兒童樂園》所發表的作品，大都以「兒童本位」為宗，着重兒童的遊戲情味，在寓教於樂之餘，又啟發兒童心智。一九四八至一九四九年間，豐子愷在《兒童樂園》發表的作品，以漫畫為主，其中四幅一組的連環畫更是少有。[58]這些作品都「從兒童視角切入，強調兒童的遊戲性，既貼近兒童生活，又表現了鮮活的兒童情趣」，[59]比「人生漫畫」有較多「天真的幻想、對世間濃厚的愛」。[60]〈爸爸吃蛋糕〉與〈西瓜藝術〉兩者都關乎「吃」，前者表現更多的是孩子氣，在聰穎中流露稚拙，在稚拙中又透出聰穎；後者把握了「採」、「吃」及「刻」的「遊戲」，從兒童角度，寫孩子生活中的趣味與遊戲。此外，兩個作品都蘊含「愛」，前者幽默諧謔，後者以「看」，透現了一家四口並坐觀賞西瓜燈的「團圓」。此外，豐子愷以層疊推進的手法寫成的〈為了要光明〉，[61]趣味盎然，他既抓住兒童文學中的遊戲精神，又以幽默有趣的情節表現。唐權的〈縣太爺的公道〉和平浦的獨幕劇〈蒸籠〉，也同以層疊推進的手法，為兒童讀者帶來幽默與諧趣。

此外，發表在《兒童樂園》的篇什少有論說，作者大多採用寓教於樂的方式，通過生活故事寄寓道理。胡叔異以「你不能去了」為題，讓不愛今天的事今天做的文駿，失去與弟妹到海邊避暑的機會。呂伯攸的〈「我們要報仇」〉與嚴大椿的〈老婦的巧智〉兩篇則佈置機關，同以「智取」，前者教訓了愛虐待小動物的小和子，後者則解圍城之困。至於鮑維湘的〈油畫像的故事〉，作者更借助文字遊戲，為兒童提供了一次思辨訓練。

《兒童周刊》與《兒童樂園》兩者，雖屬香港兒童副刊，但意涵不盡相同。首先，套用黃繼持的話，《兒童周刊》誠是「在」香港的兒童副刊，不過，把《兒童樂園》視為一種「出現」的形態，也許較為恰當，因為在「樂園」耕耘的，大都來自上海的作家。其次，《兒童周刊》因編者的政治背景，創刊之初，即不以兒童本位為編寫取向，致使版面表現了強烈的政治傾向；《兒童樂園》則不然，作者與「主編」在兒童文學創作與兒童雜誌編輯都有深厚的經驗，較能遵循以兒童本位為編選與創作的宗旨，為戰後香港兒童提供園地，讓他們在那裏快樂地遊玩閒逛。因此，戰後香港兩家大報的兒童副刊，雖同以「兒童」命名，但表現出很不一樣的風格和面貌，反映了在四十年代末，「南來」——「在」與「出現」在港的文化人，為香港兒童副刊建構的獨異風景。

四

四十年代創刊的兒童副刊，尚有《大公報・兒童園地》與《文匯報・新少年》。《兒童園地》因為寄附在副刊《家庭》，所佔篇幅不多，再因資料不全，能供選輯的作品數量相對地少，其中以詩歌與連環漫畫為主。就詩歌而言，陳伯吹的〈喇・叭・花〉雖然韻律和諧，但以喇叭花喻為「宣傳家」，然後對比「默不出聲」的小草，以及「聽不懂」的桑麻，誠是意有所指。本卷所選麥非發表在《大公報・家庭》的五個作品，都不著一字，單以圖畫講述故事，表現了十足的童趣。其中，〈大人煩惱的時候〉與豐子愷〈我愛人　人愛我〉同以「環形結構」創作，前者講的是煩惱，後者則是愛，是遊戲。

針對較為年長的兒童讀者，《新少年》以「少年」命名，探討議題亦較其他兒童副刊嚴肅，批判意味濃烈。以〈你的爸爸和我的爸爸〉為例，黃慶雲以在上海警司令做事，專抓人的「你的爸爸」，對比了守衛機器和工廠，為解放軍進城做好準備的「我的爸爸」，突顯國共對壘的慘烈，令人悚然。作品刊於一九四九年五月二十七日，這一天，上海解放。其時，內戰雖未完全平息，但大勢已定，左翼文人對新中國的企盼愈演愈烈。加因在〈夢是會實現的〉描繪的是一個令人振奮的「自由中國」，醫院是免費的，學校是集中生活、勞動、娛樂與知識的地方……雖然這不過是主人翁阿麗的夢，但如作品題眼，夢是「會」實現的。加因另一篇作品〈學校的風波〉，以日記形式記錄了學生因反抗學校裏的守舊勢力，連累國文老師，令他被學校辭退，但篇末國文老師的話：「很快的，這種學校，這種不合理的教育會被淘汰的」，[62]也寄託了作者的美好願望。無論是追求夢想的阿麗，抑或反抗守舊勢力的學生，加因在〈四月二十一夜〉予他們莫大的鼓舞與希望——解放軍渡江，受壓迫的人民，受罪的日子快將過去！

戰後，《華商報》在港復刊，她沒有創辦專門的兒童副刊，但偶有兒童文學發表在《熱風》，本卷斟酌收入加因在該刊的兩篇寓言。「將死的狼是最凶殘的，為了更殘暴的報復，狼最善於裝死」，[63]是〈將死的狼〉在篇末的話，當中寓意甚明——提防窮途末路的「狼」。

五

誠如〈華南兒童文學運動及其方向〉一文所言，「本是一個文藝作者的，就應該多懂兒童，多接近兒童，而原來是從事教育的人，就該學習寫作技巧，勇敢嘗試。」[64]這樣，方能融合文藝與教育，使兒童文學能以「兒童本位」出發，配應這一特殊讀者羣的心智發展。不過，成人每每着眼於兒童刊物對兒童所起的教育功效，忽略了這一羣有別於成人的讀者獨有的心理特質與需求。再者，時局動蕩，戰爭不止，成人尚且不能安居樂業，遑論兒童的福祉。在抗戰及內戰時期，香港兒童文學的作者在歷史的漩渦中身不由己地漂流，苦苦探索緊急救國之路、和平之路、擺脱壓迫之路，而「兒童本位」的兒童文學主張幾成奢談。相對於殘酷的現實，純粹的兒童文學猶如「桃花源」，難免止於作者的理想，而難以實現。

總的來説，一九四九年以前的香港兒童文學就出現了兩種不同的創作取向。其一，本着較單純的兒童文學，不牽扯戰爭、壓迫等社會現實，傾向「兒童本位」的創作取向。不過，黃慶雲等在討論華南兒童文學運動的時候，就指出因為時間、環境及許多條件的限制，「發展上自然有許多未達到理想的。」[65]其二，是深受歷史影響，把政治立場和主張加諸兒童文學的形式，甚至主題先行的創作取向，這些作品體現的「成人本位」、「政治本位」，乃是特殊歷史時空的產物。

編輯上述兩種創作取向所形成的文本，有利於梳理香港兒童文學發展的脈絡，從而認清兒童文學的核心——兒童本位。由於歷史與政治的影響，創作偏離兒童本位，誠是遺憾。不過，選編這些作品，能真實反映香港兒童文學的發展情況，顯明香港作為一個邊緣的小島，對華南乃至整個內地兒童文學發展的意義，糾正學界過往對香港兒童文學的誤解與忽視，把她重新呈現在香港文學史、中國現代文學史裏，肯定她的價值。

本卷所選作品，大都來自三十至四十年代香港報章的兒童副刊、兒童雜誌、叢書文庫，以及單行本。作品分七類，共一一三篇，包括：一、理論（七篇）；二、詩歌（二十八篇）；三、童話（二十四篇）；四、故事（二十六篇）；五、寓言（九篇）；六、戲劇（六篇）；七、漫畫（十三篇）。以下是本卷所收文本及作者的情況：

甲、香港兒童文學作品主要寄居於報章副刊，而專以兒童為讀者對象的，據所見原始資料，最早僅有一九三三年的《大光報・兒童號》第二期，所刊作品與本卷編選原則相距較遠，不予選收，因此，本卷所選作品起於一九三六年《大眾日報・小朋友》。此外，一九四一年在港創辦的《新兒童》，出版不到半年，即因太平洋戰爭內遷，至一九四六年在香港復刊，後有《華僑日報》、《星島日報》、《文匯報》、《大公報》等報分別創辦兒童副刊或兒童園地，這些報刊資料存世較為完整，因此本卷所選作品以四十年代中後期發表的為多。

乙、《新兒童》從創刊至一九四九年，期間雖因戰事暫停，但仍堅持出版，長達八年。再者，雜誌篇幅較每周不過一版的兒童副刊為長，有較多作品可供編選。因之，《新兒童》的選篇佔最多。

丙、《新兒童》創刊初期，得到不少名家的支持，但仍以黃慶雲的作品為最多，她曾以不同的筆名在《新兒童》發表了大量文章，[66] 而呂志澄則在黃慶雲留學美國期間，亦以不同筆名發表作品。黃、呂兩人同兼編者與作者，在頗長的時間裏，支撐着《新兒童》的出版。因之，兩人有較多作品可供編選，所收篇什也較其他作家為多。

丁、就一九四九年前的香港兒童文學，當中有肩負抗戰與解放大業的重任，但切中兒童心理需要，講求趣味與遊戲性的也有不少。本卷在選輯作品的時候，力求兼取兩者，突顯在香港這個文化角力場域裏，有不同兒童概念的展陳，有不同背景影響的創作取向。因此，作品的兒童性、文學表達，以及時代意義都在考慮之列。

戊、本卷收錄了豐子愷與麥非的連環漫畫，收入豐子愷的作品原因有三：第一，在豐子愷的作品裏，四幅一組的連環漫畫是少有的，這些作品不單切中兒童特質，還有引人入勝的故事情節。其次，豐子愷注意圖像細節，既推動了故事的發展，又起點睛之效，頗具備現代圖畫書（picture book）的雛形。[67] 第三，豐子愷四幅一組的連圖只在香港一地發表。麥非的作品以其童真與童趣，別開生面地座落於《大公報・家庭》，實在難得，本卷亦予以編收。此外，張樂平在《兒童樂園》曾發表十幅以小貓咪咪為主人公的連環畫，幽默有趣，吸引孩子閱讀。不過，因年代久遠，底本模糊，無法修葺，本卷只能割愛。

己、呂志澄有不少發表在《新兒童》的詩作，插圖多由李石祥配製。本卷在編選呂志澄的詩歌時，亦收入這些插圖，讓讀者得見詩歌在《新兒童》發表時的原貌。作者簡介置於呂志澄後。

庚、本卷也從叢書、文庫或單行本選輯作品，其中有許稱人的〈他們的夢想〉。不過，因篇幅所限，如作品在坊間已有出版或再版，則存目以誌，像許地山的《桃金孃》、胡明樹的〈大鉗蟹〉及司馬文森的《上水四童軍》；其他篇幅較長，但不易尋見者，則節錄一二以示，其中有華嘉的《森林裏的故事》。

辛、作者生平可考者，除原居本地外，大都曾在香港居停從事創作；其他只以作品「出現」在香港的兒童版面的作者，本卷亦予選編，這些作者大都來自上海。

壬、本卷只收原創作品，譯作不在選編之列。

六

相對於《香港文學大系》其他各卷，《兒童文學卷》是最年輕的，但知見篇目書目為數不少，惜年代久遠，現存叢書與文庫，難以盡窺全貌，疏漏實在難免。再因選者淺識學疏，在兒童文學領域的研究仍須努力，本卷舛誤與疏漏，誠待有識者指正。在本卷編選期間，得前輩指導教誨，受益匪淺。不過，時光倏忽，因庸怠而錯失機遇，無法再次訪談求教，心中愧疚。此刻，深切體會前輩研究者急於搶救史料的苦心，原始資料與歷史中的當事人是研究的瑰寶，尤其向為人忽略的兒童文學——香港兒童文學。

本卷得鄭愛敏協助整理、校對選文及收集作者資料，另潘爍爍校對文稿，賴宇曼協助後期作品底本訂正，在此並謝。

註釋

1 盧瑋鑾〈香港早期新文學發展初探〉，《香港文縱——內地作家南來及其文化活動》（香港：漢華文化事業公司，一九八七），頁九。

2 周作人〈家庭教育一論〉，周作人著，劉緒源輯箋《周作人論兒童文學》（北京：海豚出版社，二〇一二），頁五。

3 周作人〈兒童的文學〉，周作人著，劉緒源輯箋《周作人論兒童文學》，頁一二二。

4 周作人〈兒歌之研究〉，周作人著，劉緒源輯箋《周作人論兒童文學》，頁四六。

5 林良《林良的看圖說話》（台北：國語日報社，一九九七），頁二。

6 周作人〈兒童的書〉，周作人著，劉緒源輯箋《周作人論兒童文學》，頁一八六。

7 李歐梵〈香港文化的「邊緣性」初探〉，《今天》，總第二八期（一九九五），頁七六。

8 王宏志〈「竄迹粵港，萬非得已」：論香港作家的過客心態〉，黃維樑主編《活潑紛繁的香港文學——一九九九年香港文學國際研討會論文集（下冊）》（，香港：中文大學出版社，二〇〇〇），頁七一二—七二八。

9 黃繼持〈香港文學主體性的發展〉，黃繼持、盧瑋鑾、鄭樹森《追跡香港文學》（香港：牛津大學出版社，一九九八），頁九三。

10 李歐梵〈香港文化的「邊緣性」初探〉，頁七七。

11 蔣風〈走向二十一世紀的香港兒童文學〉，《香港文學》第一三七期（一九九六），頁一〇—一九。

12 王宏志〈「竄迹粵港，萬非得已」：論香港作家的過客心態〉，頁七一三。

13 鄭樹森〈遺忘的歷史．歷史的遺忘〉，黃繼持、盧瑋鑾、鄭樹森《追跡香港文學》，頁九。

14 包括：謝常青《香港新文學簡史》（廣州：暨南大學出版社，一九九〇）；潘亞暾、汪義生《香港文學概觀》（廈門：鷺江出版社，一九九三）；劉登翰主編《香港文學史》（北京：人民文學出版社，一九九九）。

15 包括：孫建江《二十世紀中國兒童文學導論》（南京：江蘇少年兒童出版社，一九九五）；蔣風、韓進《中國兒童文學史》（合肥：安徽教育出版社，一九九八）。

16 黃慶雲等著〈華南兒童文學運動及其方向〉，頁六一—七〇，中華全國文藝協會香港分會主編《文藝三十年》（香港：中華全國文藝協會香港分會，一九四九年五月四日）。

17 周蜜蜜主編《香江兒夢話百年——香港兒童文學探源（二十至五十年代）》（香港：明報出版社有限公司，一九九六）；周蜜蜜主編《香江兒夢話百年——香港兒童文學探源（六十至九十年代）》（香港，明報出版社有限公司，一九九六）。

18 一九九九年，香港中文大學圖書館建立「香港文學資料庫」，是首個系統化的香港文學資料網。

19 包括：鄭樹森、黃繼持、盧瑋鑾編《國共內戰時期香港文學資料選》（香港：天地圖書有限公司，一九九九）；鄭樹森、黃繼持、盧瑋鑾編《國共內戰時期香港本地與南來文人作品選（上冊）》（香港：天地圖書有限公司，一九九九）；鄭樹森、黃繼持、盧瑋鑾編《國共內戰時期香港本地與南來文人作品選（下冊）》（香港：天地圖書有限公司，一九九九）。

20 黃慶雲〈回憶《新兒童》在香港〉，《開卷》，頁二一一—二二三，第三卷第一號，一九八〇年六月。同期另有加因（謝加因）〈童話「童話」〉，頁二二四—二二五。

21 出版於二〇一〇年的《大時代裏的小雜誌〈新兒童〉半月刊（一九四一—一九四九）研究》（香港：匯智出版有限公司，二〇一〇），研究者梁科慶所據者，主要來自香港中文大學圖書館「香港文學資料庫」數碼版，以及曾昭森編選自《新兒童》一至四八期作品而成的《新兒童叢書》五十冊。

22 請參考全國報刊索引網站：http://www.cnbksy.com/shlib_tsdc/article/frontForm.do?articleId=38（檢索日期：二〇一四年六月三十日）。

23 「最早於香港創辦的兒童副刊，是宗教報紙《大光報》的『兒童號』，第一期誕生於一九二五年一月二十八日。」周蜜蜜主編《香江兒夢話百年——香港兒童文學探源（二十至五十年代）》，頁四。查現存《大光報》的微型膠卷，缺一九二五年，上述說法有待原始資料的確證。

24 老範（潘範菴）的〈編後話〉中有提到「近日兩個專號『黃花』與『兒童』，都是臨時籌備的，一兩日前，才忽忽通知幾位朋友寫稿子……」，文中也指出，「因為稿子多，而且有幾篇是由幾位十六七歲較大的小朋友寫的，我們不便白耗他們的心血，所以再接連出一天」。此外，同版亦刊有「昨天本刊目錄」，四篇文稿分別為：一、老範〈導言〉、碧川〈兒童節談話〉、蘇泉〈可怕的回憶〉及芝清〈一封公開的信〉。由此推測，《大光報．兒童號》應創刊於一九三三年四月四日，未能於當天刊出的小朋友稿件，在翌日連出。不過，由於缺乏原始資料，暫無法確證。

25 大朋友〈發刊歌唱〉，《大眾日報‧小朋友》，一九三六年六月十一日。

26 亦夫〈小朋友週刊獻詞〉，《大眾日報‧小朋友》，一九三六年六月十一日。

27 徐徐〈弟弟失學了〉，《大公晚報‧兒童樂園》一九三九年十一月九日，第四版。

28 一九四一年的《嶺南大學校報》宣佈《新兒童》的出版：「曾昭森同學發起組織之進步教育出版社，鑒於兒童教育在中國雖已漸形普及，而兒童讀物尚感覺極度缺乏，香港方面小學達一千間，小學生達八萬人，尚未有以純教育為目的之兒童雜誌，特刊行『新兒童』半月刊，以為本港兒童精神食糧之供應。

第一卷第一期於本年六月一日出版，執筆者有朱有光，簡又文，黃慶雲等各同學，內容豐富，以後每月逢一日及十六日出版云。」〈曾昭森同學主辦「新兒童」半月刊出版〉，《嶺南大學校報》，第一〇四期（一九四一），第六版。

29 曾昭森〈復刊詞〉，《新兒童》，第二卷第一期（一九四二年十月一日），頁二。

30 一九二四年，商務印書館在香港設立分廠，及至「一・二八」事件後，更從上海遷來大批技術人員與印刷設備，而中華書局總經理陸費逵幾經考察，也在一九三四年在香港建立分廠。其後，日本侵華，商務印書館總經理王雲五到港，着手擴充分廠，增添機器，並建造倉庫，而陸費逵則在港設立中華書局香港辦事處。於是，香港便成為造貨出版，以及內地轉運，並向海外發展的基地。上述分別見：商務印書館香港辦事處編《商務印書局建館八十周年紀念（一八九七—一九七七）》（香港：商務印書館，一九七七），頁一〇八。錢炳寰編《中華書局大事紀要（一九一二—一九五四）》（北京：中華書局，二〇〇二），頁一二三—一二四。王余光、吳永貴《中國出版通史・民國卷》（北京：中國書籍出版社，二〇〇八），頁一三一。

31 〈兒童教育信條〉在《資治月刊》刊出時，同署曾昭森與黃慶雲之名，曾昭森在附誌指出：「在這信條的草擬當中，黃慶雲同學自始至終也曾給予筆者極大的襄助。她是一位和筆者的兒童教育主張最大相同的一位青年學者。在這裏把這信條發表的時候，筆者和她聯名簽署，是筆者認為極愉快的事情。」曾昭森、黃慶雲〈兒童教育信條〉，《資治月刊》，四卷一期（一九四一年五月），頁一三—一五。其後，〈兒童教育信條〉分別在一九四二年及一九四六年兩度重刊於《新兒童》（第二卷第二期；第十二卷第五期），前者大抵希望內地讀者明白《新兒童》出版社的出版中心思想，後者則或於戰後在香港重申出版理念。

32 曾昭森、黃慶雲〈兒童教育信條〉，頁一三。

33 曾昭森、黃慶雲〈兒童教育信條〉，頁一三。

34 〈一九四九年兒童節日兒童文化工作者宣言〉分別刊於《華僑日報》，一九四九年四月四日，第三張頁四；《大公報》，一九四九年四月四日，第五版；《華商報》，一九四九年四月四日，頁三。本卷收錄的是選自胡明樹《我們的節日》（香港：學生文叢社，一九四九），該書出版於一九四九年四月，聯署人與前述三者略有不同。

35 黃慶雲〈孩權宣言草案〉，《華商報・兒童節特刊》，一九四六年四月四日，頁三。

36 朱自強《兒童文學的本質》（上海：少年兒童出版社，一九九七），頁一七。

37 〈母親的測驗〉譯自美國的 Parents' Magazine，文中提出十道問題以測驗母親的育兒知識，見呂志澄譯〈母親的測驗〉，《新兒童》第十二卷第二期（一九四六年六月十六日），頁四四—四六。

38 鷗外鷗〈大衣後面的門〉，《新兒童》，第十一卷第五期（一九四六年八月一日），頁七。

39 周作人〈玩具研究一〉，周作人著，劉緒源輯箋《周作人論兒童文學》，頁五三。

40 周作人〈玩具研究二〉，周作人著，劉緒源輯箋《周作人論兒童文學》，頁五七。

41 周作人〈兒童的書〉，周作人著，劉緒源輯箋《周作人論兒童文學》，頁一八六。

42 朱自強則在《兒童文學的本質》指出，「兒童文學如果以兒童為本位，它將看到兒童期並非僅僅是為了給成年期作準備才存在，而是同時也為了自身而存在，兒童不是匆匆走向成人目標的趕路者，他們在走向成長的路途上總是要慢騰騰地四處遊玩、閒逛。」朱自強《兒童文學的本質》，頁一七。

43 鄭樹森、黃繼持和盧瑋鑾〈國共內戰時期（一九四五—一九四九）香港本地與南來文人作品三人談〉，載鄭樹森、黃繼持和盧瑋鑾編《國共內戰時期：香港本地與南來文人作品選（上冊）》，頁九—一〇。

44 文藝協會港粵分會研究部擬〈關於文藝上的普及問題〉，《文藝叢刊》，第二輯（一九四六年十二月），頁三四。

45 有關文藝運動基本路線與《兒童周刊》的基調，請參拙文〈知識的搖籃：香港「兒童週刊讀者會」（一九四七－一九四九）〉，《中國文學學報》，第二期（二〇一一年十二月）頁二九七－二九八。

46 〈訪問《華僑日報》社長岑才生先生及編輯甘豐穗先生〉，何杏楓等主編《〈華僑日報〉副刊研究（一九二五．六．五－一九九五．一．十二）資料冊》（香港：香港中文大學中國語言及文學系「《華僑日報》副刊研究」計畫，二〇〇六），頁七九。

47 在一九四七年春，《華僑日報》除創辦由許穉人主編的《兒童周刊》外，還有陳君葆主編的《學生周刊》，參見謝榮滾主編《陳君葆日期（下）》，（香港：商務印書館，一九九九），頁九三七、九四〇。

48 〈訪問《青年生活》編輯何天樵先生〉，何杏楓等主編《〈華僑日報〉副刊研究（一九四七－一九四九）》，頁八八。

49 有關「兒童周刊讀者會」的組織與發展，請參拙文〈知識的搖籃：香港「兒童週刊讀者會」（一九四七－一九四九）〉，頁二九五－三一一。

50 〈發刊詞〉，《華僑日報．兒童週刊》，第一期（一九四七年三月一日），第二張頁三。

51 有關《兒童周刊》作品中所刻劃的兒童形象，可參拙文〈香港《華僑日報．兒童周刊》兒童形象研究（一九四七－一九四九）〉，徐蘭君、安德魯•瓊斯主編《兒童的發現——現代中國文學及文化中的兒童問題》（北京：北京大學出版社，二〇一一），頁二三五－二五〇。

52 據一九四六年的資料顯示，《華僑日報》銷量為三萬八千份，佔全港第一位。見香港年鑑編輯委員會〈第六篇報社：香港報業史略〉，頁一，《香港年鑒》（香港：香港年鑑社，一九四七）。

53 就戰後《星島日報》的副刊，盧瑋鑾談到陳君葆主編的《教育週刊》和《青年講座》、葉靈鳳主編的《香港史地》和《藝苑》、羅香林主編的《文史》、馬思聰主編的《音樂》、焦菊隱主編的《戲劇》，還有張光宇編的《漫畫》和唐英偉編的《木刻與漫畫》，但未提及豐子愷主編的《兒童樂園》、范泉主編的《文藝》和黃堯主編的《漫畫》。盧瑋鑾〈高度分工——略談《星島日報》戰後的幾個副刊〉，星島日報金禧報慶特刊編輯委員會《香港報業五十年——星島日報金禧報慶特刊》，一九八八年八月一日，頁八二、八五。一九九四年，范泉在回復張詠梅信函中提及，他曾主編《星島日報》副刊《文藝》，前後六十期，第六一期是利用他從上海航寄多下來的稿件，再增稿件合成，仍用他「主編」的名義出版。一九四九年初，上海與香港的航班中斷，范泉沒法再航寄稿件。見范泉《范泉晚年書簡》（鄭州：大象出版社，二〇〇八），頁二二六—二二七。

54 盧瑋鑾對《星島日報》戰後創辦的幾個副刊有這樣的看法：一、聘請學有專精的人負責專門版面，組稿有系統、有方針，保持水準；二、編者對主編版面有一定要求，且有較高層次的理想；三、編者都是署名的，讀者完全可掌握和認識編者的品味和個性。盧瑋鑾〈高度分工——略談《星島日報》戰後的幾個副刊〉，頁八五。

55 沈頌芳在〈八十風霜——一個老報人的回憶〉中提到，「週刊七種均請名家主編：豐子愷主編兒童，焦菊隱主編戲劇，馬思聰主編音樂，陳君葆主編文史，范泉主編文藝，錢雲清主編婦女，黃堯主編漫畫，並設社會服務專欄，解答讀者來信所提醫藥，法律及日常生活等各種問題。」（沈頌芳〈八十風霜——一個老報人的回憶〉，《星島日報．星辰》一九八四年十月七日第十三版。）雖然，豐子愷曾於一九四九年四月五日至二十三日來港舉辦畫展，其後未有踏足香港。就現有資料顯示，暫難證實豐子愷是否曾經如范泉一樣，在上海「遙控」主編《兒童樂園》。

56 豐子愷〈漫畫創作二十年〉，豐陳寶、豐一吟編《豐子愷文集》（藝術卷四）（杭州：浙江文藝出版社、浙江教育出版社，一九九二），頁三八九。

57 盧瑋鑾〈高度分工：略談《星島日報》戰後的幾個副刊〉，頁八五。

58 有關豐子愷在《兒童樂園》發表的四幅一組連環漫畫，可參拙文〈豐子愷「在」香港〉，香港藝術館編製《人間情味：有情世界——豐子愷的藝術》（香港：香港藝術館，二〇一二），頁二八——三二。

59 拙文〈豐子愷兒童漫畫與兒童圖畫書〉，方衛平主編《中國兒童文化》（第八輯）（杭州：浙江少年兒童出版社，二〇一三），頁一四六。

60 明川（盧瑋鑾）〈這是本很特別的畫集〉，莫一點、許征衣編《豐子愷連環漫畫集》，香港：明窗出版社，一九七九年，無頁碼。

61 〈為了要光明〉是豐子愷一九四八年五月六日於杭州所作，曾經配圖三幅，發表於五月十四日《天津民國日報》及八月《兒童故事》第二卷第八期。豐陳寶、豐一吟編《豐子愷文集》（文學卷二）（杭州：浙江文藝出版社、浙江教育出版社，一九九二），頁三六九—三七四；盛興軍主編《豐子愷年譜》（青島：青島出版社，二〇〇五），頁四三七。〈為了要光明〉（刊一九四八年五月十九日）雖不在香港初刊，但時間相距不遠，推測或是一稿同時分投上海香港兩地。

62 加因（謝加因）〈學校的風波〉，《文匯報・新少年》，一九四九年三月十八日，第八版。

63 加因（謝加因）〈將死的狼〉，《華商報・熱風》，一九四八年四月二十七日，頁三。

64 黃慶雲等〈華南兒童文學運動及其方向〉，頁六八。

65 黃慶雲等〈華南兒童文學運動及其方向〉，頁六八。

66 在桂林復刊第三期的〈編後語〉，編者介紹當期文稿，當中有杜美譯英國王爾德的〈星孩子〉、慕威續完的〈天鵝哀歌〉、是德的〈地球的故事〉、慶雲的〈聖誕的禮物〉，並稱「本期不是有很多新的作者跟大家寫稿麼？大家都喜歡他們麼？他們都會繼續寫下去呢。」同時，該期還有署名「敏孝」、「宛兒」、「芳菲」、「特行」等人的作品。其實，這些「作者」都是黃慶雲本人，也就是說，復刊第三期幾由黃慶雲一人「包辦」。有關黃慶雲的筆名，可參進步教育出版社同人〈介紹雲姊姊：本刊國內復刊一週年紀念〉，《新兒童》，第六卷第一期（一九四三年十月一日），頁五〇—五一。

67 有關豐子愷四幅一組連環漫畫與現代圖畫書的關係，請參拙文〈豐子愷兒童漫畫與兒童圖畫書〉，頁一四六。

•《大光報・兒童號》插圖

•《大眾日報・小朋友》版頭

•《大公晚報・兒童樂園》版頭

•《華僑日報・兒童周刊》版頭

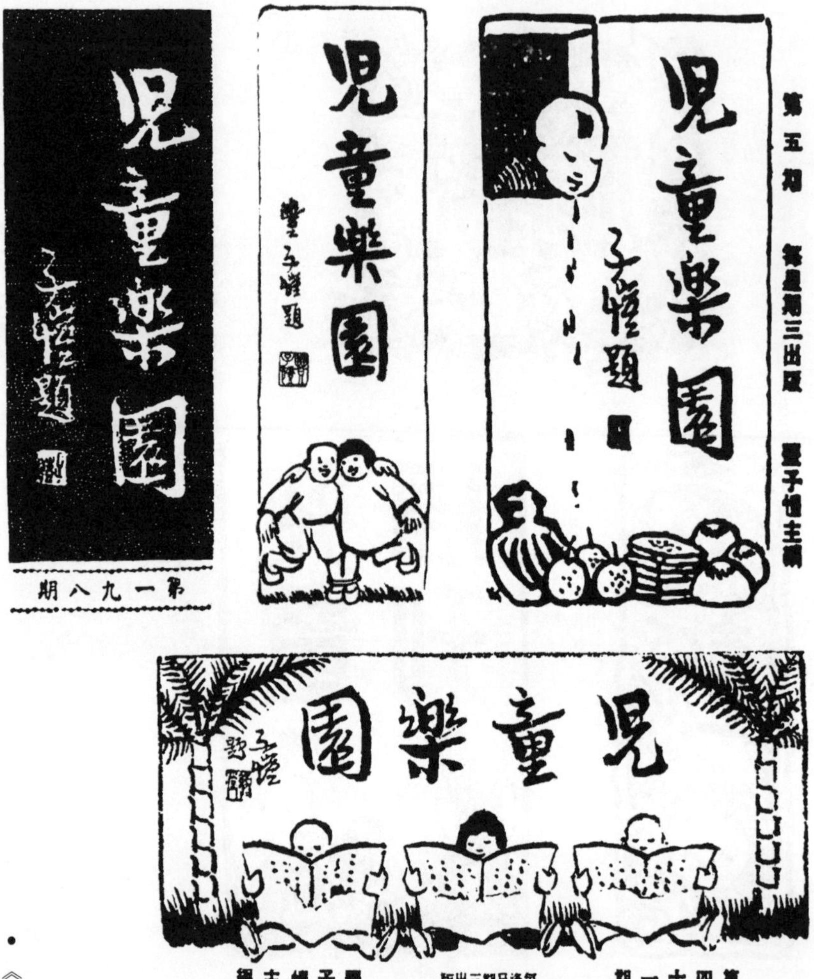
兒童樂園
子愷題
第一九八期
兒童樂園
豐子愷題
兒童樂園
子愷題
第五期
每星期三出版
豐子愷主編
兒童樂園
子愷題
第四十一期
每逢星期三出版
豐子愷主編

●《星島日報・兒童樂園》版頭

•《文匯報・新少年》版頭

•《華商報・熱風》版頭

• 一九四六年二月十六日《新兒童》第九卷第六期

• 一九四六年九月一日《新兒童》第十六卷第一期

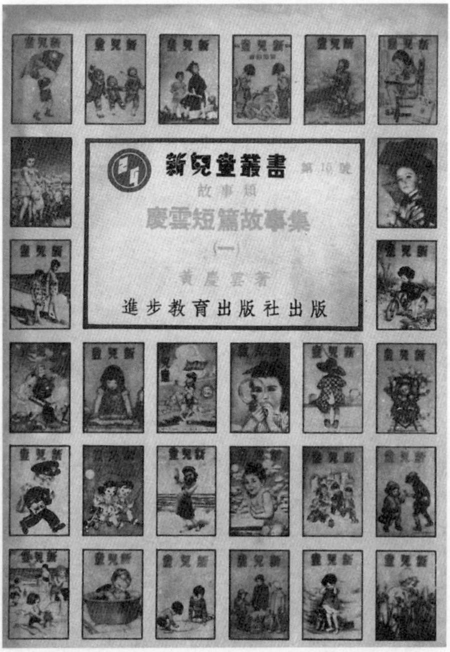

- 許地山《桃金孃》，署名落華生，香港：進步教育出版社，一九四一
- 黃慶雲《慶雲短篇故事集（一）》，香港：進步教育出版社，一九四八

• 許稺人等著《他們的夢想》，香港：學生文叢社，一九四九

• 胡明樹《我們的節日》，香港：學生文叢社，一九四九

目錄

第三輯　童話

第四輯 故事

第五輯　寓言

第六輯　戲劇

第七輯　漫畫

第一輯

理論

曾昭森

兒童戲劇運動在香港的意義

去年教育部頒佈各級學校兼辦社會教育的法令之後，本大學隨即有社會教育推行委員會的組織。筆者去年充任該會的委員，曾提出過在香港推行兒童劇場運動的意見，認為此屬值得以大學的力量去推行的一種社會教育運動。後來又於閒談中與本港青年會副總幹事趙甘霖先生及少年部幹事盧秉良先生談及此事。事隔一年，今果見香港青年會不避艱難去積極提倡此舉，而推動此事之主幹人盧秉良君又適為本校同學，尤感興奮。去月徇盧君邀請到該會發起之兒童劇場指導委員會說說兒童戲劇運動的意義。當時因為時間短促，祇說得一點大意。其後又承其索寫一篇文章，於是把個人的一點意見寫出，用以表示我個人對於這個運動的一貫的興趣及對於「起行」的人的欽羨與擁護。

——昭森附誌

一

兒童戲劇運動在香港經已由青年會少年部負責發動起來了。這是一件很有價值的社會舉動，並且具有充份的可能去成為一種偉大的事業的開端和去創出兒童福利事業的新歷史，去寫成一頁不朽的歷史紀錄。我在這裏發表這篇意見就是想表示我對於這個運動的擁護和期望。

我知道自己不是具有什麼特別資格來發表關於兒童和戲劇的問題的意見。雖然我曾經做過兒童和也曾看過戲劇，但我却不是兒童研究的專家，更不是戲劇的專家。不過我以為大凡對社會懷着關切的人，和從事教育的人都有這個資格並且應當負有這個責任來說關於兒童的生長及國家社會的幸福的話。

從理論上來說，兒童戲劇可從戲劇的觀點出發，又可從兒童的觀點出發。從戲劇的觀點出發，或可把觀眾的性質分為成人戲劇，青年戲劇，兒童戲劇之類，因而視兒童戲劇為戲劇中的一類。若從兒童的事業的觀點出發，則可就兒童事業的性質分為兒童運動塲，兒童醫院，兒童劇塲等等，因而視兒童劇塲為兒童事業的一種。雖然兩個觀點是沒有衝突，但我却想從後的一個觀點來看這個兒童戲劇的問題，來發表我對香港今日推行兒童戲劇運動的意見。我認為這個運動是以兒童的福利為中心，劇塲就是一個易於運用和達到這類的目標的工具。雖然我們的戲劇運動不能，和不應，擺脫戲劇的藝術方面的發展，但是我們應當集中力量來發展這件兒童事業，藝術的發展要當作是一個副作用來看。

二

今日的兒童，尤其是我們在這裏親眼看見的兒童，和我們一起在一個都市居處的香港一般貧苦流浪的兒童，眞正等待有心的人的營救了。他們不知道怎樣去營救自己，更沒有這種力量把營救自己的方法實現起來。他們在營養不足，衛生不良，知識愚昧，精神痛苦，思想惡劣，手段殘酷的環境中，日至日的，年至年的，來度我們寶貴的年華。這使我們不特受他們虛度了他們原屬最可歌頌的童年可惜，并且要為他們長大起來以後的不健全的體格和人格可惜，為着國家上「人的資源」的耗費可惜，和為着社會的前途懷着隱憂。雖然這個不幸的兒童的問題，大部份是貧乏的問題和社會制度的問題，非局部的和衷所能根本解決的，但是在根本的問題未有解決以前，或是在某些社會不能，和不會，採取根本的辦法的時候，我們都應盡一點微力，看看在根本辦法之外能夠做些什麼。就算是什麼都不能做，祇能令一羣苦悶的兒童有過一次的傾心的大笑或有過一次健全團體生活的嘗試，這些經驗必是有價值的而這哈哈大笑不會被人看作是貧兒的奢侈品吧。

是的，在香港街頭巷尾的兒童是常常討人厭的，我們祇要放開眼簾就見到無數的衣衫襤褸，滿面污垢，望而生厭的兒童。在路旁車站的地方，又不少「乞兒」，專事纏綿不去，總要使你感覺極度不安，為討錢手段，間或三五成羣專做強搶婦女的銀物和破壞舉動。這些事情眞有使人可惱可怒，甚至想向他們報復的。但是我們平心靜氣的來想想，就知道這種行為的責任不能完全放在他們兒童的身上。就在他們這些可惡的舉動中，常常都有露出他們掩蓋不盡的天眞。想起來，他們每一個兒童本來都有愛他的父母，若不是因為飢寒的交迫，都不想在馬路上過着流浪的生活的。其實他們都是和我們在憲法的原則上是應享有生存同等權利的同胞；從人類歷史因緣來看，他們和我們是在同一個歷史階段的時代伴侶；若從基督教的觀點來說，他們和我們在上帝的面前是兄弟的。倘若我們抱有「使天下溺者猶己溺之，使天下飢者猶己飢之」的責任精神，又倘若我們認定「讀聖賢書所學何事」是指這些事，我們號稱有教育的人就要把責任放在自己的身上了。

三

對於今日香港正在開展的兒童劇場運動，我們所想問的不是這個運動在中國是不是一個創舉，而是香港是否一個適宜於推行兒童劇場的地方。我的答案是肯定的。理由是有幾點。

從一方面來說，香港有兩種適宜於兒童劇場運動的兒童：一種是盈千累萬的街頭兒童，是被剝奪了一切正當娛樂的機會的；一種是不屬少數的良好小學的兒童，是活潑多才而喜歡服務人羣的。

從另一方面來說，香港是一個「娛樂」意識很為濃厚的社會。我們試看戲院的林立，觀眾的擠擁；球塲，泳塲，舞塲，馬塲，遊樂塲的熱鬧；麻雀，卜架，天九的不分日夜塲合，就知道香港是一個特別愛好「娛樂」的地方。因為香港的諸色人等，無論士農工商，無論閨媛，娼妓，無論雜役，大班，都是過着充份的娛樂生活的。所以若果有人提出「兒童劇塲」，在香港的人看來，不會覺得突兀，成人要有娛樂，兒童也要有娛樂，成人有成人的戲劇，兒童也應有他們的戲劇：這些理論想是不難見到的。

再從另一方面來說，香港是一個慣於舉辦「慈善事業」的社會。大凡一個充滿貧乏而同時具有「人道」觀念的社會，對於下層社會生活的改善，若果不採取急激的改革手段的，就必定從「慈善事業」的鼓勵的方法求解救，去解救社會上的不安，和解救「人道」主義的人們良心上的不安。我們試翻英國的社會史一看，尤其英國工業革命時代的貧民問題解決的經過，很說明「慈善事業」在不列顛的社會的位置。所以若果有人以救濟街頭的兒童為目標而去提倡兒童劇場，就必不難博得「樂善好施」「慈善為懷」的香港社會的許可和贊助的。

再從另一方面來說，香港委實不失為一個藝術文化的據點。他有不少的劇場，劇團，劇社，電影攝製場所；又有許多名劇的介紹和排演，又有許多戲劇作家，導演家，批評家，名演員，又有許多文化藝術的團體，出版，和集會。有了這個充滿便利，刺激，和鼓勵的環境，兒童戲劇的發展總不會自生自滅的。

四

兒童劇場是蘊藏着許多方面的教育機會的。我所說的「教育」是廣義的教育，是指培植兒童人格生長的一切措施，而這種生長當然是指於個人有益和於社會有益的。兒童劇場的活動是有正的活動和旁的活動，而每一次戲劇演出的場合，都有許許多多的活動在進行中。自然的，主體的活動從演員的觀點，就是那齣戲在台上一切的排演行為，從觀眾的觀點，就是台下的一切視，聽，感覺，思想，和一切喜，怒，哀，樂，愛，惡，欲的反應行為。無論在台上抑在台下的活動都是有德，智，體，羣，美，情緒方面等等的可能價值，這是無疑的，主體的活動是十分重要，我們應要十分注意把他做成有價值的活動，這又是無疑的。但是在一個戲劇的演出的場合，除了主體的活動，還有其他同來的活動和附帶的活動。譬如，劇場的觀眾是一個集體。一個集體就有他的集體生活了，例如，觀眾入場及退場應有的行為和不應有的行為，開演前，開演間，和開演後應有和不應有的行為；如先後排列成行，不作爭先恐後的行為，有規有矩的鼓掌的行為，服從主席和招待員的行為，維持秩序的行為等等；又如關於羣眾生活的衛生行為，如衣服的整潔，身體，手，面，和牙齒的清潔，會場空氣的顧及，咳嗽，吐痰的抑制，和疾病傳染的防禦和避免等等；又如關於羣眾生活中自然而然養成的態度，與行為，如對於社會的許可和不許可的意識等等的養成。這些都是兒童劇場的同來的活動。所謂附帶的活動即是指那些插在劇前，劇後，和幕間的其他秩序節目，如音樂，歌詠，故事，演講，批評，討論，時事報告，科學或體育表演等等，這些活動無論是由台上的人担任，抑由台下的人担任，抑或由台下的人共同或分別担任，都可成為很有教育價值的活動。此外尚有藉着每次集會的前後所能給予兒童許多機會和有益的事物接觸，如圖書閱覽，展覽，談話，咨詢，運動遊戲等等。所以我們提倡兒童劇場，我們應當指出他是有許多相連的活動，是能以給予兒童許多富於教育意味的經驗。

五

有些人聽到「兒童戲劇」的名詞或許就想像他是一羣兒童對着一個戲台，坐看來着一齣白話劇演出的事情。這個也許是「兒童戲劇」的一個普通狀況。但是「兒童戲劇」不祇是兒童坐着來看的事情，而且亦是兒童在台上演劇的事情。「兒童戲劇」不祇是白話劇，而且亦是歌劇，影畫劇和傀儡劇；可以是有聲劇，亦可以是啞劇。「兒童戲劇」的劇中人和演員，不一定是兒童，而亦可以是成人，甚而至可以是動物和傀儡。「兒童戲劇」的問題不祇是演出的問題，而且是寫作的問題，於是不祇是成人寫作的問題，而又有兒童寫作的問題了。關於上面所舉出的兒童戲劇的各方面的問題應如何去敲擊，這就是有待於戲劇專家的多方指導了。我在這裡却想提出個人認為兒童戲劇應要注意以兒童為中心的三個原則。我仿用林肯關於民主政治的名言的語調說出，（一）戲劇是為兒童而寫作的，（二）劇員是由兒童担任的。和（三）觀眾是由兒童組成的。換過來說：兒童戲劇是要給兒童看的，由兒童做的，為兒童寫的。

關於演出的方面，我不是反對由成人演出來給兒童看的戲劇，因為成人演出給兒童看的戲劇，正如由成人寫出給兒童讀的戲劇一樣，有許多是很有價值的。不過，祗有在兒童担任演出的過程中，兒童才能夠得到表演的興趣與經驗。所以由兒童演出的一點是應當視為常事。關於劇場的後台工作，有些人頗以為是兒童的力所不能及的，在這些情況下，自然就要有成人的指導和扶助，猶如兒童在教室的活動都要常常由教師從旁指導及扶助一樣，傀儡的戲劇就或可避免後台問題的一點困難，因為在傀儡劇的一般的規模，後台和服裝等等的工作，兒童都可以充份的去担任來發展他們的經驗。在兒童福利事業很發達的兩個國家——蘇聯和美國——近來兒童傀儡戲劇得到很發達，這或許就是一個重要原因。

六

在香港提倡兒童戲劇，大概應以什麼的兒童為對象呢？正如上面所說過的，香港的兒童，我以為大致可分為兩種，一種是「幸福」的兒童，一種是「不幸」的兒童。這分法是很隨便的，但却合這段討論的用處。我所要順帶聲明的有兩點：第一，所謂「幸」與「不幸」是指生在富有的家庭和生在貧苦的家庭的意思。雖然，生在富有的家庭的兒童不一定就是幸福，但是從物質的供應上着想，就總要算是幸福了。至於今日生長在貧苦的家庭的兒童，就眞要算是不幸而沒可懷疑的了。所以無論「幸福」的兒童是否幸福，「不幸」的兒童眞是不幸了，第二，在豐衣足食的兒童和朝不保夕的兒童中間，自然有許大羣的兒童。我以為為着方便起見，仍然分作這兩種兒童來討論，近乎富有的就當作是幸福的兒童，近乎貧窮的就當作是不幸的兒童。

我主張在香港的兒童戲劇運動是應當以「不幸」，沒有機會的兒童為對象，以他們為觀眾的主體。我的理由是很簡單。今日香港的富有的家庭的兒童和有機會讀書的兒童不能算是被忽畧的兒童。雖然他們的娛樂，甚至他們所看的戲劇，都有許多要待改善的地方，但是負有這個責任的人還有許多他們明理的家長和教師，而且他們的生活雖是美中不足，但都要算是有相當的調節的了。但街頭的兒童，流浪的兒童，家貧的兒童，就什麼教育機會和健全的生活的嘗試都沒有。我們當急之務不是錦上添花而是雪中送炭。

我以為香港的享有優越機會的兒童不會因此而感到不高興的，因為耶穌關於浪子的父親對長子的談話所說出的道理，想是他們所能服膺的。我根本就相信香港的良好的學校的兒童是很熱心服務和具有犧牲為人的精神的。若果得有適當的指導，他們必定能夠認識為大眾的貧苦兒童而去推動兒童戲劇運動，比較為他們自己的利益而去推動兒童戲劇運動更為有意義。況且從教育和社會的觀點，我們怎知道幸福的兒童去為不幸的兒童服務不是幸福的兒童將來最大的幸福之所寄托呢？「給予人家比較受人給予是更屬有福的事情」！

上面一大段話是關於觀眾的對象的意見。至於戲劇的排演的活動，戲劇寫作的嘗試和許多劇塲秩序其他的責任，因為種種環境的關係，總要先由有特殊機會的兒童担任了。

七

在香港去推行兒童戲劇運動，我心裏想像或許有人會提出這類的問難：一般貧苦兒童在飯都沒有得吃的時候，為什麼有人去提倡兒童戲劇運動，難獨戲劇能夠抵餓嗎？我認為這個責問是有價值的，我們不應努力於不着邊際的事情，為事業而事業是何苦呢？但是我却有幾點答覆：（一）提倡兒童戲劇的人不是説吃飯是不重要，又不是提倡用看戲來替代食飯。不過，提倡解決香港的食飯問題的人就要有解決這個問題的力量和決心，空言是無補的。我們提倡兒童戲劇的人知道我們力之能及的祇能去幫助解決那些沒飯吃的人食飯之外的生活上其他的一點要求，而戲劇又是於人有益不是而於人有損的。（二）貧苦的兒童的衣食問題的解決，不會因為提倡兒童戲劇運動而受打擊的。反而因為有了這個運動就會引起社會人士對於平民的生活的艱苦認識清楚一點，和同情的增廣。兒童戲劇運動可説是兒童福利運動的一個促進的力量，和食飯的問題的解決是相乘而不是相左的。（三）「人的生活，不單是靠麵包的一種東西來維持的。」人不是為食飯而生存，食飯都不過為着使到個人得到生活上的其他享受而已。戲劇不祇是一種娛樂，而且是使人得着鼓勵，刺激，興奮，和得到做人的意義和趣味。在今日的貧乏的社會裏，他是一個不可缺少的使人獲得新生命的工具。

或許有人又會提出這類的疑問：兒童戲劇運動若要提倡，何必要在香港，而不在我們的自由中國？我們何苦在國外的地方來花費我們的精力呢？我的答覆是很簡單：在中國國內提倡固然是很好的，但是在香港來提倡，也不覺得怎樣不好。因為大凡有中國人的地方，就是中國人的精神所要寄托的地方。香港是一個百萬以上的中國人的居留的社會，是一個龐大的華僑集體，我們為着香港街頭巷尾的兒童服務，就是為着香港的華僑服務，就是為着我們的國家和人類社會服務。在這裏所費了的精力不是徒然的。

最後，我想説，香港的兒童戲劇運動自然有香港的做法。雖然，提起兒童戲劇每每有人就想起蘇聯的兒童劇場。蘇聯是很注重兒童福利事業的，所以兒童劇場是十分發達。他的劇場一切措施和他的社會，政治，經濟，文化的理想和建設是一貫的。我們在香港來提倡的兒童劇場，當然就有許多不相同的地方。蘇聯有蘇聯的做法，香港有香港的做法，這是無須引起疑慮的。

選自一九四一年一月五日廣東《資治月刊》第三卷第一期

曾昭森　黃慶雲

兒童教育信條

個人的生命和人羣的力量若不想無目的地在糊塗與矛盾中虛度，就應當有一個一貫的，澈底的，可靠的思想中心。這種中心思想就可成為一切行為的出發點和一切價值的權衡的標準。教育的努力與兒童的教養既然是十分要緊的事情，就不應當在糊塗與矛盾中盲目的進行了。筆者為着想把自己對於教育，尤其是兒童教育的見解予以檢討，使得工作得有中心思想和個人微薄的力量得到較充份的善用，於是採用信條的方式把自己所尊重的思想和個人的見解具體的逐條寫下來。因為對象是兒童而觀點是教育，於是就稱這文件為「兒童教育信條」。最近，進步教育出版社決定採用這個信條做他們出版的中心思想，他們第一種刊物，「新兒童」半月刊，就是想把這種見解予以具體的闡述。

信條是關於理想的領域，而所謂理想的領域當然不是經已成為普遍的認識與現象。從來的信條都不是原信的人用來代表或描寫他當時的社會流行的思想與事實的，更不是用來載述他的時代的傳統的思想與因襲的制度的。所以，倘若批評這信條的人對於這信條的指責是因為他不切現實，那就非維護這信條的人所當道歉或感慚愧的了，因為信條上所抱持的理想與理論若是正確的，那麼，我們祇有把現實改變來遷就我們的信仰而斷不是把信仰改變來遷就現實的。但是，倘若這信條的某一部份在理想方面或理論方面有不正確的地方，那就是筆者所願求教大雅的了。我們相信應當補充和增添的地方尚在不少。這二三十個項目不過是代表一些基本的觀念而已。

在這信條的草擬當中，黃慶雲同學自始至終也曾給予筆者極大的襄助。她是一位和筆者的兒童教育主張最大相同的一位青年學者。在這裏把這信條發表的時候，筆者和她聯名簽署，是筆者認為極愉快的事情。

昭森附誌　三十年五月十日

一、我們相信一切兒童都是可愛的，善良的；我們并且相信他們根本是願意對於他們的環境，予以善良的反應的。

二、我們相信兒童無論是怎樣幼小與軟弱，都具有一個「神聖不得侵犯」的人格；并且相信社會對於每一個兒童都有給他人格發展的機會的責任。

三、我們相信兒童是充滿着無限的活力與型塑性，蘊藏着多方面的能力與無限的可能性，因而相信明日的光明的社會，光明的國家，光明的世界的能否實現與何日來臨，就必要靠我們對於兒童環境的如何改善，對於兒童教育的如何努力。

四、我們相信一個善良和明達的父母所想願他自己的子女得到的，就是社會所當想願他的一切兒童得到的。

五、我們相信兒童應當常常生活在愛與護的懷抱中，使他們不但享受到豐富的幼穉生活，並且能夠在愛與護的薰陶之下生長起來，去創出一個更仁愛更人道的世界。

六、我們相信兒童有兒童本身的需要，本身的興趣，本身的要求，所以就應當有純兒童的生活的享受。

七、我們相信生長是整體的，是互相關連的，所以相信兒童的生長是要從體魄方面，心智方面，生理方面，心理方面，情緒方面，道德方面和社會方面同時並進，並且要注意到他們的各方面的活動的互相影響與關連。

八、我們相信經驗與教育若要在生活上發生最大的效用就必要和生活不相離的，所以我們認定兒童的經驗與教育也應就生活的興趣與需要的範圍裏學習得來。

九、我們相信兒童是充滿興趣與活力的，是積極的，是活潑的；我們又相信教育的過程是積極的，是必要靠學習的人內心的反應的；所以兒童的教育，若要是良好的和健全的，就必要顧及兒童的興趣，經驗，能力與需要；學習的效果如何，更要靠兒童的自願與自動的程度。我們不應在安排好了的教材的祭壇上把兒童的興趣與自動作了犧牲的祭品。

十、我們相信兒童幸福的責任非由兒童担負而是由成人担負的；因而相信我們對於兒童，在消極方面，是要保障他們不受妨礙或危害他們生長與發展的侵略，在積極方面，是要給他們一切促進生長與發展的機會，這個責任，是一切成人的責任而不衹是家長和教師的責任。

十一、我們相信兒童的健康和他一生的幸福與社會整個的幸福關係至深；從反面來說，我們相信兒童的不健康是他們一生的痛苦和社會許多痛苦的根源；所以我們認定兒童的健康是兒童福利中的第一個要素。兒童的健康的保障由出生以至長成是要靠許許多多的條件，要靠充分的營養，調護，休息，空氣，日光，運動，游戲，活動，教育與良好的及衛生習慣的養成，并且要靠出生時適當的接生的照護和出生前在母體時母親所得到的營養，調攝，休息，保護，愉快的心境和安慰，這樣才能保證他們的健康，使他們在身體方面，心智方面，精神方面，情操方面，生理方面，得到正當發展的機會。

十二、我們相信兒童最健全的發展是必要充滿社會的意味的。這就是說，兒童應以社會為他的生活的對象，目的是社會的，方法是社會的，理想是社會的；是抱着為社會謀幸福的目的，是慣習於互相合作的方法，是陶冶於為社會的幸福而努力的理想。

十三、我們相信兒童應當慣於共處的生活，因而認定兒童應當有成人與兒童的共處生活，男童與女童的共處生活，智的與愚的的共處生活，強的和弱的共處生活，所以對於長幼間，男女間，智愚間，強弱間，種族間，階級間等等故意做成的排擠與歧視是我們所不願贊同的，對於兒童教育中過度的運用比賽與競爭方法因而減少了合作的精神是我們所不願贊同的，對於認定兒童生活是一個準備的時期和認定成人生活是一個實行的時期的對立觀念又是我們所不願贊同的。

十四、我們相信職業，工作，與勞動是人生的榮譽與權利，反過來說，我們相信無職業，不工作，與不勞動是人生的恥辱與權利的剝奪；所以我們認定兒童應要自少養成工作，勞動的，良好態度與習慣及對於職業有接觸的機會和準備參加的興趣與傾向。

十五、我們相信社會，以至人類文化，是在不斷的演進之中，現代的社會生活是日新月異，千變萬化的；所以我們對於兒童的教育必要注意到他們的適應與創作能力的運用，使他們能夠脚踏實地的把握着現在的生活而同時視綫要常常向前；我們的目的是進步的，方法也是進步的，因此我們對於纏綿着古代的目的，膠着因循的方法，和致力於舊文明的復活的舉動都一概反對。

十六、我們相信人類之自尊心和自信心是基礎於自衛的本能，求生存的本能，因而是人生上一個極大的支配的力量，所以認定兒童的自尊心和自信心是應予以尊重和發展，而不應輕視與蹂躪的。

十七、我們相信自由的最後的意義就在於享用自由的人對於自己與環境的控制的力量和對於他人的自由的享用的尊重；所以我們認定兒童對於自由的運用與對於自由的觀念在正的方面是要從自動，自立，自治，創作等等去養成；在負的方面是要從守秩序，有紀律，負責任，尊重公意，尊重他人之自由等等習慣去養成。

十八、我們相信人人都有許多潛伏着的能力，發展起來就都可成為他們的好處與長處；所以我們認定應當給兒童，由幼少以至長成，充分的機會來試探，發現及發展這些長處，這些長處的培養是不應妨礙兒童的一般的最低限度的共同教育的。

十九、我們相信人類中各個人的才能是有多少差異，質的差異和量的差異；這些差異應當予以相當的顧及，但是過分的把個別的差異鋪張起來，或過分的把個別差異壓抑起來都是錯誤的。特殊兒童的教育無論是天才的或低能的，都是社會所不容忽視的，他們都應該在一個民主的空氣之下——互相合作，同情相愛，為人服務，人權平等，人道主義等等精神之下——培養起來。尤其是天才的教育，若果在適當的環境培養出來，必定能給人類社會更大的幸福。

二十、我們相信公民應當有公民的權利——思想，言論，行動，工作及職業的自由的權利——所以兒童在兒童的時代，在可能的範圍內，都應有相當的思想，言論，行動，和工作的自由的權利；單從思想與言論的自由的一點來說，兒童在家庭和課室都應有充份發表意見的機會與權利。

二一、我們相信理性的運用，在人道主義的領導之下，是人類社會幸福的促進的最可靠的基礎；所以兒童就應要在他們幼少的時候受着理性的薰陶；所以我們不贊成訴諸權威的教導方法。我們反對那些貪簡便易行的籐鞭式的武力的訓育方法，因為這些方法就是用來治理奴隸與罪犯都是不相宜的。其實我們對於威逼利誘的和糖衣政策的訓育方法都不予贊同的。

二二、我們相信完整的人格是人的能力集中的結果與表現，所以我們應當力求兒童人格在發展當中不被迫走入虛偽的，假裝的二重人格或多重人格的路途。我們相信最配稱為完整的人格，必要是善良的和為社會的。

二三、我們相信兒童既屬未成熟的人，所以社會不應給予他們過分的工作與行為的責任，無論這些責任是屬於身體的，生理的，心理的，情緒的，心智的，道德的，抑法律的。所以在運用從實際生活上去訓練兒童的責任心的當中，我們不要忘記這一點。而我們既稱為經已成熟的人，尤其是家長與教師，就應當在鼓勵兒童的自動當中不要忘却輔導的責任。

二四、我們相信人人都隸屬於許許多多的社會單位，而任何社會單位又都必靠他的份子的努力與合作的。關於社會訓練的工作，兒童應當在家庭和學校裏——他們最初的社會單位——去養成。

二五、我們相信在人類演進到現在的階段，國家仍是一個極具體和極關重要的社會單位，所以兒童就應要愛他們的國家——中國兒童就應要愛中國——常常去為他們的幸福而努力，並且要培植極高尚的志願去為國家的幸福而準備奉獻他們的生命。同時國際間的同情和世界的觀念是愛國者所應兼而有的。

二六、我們相信宗教的信仰能夠給予人道主義一個很有力的提挈，能夠給予人類對於人生一種更深厚的意義，能夠給予許多人一種精神上的寄託，能夠給予許多人一種偉大的情感與力量，能夠給予許多沒有希望的人一種最大的安慰；所以我們不能因我們主張理性的發展而對於宗教的自由，傳教與信仰的自由，就不予以贊同的。

二七、我們相信兒童的生長是靠活動來撐持，而活動是不只是身體的單方面的，並且是心智方面和其他許多方面的。我們相信文學能夠引起兒童許多方面的活動，因而是培植他們生長的一個很有力量的媒介。

二八、我們相信兒童的幸福和社會的幸福是不可分離的（他們是互相作用的）。所以為着社會幸福的促進，我們就要促進兒童的幸福；為着兒童幸福的促進，我們就要促進社會的幸福。

二九、我們相信公民是國家權益的享有者和民族文化的享有者；他應該是國家和民族文化的主人，而不是國家和民族文化的奴隸。所以在兒童教育的當中，就要確立兒童的主人的地位，使他們自小養成一個主人的正確的態度，要做他的國家的自由的主人，而不做國家的奴隸，要做民族文化的主人，而不做民族文化的奴隸。

三十、我們相信社會的將來有很偉大的可能，而社會的將來和兒童的前途有很大的關係，我們又相信我們對於兒童的影響與責任的重大，所以我們應當把自己弄得像點樣子和把教育兒童的方法用點功夫，並且把社會的理想與途向多找一點頭緒與把握，使到我們不會辜負了人類給予我們一個極端神聖的責任。

選自一九四一年五月廣東《資治月刊》第四卷第一期

曾昭森等

一九四九年兒童節日兒童文化工作者宣言

在被稱為「兒童世紀」的今日，「救救孩子」的呼聲絕少反響的中國，我們幸而見到新中國快將來臨。在這天將破曉的時候，我們從事兒童事業的文化工作者看到兒童身心上所受到的痛苦與縛束，深感我們責任的重大，願把我們的心聲發為呼籲，決心以團結的力量為兒童幸福加緊奮鬥。我們相信一個國家民族的命運，繫於她底兒童身上。兒童能在一個合理和充滿着愛的環境裏生長，將來必可以創造出一個更光明和更幸福的世界。因此，我們當前的任務是集中在中國兒童的幸福與解放，而我們更大的願望是要使到地球各個角落的兒童都得到最低限度的要求，並且進而至於最美滿的幸福。我們決心鍛鍊自己成為兒童最忠實的工作者和代言人。我們謹在今天明白的宣示我們努力的方向！

一、我們要求國家社會盡可能的、迅速的全部收容及教養為戰事，災害，貧困所造成的流浪兒童。

二、我們要求在現社會制度下受着壓迫與摧殘的一切兒童——婢女，學徒，童工，童養媳，和受着黑社會欺淩與剝削的兒童——得到迅速的解救與安置。

三、我們要求一切兒童都得到平等的待遇，不因父母身份，種族，地區，信仰，階級，性別，年齡，智愚，頑劣，殘廢而受到歧視。而對於貧苦的兒童，國家社會應補助其衣食。託兒所適應母親及孩童的需要，尤應普遍設立。

四、根據上項的平等原則，我們要求一切兒童都得到義務教育的機會，享受義務教育為一切公民之應得權利，不能以師資或經費缺乏而延緩實行。

五、我們要求兒童教育應從兒童本身的興趣與需要出發，以生活為學習對象，以活動為學習中心，以社會建設為目的。

六、由於生長是整個的又是相關連的，所以我們要求家庭，學校以及一切兒童教育的場所要注意到兒童生長的各方面，一方面要注意他們的保育，營養，衛生，安全等等，此外又要注意到他們心理的，生理的，心智的，情緒的，社會的生長等等。

七、我們要求社會與國家對於教師，保姆及兒童事業工作者給予優良的工作環境與便利，對於此項人員應大量培植，對於此項人才與學術之研究給予精神與物質之獎勵，對於母親應給予特別優待，對於父母應給予親職（父母職責）教育之機會。

八、我們要求社會與國家的一切措施都兼有為兒童的幸福着想。為着保証兒童幸福不致受到輕視與忽畧，我們要求一切的教師，婦女，和兒童事業及兒童文化工作者，團結起來，以兒童代言人的身份，在立法上，預算上，和政策上（無論地方性的抑全國性的）為兒童的幸福而爭取應有的權利。

九、兒童教育文化工作是一件神聖而重要的工作，它能影響兒童的一生。從事這工作的人應抱着嚴肅的態度，時時學習、時時反省。無論我們參加這工作時間的久暫，職位的高下，環境的優劣，都不能敷衍從事，而致貽害年幼的一羣。我們要求積習既成的工作者能作毅然的反省，虛心再教育自己，並且對於受了不良教育的兒童們，我們更應耐心地改造他們。

曾昭森　加　因　黃慶雲　呂志澄　許稺人　楊劍萍　蘇　克
胡明樹　方　溪　朱范宜　周　為　張問眞　李敷芹　金　帆
柳木下　谷　柳　洪　遒　宜　閑　傅天仇　袁水拍　鍾敬文　等
林　林　所　亞　蘆　荻　陸無涯　譚新風　陳君葆　蔣仲仁
廖　源　陳哲民　胡星原　范有楨　李百鵬　陳秋子　宋文煥

選自胡明樹《我們的節日》，香港：學生文叢社，一九四九

黃慶雲

孩權宣言草案

從雲姊姊信箱裡，得到很多孩子提出的問題，我早就答應給他們寫一個「孩權宣言」，這草案終在今年發表了。裡面大部分是孩子自己的意見，有些却是他們所未想到的。這不過是一個草案，希望以後更多集些小朋友和成人們的意見來修改。

一　人有人權，孩有孩權；人有人格，孩有孩格。人權是該受保障的，孩權也該受保障的；人格是不容侵犯的，孩格也是不容侵犯的。

二　最低限度的孩權就是得到充分的教育，切切實實的得到教導和養育。有純純粹粹的兒童生活。

三　我們是幼小的，未成熟的個體，我們該受到年長的，成熟的人教導和養育的權利，使我們健全地生長起來，去參加人類文明的改造。所以我們在這幼年期間，不應該負什麼社會責任，如果有的話，就祇是對成年人所給予的教育的適宜的反應——好使給予教育的人知所選擇和改進。

四　我們孩子是人類文明的繼往開來者和民族文化的小主人，而不是它們的小奴隸，我們所受的教育該是一個小主人所受的教育而不該是一個小奴隸所受的教育。對孩子的教育應以孩子為中心，而不應以學科為中心。

五　我們雖是幼小的個體，可是我們同樣的有感情和情緒的，我們有我們的自尊心和自覺性的。因為成人們的沒忍耐和缺乏了解，而傷害了我們的情感，是我們所最反對的。我們的經驗少，我們的感情特別脆薄，一個偶然的印像，往往就影響我們的生長。因此，年長的人該常常注意培養我們的健全的感情。

六　很多種天才可在孩子時代表現出來，可是也有很多種天才不能在孩子時代表現得出來的。所以在施行天才教育的時候，應該小心和慎重些，不要草草斷定，因此很早就注重專門發展，反而枉屈了或埋沒了眞正的天才。至於眞正的天才，就該有適宜的發展，但也一樣的要小心和慎重。為了滿足成人們的需求和刺激，因而過分的誇張和助長，都是我們所反對的。帶着獵奇，和造成奇蹟的心理來訓練天才，不是有資格教育我們的人。

七　一個人的質素和造就都是靠着：遺傳，環境和教育。我們是孩子，這三方面都祇有靠成年人給予的。我們要求成年人在遺傳方面，給予孩子們健康的身體和心智；在環境方面，給予孩子們一個愛和護的環境；在教育方面，給予孩子們以最大發展和最高理想的教育。

八　民主制度是最公道和最合理的制度，它最能促進人類幸福的。那麼從小就該讓我們熟習這一個制度。你們應以民主精神來教導，我們的民主精神才能養成的。

九　自由與平等是民主的主要條件。只有給予我們自由，我們才能有更大的發展，才發展的更愉快，才會有更多的寶貴的創作。（過去的社會限制太多，過去的傳統束縛太甚，過去的教育方法太呆板，因此形成現代社會的畸形和不合理。以後衹有從嘗試和創作去改進，這就要讓後一代的人有更多的自由了。）給予我們平等，使每個階級不同的，性別不同的，智力不同的，體力不同的孩子都有機會受教育和發展。

十　我們是社會的，是人類的，不是任何人所私有的。而愛護兒童却是每一個大人該盡的義務。把愛護兒童看做慈善事業的觀念，也是我們所不認可的。

十一　一個進步的國家和社會，應負起教育她後一代的責任。以國家，社會的力量來辦兒童教育和兒童福利事業才能到普及的效力。我們盼望國家能給予她底小主人以機會均等的義務教育和為着一切特殊的，不幸的，和殘廢兒童的教養。

十二　社會應多多的培養，鼓勵，和保護與兒童幸福有關和從事兒童事業的人。兒童的母親，教師，和保育的人們應有合理的待遇，和優良的工作條件，使他們好好的去執行他們的職務。

選自一九四六年四月四日香港《華商報・兒童節特刊》

黃慶雲　胡明樹　謝加因　呂志澄

華南兒童文學運動及其方向

華南的兒童文學運動，在抗戰後期到現在，尤其是香港的今天，可以說是萌芽的時期。在書籍出版方面，在理論方面都有着這個表現。

雖然這「芽」是很嫩小，而且植在荒蕪的土地上，但是我們決不能否認它是在「欣欣向榮」的特別「向」的問題，在今天值得提出來討論和研究的。

如果五四運動是基於反帝與反封建，而以民主與科學為它的口號，那麼在華南的兒童文學所表現的，正是和這精神相吻合，而且，為了時代和客觀環境的改變，它將會更跨進一步。

但是，華南兒童文學所表現的五四精神，並不是直接的受了五四運動所影響。全國的兒童文學運動，都不是直接受五四運動所引起的。不過一切影響文藝運動的因素也就影響了兒童文學。雖然它的發展是很遲，到成人文藝運動到了開花結果的時候，它才抽着芽，才給少數園丁們注意。

一　世界兒童文學的主流和中國兒童文學運動

世界兒童文學在歷史上的發展，可分為三個時期。第一、是訓蒙時期。第二、是文藝的，教育的兒童化的時期。第三、社會性的新興兒童文學時期。在第一個時期中，兒童本身的需要是全被忽畧了的，它是從成人的觀點出發，以說教式的方法寫的，這個時期，已給新教育學說興起時，為文藝的，教育的，兒童故事所替代了。這時期，以安徒生為一個革命的代表。就是第二時期。直到現在，他的童話還是給孩子喜愛着的。第三個時期，我們試以匈牙利童話家妙倫和蘇聯的作家斑台萊耶夫做代表，在蘇聯和美國也有好些優秀的作家，以寫現實的兒童生活做對象。但這祗是二十世紀才開始，對第二期的童話，仍未能完全揚棄，而且還有着內在的矛盾。

中國幾千年以來，都極少給兒童看的書，如果勉強把教兒童的書也當做兒童文學的話，那就完全是訓蒙式的課本。如勸學詩，三字經，顏氏家訓之類，這些課本很快就給成人讀的四書五經所替代了。踏進了民國，經過五四運動之後，文字得了解放，兒童文學才漸受人注意。這時期的兒童文學，可說是完全受了外國的影響。除了歐美之外，繪圖方面，是受着日本的影響的。創作童話方面，可說，葉紹鈞先生為開山始祖。他著有「稻草人」與「古代英雄的石像」兩本書，可說是文藝的教育童話。但當時別的兒童文學就差不多純粹歐美作風的了。索性說一半是翻譯，也不錯的，當時為了客觀的要求，兒童書大量的印行，而關於兒童文學的研究，也有人提出了。從民國十六起至廿三年為全盛時期，尤以廿二三年為最盛。各書局印書之多也是空前的，杭州的中國兒童時報在此時出版，申報也闢了專欄給兒童，專印兒童書籍的兒童書局也在此時成立。影響較大，內容較充實，態度較嚴肅的是「開明少年」，也出版了，這是側重少年時期的兒童刊物。在九一八，民族的覺醒心把兒童文學推上了一個新的階段，以現實生活做題材，勇敢地推翻歐美童話的傳統的有少年出版社，張天翼，蘇蘇，賀宜等是其中最有名的。不過那時較注重的為較年長的兒童。

二　華南的兒童文學是怎樣萌芽的

七七戰火起了，出版界首蒙厄運，中華書局的「小朋友」先告停版，商務印書館的「兒童世界」和「兒童畫報」都先後停刊。進步教育出版社的「新兒童」，就在這抗戰期中創刊，太平洋戰事前，它成為各地華僑唯一的兒童期刊（星島兒童祇在香港），太平洋戰爭後，它遷到桂林，一直成為一個全國性的兒童刊物（淪陷區除外）。至抗戰勝利後，才被廹遷到香港，成為較廣銷於南方及海外華僑兒童，而遍及全國各地的。這個在艱苦中支撐了八年的期刊，到全國出版業那麼凋零的時候，仍然握取雜誌中最多定戶，發行網最廣，從銷數上，它一直是數一數二的。政協破壞後，國內政治的低氣壓把許多文化教育者廹來了香港，兒童文學又受到了新的注意。一九四七年香港文協成立了兒童文學研究組。音樂作家也出版了「兒童音樂」（現在已停版了）。許多大報紙都相繼出版兒童特刊來爭取讀者，華僑報的「兒童週刊」是一個擁有最多熱心讀者的副刊。星島報的「兒童樂園」在一九四八年創刊。大公報「家庭」週刊曾出版過四分之一的兒童園地。文匯報在一九四九創刊了以少年為對象的「新少年」，而獨立的兒童期刊則有「兒童文學連叢」，讀者對象擴大到少年裏去則有「學生文叢」，和「香港學生週刊」。這些刊物，一般來說，都是朝向了反帝反封建的路，指向着新中國的教育方針，科學的，民主的，與勞動的。上海方面，有「兒童故事」和「兒童知識」，但稍有社會性的故事童話，都寄來香港發表。此外各地的兒童刊物祇銷流於本地的，這裏並不細述。這裏值得一提的為讀者的活動：香港的幾個刊物都有它的讀者會。「新兒童」的讀者會出版「童聲」和「大眾校園」是公開發行的兒童刊物。華僑日報「兒童週刊」的一半地位，是讀者自己編的。

單行本出版的兒童讀物，有「業餘」出版的「列寧的童年」，力羣出版「洋囡囡奇遇記」，前進書局出版的「美麗的瞎子島」，學叢出版的「大鉗蟹」，初步出版的「阿麗的日記」，「阿麗漫遊童話國」，現代出版的「海灘上的裝甲部隊」，文化出版的「少年航空兵」。叢書出版有新民主出版的「新中國少年叢書」已出：「可愛的東北」，「小霸王學民主」。中原的「少年叢書」已出：「小米鼠」，「北極漫遊記」，「我的家庭」，「我的學校生活」，「興趣的數學」，「水的故事」。學生書店的學生小文庫已出：「上水四童軍」，「讀書的故事」，「森林的故事」，「黑帶」，「龍鬚島歷險記」。智源書局出版的「新中國兒童文庫」已出：「帶燈的人」，「大笨象旅行記」，「蜘蛛國王」，「俄羅斯童話」。文化供應社再版少年文庫十八冊，童心出版社的「小黑子流浪記」，少年出版社的「金鴨王子」，進步教育出版社將一部分「新兒童」裏的材料編成叢書五十冊：「慶雲短篇童話集」，「螢燈」，「桃金娘」，「金河王」，「美滿王子」，「飛金幣」，「路燈」，「雲妮寶寶」，「慶雲短篇故事集」，「頑童什記」，「小同伴」，「雲姊姊的信箱」，「圖畫信集」，「我底童年」，「名人傳記」，「中國小主人」，「國慶日」，「國王的試驗」，「地球的故事」，「國史講話」，「妙兒的妙計」，「猜謎遊戲」，「詩與畫」，「詩的欣賞」，「文章健美院」，「兒童作品選集」。傳記畫方面有「少年毛澤東」，雖然作者並不專以兒童為對象，但所寫的既是一個偉人的童年，又是以兒童所歡迎的方式寫成的，最近在文壇上引起多次討論的「蝦球傳」，成為許多兒童愛讀的作品。

這些數字雖然不算多，但是一九四九年在香港政府註冊出版的書的總額只有一百多種。在比重上，兒童文學是值得誇耀的創作。而更值得提起的，就「少年航空兵」，他以較明朗的手法寫出新中國的輪廓，雖然他的對象是少年，而且好些地方也受過批評，然而它來代表第三個時期，社會性的童話，那却是頗為典型。

有關兒童文學的活動，也限着兒童文學的進展而蓬勃起來，一九四一年香港青年會舉辦兒童劇場，曾演出二十次，有兩次是招待街童的。一九四二年「新兒童」在桂林公演兒童劇，曾經收得良好的效果，以後幾年，公演之劇「中國小主人」在兩廣地方，曾上演八十多次，以都市的童匪問題為對象劇本「一雙小脚」，亦曾在廣州香港公開演出，勞工學校曾上演新型歌舞劇「幸運魚」，這都是公開演出的。一九四一年兒童圖書館運動在香港曾作有力的提倡，籌備工作亦經開始，而且先以街童為對象的，因香港淪陷而停頓了，傀儡戲在一九四四年起，廣西方面也頗為熱鬧一時，溫濤并出版劇本「樂園的創造」一種。一九四六年中國傀儡劇團也曾在香港上演過多次。到接近勝利的今年，更走上了實踐之路，學校方面曾有戲劇的演出，傀儡電影「大樹王子」作一個空前的大胆嘗試。在主題和藝術方面，我們都寄予他很高的希望，這綜合了藝術，文學，音樂，教育的戲，快要和大家見面了。今年的兒童節，「新兒童」，「兒童文學連叢」，華僑報的「兒童週刊」，「香港學生」，「學生文叢」的讀者們組織了聯誼旅行，是兒童羣的一個空前盛舉。兒童文化工作者並在這節日發表了共同宣言，在各報出版特刊，明顯的宣示了在今天的工作方向。並且成立了聯誼會，以後展開更多的更實際的工作。

在一般報章上，兒童文學批評也不時的出現，時而也有些童話在大人的報章上出現。

這樣，可算粗粗的一個華南兒童文學運動的輪廓，這個進展，不僅是編者，作者主觀上的認識和努力所致，同時却是受了客觀的歷史的動力推動的。

三　自我檢討與今後的展望

在這短短幾年間，華南的兒童文學運動把世界的兒童文學主流迎頭趕上去，時間是如此之短，而環境且又受到許多條件上的限制。發展上自然有許多未達到理想的。我們試檢討這短短幾年間所得的經驗教訓，來展望我們今後工作的方向。

兒童文學比成人文學（與兒童文學相對而言）更富於指導性和教育性的，它在讀者中所引起的作用遠超乎說明和表現。對讀者的影響愈深，對讀者所負的責任也更大。兒童為未成熟的個體，不如成人們對讀物有那麼強的判斷力。一方面我們應就兒童的可型塑性給以健全的教育，一方面應就兒童的豐富想像力而加以培養，使之從少就養成創造能力。好的兒童文學應具有下面的幾個功能：（一）啓發智慧，（二）豐富生活與經驗，（三）培植想像力，（四）養成一個健全的理想與生活態度，（五）增加知識，（六）養成良好習慣——包括閱讀興趣，（七）適應兒童需要。兒童文學既以新中國的民主的，科學的，勞動的文化教育方針做我們創作的方針，那麼我們便應以這些做我們的中心，通過了各種文藝形式，以能適應兒童的心理，在兒童的生活和經驗領域內，所能了解、所樂於接受的題材與處理方法，發揮兒童文學的最大的功能。

目前我們能否達到這理想呢？其癥結又在什麼地方呢？

第一、它還不曾普及到全中國的兒童。在地域上，它側重了都市的兒童，而忽畧了農村的兒童；在程度上，它側重了較年齡大些的，高小以上的兒童。並且關於實際生活的故事很少。不能達到農村，還可說有一部分是經濟的問題，但是忽畧了較年幼的兒童，與缺乏實際生活的故事，那就是創作能力與注意上的問題了。

第二、關於科學常識思想的書籍和文章，雖然有，却還少得很。而且還不及一個純粹的童話故事來得有吸引力。(重慶有科學兒童期刊出版，印刷不好，銷行也不廣。)對「科學的」這要求，未能達到。

第三、以提倡勞力，勞動的作品，算是少之又少，這又對「勞動的」這要求，未能達到。

第四、在創作的形式方面，只偏重於文學的，而文字中又偏重於童話與故事。以至最吸引兒童的連環圖畫，圖畫故事書，歌謠、唱遊、戲劇、音樂的材料都很缺乏。

我們並不抹殺客觀條件的限制，不能給兒童文學以好的機會發展，可是反求諸己人材缺乏，寫作的人少，實在是一個很大的原因。

兒童文學是文藝和教育的結晶品，但是一般來説，現在的兒童文學却表現了這兩者的分了家。現在的兒童文學寫作者大多數是文藝作者，不能深懂兒童心理，和不是生活在兒童中的。

另一方面，却是對專門科學是短而不精而接近兒童的教師與專家們，則又因缺乏寫作的經驗和興趣，沒有參加兒童文學的寫作。這就是說明了為什麼祇側重於一部份兒童，與缺乏兒童生活故事，科學常識，思想的故事與文字以外的兒童文學。

今後的兒童文學作者，應該把文藝和教育融成一片。本是一個文藝作者的，就應該多懂兒童，多接近兒童，而原來是從事教育的人，就該學習寫作的技巧，勇敢地嘗試。另一方面，兒童文學作者應和專家們互相學習，使將來關於專門學識的兒童文學，既正確又富吸引力。

從過去的經驗中，許多長大了的兒童讀者漸漸的有了服務兒童，和為兒童寫作的理想。從讀者羣中找新作者，也是我們的一個工作。

説兒童文學的新階段是社會性的兒童文學階段，並不是説就把我們的題材刻板地集中在寫實方面。過去的兒童文學裏的許多優點仍值得我們批判地接受和學習的。目前我們的創作故事，十之八九是針對着那不滿人意的現實社會，因而忽畧了其他的方面。一方面我們過高地估計兒童，不認清他們是未成熟的個體，他們還是儲蓄中的社會力量，他們的精神生活和心理狀態都和我們有距離的。所以現在的兒童文學的讀者羣往往是較長的兒童，而是青年，甚而且在幼年與年齡大些的兒童的當中，還不能取去了傳統童話的地位。這就説明了現在的兒童文學大多是成人作者的觀點出發，而不是以兒童讀者為中心的。這却是無形中因襲了訓蒙式的時期的毛病——不是兒童本位的兒童文學。

以現實昭示給兒童，讓兒童從生活中去學習，並不是説只是注意認識現實，而是注意認識現實後所引起的教育效果。在兒童所能接受的範圍內，我們不妨暴露社會的黑暗面，但都要記得這只是為了刺激起對光明的憧憬，而不是引起消極的厭惡和畏懼，或是不良的暗示的。

一篇作品裏當然有它的中心——就是說有教育意義的，但是「教育的」與「教訓的」不同，就是前者是從廣義的教育意義說，着重的在受教者，而後者就是教條式的教訓，着重的在那教訓者。我們的兒童文學就該是教育的而不是教訓的。在新的教育方針之下，兒童文學就有它的新的內容。在創造新的兒童文學的過程中，外國的兒童文學，我們不妨批判地接受，好的還可以大量繙譯。固有的民間傳說，與歷史故事，民謠，有着很合推廣的民族形式，我們亦應將之重新編寫，務使這新創的兒童文學，能適合新中國兒童的需要。

四　幾項建議

為了廣泛的引起對兒童文學研究的興趣，與提高兒童文學的素質，我們提議：

一、全國文協總會下所分之五部門加上兒童文學部門。

二、文藝批評者及書評家多注意兒童文學評論。

三、師範學校以兒童文學為必修科，且注重實踐。

四、提倡建立有關兒童文學的機構如：兒童圖書館，兒童劇場，兒童博物館（包含科學館與藝術館）。廣泛的提倡有關兒童文學的活動，如故事演講比賽，讀者會，電化教育，集體研究，集體創作⋯⋯等。

五、一切兒童團體中，應儘量提倡兒童文學的活動，和廣泛地讓兒童文學作者到兒童中間參加體驗。

六、鼓勵一切有關兒童文學的研究，兒童的閱讀興趣及能力測驗尤其需要。

選自《文藝三十年》，香港：中華全國文藝協會香港分會編，一九四九

柳木下

兒童圖書館的設立（一個目前非常迫切的工作）

香港原是一個文化非常落後的地方，但這兩三年來，兒童的問題也漸漸引起社會一般人士的注意了，就目前來說，華僑日報有「兒童周刊」，文滙報有「新少年」周刊，星島日報有「兒童樂園」周刊，此外還有「新兒童半月刊」，「學生文叢」和「兒童文學連載」，都是專門供給兒童以精神的糧食的，這種對於兒童的關注，可說是盛況空前。

但我覺得遺憾的，是這個有一百八十萬人口的城市，直到現在還沒有一個「兒童圖書館」。這是一個非常迫切的要求，尤其是對於中下階級的兒童。學校教育只是兒童教育的一部份，兒童的智識慾是很強的，凡是有高小程度的兒童，儘使有適當的環境和適當的讀物，他們會自動地去尋求智識的。寫到這裏，我想起兩年前的上海的生活書店來，那時生活書店的門市部在呂班路口，每逢禮拜日有許多窮孩子（我推想他們是窮孩子）在那裏看書，看得那樣的入迷。這些孩子們，因為站得時間太久，脚都發酸了，但一方面掏不出買書的錢，一方面又捨不得這麼有趣的書，於是就索性在地板上坐下來，把書一直看下去，看三四個鐘頭。他們那樣地在找尋智識，如果在他們家裏也有能吸引他們的有趣的書籍，或他們有自己的圖書館，他們就用不着坐在生活書店的地板上去尋求智識了。

話再回到香港來吧。譬如在這人烟稠密的香港，普遍中下階級的住所，大都是非常窄的，一個初中學生在放學回來之後，他是繼續在家自修呢，還是把書包一放就跑出門去玩耍，直到吃晚飯的時候才回來呢？我想是沒有幾個學生能夠在家裏坐下來自修的，這不僅是因為家裏沒有美麗豐富的圖書，而家裏那種氛圍也很難引起他的求知慾。如果有好的圖書館的話，在晚飯前他可以在那裏流覽兩個鐘頭，自由地吸收各種適當的智識，以補充課本的不足，調和課本的枯燥。在禮拜日或其他的休假日，當那個狹小噪雜的家使他覺得煩悶時，兒童圖書館便會成為最好的去處了。在我的理想中，那裏不僅有豐富的圖書，而且還有各種演講，各種適合於他們各人的興趣的小組活動。這種以興趣為中心的活動，會使他們覺得比在課室裏高興得多。

兒童是社會裏的新生代，今天的小學生，再過十多年就是社會的中堅份子，他們的思想和行為，對於將來的社會必定會發生最大的影響。

兒童圖書館的設立，是一個十分廹切的事業，對於這個事業，每個成人都應該拿出他的力量來協助工作。

選自胡明樹《我們的節日》，香港：學生文叢社，一九四九

胡明樹

兒童文學的新課題——香港文協分會兒童文學組成立二週年

一 安徒生和兒童文學的功利主義

從前人寫文章，搞文學，都是自我陶醉的多，我想是很少人想到要「為誰寫」這問題的。據我所知，安徒生恐怕是自覺的而且宣佈了「為誰寫」的少數中又少數吧！

一八三五年，安徒生出版了他的第一本童話集「說給兒童們聽的奇異故事」，他說那些故事都是取材於幼時聽過的老故事，不過那是用他自己的態度寫的，他是照口語寫了下來，那種文體在當時還很少見，他說因為「恐怕有學問的批評家」又說他「捏造文體」，所以便名之為「說給兒童們聽的奇異故事」，其實他的本意是願意小孩和大人都看他那本書的。後來安徒生寫道：

「我在紙上所寫的，完全和口裏所說的一樣，甚至連聲容笑貌都寫了進去，彷彿我對面有一個小孩在聽的一般。我相信無論老頭子、中年人、小孩子都喜歡讀我的童話。小孩們可以看那裏的事實，大人還可以領畧那裏面所含的深意。童話又要寫給小童看，又要寫給大人看。自然是一件很難的工作。」

我想，兒童文學在它的發生的時候，而且連兒童文學本身的意義，就鮮明地標出了它的為人生而藝術的任務。安徒生在他「為兒童」而創造文體的時候，也就害怕着「有學問的批評家」（維護舊傳統舊法則的害怕藝術為多數人服務的批評家）的無情的鐵尺！

我想，兒童文學的發生及其本身的存在意義就鮮明地標明了它的藝術的功利主義了的。

二　魯迅先生的遺產

魯迅先生雖然沒有寫過童話作品，但他的第一篇新文藝作品「狂人日記」就已經宣言「為誰寫」的了。為誰寫呢？「狂人日記」雖然是寫給成人看的作品，但他的目的却是為青年，新的一代：「救救孩子！」

他的「故鄉」是一篇問題作，寫了兩代兒童的階級隔膜，由於這隔膜分裂了他們間的友情。

魯迅先生的一部分作品雖然不是直接寫給兒童看的，但却可以說是為兒童而對大人說的話，也可以說「為兒童」而做的準備工作。他的前期作品除了「狂人日記」和「故鄉」等小說外，還有洋洋數千言的「我們現在怎樣做父親？」至於他的後期的作品（小論文）也許有許多是「為兒童」而寫的，如「上海兒童」，「上海少女」，「看圖識字」，「從孩子的照相說起」等是。

魯迅先生雖然沒有直接寫給兒童看的童話創作，但他却譯了一些可以給兒童讀的童話「小約翰」，「錶」，「小彼得」。——「小彼得」因為是寫的外國的工人生活，與我國的兒童生活也許太生疏，但作為給我們兒童文學工作者的參考，學習，仍是很有意義的。而且，這些童話，都已經為今天世界兒童文學的古典底作品了。

我們的兒童文學工作者，兒童教育工作者，對於魯迅先生的兒童文學遺產應該好好地接受過來，整理起來！據說黃慶雲在戰前曾把魯迅全集中的關於兒童文學的文字都摘錄下來，抄了一厚本，但在戰亂中散失了。我覺得這工作應該重新着手。

三　毛澤東思想和兒童文學理論

據我所説，毛主席只在延安文藝座談會上講過「論文藝問題」，並沒有專講及兒童文學的其他文字，但他的思想——理論的原則却是可以充分應用在兒童文學上，如為誰寫，文學的功利主義，寫什麼等等問題上。

他反對寫人類愛，他問得很有道理：「我們能愛我們的敵人麼？」是的，我們無論如何不能愛我們的敵人！在人類階級正沒有消滅之前是沒有真正的人類愛的。

童話作品的主題，很多是寫「愛」的。如「雪姑七友」中的雪姑，她是代表被壓迫階級，常被後母驅使去工作的幼小勞動者，而她的後母却代表着統治階級。兒童看了這故事，無疑的他們是愛美的良善的雪姑的，但他們能愛醜惡的繼母麼？我相信無論如何不會。

但是，如果我們不把愛的階級性弄清楚，在寫博愛——人類愛的時候就很易變成人家打你的左頰，把右頰也讓他打；人家要你的外套，把內衣也送給他那樣的「愛敵人」的謬論了。

上面提過的「故鄉」，就是寫的兩個兒童的友情因為階級的隔膜是無法維持下去的，那「愛」是無法連繫的。閏土的一代是這樣，閏土的兒子的一代是這樣。現在是閏土的孩子翻身的時代了，工農與勤勞者（包括覺悟的改造的小資產階級）團結的時代，「愛」的意義也就大大地發展了，「故鄉」的問題也得到了解答了。

所以我們為了建立兒童文學理論，除了整理魯迅遺產之外，最重要的是研究毛澤東思想，把他的原則應用到我們的創作批評上，那麼，在新民主主義的新中國社會裏，我們的兒童文學才能有長足的進展！

四　我們的新課題

香港文協兒童文學研究組是於一九四七年五月四日的大會上產生的，到今天恰恰是二週年了。檢討起來，比起在創作上、書刊的出版上、參加兒童的活動上，我們的理論探討工作是做得最不夠的。

今天中國已經來了一個新的局面，也就是新民主主義的新中國的建設的開始。那麼，時代給予我們兒童文學工作者的新課題是什麼呢？我們的新課題就是如何建立新民主主義的現實主義兒童文學。

跟所有的文學部門一樣，兒童文學不是孤立的，它跟其他文學部門有共通點，也有特點，也許兒童文學因為對象問題，其特點也更多更大，但在理論的建設上只須在文學這個總的基礎之上考慮其特殊問題，枝節問題就可以了。自然，在應用到新實現主義的理論的時候，也應該要比應用在其他部門上更加注意其靈活性。因為兒童的現實世界，究竟也和大人的現實世界有其不同之處。

惟有在新現實主義的基礎之上，才能處理複雜的多樣的題材與形式。「為人民而寫」，也要「為人民之子」而寫，不要讓五年十年之後就會成為大人的這段時間變成空的，這不單是兒童文學工作者的責任，而是所有的成人的責任。

（一九四九年文藝節）

選自《文藝三十年》，香港：中華全國文藝協會香港分會編，一九四九

第二輯

詩歌

大朋友

發刊歌唱

世界主！
我們小朋友！
我們却是世界主，
小朋友們一齊來，
大家團結，大家團結，團結向前走，
前進，前進，向前走。
拉着手，大家同心協力把國救。
小朋友！（仿月明之夜）

選自一九三六年六月十一日香港《大眾日報・小朋友》

亦夫

小朋友週刊獻詞

不管幼稚或低能，
我們有的是熱烈的血皎潔的心；
我們的血將洗盡世界污穢的一切
我們的心將在黑暗中放出無限光明。

選自一九三六年六月十一日香港《大眾日報・小朋友》

炳焜

來來來

來來來，小朋友，
我們大家手挽手，
一——二——三
大步向前走！
來來來，小朋友，
我們舉起小拳頭，
一——二——三
把殘兇侵略者趕走！
來來來，小朋友，
我們舉起小拳頭，
一——二——三
□□□□□□□□□□

選自一九三九年十一月九日
香港《大公晚報·兒童樂園》

徐徐

弟弟失學了

不多幾天，我接到弟弟由淪陷了的故鄉來信，其中有一段說：「故鄉的學校都改換了課本，日閥和漢奸殘酷地用盡種種方法，麻醉這些無知的孩子，強迫讀三字經，日本歷史，地理。……」聽起來太令人痛心了。喂！救救淪陷區的孩子！

弟弟，書念不成了！
你，年紀這麼小！

魔爪下的破城裏
到處是日兵。
讀三字經，
　日本文。
麻醉數十萬個

天眞的孩童。
於是——
你對自己說：
「我是中國人
　我有遙遠的前程。」

弟弟，失學了！
你在母親的懷裏。

流淚望着學校：
「媽！我情願坐在家裏。」
但，一會，——
你揩着眼下的淚痕，
咬咬牙：
「媽！明天，我找哥哥去！」

選自一九三九年十一月九日
香港《大公晚報・兒童樂園》

一個孩子

我不曉得今年幾歲了，
我不知道姓什麼，
我記不清楚爸爸媽媽是怎樣的。
我沒有受過爸爸媽媽的撫愛，
人家罵我是野孩子。

我的朋友有：
缺嘴阿大，黃皮小狗。
我學着和他們一樣的，
托着手在馬路上討銅板，
在人家的門口邊討冷飯，
碰得巧的時候，多吃一點，
討不到的時候，
把袴帶束緊一點。

有一次，
我被一個穿西裝的人捉住了！
因為他失去了一個錶；
有一次，
我被麵包店裏的人打了兩下，
他說我弄髒了他們的玻璃櫃。

天氣冷了，
風刮得很大，
我抖着，躲在避風的地方。
有一天，街邊的補衣婆婆，
由她身上脫下一件棉衣：
「孩子，你拿去穿吧，
我自己不要緊的。」
我接過衣服的時候，
我哭了！
因為我從來沒有見過，
這樣憐惜的臉，
這麼慈悲的心。

我永遠是野孩子，
我永遠是流浪者！

選自一九三九年十二月九日
香港《大公晚報・兒童樂園》

宋因

十月天

十月天，
晚風涼，
小朋友，
愛上遊樂場。
遊樂場，
小天堂！
爸爸給我洋娃娃，
媽媽買我美衣裳，
粵劇電影眞好看，
看完一場又一場。
小朋友，
想一想！
我們享樂在這裏，
祖國前線的戰士怎麼樣？
十月天，
冒雪霜，
勇戰士，
還沒寒衣裳。
寒衣裳，
快輸將！
穿了寒衣去抗日，
身著征袍手執槍，
血肉長城隨處築，
戰士保衛我國疆。
小朋友，
舉起手！
打破撲滿捐寒衣，
「有錢出錢」，何用思量？

選自一九三九年十二月十四日
香港《大公晚報・兒童樂園》

黃慶雲

為和平而爭

我是孩子兵，
騎馬到長城。
為民主而歌，
為和平而爭。
道路險又長，
我不畏行行。
你們說的話，
我都弄不清，
你教我們相愛莫打鬥，
你們却在動刀兵。
我們聽話乖乖地，
你不和平我們怎和平？

朝避兵，
晚避兵，
昨進城，
今出城，
逃難逃的不曾停。
停！停！停！
停了我們的痛苦，
停了你們的鬥爭。
常常都是我們聽你們的話，
這次的話請你要聽聽：
聽！聽！聽！
中國才復興！

署名宛兒，選自一九四六年三月一日
香港《新兒童》第十卷第一期

聽鐘鐘

不要吵，
聽鐘鐘；
鳥兒不要唱，
熊兒不要嗡，
鼠兒不要叫，
娃兒不要動。
現在年紀少，
時間我要懂；
將來長大了，
一分一秒不放鬆。
不停學習，
不停活動，
為了國家，
為了大眾；
這樣才是新兒童！

選自宛兒《詩與畫》，
香港：進步教育出版社，一九四八

春的消息

太陽的眼睛再不迷濛了，
和暖的東風，
吹開了層層的霧。
在那燦爛的陽光下，
冷氣，像貓一樣，
用有肉沒有爪的脚，
偷偷的溜走了，
走了喲！

姐姐拏起了剪刀，
給弟弟造新的衣服，
去年的尺寸，
已太小了嗎？
這青春的小小軀體，
實在長得太快了。
什麼都裏不住的，
是生長喲！

泥洞裏的大蛇小蛇，
伸長了大的，小的懶腰，
張開了一個小眼，一個大眼，
脱了陳舊的一層皮，
冬眠的時候過了，
從今不再「蛇」了。
要蜕變喲！

打開了窗門，親愛的，
陽光要進來了。
春的消息誰也瞞不住的。
請問那窗外的燕燕，
北國的堅冰衝破了沒有？
我們曾耐心的等了許久，
等着春的到來喲！

署名宛兒，選自一九四九年二月一日
香港《新兒童》第二十一卷第五期

你的爸爸和我的爸爸

「你從那裏來的？
我的小弟弟。」

「來來自天上，
一點鐘的飛，
兩點鐘的飛，
幾點鐘的飛。」

「你的爸爸在那裏？」
「我的爸爸在上海警司令部做事。」
「你的爸爸做啥事？」
「我的爸爸是抓人的。」
「你帶來的許多是什麼東西？」
「抓了人，東西還不是我爸爸的？」

「我也問問你，
我的好哥哥！
你可有爸爸？
他幹的什麼？」

「我的爸爸工作一大把，
我的爸爸工作在地下。
他穿的工人服裝，
他守衛着機器和工廠。
迎接着：
解放，解放！
他說，讓一切交通工具就通行，
就在解放軍進城的第一天，
那怕它行走在濺滿鮮血的街道上？」

「假如我的爸爸殺了你的爸爸，
那麼，好哥哥，我們怎麼辦？」

「那麼，我用紅旗蓋上了他底屍體，
我攙着你的手，低下頭來，
紀念他，向他看齊。
我不怨怪你些兒，

因為他為着造福我、你，而死。
我的心膛跳躍着，
跳躍得更厲害的是你的心膛，
因為你要拿出更大的努力，
把你爸爸破壞的東西都重新做得更好。」

「如果人民殺了你的爸爸，
那麼，別痛哭，我的好弟弟，
你自還你，他自還他。
收起創傷的眼淚，
把小手放在我溫暖的掌握中，
我和你，
跨過他的屍體，
向新中國幸福之途邁進！」

署名慶雲，選自一九四九年五月二十七日香港《文匯報・新少年》

給妹妹說的故事

有一個小小的故事，
我將不厭煩的為你說一百次，
這裏，我告訴你一個人怎樣的生；
這裏，我告訴你一個人怎樣的死。……

有一個小小的姑娘，
就像那點點兒大，
紅着小鼻子，
甩着小辮子，
生長在那小而要人親愛的國土——
立陶宛，
外國人欺負着本國人，
有權力的人欺負沒有權力的人
有神的人欺負沒有神的人，
孩子們在那裏就算不得是人，

我們的小女孩就這樣長起來，
長着，長着，就像你這這這兒大，
讓我低低的，低低的告訴你，
我的小寶貝，
這女孩子的名字就是瑪烈泰。

她進過了學校却又離開了學校，
她是要活着的呀，
一家人都要活着的呀；
她進過了工廠却又離開了工廠
她是要活着的呀，
全國的人都要活着的呀！
她要為着每個要活的人，
向那壓迫她們的人，
鬥爭，鬥爭……
這美麗的女孩子，
就在鬥爭中長大，

這，這美麗〔的〕女孩子，
她的名字就是瑪烈泰。

做着許許多多人所不能做的工作，
做着男人所不敢做的工作，
我們的瑪烈泰才是一個少女呀。
拯救着許許多多人，
領導着許許多多人，
我們的瑪烈泰只是一個少女呀。
在那無邪的理想中，
她曾經做過醫科大夫的夢，
我們的瑪烈泰不過是一個少女呀。
在那甜美的幻想裏，
她曾想過在那遼濶的祖國遨遊，
我們的瑪烈泰只是一個少女呀。
敵人可不肯放過她，
以兇暴的酷刑虐害她，

看咧，她的遍體已經受傷，
看咧，她的十個指尖已經燒焦，
惡魔不能使她低頭，
假上帝之名，也不能使她妥協，
我們的瑪烈泰只是一個少女啊，
一個有着千萬人在她身旁的少女啊！

「你快死了咧，瑪烈泰，
你還談什麼勝利呢，瑪烈泰？」
但是她是勝利了啊！
我們的少女瑪烈泰是勝利了啊，
「比一切殉教徒還強硬啊，
你瑪烈泰，
有甚麼是你捨不得的，
你，瑪烈泰？」
讓熱淚去訴說一切吧，
這是不足以告訴你們的魔鬼的。

當你看見那崇高的雕像，
屹立在立陶宛京城，
聽着千萬人的歡呼，
上帝的叛徒們，
看啊，這就是少女瑪烈泰的勝利呀！
你該懂得她所捨不得的一切呀。
我的寶貝，
你就這樣哭起來麼？
就痛快的哭着喲，
少女瑪烈泰再不回來了喲！

選自一九四九年十二月十二日
香港《大公報·大公園》

鷗外鷗

大衣後面的門

我們知道：
男子們穿的褲前面
有一扇褲門
是小便用的門
爸爸穿的大衣後面
也有一扇門
有一枚鈕扣的
褲的前門是小便用的了
然則這大衣後面的門
又做什麼用呢？
我們研究着
這大衣後面的門的用處
弟弟說：
「這大衣後面的門，
放屁用的罷；
一定是放屁用的門了！」

選自一九四六年八月一日
香港《新兒童》第十一卷第五期

尼泊爾王子如是說

有一次尼泊爾的王子
訪問民間疾苦
詰問他的人民：

你們的飯量這樣大啦
比我多數倍呢
胃口多好啦
你們的肚并不比我的肚大啦
有什麼辦法米不賣這樣貴呢

人民們說：
我們除了吃飯之外
并無其他了
殿下，你吃飯時
還有魚，有肉，有餸菜啦
有湯，有酒，又有水果和甜的餅餌啦
之外；殿下每日有幾次茶食啦
怎樣會對白飯有胃口呢

王子聽罷沉吟一會
又詰問他的人民：

你們的鞋破得太快了吧
不知節儉
常常見你們穿着破了的鞋
我的鞋太耐用了
希望他破他却不肯破呢

人民們說：
殿下，有所不知了
我們的鞋每次祇能買一對而已
殿下的鞋下面有四個汽車輪胎的啦
我們的鞋下面
踏着的就是石頭的道路了

王子聽罷為之默言無語
拂袖而退

選自一九四七年三月一日
香港《新兒童》第十四卷第一期

兇得好

主人養了貓
貓捕鼠
主人又養了狗
狗守門
貓捉老鼠
老鼠不過是小偷
狗守門
提防兇狠的強盜
圍牆以內
一草一木還有金銀珠寶
都是主人所有
主人愛貓多些呢
還是愛狗

貓撒尿偷吃
常常捱罵捱打
那匹狼狗
搶了豬肉，搶牛肉
在當街鬥毆
還無緣無故追人亂咬
主人卻笑口吟吟
撫摩着牠的狗頭
稱讚牠兇得好
兇得好

選自一九四八年八月一日
香港《新兒童》第十九卷第五期

呂志澄

爸爸加了薪

【一】

好爸爸，加了薪
孩子心裏喜洋洋
催着爸媽上街去
要買布料做衣裳

【二】

布料多，好款樣
可惜價錢天天漲
如今漲了一倍多
爸爸薪水追不上

【三】

不買布，買糖果
五顏六色香又甜
價錢漲了一點點
前天九百今三千

【四】

不買糖，買玩具

一架火車三萬元

爸媽聽了聳聳肩

舌頭伸出二寸長

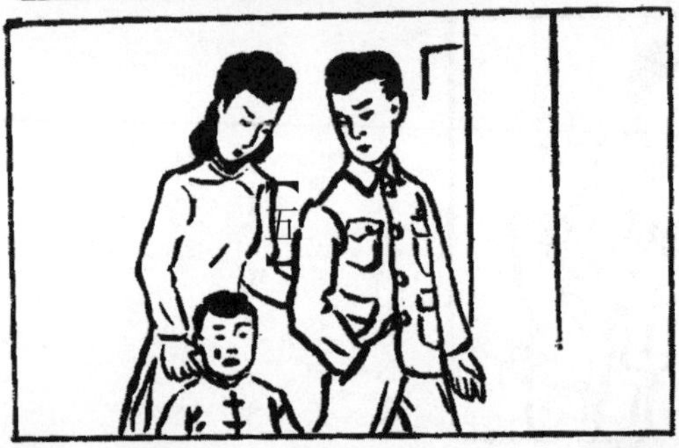

【五】

東西貴，買不成

大家掃興回家轉

孩子眼淚流滿面

爸媽心裏打算盤

【六】

二斤米，用一天

還有柴油菜肉鹽

加上租米五十斤

一月家用卅萬元

【七】

薪水去月十六萬

這月加了八萬元

不加薪水還好過

加了薪水反遭殃

【八】

好孩子，莫悲傷
爸爸和你說端詳
不是爸媽不疼你
只因國幣不值錢

【九】

為甚麼，國幣賤
為甚麼，物價漲
爸爸搖頭不答話
只是愁眉苦着臉

【十】

小孩子，不安份
玩具店裏去詢問
那人回說米價貴
賤賣玩具餓了人

【十一】

來米店，問米商
米商說是缺米糧
若是把米賤賣了
自己便要捱飢寒

【十二】

去田野，問農夫
農夫説是苦惱透
政府征糧又抽丁
五穀那會有豐收

【十三】

到衙門，問官員
官員説是要打仗
打仗要丁又要糧
還要商人出税捐

【十四】

進軍營，問士兵
士兵説是知不清
反正發餉我就領
管他打誰打不停

【十五】

問伯伯——吳軍需
説是軍餉容易領
次次銀紙叠叠新
政府不夠只管印

【十六】
回家裏，告雙親
雙親這才說原因
銀紙太多糧食缺
物價漲得就驚人

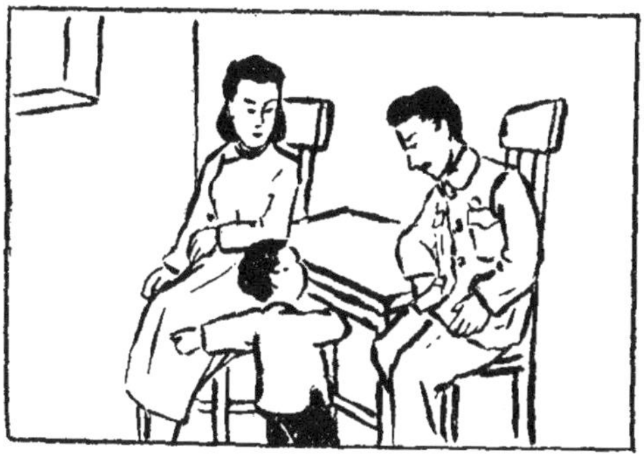

【十七】
停戰爭，講和平
大家才會得安寧
壯丁在田糧食足
兵少銀紙不用增

【十八】
倘若是，打下去
物價還要往上升
薪水縱然一百萬
也難活着見太平

李石祥配畫，選自一九四七年三月十六日香港《新兒童》第十四卷第二期

看看這一羣

——為着促進眞正的幸福　首先認識今日的現實——

（一）兒童節，笑聲多。
孩子們開會又唱歌。

（二）歌聲飛到校門外，
報童不懂是什麼。

（三）轉身邁步如飛跑，
一頭撞倒小盲婆。

（四）盲妹舉棍亂揮打，
打痛擦鞋細佬哥。

（五）擦鞋器具滿地散，
小偷拿了笑呵呵。

（六）混到人叢看把戲，
小小伙計緊敲鑼。

（七）敲斷鑼槌師父打，
連累小販破了鍋。

（八）鍋破稀粥流滿地，
滑倒蹩脚小亞駝。

（九）丐童羣起上前搶，
搶得遲點挨肚餓。

（十）丐多粥少爭端起，
打爛拾荒的垃圾籮。

（十一）學徒好事忘工作，
老板叫他捲被窩。

（十二）失了職業回家轉，
童養媳婦受折磨。

（十三）不堪虐待偷逃跑，
碰見嬰孩棄山坡。

（十四）行過山坡天破曉，
只見牧童拾糞又餵鵝。

（十五）轉彎來到煤礦口，又見
小礦工赤身露體像嘍囉。

（十六）觸目傷心尋短見，
幸得小漁郎把住江河。

（十七）小號兵有心要大家覺醒，
不怕那山風吹來打哆嗦。

署名志澄，石祥配畫，選自一九四七年四月一日
香港《新兒童》第十四卷第三期

聰明的家畜

天光亮亮還麻黑，
主人殺雞待賓客；

雞兒高高飛上塔，
不如殺隻大毛鴨；

鴨兒自說羽毛多，
不如殺隻長頸鵝；

鵝兒辯說頸未長，
不如殺隻白綿羊；

羊說春寒剛退才入夏，
不如殺隻紅花馬；

馬說我會載你上橋頭，
不如殺隻大黃牛；

牛說我會耕田歸養口，
不如殺隻小黑狗；

狗說我會替你守門楣，
不如殺隻大貓兒；

貓說我會深夜捉老鼠，
不如殺隻大肥猪；

大肥猪吃了睡覺不做事，
殺來待客頂合時！

適者生存
不適者淘汰

署名志澄，石祥配畫，選自一九四七年四月十六日香港《新兒童》第十四卷第四期

學校門外的李大材

學校門兒處處開，
有志無錢進不來；
站在門外空思想：
大材今日未成材！

上課鐘聲叮叮噹，
大材心裡最徬徨，
遙見老師枱邊站，
學生靜坐大課堂。

一株大樹植牆邊，
點頭招手他上前，
為他特設高等位，
一樣聽書不要錢。

日日枝頭苦用功，
有人氣得怒轟轟，
樹身加上鐵絲網，
免將權利讓頑童！

署名雷向明，選自一九四七年九月十六日香港《新兒童》第十六卷第二期

小醫生診病

唉唉喔，唉唉喔，
小姑娘，假裝哭：
「我的囡囡它病了，
昨夜發熱到通宵。
醫生，請你看它什麼病？
阿司匹靈靈不靈？」

小醫生，點點頭，
架眼鏡，拍拍手，
說道「孩子生病常常有，
媽媽不用太担憂！
現成的藥不要隨便用，
服藥至緊問根由。」

拿聽筒，塞耳洞，
一端按在囡囡胸，
囡囡的心兒不跳動，
只管瞪着荔枝龍（眼）
醫生急得一額汗，
忙叫「嚴重呀，真嚴重！」

小姑娘，忍着笑，
請醫生，快診治；
醫生搖搖頭：
「我的辦法少，
任你吃藥又打針，
難使囡囡心復跳。」

署名亨亨，石祥配畫，選自一九四八年二月一日香港《新兒童》第十七卷第五期

許稺人

哎喲呵，不得了

哎喲呵，不得了
物價天天向上飛
一元美金六萬三
我借美債有多少？
二五二〇〇〇〇〇〇〇〇〇〇〇元
（註一）

哎喲呵，不得了
民族工業沒保障
倒閉再倒閉
外國貨物塞市場

我國如何能富強？
民生如何能解決？

哎喲呵，不得了
八年抗戰血白流
對日和約未簽定
便准日貨到國來
日本強大了
再來一次「九一八」
我們如何能抵抗？

哎喲呵，不得了
四強之一只是名
實實在在走了樣
哎喲呵，不得了

（註一）對日戰爭結束後，美國借給我國民政府軍械及其他費用有四十億美元以上。

署名小穎，選自一九四七年十月四日香港《華僑日報・兒童周刊》

短簡

三月春光旅行好
放下書包來玩玩

香港仔裏工藝院
兄弟姊妹多又多

漁民學校不平凡
織網打漁常識富

拜會這些小朋友
蹦跳唱歌好愉快

你來一個捉領袖
我來一個好活報

身心輕鬆精神爽
回來讀書更進步

嚴肅學習又玩耍
才是世上聰明人

不然日夜讀死書
呆呆坐着傻傻仔

新生一代小朋友
集體來玩最快樂

滿地山花遍野草
空氣新鮮精神暢
來來來，快來吧
你我大家齊拍手

署名小穎，選自一九四八年四月十七日
香港《華僑日報・兒童周刊》

胡明樹

香港仔

香港仔——
大澳哥哥叫他弟弟，
揹在香港媽媽的背上，
向着長洲姐姐笑迷迷。（1）

香港仔，
向前招手：「嚟，嚟，嚟！
大丫，你學猫叫！
小丫，你學雞啼！」（2）

大丫〔講〕故事：「小鯤魚
大戰海鰍，真夠威！」（3）

小丫也講：「鰲頭魚
又啄飛（　），（　）閉緊！」（4）

鴨脷先生來教古文，（5）
第一句——魚，我所欲也！
香港仔聽了登時肚飢，
哭聲像猫叫，像雞啼……
他哭道：「死魚頭、死魚尾，
為什麼中間送畀人地？
畀返我！畀返我！
畀返我呵魚，魚，魚！……」（6）

（註1）香港仔是漁業區，在香港之背，大澳，長洲都是漁業區。
（2）大小丫洲都是香港仔附近小島。
（3）普通都是大魚食小魚，獨小鯤魚不怕大，牠敢將海中之霸海鰍（（　）鯨魚）殺死。

（4）飛（ ）能飛，也逃不出鰲頭魚的口，「啄」字是記音，有追而食之之意。「鰲頭魚啄飛（ ）」是鹹水歌中之一句。

（5）鴨脷洲在香港仔對面。

（6）一個漁民說：「我們辛辛苦苦得到一條魚，但自己却只能沾一點點魚頭而已，其餘都「被」剝削去了！」

署名力衡，選自一九四七年十月十八日香港《華僑日報・兒童周刊》

金近

鄉下麻雀

鄉下麻雀飛進城，
沒處做窩很擔心；
電線桿上站一站，
看看下面都是人。

汽車喇叭怪聲叫，
麻雀聽了嚇一跳，
再往前面嘟嘟飛，
不見樹木不見草。

麻雀飛了好半天，
翅膀飛得有點酸；
肚子餓了沒有吃，
要想喝水處處乾。

城裏沒有鄉下好，
吃的住的都難找。
麻雀心裏不明白：
為什麼——
鄉下人往城裏跑？

選自一九四八年七月二十二日
香港《大公報・兒童園地》

賀宜

睡不着

九點鐘，想睡覺，
睡呀睡呀睡不着。
媽媽問我為什麼？
我說討厭的蚊虫叫。
蚊虫蚊虫怎樣叫？
蚊虫嗡嗡嗡嗡叫。

X

十一點，想睡覺，
睡呀睡呀睡不着。
媽媽問我為什麼？
我說討厭的狗兒叫。
狗兒狗兒怎樣叫？
狗兒汪汪汪汪叫。

X

一點鐘，想睡覺，
睡呀睡呀睡不着。
媽媽問我為什麼？
我說討厭的貓兒叫。
貓兒貓兒怎樣叫？
貓兒咪嗚咪嗚叫。

X

三點鐘，想睡覺，
睡呀睡呀睡不着。
媽媽問我為什麼？
我說討厭的老鼠叫。
老鼠老鼠怎樣叫？
老鼠吱吱吱吱叫。

X

五點鐘，想睡覺，

睡呀睡呀睡不着。
媽媽問我為什麼？
我說討厭的公鷄叫。
公鷄公鷄怎樣叫？
公鷄喔喔喔喔叫。

X

六點鐘，天亮了。
我在床上心亂跳。
媽媽問我為什麼？
我說討厭的飛機叫。
飛機大炮轟轟響，
幾多同胞死掉了！

選自一九四八年九月十五日
香港《星島日報・兒童樂園》

蚊虫闖禍

蚊虫叮老虎，
老虎放把火，
火燒黃狗窩，
黃狗咬毛驢，
毛驢踢婆婆，
婆婆打哥哥，
哥哥打了我，
我拉貓耳朵，
貓兒逃上屋，
喵嗚喵嗚哭。
蚊虫闖了禍，
拍脚笑呵呵。

選自一九四八年九月二十二日
香港《星島日報・兒童樂園》

陳伯吹

喇・叭・花

十幾朵喇叭花，
帶着十幾個小喇叭，
黑夜裏悄悄的爬上竹籬笆。
趁風雨沒有停止，
趁天還沒有亮哪，
一陣子——嗶喇喇！嗶打打！

他們：
都是最好最勇敢的宣傳家。

牆脚下的小草並不聾啞，
只把雪亮的眼睛睜得大，
默默地不出聲，也不回答。

倒是躲在屋角落裏的桑和麻，
還有整天窮（一）拉長了臉的南瓜，
聽不懂這些花言巧語，
以為他們裝腔作假，
扭扭捏捏地，
小丑們在演雜耍。

選自一九四八年十一月十一日
香港《大公報・兒童園地》

鄒荻帆

勸學歌

親愛的小朋友們，
在很多的希望中
我希望你們學習。

假如你年紀還小，
你該用你底積木
學習建築呀，
用泥沙學習雕塑呀，
搭起小的鐵軌
鍤起小的橋呀，
挖出小的河道呀，
知道嗎
小朋友？
你們這隻手
將來就要把鐵路鋪到頂沒有人烟的地
　方去，
把磚瓦建到幾乎可以摸到太陽的天
　上去，
新的中國
需要人材去建設。

假如你年紀大了一點，
你千萬不要讀死書，
你要學習服務，
替你底同學做事，
和他們好好合作。
去辦壁報呀，
組織歌詠隊。
野外寫生隊呀，

佈置教室呀，
開懇親會呀，
〔凡〕是大家做的事都不准偷懶，
都不准推辭。
知道嗎
小朋友？
新的中國
需要新的精神，
將來要你們底手
去組織起最大的農場，
去建立起最大的工業區，
去推動新民主政治的輪子。

親愛的小朋友們，
新的中國已經在發芽了，
如果我們底父親給了我們一盆花，
我們該怎麼愛護牠呢？
所以我們該好好學習。

選自一九四九年一月七日
香港《文匯報・新少年》

琳清

給一個不知名的孩子

孩子
我雖然和你並無一面之緣
也不知道你的名字
只是——
孩子
當我在報上讀到了你那悲慘的遭遇
我就禁不住要寫幾個字給你

X X

孩子
你說：戰神攬去了你的父親
而母親又改嫁了別人
於是，你小小年紀
就只好孤苦地，在這茫茫的人海中流浪——
由這裏，又流浪到那裏
被排斥，被欺負，被毆打，被遞解
一次又一次
（已經是第四次啊）
你，又回到了這裏

X X

當你因「阻街」而被捉上法庭
記得法官曾經這樣地問你：
「這次遞解你出境
對於前途你可有什麼主意？」
你說：「回到廣州去
但是假如還是被斥逐被毆打
那，那……也沒有法子！」

X X

唉，孩子呀孩子
這是多麼哀慟的説話啊

我呀，我聽了它
我流淚，我悲傷，我實在不能自止。

X　X

孩子
報導這段新聞的記者說：
你為了要攀登「天堂」
但結果你走進了地獄
因為天堂是在地獄的「隔離」

X　X

唉，孩子
說來誰又知道
你早已明知這兒是地獄
但你結果還是回到這裏
你何曾對這兒有一絲貪戀啊
只是那殘酷的生活在驅使着你

X　X

孩子
那麼，走罷
好在祖國已經在新生
而這兒，對你實在對你一無好處
走罷，走罷，孩子啊——
我祝福你回去

X　X

孩子呀
本來我是不應該寫這一些話給你的
因為你也許根本不認得這些字
何況這還是一首詩哩
只是，孩子
當我情感激動的時候
我實在無法控制我的筆鋒

只好讓它寫成這個樣子

四九・六・十七；H・K

附記：據報載，一個小童，因在此地行乞被遞解出境，已達四次。讀到這段新聞之後，遂感而草此。

選自一九四九年七月六日
香港《星島日報・兒童樂園》

第三輯

童話

宋因

「奇異學校」

「有錢人的兒女要進學校，我現在有錢了，阿貴就有資格進學校去！」這個大道理是阿貴的爸爸偶然地做了富翁之後，忽然想出來的。為着要實現這個大道理，今天，他和阿貴坐着那價值五萬元的新購的汽車，以十秒鐘的速度，經過一百條會滑倒窮人的非常傾斜的馬路，到了山頂教育區——知識拍賣場的所在地，替阿貴找學校去。

眞不愧是一個教育區啊！學校眞的多，多得像皇后大道的商店一樣，而且樣子也差不多。那圖案畫襯着的招生廣告，貼滿了牆壁上電燈杉上，很能吸引人的視綫。

「爸爸！那一間不是永安公司嗎？」阿貴指着前面一座大建築物說。

「阿貴！你太鄉下氣了！那不是永安公司，那是這教育區中最大的一所學校哩！你不看見嗎？那邊不是有四個大字嗎？這就叫「奇異學校」啊！我打算把你送進去讀書哩！」

阿貴抬頭一望，果然門前有一個校名，旁邊還用生花綴成一串字：「慶祝半週年紀念，大減價半費招生。」

阿貴的爸爸擺起紳士的姿勢，踏上奇異學校門前的石階，阿貴跟着爸爸的後面。

在會客室中，校長殷勤的招呼着這兩位來賓，以一種油滑的悅耳的語調說：

「對於你的少爺到來讀書，敝校是極表歡迎的，鄙人得有為閣下服務的機會，更覺榮幸之至！」

校長望一望阿貴爸爸的面孔，再看一看阿貴，然後張開那塞滿金牙的嘴巴說：

「令郎眞是世界上頂聰明伶俐的孩子，將來如果在敝校畢業，學會了敝校新發明的點金術，一定能成為中國第一個富翁了，到那時，中國四萬萬五千萬人都全變了窮人，他們的錢，都跑到令郎手中，祇有令郎才是唯一的富翁。……」

阿貴的爸爸快活起來，他覺得校長很有學問，如果沒有學問，那能夠說出這樣漂亮這樣令人滿意的話？而且，他送兒子進學校的目的，是希望兒子將來能做一個比他自己更多財產的富翁的。於是他問：

「校長！我決定把我的孩子送進貴校讀書了！每年學費堂費要多少呢？」

「本校收費是頂便宜公道的，而且現在慶祝半週年紀念，學費減收五折，眞是一個好機會。至於堂費，取價也沒一定的，如果日光空氣充足的座位，自然要多一點，這和酒店客房一樣規矩。敝校資本一千萬元，每年盈利二千萬元，可見確是很發達的一間學校。」

校長漂亮的話說完了，於是引導他們到校內各處去參觀。

首先到禮堂去，那裏訓育主任正在向一羣學生訓話：

「我們做教師的和你們做學生的，目的反正是一樣：賺錢，做富翁！什麼叫做富翁呢？富翁就是不做工作，把人家的飯搶來自己吃！飯越吃得多越好，能夠把千萬人應吃的飯搶來自己一個吃，那就愈偉大！……」

禮堂後面是消費合作社，這是奇異學校最精華的所在。他的規模比百貨公司還要大，吃的，穿的，玩的，什麼東西都齊，化裝品更多，不過這裏沒有中國貨。由於校長的命令，所有學生要用的東西都要在合作社購買，並且不准議價的。理由就是校長要賺錢哩！

校長還告訴阿貴，這裏的體育場是准許學生跳舞的，因為跳舞是最好的運動。不過，阿貴不懂跳舞，所以衹好去課室參觀一下罷。課室就在廁所旁邊。學生在消費合作社吃飽了東西，就去運動場跳舞一頓，再回來課室休息，食物消化了，就去廁所，都是很便利合理的。

雖然校長還說他們去參觀成績室，但阿貴厭倦了。阿貴爸爸都認為很滿意了，於是照章程繳納了參觀費之後，辭別了校長。

在歸途中，阿貴爸爸大讚「奇異學校」的好處，說明天便要送阿貴入學了。但阿貴反對爸爸的意見。因為阿貴讀過一本「金銀島」，他知道富翁是不好做的。富翁終有一天會被大眾趕到荒島上，找不到食物，結果是餓死了，還給螞蟻嘲笑哩！而且「奇異學校」簡直不像一所學校，他覺得它和一間百貨公司沒有分別，彼此都有餐室，跳舞廳，游樂場，廁所。他不高興它。

最後，阿貴經過他爸爸一百次的打罵和爭議，終於說服了爸爸，沒有進「奇異學校」去！不過爸爸說阿貴沒有做富翁的希望；而阿貴根本就不想做富翁呢。

選自一九三九年十一月十六日香港《大公晚報・兒童樂園》

許地山

桃金孃

〔存目〕

署名落華生，《桃金孃》，香港：進步教育出版社，一九四一

黃慶雲

夜來香

很久很久以前，在陽光統治的地方上，長着各樣各式的花朵。有些花是有美麗的顏色，有些花却會發出很芬芳的香味。但再沒有顏色能比虹之花更美麗，也沒有香味能比虹之花更芬芳的了。

虹之花是太陽最寵愛的花朵，她在雨點裏洗去一切的塵埃，在太陽中攝取各種的色彩，所以她能幻變着彩虹的七色，繽紛而奪目，她更在黎明時和曉風私語，在黃昏時和晚霞弄眉眼，她懂得很多花以外的事情和花以外的道理，所以她有了過人的智慧，能發生濃郁的香氣來。因為花有了香氣等于人有聰明一樣，愈聰明的花，香氣也就愈大的。

她不祇有着繽紛的彩色，她不祇有着濃郁的香氣，並且她這種彩色和香氣是常常變幻的。因為她學得太陽底熱情，雨點底瀟洒，曉風底清新，晚霞底活潑。這，更沒有一種花能比得上的。

因為太寵愛虹之花的原故，太陽更想不出用甚麼方法來讚美她。於是，有一天，太陽出了一張告示，叫花朵們來一個比賽，選舉出花的皇后來。

當這告示一公佈之後，花園裏起了很大的騷動。從東邊到西邊，從南邊到北邊，都可聽到花的私語和葉的摩擦。

富麗的牡丹扯着驕傲的黃菊的袖說，「還有誰呢？」

胆小的含羞草攀着嬌媚的玫瑰花，「當然是她吧。」

為了給這未來的皇后加冕，太陽造好了一頂美麗的皇冠，用虹霓來做它底帔紗，用珍珠和寶石來做它底裝飾，那種華貴的樣子誰看了也禁不住讚賞的。

於是，在一羣花做夢的時候，都夢到這頂燦爛的皇冠安穩的放在虹之花的頭上。

太陽下山了，他用最柔和的口吻對虹之花說，「我底好女兒，早早的休息吧。有一個好的臉容，過幾天你就要參加比賽的。」

太陽就眞的下山去了，聽話的虹之花就要閉起眼睛來睡的。

但是，事情常常是很奇怪的，有時，當你愈想睡的時候，愈多的頑皮的想念就爬進你的腦裏。你也許會想到捉弄甚麼人，也許想到甚麼樣的新玩意，想呀想的你就睡不着了。這樣的想法，聰明人和孩子都是一樣的，為的是他們的腦筋都是一樣地活躍的啊！

於是，我們的聰明的，孩子氣的虹之花就睡不着了。

晚風柔和的在虹之花的四周吹着，在想把虹之花在日間的疲勞鬆弛下來。

「睡不着呢。」虹之花打着呵欠，揉着眼睛說。

晚風說，「我教給你一個方法，你數數星星吧。一顆星，兩顆星，三顆星的數下去，數到一百顆星以上，也許你就會睡着了。」

虹之花於是又裝着聽話的樣子，去睡那難睡的覺，數着那並不在天空的星星。當她數到第五顆的時候，又一個頑皮的想念在腦子裏出現了。她張開眼睛問晚風，「星星是怎麼樣子的？」因為她從來都沒有看過星星，太陽一下山，她就睡覺的。

晚風答她說，「星星是很好看的，看上去它像小小的太陽，在晚上發出光芒。當夜之幕籠罩着天空的時候，他們就像寶石一般鑲滿了天空的。」

「我要看星星。」虹之花鼓起嘴巴說。

但是晚風撫愛着她，告訴她說，「必須睡覺啊，好小姐。你不能等星星出來了，夜是會深的，太陽先生是多麼珍惜你啊！」

虹之花霎了霎眼睛，更頑皮的想念又在腦裏出現了。她在告訴自己：「我決定要看星星的，也許就看看『啟明星』吧。我記得『啟明星』是第一顆在晚上最先出現的星呢。」

因為她是閉起眼睛來想的，所以晚風就以為她是睡着了，就翩翩然飛向別處去了。

在黑暗降臨的一個時候，虹之花有點害怕，但是，她已決定了看啟明星了。

當那第一顆明星在天上出現的時候，她快樂得簡直左右的顛顫起來，你曉得，花是不會跳起來的。她高高興興的和啟明星道晚安。

啟明星的高興也是非同小可的，因為他從沒有在晚上看見過花醒來的，她是那麼美麗，又是那麼芬芳啊！

「你是多麼可愛的花啊！」啟明星讚美着。

對於她所喜歡的人的讚美她是願意接受的，虹之花微笑了，紅着臉說，「過三天我就要參加皇后競選的。」

啟明星笑着說，「在夜裏，能夠供給那麼美麗的樣子和清新的香氣給黑暗中工作的朋友的花，隨便一朵也是皇后了。」

虹之花便問，「那麼，晚上有不睡覺而工作的人麼？」

啟明星說，「很多很多這種的人呢！你看見迎着我們而來的那兩個穿白色衣服的人嗎？」

虹之花說，「看見的，他們是甚麼人？」

啟明星說，「男的是醫生，女的是護士。他們不分晝夜的工作，祇要那些可憐的病人們需要他們，他們就趕着去服務的。現在，他們已快走近我們了，我們不要做聲，怕嚇着他們啊！」

虹之花望一望，果然那護士已到了她底跟前了。她的臉是非常的愉快，所以她簡直是帶跑帶走的。因為路面不平有沙又有石，跳起來的時候很不方便。

當她跳到虹之花的旁邊時，那愉快的臉特別愉快起來了，她招呼那醫生，說，「看啊！這是多麼香的花，在晚上，再沒有花比她更香的了。我要摘一朵去給我的病人，嗅了這麼香的花，他一定快樂，很快就會好起來的了。」

於是她折了一朵，又帶跑帶跳的走了。

這時候，天空裏的星星都鑽出頭來，綉滿了天幕了。

「那麼我是該睡覺的吧！」虹之花想，但是她剛閉上了眼睛，在耳畔她聽見一派雄壯的歌聲，她又把眼睛開了。

她望過去，看見一羣荷着鋤頭的工人。她便問啟明星說，「他們是幹甚麼的，先生？」

啟明星說，「他們是築路的工人，你不是看見路不很平麼？他們要把路修好，讓來往工作的人便利。所以，他們的工作也是不分日夜的。」

「我願意陪伴他們！」虹之花說。她便搖着頭對工人們微笑着。

「多好看的花啊！」工人們叫起來。「它還能在晚上發出那股清香來，它眞是我們夜裏勞動者的好朋友啊！」

他們都摘一朵插在衣衿上，虹之花感覺到那勞動者的汗味，感覺到那勞動者的呼吸，而且享受着他們的歌聲和鋤頭的交響樂。

於是一夜就在這歌聲中過去了。在白天，過度的興奮和過度的疲勞就在虹之花的臉上露出來。太陽先生担心起來了。

「晚上過得好嗎，孩子？」太陽問。

「很好，很好，」虹之花答。

「今天晚上早點兒睡覺啊，再過兩天就是競選皇后的時間呢。」

虹之花笑了一笑，「皇后」的名稱對她已沒有那麼大的吸引了。

那天晚上，虹之花又和啟明星談話了。

遠方，不時有一兩個人走到虹之花下來。

「他們是甚麼人呢？」虹之花問。

啟明星答她說，「那是革命黨人，他們是不滿現狀，他們願付很大的代價去改善這現狀，去把大家從痛苦中救出來，犧牲了性命也不顧的。瞧啊！他們在開祕密的會議呢。」

虹之花望一望，在花的旁邊已攏了許多革命黨人了。一個黨員提議說，「我們為甚麼不把這種花做我們的標識呢，熱情，可愛，給在黑暗中的人服務，可不是我們的特點麼？」

黨員們都舉起手來贊成。一個黨員又說，「也許我們就稱它做『夜來香』吧，它在晚上是那麼地香的。」

於是他們都摘了一朵花插在衣衿上。整夜，虹之花在聽他們談着民間的痛苦；整夜，虹之花在聽着他們談着勇敢的犧牲。她感覺她底脈搏在流着那革命的血了。

次天，帶着更興奮，更神經質的臉容的虹之花就在太陽中出現了。

太陽担心地對她說，「虹之花，你眞的要好好的睡覺啊！你要憔悴下去的，明天就是皇后競選的日子了。」

虹之花又笑了一下，「虹之花」這名字對她似乎有點陌生了。

當太陽下山的時候，常帶着妒忌性的花都在心裏想着：「只消她再熬一夜啊，皇后的寶冠就落到別的花的頭上了。」

但是，那天晚上，虹之花竟沒有睡。

在虹之花對面的一度窗門裏，投射出微弱的燈光，一個人在燈光下寫字。

虹之花問啟明星說，「那是甚麼人呢？為甚麼他在晚間寫字？」

啟明星答她說，「那是新聞記者，因為新聞紙是要早上出版，所以他們要晚上寫文章的。從文章裏，他要報告各地的消息，他要揭發黑暗的事，他要領導光明的思想。他是為人類服務，他是造福人類的。」

虹之花又說，「我一定要陪他在一起工作。」

一會兒，那記者從窗口伸出頭來了，他深深的吸了一口氣，說，「多香的空氣啊！我要寫文章讚美這花，她能給晚上工作者以安慰的啊！」

整夜，記者在寫着文章，虹之花在跳着舞。

到虹之花感覺疲乏的時候，天已亮起來了。一切參加競賽的花兒，濃豔的牡丹，清麗的梅花，驕傲的菊花，嬌媚的玫瑰……都在這兒了。大家都抱着很高的希望，因為她們曉得虹之花已不睡了三天了。

但是，當她們一看虹之花的時候，她們都驚奇起來了。不錯，幾天的失眠使她的美麗減少了。但是，另一種可愛的表情却在她的臉上發出來。美麗是會使人妒忌，但是那可愛祗有使人更愛她的。

於是，一陣嘖嘖的稱讚聲中，大家都衷誠的選舉了虹之花做她們的皇后。

太陽也快活得笑起來了，他捧着那美麗的皇冠，叫虹之花到他的跟前。

虹之花仰起了她底可愛的頭，鎮靜的對太陽說，「太陽先生，你差不多是我的父親一般，撫育我，疼愛我的。現在我可否提出一個要求，我要求的不是那皇后的榮銜，也不是那花冠；而是要求你改變我，讓我晚上醒來，早上睡覺呢？」

太陽遲疑了一回。

虹之花更誠懇地説，「因為晚上是你照臨不到的世界，那世界裏有許多人需要我去安慰的。我如要做皇后的話，讓我們做每個人心上的皇后吧。敬愛的太陽，請改變我吧。」她又微笑的對各花説，「那花的皇后的榮銜和那皇冠該是送給各姊妹的。」

太陽定睛的望着虹之花，她底可愛使他感動了。「我接納你的請求。」太陽説。歎了一口氣，他放下了花冠。

但，就在這時，燦爛的星星，和反射着星星光亮的露水却從四面飛來，造成一頂光明無比的冠飛在虹之花的頭上。

那可愛的，美麗的虹之花從此就開始了她日間的睡眠了。

後來，聽説牡丹就做了花的皇后去了。

後來，虹之花就成為花裏唯一的在黑夜中開放，在黑夜中放出奇香來的。

為了沒有太陽的特別照耀，那彩虹的七色也就消失了。然而，她却轉變了一種最純潔，最熱情的色——白色。你當然知道白是最清潔的色，而白熱——却是熱的最高度的表現呢。

不知是為了革命成功還是別的原故，到現在，「虹之花」，這名字已給人遺忘了，我們已稱她做「夜來香」了。

這就是夜來香的來歷，這也就是夜來香特別受人歌頌的原故。

這原故起初衹有我知道，現在你也知道了。

署名慶雲，選自一九四六年九月十六日香港《新兒童》第十二卷第二期

一面鏡子

古時候，國王好像花生米一樣多的時候，那些國王就是很笨的。有一個國王，也就是很笨的一個，不過他的樣子倒好看。

他眞是好看的，他的頭是挺直而堅實的，他的肩膀平，腰子細，腿兒硬幫幫，筋肉閃閃亮，一點笨樣子也看不出來。因此他常常照照鏡子，自命不凡。

這國王做了七八年的國王，越做越懶起來了，起初他是每天早晨七點鐘就起來的，後來他想：「幹麼這樣早起來呢？早起來也是做國王，晏起來也是做國王的呀！」後來就八點鐘才起來，後來就九點鐘，後來就吃飯的時候才起來，後來連吃飯都在床上了，後來連鏡子也懶得照了，也懶得自命不凡了。

有一天，國王懶洋洋的躺在床上睡着，一隻蒼蠅叮的飛來伏在他的鼻尖上，國王嘌的一跳，

跳到地上來，他嘴裏喃喃的説。「反正已跳到地上來了，何不去照照鏡子，看看自己的好樣子呢？我已好久沒有照鏡子了。」

於是他站在鏡子面前，忽然他底臉色就變了。

原來站在他面前的，不是一個好看的國王，而是一個腫腫胖胖的傢伙。

那傢伙的頭肥得簡直和頸都分不開來。肩肥得圓圓的，隆起來，差不多要頂着腮了。那條細細的腰不見了，換來的是一個突出來的肚子，下面的兩條腿的肉更多，堆做兩大團，兩隻腳不由得不八開來。

國王越看越是生氣，他叫起來説，「這一定不是我，我一向都是漂亮的！」因此他一拳打過去，那鏡子應聲的倒下去，把上角打出一個崩口來。

那些服侍國王的人都過來了。國王便對他們説，「這面鏡子是壞了的，它把我照做古古怪怪的樣子。現在你們把它扛到樓上去，另外擺過一塊鏡子來。」

那些人雖曉得那是一個笨主意，但是都不敢做聲，只得把鏡子搬了去，又把另一面鏡子扛上來。

國王對着新鏡子照照，更氣起來了，原來站在他面前的還是剛才那個肥傢伙。

後來一連換了幾面鏡子，照來照去，都是那怪肥的東西，一點都沒有變。

「也許我是肥了吧，」國王心裏想，「也許是吃得太多吧。」於是他屈着手指數數每天的菜：「每頓飯：半斤牛肉，半隻鷄，半隻鴨，六隻鷄蛋，半斤豬肉，四兩白菜。」他數來數去，説，

「不算多啊，一個國王吃這麼東西，眞不算多，那麼我不是肥了吧。」

他又搔搔他的下巴，想了幾想，忽然他拍起手來了，他說，「一定是那些鏡子都造反了。」說完，他立刻使人把一個最聰明的大臣叫來。原來那笨國王有很多聰明的大臣的，不然，一個笨國王怎能統治他底國土呢？

那大臣到來之後，對國王深深一鞠躬，問他有什麼事情。國王便把那大臣帶到鏡子前，問他說，「你看這可是我嗎？」

大臣看了一下，搖頭說，「不，這當然不是您！」

國王才高興起來，說，「可是一切鏡子都一樣啊！」

大臣說，「那麼所有的鏡子裏都不是您！」

國王更高興了，說，「我想所有的鏡子都造反了。」

大臣說，「對了，所有的鏡子都造反了。」

國王說，「為什麼呢？」

大臣說，「因為前面的一個山上面，住着一個術士，把您殿裏的鏡子都弄反了。祗有一個鏡子不肯造反，他把它藏在山上。」

國王說，「那麼我可以去照照那面鏡子麼？」

大臣說，「可以的。祗有一個時候您可以找到它。明天太陽快出來的時候，你跑到對面的山去，在森林裏面，您就找到那面鏡子的。」

國王照着他的話做，天還沒有亮，他就騎了一匹馬跑到那遠遠的高山上，他在森林裏找了很久，結果他却沒有找見那面鏡子。

國王回來了，把大臣召來，問他的話，大臣説，「國王，您得耐性點，鏡子是在那裏，您終有一天把它找着的。」

國王從來都很相信這大臣的話，也就依着他，天天都騎馬去那遠山上。而每天看到的總是初陽一片，紅染着天邊，紅染了樹梢。森林從薄霧中露出它的頭，花兒也抖擻精神，搖去身上的露水。一切像是洗過澡一樣，異常清爽。使國王差不多連找鏡子的事都忘了，不過他還是去找，雖然他找不見。

如此過了半年了，國王還是找着。有一天，那大臣説，「國王，我陪您去找吧，鏡子是在森林裏的。」

於是，在一個早晨，國王和那大臣一同騎馬到郊外去，國王愉快地馳着馬。大臣跑到森林裏去，一回，他叫着説，「來啊，國王，我找到那個不造反的鏡子了。」國王就下了馬，那大臣把鏡子捧出來。

那國王站好了向鏡子一照，他看見他底影子在鏡子裏，果然這是一個不造反的鏡子；因為他又看見他底漂亮的樣子了，肩膀平，腰子細，腿兒直，筋肉亮，那個值得自命不凡的樣子，在清新的空氣中，特別顯得精神躍躍。

國王很快樂，便問那大臣説，「我可以把這面鏡子帶回去麼？」一面説，一面他就來移動那鏡子。忽然，他發覺那鏡子的左角是崩了的。「啊，這可不是我自己的鏡子嗎？我自己把它打崩的。」

大臣說，「不錯，是您的鏡子，是我從您的樓上搬下來的。」

國王說，「那麼，我的鏡子都沒有造反吧？」

大臣微笑說，「您的鏡子沒有造反，造反的是您自己的身體，現在您早晨運動一下，所以把那造反的身體壓服了。」

國王呵呵大笑起來，說，「我明白了，反正早起來也是做國王，晏起來也是做國王，我何不早起來，做一個快樂的，健康的，漂亮的國王呢？」

於是他快快樂樂的和那聰明的大臣一齊去了。

署名慕威，選自一九四七年四月十六日香港《新兒童》第十四卷第四期

智慧的玫瑰

很久很久以前，在一個美麗的海邊，住着兩個天眞快樂的哥哥和妹妹。

他們彼此都很相愛的，而且他們的心腸都很好，所以從他們的臉上表現出來的是很樂天的樣

子，誰都喜歡和他們做朋友的。當他們在海邊洗浴的時候，小魚們總是在他們身旁游來游去，跳上跳下，絲毫不驚。

一天，那哥哥告訴妹妹説，「我要到外邊的世界去，看看新的事情。我要到皇宮裏做工，因為皇宮裏有很多新奇的東西看的。」

但是，他們是從來不曾離開過的，所以，妹妹就害怕地望着他，説，「哥哥，為什麼要到外邊去呢？你從不曾離開過我的。」

可是哥哥却説，「你為什麼怕一個人在這裏呢？飛舞着的蝴蝶，發着芳香的鮮花，吱吱喳喳的小鳥，都是你的好朋友。當太陽出來的時候，他們都來陪你玩。到太陽下去的時候，我就囘來陪你，囘來告訴你更多有趣的事情了。那麼，好妹妹，你怕什麼呢？」

於是，哥哥就跑到皇宮裏去，看看有什麼事情做。

這時，剛巧國王要用一個人。原來這國王是很多疑的。他很怕有人用毒藥來害死他。所以他想找一個人來把他要吃的東西都先吃過。要是沒有毒的他才吃。這是一件不大好幹的事情，但哥哥究竟去幹了。

不過，這祇不過是國王的疑心，從來就沒有人下過毒的。所以，哥哥就吃了很多新奇的東西，有時還帶一點囘來給妹妹吃。當着太陽下山的時候，就是妹妹最快樂的時候，因為除了那些可口的，新奇的東西之外，哥哥還帶囘來了很多新奇的故事。一個人天天有新奇的故事聽是多麼的幸福呢？

很多天都這樣過去了。後來，有一天，有一個老人，拏了一朵鮮紅的玫瑰花，走進皇宮去，對國王說，「這是一朵智慧的玫瑰，誰吃了它，誰就會聰明起來的。」

國王聽了，很是喜歡，因為他從來都很相信這老人的話的。他立刻把那哥哥叫來，對他說，「你把這朵花拏去，洗得乾乾淨淨的。我要吃下肚子去。但是你一點也不能吃，不然，我就把你的頭砍下來的。」

這是一朵非常鮮艷的玫瑰，當哥哥把它拏着的時候，總是不住的看它。

後來，他把它洗過了之後，他對着那鮮艷的顏色，心裏想着，「為什麼國王要吃它呀？」跟着，他又想着，「我的職務是替國王嘗試吃的東西的。為什麼我祇能吃他所害怕的東西，而不能吃他所喜歡的東西呢？這是不公道的。」

結果，他便偷偷的把一片花瓣扯下來，吃下肚子去。他覺得很好吃，於是他又扯了第二片，又吃下肚子去。當他吃下去之後，他立刻感到眼睛光亮起來了。他正在感覺奇怪的時候，國王已把他叫去了。

因為哥哥把花瓣弄得那麼好，國王看不出他曾撕了兩片去吃，當哥哥把花片擺好了，國王便差他走了。

那老人便對國王說，「國王，你曉得，如果你把玫瑰花吃了，你便會變做聰明。但是，如果你把玫瑰的花枝吃了，你還會聰明得多的。不過，你曉得，玫瑰的枝上是有刺的；你吃的時候是很痛苦的，吃了下去之後也是很痛苦的，因為極聰明的人不一定是快樂的。你願意吃麼？」

國王想了幾想說，「我祇願意聰明，我不願意痛苦的。我不吃那玫瑰的枝了。」於是他把花片摘下來，一片一片的吃了。但他却把那小枝留起來，很秘密的放進箱子裏去。

但是，當國王把這些花片吃了之後，他立刻聰明起來了，他立刻想到那哥哥一定把玫瑰花偷去吃了。他便設法看他是不是聰明了些。

有一天，國王便對那哥哥說，「我很想到外邊去玩玩，你願意跟我一同去麼？」

哥哥聽說去玩，心裏很高興，就說，「很好，很好，我一定去。」

於是他們一同到了一個花園去。當他們快到花園的時候，國王就叫起來說，「為什麼到處都是樹，而我的花園的門不見了，我應該從什麼地方去呢？」

哥哥低着頭看看，說，「國王，這裏就是從前的路，恐怕有人和你開玩笑，最近才把它塞起來的。」

國王說，「你為什麼知道呢？」

哥哥說，「因為這一面是向太陽的，好些樹葉向着這一邊都是焦黃的，但是那一堆却是綠的。所以，我想，最近有人和你開玩笑，把門塞去了。」

國王聽了，心裏便說，好了，我曉得你是聰明許多了，他就對哥哥說，「我耳朵不好，聽得不大清楚，你走近一點，讓我聽得清楚一點吧。」哥哥就走近他。國王便將一柄刀抽出來，把哥哥殺死了。

那天晚上，在那美麗的海邊裏，夕陽紅染着天際的時候，妹妹看不見哥哥囘來了。

她坐在沙灘上等，她站在沙灘上等，等到繁星一個一個都出來了，哥哥却還沒有回來。

她着實待得慌了，她覺得寂寞而害怕，她從來不曾那麼寂寞過，她從來不曾那麼怕過的。她悲哀的唱着歌，最初還有一些蟲兒響應着她，後來祇能聽見她自己的回聲了。她哭着，她決定了天亮就去找她的哥哥，於是在疲倦中，她睡去了。

平時，當她要睡的時候，她就和她的哥哥道過晚安，然後安靜的閉上眼睛睡去。在她底夢裏，她一樣的看見那燦爛的繁星，用柔和的光撫着她。可是，今天晚上，什麼都變了樣了，再沒有哥哥和她道晚安了。她睡着，她夢見那些星星，可是連星星也一樣的帶着惶惑的眼光看着她，她再也不能睡了。

她再也不能睡了。她張開了眼睛，平時，她一張開眼睛就看見天上的星星，就聽到地上的蟲兒向她奏着婉轉的催眠曲的。但是，這時，她目前看見的，祇是一片漆黑了，她耳裏所聽見的，祇是一支很幽怨的歌聲了。她仔細的看清楚，原來一隻夜鶯正在她上面展開了小小的翅膀，因此就把她的視線遮着了，而那悲哀的歌聲，就是從這夜鶯發出的。她看清楚那夜鶯，它有一雙很悲哀而仁慈的眼睛，那正是她的哥哥的眼睛。原來她哥哥已經死了，他變做一隻夜鶯來看她。

那夜鶯把一切都告訴她了，告訴她他是怎樣給那國王殺掉的。

「那麼，我怎樣才可以把你救回來呢？哥哥？」妹妹問。

那夜鶯說：「你可以救我的，不過那却是非常痛苦的，我很不願意你幹呢。」

妹妹說：「只要你有辦法的話，你告訴我吧，只要能夠救你，什麼艱難痛苦我都不怕的。」

那夜鶯便說：「要是有一天，你能使那國王承認你比他聰明，那麼我便可以復活起來。你要比他聰明，你必要把那剩下來的玫瑰花莖吃了。可是這樣做你是非常的痛苦的，因為玫瑰的枝上是有刺的，你吃下去的時候，那些刺刺着你，以致還是常常的刺着你，那些苦你是受不來的。」

妹妹說：「我感覺最痛苦的，就是失掉了你，再沒有比這個更痛苦的了。我還怕什麼呢？」

那夜鶯便飛到她的臉上，用翅膀拂着她，用那小小的頭親着她。她的臉濕潤了一點點，因為那夜鶯哭了。

然後，那夜鶯便伏在她懷裏睡了，然後，天上的星星又一個一個的露出來了。然後，這些星星又一個一個的不見了。妹妹就快快起來。

她到河邊洗了臉，在山上摘了些鮮花，她把那些鮮花插在頭上，然後，在水裏照過了一下，就跟着那夜鶯到宮裏去。

到了宮殿的門口，妹妹便對那衛兵說：「我要看國王，我有一樣寶物要送給國王的。」衛兵看見她的樣子，只是一個小小的女孩子，就笑起來說：「像你這樣子，還有什麼寶物可以送給國王的呢？」但是妹妹央求他。她有一張很可愛的臉孔，因為她是那麼天真而仁愛的，結果那衛兵便把她帶到國王的面前。

國王看見她，本來也要笑起來的。可是看見她那可愛的臉孔時，就不拒絕和她說話了。他便問她說：「美麗的女孩子，你說有東西送給我，是眞的嗎？還是想我送些什麼東西給你呢？你看我的宮殿裏是充滿了寶物的。」

妹妹說：「我並不想要你的東西。我却有一樣寶貝送給你，這就是我的夜鶯，它什麼歌都會唱，它是我的唱歌老師呢。」

國王便叫她當面試驗，於是妹妹便叫那夜鶯唱起來。沒有夜鶯比它唱得更好，因為在那夜鶯的歌裏，已染有人類的快樂和悲哀了。

那夜鶯一面在唱的時候，那妹妹便一面的跳起舞來。再沒有人比她舞得更好的。因為她的生活都是在大自然裏的，她已從蝴蝶那裏學到了那最輕盈的舞步了。

國王又聽又看，心裏高興不過，就說：「你這小夜鶯眞是一個寶物。那麼，你要什麼報酬呢？」

妹妹說：「我只願意你讓我在宮裏住，我會給你飼養這夜鶯，我會給你跳舞。我是一個很孤零的人，我一個親人也沒有的。」當她說這話的時候，淚珠就從她的眼角流出來，但因為這眼淚是眞的眼淚，那聰明的國王也看不出什麼來。他就說：「來吧，你到我宮裏來住吧。雖然外面鬧屋荒鬧得利害，我宮裏的房子多得很呢。而且在我看起來，你就是一件寶物咧！」

於是妹妹就在宮裏住下來了，到了第三天，當她在喂那夜鶯的時候，那夜鶯便飛起來，到了國王住的房子裏。妹妹就跟着它去，一直到了國王收藏那玫瑰莖的地方。她趕快把頭上戴着的玫瑰的莖弄下來，放在原來的地方。然後她把那「智慧的玫瑰」的花莖吃下去。那花莖上面有三顆很大的刺。當妹妹吃它的時候，第一顆刺就把她的舌頭刺破了，血便從她的舌頭上流出來。到她吃第二顆的時候，那刺把她的喉刺破了，血從她的咀裏流出來。到她吃第三顆的時候，她痛得什麼都不能說了。因為那幾顆刺都刺在她的心上，她相信她的心上是流着血了。但是她一聲也不響，一點眼淚也不流，因為那夜鶯哥哥就在她的面前，要是她一哭，那夜鶯哥哥便不許她再吃的。

於是，她把那花莖吃掉了。一切在她面前都轉變了樣子了。除了那夜鶯之外，一切都變得很難看了。那輝煌的宮殿現在是黯淡了，牆上掛着的詩句，從前是很高深，很文雅的，現在是膚淺而粗俗了，那美麗的陳設都變做很不和諧了，那宮裏的音樂，從前是很娓娓動人的，現在每一首樂調都在告訴着一個殘酷的故事了。她每看一眼這些東西時，心裏就像有無數的刺在刺着她，她現在曉得哥哥所說的痛苦是對的。

剛在這時，國王就進來了。他看見妹妹在那裏，覺得很奇怪，便說：「為什麼你跑進我的房子來呢？」

妹妹說：「剛才我喂夜鶯的時候，夜鶯飛了，我追它到這裏來的。」

國王看看妹妹的臉，覺得她的臉完全變了。從前她是很甜美的一個小女孩，現在她是一個美麗無比的小姑娘了。從前她是蘋菓一般圓圓的，甜甜的，紅紅的，現在却是夜一般沉靜，百合花一般潔白，像人們都睡靜了以後的月亮，那麼冷，那麼可愛，連她的笑臉也是可憐的。國王就對她說：「美麗的小姑娘，請你就做了我的皇后吧。因為在一切歷史和神話裏，大凡國王總要娶漂亮的皇后的。而且我却是一個世界上最聰明的人啊！」

妹妹說：「我也聽說過你是很聰明的。如果你能證明你比我聰明的話，我便嫁給你吧。」

國王說：「很好，三天之後，我給點證明你看。」

於是妹妹便帶了夜鶯和那痛苦的心跑出去了。

三天過去了，國王清早起來，叫兩個修髮匠來，把鬍子剃得一根也不剩，餘下來只是一點小小的陰影，像在什麼地方把臉弄髒了似的。然後，又叫僕人給他穿上了又紅又綠，又金又銀，坐下來五顏六色，走起路叮叮噹噹的袍子。然後，瞧着僕人不在的時候，還偷偷揩了點兒粉。然後，他就叫人把妹妹請來。

妹妹這時的臉色更白了，彷彿是沒有融去的雪一樣。她的眼睛是悲哀的，因為那幾顆玫瑰的刺在刺着她的心，她看到的一切都是使她悲痛的。但是，她却還是那麼美麗。

國王就請妹妹到河邊去，他們坐上了一隻很美麗的船，緩緩的向河裏駛去。

在那美麗的船上，一個漂亮的歌女正在唱着一首歌。國王就問那妹妹說，「以你的聰明，你能聽出那歌女所唱的是什麼歌嗎？」

妹妹說，「你能先告訴我麼？」

國王就說，「這是一支很快樂的歌曲，是說一個宮主快要嫁給一個王子了，她心裏非常快活，那些很快很響的音樂就是表示她的很愉快的心情的。然後她檢點她的嫁粧，那各種聲調不同的音樂就表示那來自各地的嫁粧。東方的，南方的，西方的，北方的。最後她就想到那王子了。所以那歌女頻頻的望着我。你說我有說錯麼？」

妹妹說，「那首歌的意思是沒有錯的，不過我却聽到另一個故事。這可憐的歌女正在很懷念着她的丈夫的，所以她唱第一段時心情很亂，有幾次她唱到「嫁」和結婚的時候，她的聲音都轉了。第二，她的丈夫一定是在很遠的東方的，因為她唱第二段到東方的時候，她的眼睛是很悲哀的。第三，是你把她的丈夫派到東方去的，她心裏很恨你，怨你，所以她一連看了你幾眼。」

她一面說，她的聲音一面抖顫着，因為那一顆玫瑰的刺緊緊的刺着她的心。

國王便把那歌女叫來，問她說，「你的丈夫到那裏去了？」那歌女說，「奉國王令，到東方打仗去了。」

國王沉默着。

妹妹沉默着。

歌女也沉默着。

好一會，這事情過去了，船又走了一段路。國王倚在船旁，看見很多孩子在水上游來游去。國王把一個小銀元丟到水底去，那些孩子便游到海底，用口把銀元啣起來。國王把一個一個的銀元丟下水裏，孩子們總像穿梭般爭着把銀元撿起來。

國王回頭對妹妹說，「以你的聰明，你可看出每次是那一個孩子先把銀元拿到的吧。」

妹妹說，「你先猜猜看」，國王便把一個銀元丟到水裏，然後對妹妹說，「看，一定是那個穿黑色短褲子的孩子先拿到的。」

結果，果然是那黑色短褲的孩子先拿到銀元。國王一連猜了三次，三次都沒有猜錯。

妹妹就說，「好了，現在到我猜了。」於是她也猜了三次，也是一次都沒有錯的。

然後，她就回頭來問國王說，「你現在可告訴我你猜中的理由麼？」

國王說，「因為每一次如果那孩子是下了決心的，他的眼光非常堅定，他的行動非常敏捷，他就可得到那銀元的。」

妹妹搖着頭說，「不對，你說錯了。那孩子所以拿到那銀元，就因為別的孩子都不跟他爭先的緣故。他們誰先得那銀元，都是先計劃好了的。他們像是在戲台上的演員，什麼都安排好了，我們就在台下看吧了。為什麼他們要這樣幹呢？就是他們要騙騙觀眾，來掙取點錢。貧窮，痛苦，已把他們聯在一起，教他們合作，不要競爭。他們的錢都是大家均分的。你看那水是多麼髒，多少病菌在裏頭，這已夠他們受了，幹麼還要他們力盡筋疲的去表演給有錢的人娛樂呢？」

妹妹的臉更白了，妹妹的眼睛更悲哀了，因為那第二顆玫瑰的刺在刺着她。

國王沒有做聲，回過頭去看的時候，他看見幾個孩子正在圍着數數剛才的錢。國王就叫人把船駛回去了。就對妹妹說，「在這兩件事裏，好像我並沒有你那麼聰明，但是你却曉得，在別的事情我是非常的聰明的。我讀書的時候，考過很多次第一。我得到很多次獎。在很多很多的比賽裏，我都得到錦標的。」

妹妹望定了他，說，「國王，在這一點，我們恐怕沒有得比較的。我的童年是完全和你的兩樣的。我的童年的伴侶，就是我的哥哥。我們很親愛的。我希望他得到最好的東西，他也希望我得到最好的東西。他懂的東西，他告訴我，我懂得的東西我告訴他。在我們的中間是不在乎第一第二的。我長大了。我從蝴蝶那裏學跳舞，從雲雀那裏學唱歌。我祗知我應該一天比一天好，我不住的把今天的自己和昨天的自己比較，我從沒有把自己和別人比較過。別人祗在喜歡我，不會妒忌我的。那麼，我們當中誰比較聰明呢？」

國王說，「那麼，你曉得我現在所想的是什麼嗎？」

妹妹說，「你心裏在恨我，妒忌我，因為我比你聰明。你把比你聰明的人都殺掉的。所以沒有聰明人幫你做事。所以男人們祇會打仗，孩子們受不到教育，現在你的心裏在計劃着要殺我好，還是要娶我好。但是，我願意你先把自己弄得聰明一點呢。」妹妹這時眼睛却充滿了淚了。

國王說，「好，你說的都對。現在，你是比我聰明的，但是，你看着吧。」說着，他就跑回自己的房子去。

可是，妹妹抬起頭來看的時候，他那親愛的哥哥已復活了，已站在她的跟前了。因為國王承認他自己沒有妹妹那麼聰明了。

不過，國王却再不回來了。因為他趕着回到宮裏去吃那玫瑰莖。他心太急了，囫圇吞下去，就給那花刺刺死了。

妹妹把人民召集在一起，商量停止戰爭，把軍隊解散了。兵士都歡天喜地的回家去。女人們很高興的唱歌，歡祝和平，剛在這時，拍的一聲，一根很大的玫瑰的刺從妹妹的喉裏飛了出來，向空中飛去，再不刺着她的心了。

跟着，人民們商量開辦很多學校，把國王宮裏的寶物都拿出來，送給窮孩子。大家都快樂地拍着手，就在這拍手的當兒，「拍的一聲，第二顆玫瑰的刺從妹妹的喉裏飛了出來，再不刺着她的心了。

大家非常感激妹妹，請她做他們的國王。妹妹却說，「我不願意做國王，祇有愚笨的人才想去統治別人的。你們當中有很多聰明的人，你們應該自己管理自己的事。」

於是大家就選舉了好些聰明的人來做事，宮殿成了公園了，再沒有國王了。在大眾慶祝他們的新民國的時候，第三顆玫瑰的刺從妹妹的喉裏飛去了，再沒有一顆玫瑰的刺在她的心裏了。

但是，她却還是聰明的，她却還是美麗的，她的臉色又紅潤了咧！她撫着了哥哥的手，跑回海濱去，過着她很快樂，很快樂的生活。

選自一九四七年十二月一日、十六日及一九四八年一月一日香港《新兒童》第十七卷第一期、第二期及第三期

鼠寶乘車記

今天是星期六，鼠兒學校有半天的例假。鼠寶想起好久沒有到過外婆家去了，趁着今天放下午假，可以和表哥表弟們玩個整晚，明兒早上和他們一道兒去禮拜堂。他一邊想一邊走，不覺到了一個巴士站。

「天啊！外婆的家多遠，假如我有辦法走進一輛巴士去，不消十分鐘就可以到達了，而且毫不

費力，可是我那短小的腿兒，那裏夠高踏上去呢！我得想想辦法。」鼠寶嘆了一口氣，豎起尾巴向路傍的石水渠邊拂了幾拂就坐下來，把左腿架在右腿上。

「靜點兒吧！」鼠寶望着馬路上來往的車輛喁喁自語的，「咳！這麼隆隆轟轟的，叫我鼠寶的聲音怎麼和你招呼呀！」

這時來了兩位候車人。其中是一位老太太，披着一件長毛褸子，這給鼠寶發現了新主意。

「我抓着這褸子的下端不是可以給帶進去嗎？」他立刻站起來，當那巴士停下來，他敏捷地縱身一跳就抓着那褸子的下端，這樣便給老太太帶上車子去了。

「打票子，」買票人走來朝着老太太說。

「天啊！什麼是打票子啦？」鼠寶皺皺眉兒。老太太開了手皮包。鼠寶立刻滾動了又圓又小的眼珠子望着她幹些什麼？原來她掏出了兩角子要交給那人。那人便撕了一張小紙兒放在腰間那副機器裏壓着，發出叮的一聲，鼠寶覺得很有趣。他很想有兩角子票，便可再以聽一回那叮叮的聲音了。可是他沒有。

「讓我告訴他，我沒有兩角子打票子吧，」鼠寶心裏盤算着，「也許他會讓我坐一程子的。」於是他輕輕跳下來爬到賣票人的腳邊。

「讓我爬到他腿上去，也許他會比較聽清楚些。」鼠寶再一跳，跳上那人的膝上。

「嘩呀！」賣票人敏捷地把手一拍，拍得那麼大力，鼠寶給他拍到一個胖女人身上來了。

「哎喲，」胖女人驚呼起來，「老鼠呀！老鼠呀！」車中的女人們都叫起來了。鼠寶連忙翻着身子跳到椅底裏去。她們和他們找了一會都不見，也就算了。車子繼續開着。

「唉，」鼠寶揩揩額上的汗，「這麼大驚小怪的，難道老鼠不可以坐車子嗎？」

過了一會，鼠寶忍不住椅底的苦悶，悄悄地爬出來張望着。「多沒趣！」他叨嘮的鼓着咀兒，「看到的和碰到的都是他們的鞋子，一點好看的都瞧不着。」他仰着腦袋兒，像螺旋似的轉着，忽然發現了一根木柱子，「我從這兒爬上去，不是可以看見一切嗎？」他一邊想，一邊很快的爬了上去。這兒眞好玩，什麼都看得清清楚楚，這時車子拐了一個彎，鼠寶一不留神，嗚的一聲幾乎跌下來。幸而他手急眼快抓着一根繩子，他心裏的恐懼未已，忽聽噹的一聲隨着車子停下來了。

「沒有人下車嗎？」那賣票人兩頭張望着，「那末不要打鈴子呀！」

車子繼續開行，鼠寶定了一定神，再開始欣賞街上的景色。前面不知來了一輛什麼巨型車。巴士斜斜的讓了一讓。鼠寶又幾乎墜下來，幸而他有了先前經驗，急抓了繩子。跟着又叮一聲，車子又停下來了。

「怎麼，又沒有人下車嗎？」賣票人的眼睛像閃電的掃過全車。「那個打鈴子呀？」車上人你望着我，我望着你，莫明其妙的。

鼠寶心想：「幸而他不往上望，否則他看見我蹲在這裏，會不會懷疑是我打鈴子呢？」他一邊想，一邊爬近鈴子那邊。「不如我且在這兒躲一躲吧！」鼠寶不曉得那是個鈴子，俯着身子走進去，不知觸動了什麼，却猛聽耳畔叮一聲，嚇得他一跳，連忙退後，車子又停下來了。

「那個要下車呀！」賣票人有點生氣了，「眞是見鬼，誰在開老子的玩笑啦！」車廂裏各人都呈着驚訝的樣子，彼此四週張望一回，車子又繼續開行了。

這時車子經過一幢花園，有一隻小蜜蜂飛來，正向鼠寶身邊打旋兒。鼠寶在學校裏聽先生說過，蜜蜂的尾巴上有管針，刺着皮膚很痛的。他生怕給它刺着，左右的避開它。那隻小蜜蜂却鼓着翅膀嗡嗡嗡的飛來飛去。

「哎喲，不要嗡嗡嗡吧！聽着怪耳癢的。讓我把耳塞了，閉了眼睛不看你！」鼠寶縮着身子，用手塞着耳朵，他沒有扶手，失去了重心，一翻身幾乎跌下，他立刻抓了繩子，跟着叮一聲車子又停了。

賣票人睜圓了眼珠子，滿車子裏望。嚇得鼠寶慌做一團。「唔，這樣子一會停一會兒走，和走路差不多，又要提心吊胆的，倒不如下車走路吧！」

再過一個站有一位太太下車，鼠寶便悄悄的跟着下來。車子繼續前去，鼠寶舉起小手嚷着，「謝謝你不要我打票子！」於是他翹着尾巴，帶跳帶跑的直往外婆家去了。

署名夏莎，選自一九四八年四月一日香港《新兒童》第十八卷第三期

兩個小石像

曾經有一個大藝術家到過那市鎮。跑到最高最高的一座山去，攀到最尖最尖的山峯，揀到了最大最大的一塊石頭。雕刻出兩個最美最美的兩個小小的，小孩子。

這兩個小孩子是互相背着的，一個弓着腰子向地下，一個翹着雙脚向天。

藝術家很愛這兩個小石像，他說，「上面的叫做翹翹，下面的叫做弓弓吧。」

藝術家很愛這兩個雕像，這兩個翹翹和弓弓，他摩摩翹翹的頭，他又摩摩弓弓的頭。他叫聲翹翹，他又叫聲弓弓。然後他就離開了翹翹，又離開了弓弓，走了。

他走了，翹翹還是翹着脚，弓弓還是弓着背。還是那麼可愛。

許多小孩子走來，他們只能在山下望望。有的說，「翹翹像我。」有的說，「弓弓像我。」他們都很滿意地走了。

他們走了，翹翹還是翹着脚，弓弓還是弓着背，還是那麼可愛。

但是他們却和別的石像不同的，那是，經過藝術家摸過他們的頭，他們居然會思想了，因為他們的腦已經活起來了。

於是，他們就談起話來。弓弓說，「翹翹，你看到些什麼呀？」

翹翹說，「我看到許多的星，大的，小的，冷的，熱的，很熱的。弓弓，你看見些什麼呢？」

弓弓說，「我看見很多的人，大的，小的，肥的，瘦的都有。翹翹，你的星是怎麼樣的？」

翹翹說，「都是圓的，許多是很光很光的，有些是借別的星的光的。你的人是怎麼樣的呢，弓弓？」

弓弓說，「我的人很多很多的。你看呀，那裏就是一個孩子，他曾說過他很像我啦！看，他的眼睛從不看別人的。」

翹翹說，「我不能看見他的。可是弓弓，為什麼他不看別人呀？」

弓弓說，「他永遠永遠是低着頭的，因為他只注意別人的鞋子，他是一個擦鞋童啊！可是他的鞋呀，却像你一樣，脚趾都翹出鞋面來了。」他又怕開罪了翹翹，連忙說，「不過，他却眞像我，也是弓着背的，他要給別人擦鞋啊！」

翹翹說，「就只這一個人嗎？」

弓弓說，「不，還有呢，這孩子一到晚上，就睡在街頭的。他常常和另一個孩子阿三在一起，他們擁在一起睡，太冷了啊！他們還談到我們呢。」

翹翹很着急的問，「他們說我們什麼呢？」

弓弓說，「他說，『要是像弓弓和翹翹多好，他們永遠不會覺得冷的。』但是阿三却說，『不，那不會是好的，不覺得冷的人也不會覺得暖的。我聽見別人說過，那邊有一個虹之國。在那邊的孩子永遠不會受冷的，不會捱餓，又可以念書，又可以有人愛的。』擦鞋童說，『那麼我們去找這虹之國吧。』

「阿三說，『我們怎麼會找呢？問問你那些皮鞋的顧客吧。他們有一雙好的鞋，也許他們到過那邊，也許他們肯帶我們走。』

「那擦鞋的孩子說，『嚇！他們才不帶我們走呢！你以為可以跟着這些光亮的皮鞋走嗎？我從不看他們的臉，他們也從不看我的臉的。鞋擦好了，錢給過了，我們的關係也就完了。』弓弓說過了，就問翹翹說，「翹翹，你現在看見的是什麼？也告訴我吧。」

翹翹說，「只是星，大的，小的，你知道，太陽，月亮也是星呀。」

「看見了虹之國沒有？」

「沒有。有時也有彩虹，但是這彩虹一下子就幻滅的。虹之國不在這裏。」

「你那裏有天使沒有？」

「沒有。」翹翹說，「也許沒有人的地方就沒有天使吧。弓弓，我的肚子很癢呢。」

「為什麼？」

「昨天下過雨，我的肚臍裏裝滿了水，小鳥兒來喝水呢？癢得我多難過呀。」

弓弓說，「說起癢來，我的脚踭也癢呢。可是我不能動的，一動你就倒下來了。」

翹翹說，「沒有自動的人是苦的。」忽然他叫起來，「啊！聽啊，我聽見虹之歌了。」

弓弓說，「那麼，虹之國一定就在你頭上。你看清楚了沒有？」

翹翹說，「沒有，虹之國一定在你左右，你看清楚了沒有。」

弓弓說，「沒有。」

於是又過了許久。眞的許久了。弓弓便對翹翹說，「翹翹，以後我們都不要談虹之國了。」

「為什麼？」

弓弓說，「我看見有一個詩人關在牢裏。他的臉色多蒼白，他差不多要死了。他瘦得那個樣子。看呀，他的脚趾甲幾乎比他脚趾還要大。沒有點兒血色。而你知道，他的罪就是把虹之國的消息帶給人們啊！」

翹翹說，「要是我們也把虹之國的消息帶給人們，我們也要關起來嗎？」

弓弓說，「恐怕是這樣。」

翹翹說，「但是我們天天都聽到虹之歌啊，虹之國是眞的。」

弓弓說，「但是一說了，就要坐牢的。」

翹翹說，「坐牢總比『睇天』好（睇天，廣東話是看天，是靠天的意思。）」

弓弓說，「那麼我們也要找虹之國了。我看見下面許多人，很多人都要到虹之國去啦！」

這時，他們聽到一個微弱的聲音，「弓弓和翹翹，你們不是在談論着虹之國嗎？虹之國在那裏？告訴我們吧！你們站得那麼高，可以看見的。我們找了許久，我們的身體冷得顫了，脚趾跑到出血了，我們沒有鞋子穿的啊！我們都是很苦的。」

弓弓並不需要告訴翹翹，因為翹翹已曉得這就是那兩個孩子了。他們便一齊叫說，「我們幫幫他們吧。找到了幸福的虹之國，我們坐牢也願意的！」

剛在這時，他們感覺心裏一股熱氣沖上，原來他們的心已經活了。翹翹一下子就跳了下來，他可以動了。他靠着弓弓的背，他突然大叫起來，「我看到虹之國了。那邊的稻米像水一般流着，到處跳躍着陽光，掩映着的七色的彩虹。工廠機器組成了使人興奮的音樂！這不是虹之國還是什麼？來，我告訴你們怎麼走吧！」

他們站在那裏，看見四隻小小的脚印，每隻都有圓圓的五個足趾走過去了，後面還跟了一羣一羣的人。

最後，那牢獄的門衝破，詩人，在羣眾當中跑着，他跑到那兩個小石像面前說，「此後你們不應再叫做弓弓和翹翹，應該叫做『快快』和『活活』。因為你們不特使人們快快活活，你們也很快的活起來呢。」

到底沒有人把快快和活活關進牢裏去，因為快快已面向虹之國了。

署名杜美，選自一九四九年二月一日香港《新兒童》第二十一卷第五期

鷗外鷗

肚餓的鼠

貓和鼠，永遠結下着仇恨的歷史。

如此的歷史：不知開始自何時，總之，自從世界上有了貓，有了鼠以來，這二種動物便結下了仇恨的歷史了。

貓之所以捕鼠，殺鼠，是否有着美德之故呢？鼠之所以被貓捕捉，殺戮是否有着劣行之故呢？

貓是否因為疾惡如仇，所以憎恨着鼠呢？

鼠是否行為不良，所以被貓所痛心制裁呢？貓是動物中之君子了吧？鼠是動物中之無賴漢了吧？

誰是誰非呢？

有一天，天帝坐最高最高的高至無可最高的法院審判席上，舉行死去了的動物「最後審判」。

這一種「最後審判」，是審判一切有生命的動物，在生前一切的功過的。

有一匹死去的貓，有一匹死去了的鼠——被貓所殺死了的鼠：出庭受審。

這個法院情形，和我們人類的法院一樣，審判官之外，有陪審員，有原告，被告，有律師，也有證人，也有記者。

審判官穿着黑袍，戴上銀色的假髮（這假髮是古羅馬法官必戴的）坐在審判官的椅上面，舉起了驚堂木，在桌上叩鳴着，增加威勢。

於是，各各就席，許多死了的動物，人也有，牲畜也有，從天堂來的，從地獄來的也有，紛紛坐在旁聽者的椅上了。

太陽神做鼠的辯護律師，夜神做貓的辯護律師。但因為這一次「最後的審判」是在日間舉行的，（天堂上面尚未有電燈，那個時候電燈的發明家尚未出世。）夜神雖然做了貓的律師，但生平最怕見太陽神的面，一見太陽的面，便非走不可了，所以自己不便出席，派了貓頭梟——他的助手做代表。

天帝按例詰問過貓的姓名：「你是貓麼？」「我是貓了。」「年歲？」「十歲。」「職業？」「做貓的職業。」

天帝按例詰問過鼠的姓名：「你是鼠麼？」「我是鼠了。」「年歲？」「三歲。」「職業？」「做老鼠的職業。」

天帝問：「貓、你什麼時候死的？為什麼死？」

貓說：「我死於我死的時候，被鄰家的廚師在腹部痛擊了一棍，於是奔回到家裏，奄奄而死的，否則我尚未至於死的吧。」

天帝問：「鼠、你什麼時候死的？為什麼死的？」

鼠說：「我死於貓死之前的時候，被貓咬破了咽喉而死的，否則不至於死的吧？」

天帝問：「貓為什麼把鼠咬死了？」

貓於是非常激昂的樣子說：「鼠、這傢伙，可惡得很呵，偷東西吃，毀爛門戶。」

天帝聽了，又叩着驚堂木，喝問鼠：「為什麼偷東西吃，毀爛門戶？」

鼠給驚堂木嚇了一跳，於是顫着聲說：「因為肚餓呵！」

天帝說：「因為肚餓，便要毀爛門戶麼？」

鼠仍顫着聲說：「對了，為了肚餓，不毀爛門戶，不能扒進人們收藏食物的房屋裏面呢。」

天帝想了片刻說：「鼠、你為什麼肚餓呢？」

鼠說：「我自己也不知道，而且不祗我的肚餓，我的家族都肚餓呢！」

審問到這個地方，鼠的辯護律師太陽君立起來了，而且說話了：「凡一切有生命的動物，都會肚餓的，鼠肚餓，貓亦會肚餓的！」

天帝於是叩着驚堂木問貓：「你肚餓不肚餓的？」貓吞吞吐吐的遲遲不答，說話聲音模糊不清。

貓的辯護律師，夜神的代表貓頭梟起立發言了：「貓當然會肚餓的，畜貓的主人，有貓食供給他呢，當然用不着跟鼠一樣的惡劣，要偷竊食物。」

鼠的辯護士太陽，於是駁斥着貓頭梟了：

「對了，對了，貓當然會肚餓的，畜貓的主人有貓食供給他，當然用不着跟鼠的偷竊食物了吧？但貓為什麼至死的呢？」

一聽了這樣質問的話的貓，脚軟了，立足不住的伏下在受審者的椅上。內心有愧的，瞇着眼睛。鼠呢，鼠兩隻小小的鼠眼閃閃發光，掃射着天帝的面顏，又掃射着梟的面顏，貓的面顏，私梟感激着太陽的正義凜然的雄辯。

梟却看了天帝一眼，故作若無其事的聲調說：「貓的死因，天帝已經問過了，貓自己也說過是被人所擊死的，不用重提了吧。」

太陽又駁斥了：「被什麼人呢？不能不研究呀！」

天帝於是查閱着口供的記錄冊，向太陽說：「被廚子所擊死的。」

太陽說：「為什麼廚子要把貓擊死呢？」

天帝說：「對了，為什麼廚子要把貓擊死呢？貓、你說吧！」

貓閉着眼睛，咪咪咪咪的叫着：

天帝叩着驚堂木。

梟說：「貓已經說過了，沒有什麼了。」

天帝的驚堂木又響了，喝道：「混鬧的傢伙，廚子若沒有什麼原因，斷不會把貓擊死的吧？」

梟力持鎮定的樣子說：「也許被擊死的貓不會知道吧，或許因為太大的致命的痛擊忘記了吧，除非廚子在場，我們沒有人可以代為揣測的。也許廚子還未死吧？未到地獄也未到天堂來吧？」

梟這傢伙，果然了得，是一個著名狡猾多謀之徒，是夜神得意的助手呵。梟這樣一說，天帝的口也啞了。全堂的聽眾都竊竊私語了，犬和犬，猪和猪，狼和狼，虎和虎，一切的死了的動物，甚至死了的人與人都在低語着了。尤其是人的一部聽眾，低語得最厲害。突然間有一個胖胖的哈地一樣胖的粗漢，立起身走向證人椅那面去了，向天帝舉着手說：

「我是人，我是一棍擊死了那匹貓的廚子呵！」

「我認識那匹黑貓，因為他的額上有一白的圓點，他的尾端也有一白的圓點。」

「他是我鄰家家畜的一匹貓！」

天帝問他：「你什麼時候死的？」

廚子說：「貓死後，死的。」

天帝問他：「為什麼死的？」

廚子說：「因為虎列拉流行，吃了冷水死的。」

天帝說：「你得說眞話，不能謊言的，你用手按住聖經宣誓！」那廚子於是宣誓。天帝便問他：

「你為什麼把貓擊死？」

廚子說：「因為貓常常來偷我買叵來的肉呀魚呀，常常來床上椅上大便小便呀。被他偷去了魚與肉，累自己要負担損失。有一天剛剛請客，弄好一尾紅燒魚，又給他偷吃了。所以遇到了那匹貓，便一棍把他痛擊了。那匹盜賊的貓，從此不再來了，原來牠也到了天堂了，天帝呵，我也請你注意你的食櫥吧！」

天帝聽罷問那胖胖的哈地似的廚子：「你說的可是眞話嗎？」

「句句都是如假包換的眞話啦！」那胖廚子說：

於是天帝問貓的代表辯護律師貓頭梟有何話說，貓頭梟還站起身來作最後的伸辯：「在床上大小便，鼠也有此行為呀，偷魚偷肉不過偶一為之而已，貓究竟是貓呀，鼠到底是鼠呀。」

太陽聽到了此處忍不住了怒氣，紅着了臉伸斥貓頭梟：

「不守公共道德的貓，不去廁所的貓，弄開食櫥的門，搶劫魚肉的貓，與鼠有何分別呢！」

審判至此，天帝看看手錶，已經下午六時三十分。白日已盡，黑暗又到臨了天堂了。天帝叩着驚堂木，宣告暫時停止審判。另候判決日期。這樣一擱，暫且按下不表。單說從此以後的貓子貓孫，一見太陽都不敢睜開他們問心有愧的眼睛了。而從此以後的太陽，每日下午六時三十分，一想起這件不平的事，便忍不住了怒氣，紅着了臉孔了。

選自一九四七年三月十六日香港《新兒童》第十四卷第二期

賀宜

捕虱運動

第一模範監獄的獄官，腰板筆挺地立着，在對全部獄卒訓話：

「我們馬上要實行大掃除！要掃得乾乾淨淨，一點骯髒也沒有。囚房裏面特別要沖洗一下，有臭味的地方，澆一點臭藥水……便桶尿桶一概端到外邊去……每一個囚犯得換一件衣服，……到外面去雇五十個理髮匠給他們剃一下頭髮！大家得當心，剛才接到上面的命令，明天有外國的貴賓來參觀監獄，有部長親自陪着。誰要是怠慢，誤了事，怕不要吃鎗斃！」

獄卒們立正，齊聲說着「喳」，就分頭執行工作去了。

不久，五十個理髮匠把幾百個囚犯的長頭髮和長鬍髭都剃光了。囚房裏面的便桶和尿桶都端出去了。地上的尿，屎，痰，垃圾都沖洗過了。兵士們鎗上插着刺刀，監視囚犯做工，他們在各個囚房裏沖了又沖，洗了又洗，雖然囚房裏面還有點兒臭味，可是比平時好多了。

等到一切了事，囚犯們每人換了一件乾淨的衣服，大家坐在囚房裏。牢門重新上了鎖，大家七嘴八舌地議論起來。

「這是什麼囘事呀？」一個因為付不出租稅吃官司的囚犯說。人家叫他「大頭菜」，因為他的頭很大，額角很光。

「怕是獄官做生日吧？」九十六號囚犯用墨黑的焦黃指甲抓抓光頭說。他是一個烟犯，人家叫他「老槍」。

「見鬼！那有這樣的好事！」扒兒手說。

「聽說有大好佬要來參觀呢？」一個和獄卒有點兒交情的說。他是二十八號，為了搶一個女人的皮包入獄的。

「可是以前也有大好佬來參觀的，怎麼沒有優待我們呢？」

「這回不同，是一個外國大好佬。他們怕外國大好佬會批評監獄管理不好，所以着忙了。」二十八號說。

「怎得外國大好佬天天來參觀就好了。」大頭菜伸出大頭向大家說。

「別做你的大頭菜夢！」扒兒手嘲笑說。

那天晚上，他們睡得舒服多了，因為每人都把原先墊在身下的爛稻草換了新的，就是那薄薄的被蓋也洗過了。這樣的生活眞是從沒有在囚房裏有過。大家簡直進了天堂了。

第二天中午，部長陪着外國貴賓來了。

獄官彎着腰，好像一隻猴子跟在耍把戲的人後邊。臉上陪着笑，到監獄的各個地方去。部長指東劃西，解釋外國貴賓發的疑問。

「這是貴國的模範監獄嗎？」外國貴賓問。

「是的，」部長打着洋話回答，「但是敝國監獄對於囚犯生活都是很注意的。」

「囚犯們吃得還可以嗎？」

「很合乎營養的。」

「我可以到囚房裏去看一下嗎？」

「那是頂歡迎的。」部長說着，又用很生硬的本國話對獄官說，「帶我們到頂好的囚房去看。」

「是。」

大家就走到一個頂像樣的囚房。一等貴賓進來，囚犯們就按照頂先所吩咐的，一齊站起致敬。外國貴賓的鼻子掀動了一下，皺着眉頭說：

「這兒好像有一點氣味。」

部長連忙也掀動鼻子，皺皺眉頭說：「是的。這是臭藥水的氣味。我們這兒每天洒臭藥水的。」

「在臭藥水味道外，好像還有一點別的氣味……這兒對於衛生向來很注意的吧？」

「向來很注意。」

這時候，貴賓開始注意他們吃的飯，他很有興趣的看他們砵子裏盛的蘿蔔、青菜、豆腐，而且上面還有牛肉和猪肉片。

「喲，貴國的囚犯是很優待的。」貴賓讚嘆着說，「我看他們吃的比平民還講究些呢！」

「我們是很講人道的。」部長說。

「但是，眞奇怪，」貴賓詫異地說，「他們的臉為什麼很瘦呢，好像不大健康的樣子？」

部長又胖又白的臉紅了。他稍微遲疑一下，就說：「這是因為最近鬧了一次流行病，他們還沒復原。」

這是一個很古怪很嚕嗦的貴賓，他不但看他們吃的菜，看他們的臉，且還看他們的衣服。他說：

「他們的服裝似乎很清潔。」

「是常常這樣的。」

但這時候，那貴賓注意到扒兒手身上有一樣東西蠕動着。

「這是什麼東西？啊喲，這好像是虱子！」貴賓喊着，他又看到了別人身上的。「他們不大洗澡嗎？」

「他們還……還……常常洗澡的，」部長吞吞吐吐地說，「不過他們是很懶惰的，他們有時候不大講衛生。」

「我覺得監獄的管理是很好的，」貴賓用手帕蒙着鼻子說，「不過衛生方面還得改進一下。他們的虱子必須全部消滅。你看，這裏又是虱子！」他指着另外一個囚犯的領子上說，那上面至少有七八個在一道蠕動。

「這是很寶貴的意見。」部長也拿出手帕來蒙住鼻子說，一邊轉向獄官嚴厲地申斥：「你怎麼一點也沒注意到虱子？你在辦什麼事情？混蛋！」

獄官的腰更彎曲了。他一連串地應着：「是！是！」

「我命令你把虱子全部肅清！」部長命令着。

「是！部長。」

等到外國貴賓和部長都走了之後，監獄裏的空氣恢復了可怕的靜。獄官暴燥地扭着自己的鬍子，大聲地罵着所有的獄卒。

「你們這些混蛋！我不是早説過嗎？必須好好地沖洗過，你們為什麼不叫他們洗澡？你們為什麼不叫他們把虱子捉乾淨？你們故意跟我搗蛋嗎？」

獄卒們嚇得彎了腰。

「你們立刻要他們把虱子捉盡，從今天起，每一個囚犯必須每天繳上十個虱子！」獄官命令説。

「喳，喳！」

獄卒們回到各人管理的囚房裏，吩咐囚犯説：

「從今天起，你們每人必須繳一百個虱子，如果誰繳得少十個的話，就得打一記手心！」

囚犯們都笑起來了，覺得這事情有點兒好玩，因為這是很容易交差的。

從第一天起到第十五天止，每天囚犯們繳上他們應繳的虱子。他們每晚上漸漸睡得舒服起來了。但是到第十六天的時候，發生了第一樁不愉快的事情。大頭菜在領子的夾縫裏捉住了十五個虱子，在褲腰裏捉住了二十個，在褲脚管裏捉住了十一個，此後，他再也捉不出來了。他在繳虱子的時候，報告獄卒說：

「我今天只捉到四十六個，我的虱子已經捉完了。」

「你敢破壞我們獄規嗎？」獄卒咆哮說：「我們必須好好責罰你！」

他就用戒尺把大頭菜重重打了六記手心，打得大頭菜的手心也腫得像大頭菜了。

大頭菜眼淚汪汪地回到囚房，第二天就哭喪着臉向老槍借十個虱子。老槍回答說：

「這怎麼能呢？我的虱子也快用完了。我自己得挨手心啦！」

「請你做做好事吧！」大頭菜哀求說。

「你找別人吧。」

大頭菜求了好幾個人，好容易才湊齊了五個，其餘的再也沒辦法了。那天，他又挨了五記手心。二十八號繳虱子的時候，發現虱子遺失了，原來那是扒兒手玩的把戲，他自己用完了虱子，所以就偷二十八號的。那天二十八號差一點也挨手心，幸虧臨時抱佛脚，當場在腰裏捉出來塞責。

虱子變得很珍貴很值錢了。必須出很大的代價才能在同室的伙伴那兒買到。打手心的事每天都有，而且挨打的人也越來越多了。

囚犯們大家覺得恐慌起來，一起商量應付的辦法。

「我已經沒有辦法，只怕我會為了虱子送命，我的手已經打得快爛了。」大頭菜躺在臭氣沖天的便桶旁邊呻吟說。

「我也吃了好幾次手心了。」綽號羊眼睛的說。

「誰還不是這樣，」扒兒手說，「我們得想法子應付，再下去，虱子要絕種了。誰都得每天吃十下手心了。所以我們大家要合作，從今天起，大家把自己弄得越加骯髒些，衣服輕易不要換。我們再找幾個老虱子出來，集中養在一起，每人輪流弄些血喂它們，這麼，担保不會缺少了，虱子是繁殖得很快的。」

「好計策！」大家喝采說。

於是這辦法就實行了，虱子的供應一天天充裕了，全囚房的囚犯們都圓滿地繳上足額的虱子。不但這樣，他們還有過賸的，可以從板壁縫裏賣給隔壁的囚犯，得到一筆公共的收益，直到隔壁也發明了這生產方法，才斷了這筆買賣。

二十天之後，他們又發愁了，因為虱子生產過多，比獄官沒有實行繳虱子辦法前更多了不知幾倍了，如果胡亂處死，又覺得很可惜，因為有了它們，才能免吃手心的苦頭的。

在這時候，獄官在報紙上看見了一段：第一模範監獄厲行捕虱運動，現在虱子幾已絕跡的消息。他很高興，因為這消息是他命令書記送到報館裏去的。他把當天的報紙買了好幾份，用紅筆把那段消息圈起來，其中的一份是送給部長看的。

選自一九四七年五月十六日香港《新兒童》第十四卷第六期

慢伯和他的老婆

何家莊有個農夫，名字叫做阿康。莊上的小娃娃們都叫他「慢伯」。慢伯有一個老婆，人家喚她「孵鴨蛋婿子」。

慢伯和孵鴨蛋婿子是很好的一對。人家這麼稱呼他們，可沒懷什麼惡意，祗因為他們兩口兒是出名的慢性兒（不但莊上的人會知道，就是十里路外面的金牛鎮也聞名的。）特別是慢伯老婆，什麼事一到她手裏，都得擱上好多時候，所以人家取她一個特別的綽號，叫做「孵鴨蛋婿子」，這意思大概是諷刺她的慢性兒；如果叫她坐下來孵鴨蛋，也可以成功的。

何家莊上的人全佈了穀，慢伯問老婆說：「我們要佈穀嗎？」

孵鴨蛋婿子說：「慢慢兒來，還早着哩。」

慢伯就不做聲了，等待老婆佈穀的日期，因為他不但是一個尊重老婆意見的人，而且也是很慢性兒的。

穀子都發芽了，穀田裏全是綠油油的新秧。何家莊上的人忙着插秧，慢伯看見了，又問老婆說：

「人家全在插秧了，我們也動手嗎？」

孵鴨蛋婿子伸一個懶腰說，「不忙，過了月半還來得及呢！」

慢伯就不做聲了，坐下來吃着旱烟，安心等待老婆宣佈佈穀的日子。

直到月底，孵鴨蛋嬸子看見人家的禾都長到四五寸了，才叫丈夫到市場上去買了秧，約集了五六個隣人來幫忙插。

那一天，他們家着實買了不少的菜。孵鴨蛋嬸子刮魚鱗的時候，想起那最大的鐵鍋還沒有補好，這大鍋是在兩個月前破了的，原該送到鎮上去補好，只因孵鴨蛋嬸子不忙着要修，一直拖到今天。現在，要燒這麼多人吃的飯菜，不能不去修補一下了。

她對丈夫說：「我在這兒殺魚，你上鎮上去補鍋子吧。」

慢伯把大鍋套在頭頂上，向金牛鎮走去。路上經過姐夫的家，想起姐夫前回在生病，沒有去看過，現在順便進去望望。原來他姐夫的病早就好了，和姐姐在田裏工作，他沒有碰上他們，祗看到一個五歲的外甥，帶着一個二歲的甥女坐在鷄屎裏哭。

慢伯把鐵鍋放下了，走到兩個孩子面前，裝出了小狗叫的聲音。孩子們先是出奇的看着他，後來覺得好玩起來。他於是又做着鬼臉逗他們，直逗到孩子們糊着眼淚鼻涕笑了為止。

他在那兒伴外甥們玩了一會，看見姐姐回家來做中飯了，才想起家裏請的幫工，得等他的大鍋回去燒早飯。他連忙急急跑到鎮上，找到了鐵匠舖。

他把大鐵鍋從頭頂上放下來說：

「伙計，幫我補一下這鍋子。」

鐵匠把鍋子翻覆看了一遍，就說：「好的，算它二萬塊的修補費吧。」

「什麼！」他跳起來說，「這不過裂了一個小縫吧了，怎樣要這麼多錢呢！」

鐵匠說，「朋友，這還算便宜的呢，現在什麼東西都漲價啦，二萬塊錢夠得什麼用！半升米也買不到哩。」他說到這裏又指着鐵鍋說：「你看這縫裂的不小啊，我要花兩個鐘頭來修好它呢！」

「你太欺人了！」慢伯生氣說，「你以為我不知道市面嗎？我可以到別人家去修補的！」

「隨便，」鐵匠說着，回到自己的工作上去了。

慢伯拿起了大鍋，走到鎮的另一端，那兒也有一家鐵舖。他在那兒跟鐵匠爭執了好久，可是他們也堅持要二萬元修補費。

「剛才那一頭的舖子要我二萬元，我才到你們這兒來的，要是你定要二萬元，我情願上那兒去修補的。」他憋氣說。

「這是最少的價錢，修不修隨你的便！」鐵匠回過身去到大熔爐去了。

慢伯憤憤地拿起鐵鍋，重新回到先前那家鐵匠舖。他坐在那兒等鐵匠把鍋子修好，付了錢，才趕回家去。路上看見一個販鷄蛋的人，坐在樹底下休息。

他想：我們家裏也積下十來個鷄蛋了，讓我問問他價錢看，要是價錢出得很高，我可以把鷄蛋賣給他。他放下鐵鍋，對那販鷄蛋的說：

「喂，販鷄蛋的！你出多少價錢收買鷄蛋呢？」

「八百元一個。」

「怎麼會這麼便宜呢？要是你肯出一千二百元我可以賣給你。」

「九百元是最高的價錢了。」鷄販說。

「一千一百元你要不要？」

「我們痛快一點吧，一千元，隨你賣不賣！」販鷄蛋的說。

「好，就講定一千元。」慢伯很快樂地說，「你上我家裏去買吧！」

「你家離這兒幾遠呢？」販鷄蛋的問。

「不到六里路」。

「那麼，你有幾多雞蛋呢？」販雞蛋的又問。

「雞蛋嗎？不少。有十來個呢！」他回答。

「呸！我犯不上為了買十來個雞蛋跑上五里來路！」販雞蛋的說，「你賣給別人吧。」

「這是很快就到的，至多走上一個多鐘頭就可以了。」他解釋着。

販雞蛋的冷冷地說：「我沒有那麼閒！」說着，再也不理他了。

他重新端起鐵鍋，往家裏走去。走到家門的時候，看見他老婆正坐在屋簷下洗魚。

他問道：「我回來得遲了一點兒吧？」

他老婆說：「你來得正好。我也快準備好了。快把鍋子放到灶上去吧。」

「他們呢？」慢伯問：「下田去了嗎？」

「不，他們回去啦！」孵鴨蛋嬸子慢騰騰地說：「我想等我們燒好了飯菜，再叫他們來也不遲，你去準備洗鍋子吧。」

他們兩口兒忙忙碌碌地弄起來，不到三個鐘頭，一切都煮好了。慢伯就上人家去找那些幫工，但是他們有的在洗腳，有的在吃晚飯，他們都從自己田裏回來了好一會兒，現在準備休息。他們誰也不願意上他家去吃早飯了。

那一年他們少種了一熟稻，因為隣居們都拒絕幫他們的工。他們兩口兒很怨隣居們不夠朋友，可是隣居們說：即使他們躺在床上生病，也不願意在黃昏的時候吃早飯的。

選自一九四七年八月十六日香港《新兒童》第十五卷第六期

胡明樹

貪心的猴子

小猴子在深山的高樹上醒來了。

正是旭日初昇的時候，白色的霧大海似的一片茫茫。從海島似的東面的山的後面，太陽好像白色的孔雀在展開尾翎似地，一閃一閃的出現了。

山上的霧水漸漸的消失了，紅色的，黃色的桐葉索索地落下來了。

在高樹上，小猴子注目一看，那手握樹枝的小猴子的哥哥跳過來了。

「肚餓呀！」

「我要吃柿子啦！……爸爸媽媽還未回來嗎？」

「還沒有回來呀！還是摘些沒食子作早餐吧！天冷了，柿子呀栗子呀都少啦！」

「又是沒食子，我不吃！」二個兄弟猴子正在這樣説着話，而爸爸媽媽也就回來了。

「你們都下來呀！吃早餐啦！今天有豐富的早餐啦！」

聽了媽媽的叫聲，二個小猴子急急的從高樹上滑下來了。

「是什麼呢？帶回來了什麼呢？」

「給我！給我！」

媽媽從舊紙包裹拿出了兩個熟得發紅的柿子。因為只有兩個：一個畧大，另一個畧小。

爭執立刻開始了。

「給我那個！大的那個！我應當吃那大的一個！」

「沒有這樣的道理！媽媽你說！派點心，當然是年幼的派多，做哥哥的要讓弟弟呀！你說是不是？」

猴媽媽兩手握着柿子，不知如何是好，沒了決斷。

猴哥哥通紅了面孔，就想對猴弟弟撲過去，但却被爸爸叱罵而住了手。

「這樣吧：把那大的給我看看！」

爸爸這麼說，從媽媽的手中接過了那大的柿子，他看了看，立刻吃了一口。然後遞到孩子們的面前，給他們看：

「哪！這麼一來，兩個都同樣大了吧！你們各拿一個好了！」

可是現在，小的一個却比剛才大的那個好得多了。因為爸爸吃了一口，就顯得牠是變小了。

兄弟猴子又因此爭執了起來。

「把那未吃過的那個給我！」

「給我那個！那個大的！」

於是那猴爸爸又說：

「好好！讓我把牠們弄成一樣大吧！這次輪到媽媽了，你咬一口吧！」猴媽媽微微笑了，她把那小柿吃了一口。可是這一次也並不相等，變成這一個又比那一個小了。

像這樣的，猴爸爸和猴媽媽輪流着你一口我一口的，把兩個柿子吃得更小了，終於只剩下那柿心裏的核子。柿肉都被爸爸媽媽吃光了啦。

兩個兄弟猴子現在却在心裏同樣想道：「完了！完了！」現在是什麼辦法也沒有了。現在才是呢，他們只得跟平時一樣把那些沒食子當早餐吃了。

猴們坐成了一個環狀，晨光在牠們的頭上照耀，紅色的和黃色的美麗的桐葉在索索地落下。

署名君玉，選自一九四七年十一月一日香港《華僑日報・兒童周刊》

海灘上的裝甲部隊

〔存目〕

選自一九四八年五月八日、十五日、二十二日、二十九日、六月五日、十二日、十九日、二十六日、七月三日、十日、十七日、二十四日、三十一日、八月七日、十四日及二十一日香港《華僑日報・兒童周刊》

華嘉

森林裏的故事〔節錄〕

一

森林裏，原來是一個自由快樂的世界。

春天來了，鳥兒跳上枝頭歌唱，花兒也開了，冬眠的小蟲兒，也從地洞裏爬出來，伸一下懶腰，向着燦爛的陽光，自由快樂的找尋他們的食物去了。

羊先生和羊太太，帶着他們的孩子們，在這森林裏，佔了一小角的地位，本來也過着很好的生活。

羊先生為人很和藹，待人誠懇，和鄰居們相處得很好，箭猪，斑鹿，和猴子們，大家都說他是好好先生，很稱讚他，也稱讚他的孩子們聰明伶俐，說他們是一個有福氣的家庭。羊先生也很歡喜他的鄰居，常常大家在一起閒談。

「羊先生，你人雖好，但太馴良了，總有一天會被人欺負的。」箭猪說。

「我又不與人爭，一天只要吃點青草，誰會來欺負我呢？」羊先生摸着鬍子，笑迷迷的說。

「話可不是這樣說，這世界，人心難測啊！」猴子自以為聰明的對羊先生說。

「猴子說得對，有一天老狐要來欺負我，幸虧我腿長，逃了，要不然，怕給他吃了。」斑鹿嘆氣的說。

「還有老虎，這壞傢伙，我們這一家族和他眞是血海深仇，要是再碰到他，準叫他知道我們不好欺負的！」箭猪把身上的箭毛竪起來，氣呼呼的說。

「總之，羊先生，你還是當心的好。」猴子好意的對羊先生說，他自己却爬上樹去，一陣風的先走了。

「以後，有什麼事，我們大家團結起來好了。」斑鹿的提議，大家都同意了。

二

這一天，羊先生囘家的時候，心裏在想，這確也是道理。森林裏大家原來也是和平相處，但自從老狐和老虎來了之後，情形也就有點不同了，壞就壞在這個狡猾的老狐和那個兇暴的老虎。到了家裏，他和羊太太商量，把今天大家的話說了一遍，問有什麼好辦法。羊太太也是好心的老太婆，她說：

「我們老了，不要緊，就只耽心孩子們。」

於是，他們兩老就把孩子們找來，對大家說：

「孩子們，森林本來是個好地方，鄰人們都是好人，我們也過得很好，但是，自從老狐和老虎來了，我們就常受他的欺負。你們以後要當心，要吃草不要跑得太遠，大家要跟着爸媽一齊去吃，不要貪玩，要聽話，知道了沒有？」

「知道了。」羊孩子們說。

「要是我們不在家裏，你們要鎖好門，看見狡猾的老狐來千萬不要開門給他進來啊！」羊太太多叮囑了一句說。

「知道了。」羊孩子們說。

吩咐了之後，羊先生和羊太太就出門去了。

「哥哥，你見過老狐沒有？」羊妹妹待爸媽出門之後，就扯着哥哥問。

「我也沒見過，總之，一定是個壞蛋！」羊哥哥說。

小松鼠爬進來找他們玩，他們也問他，他說。

「我見過的，這壞傢伙無論見了誰都打主意，一不小心就會上了他的當的。」

「你帶我去看看。」羊弟弟勇敢的說。

「傻孩子，不聽話！」羊哥哥教訓了弟弟，弟弟還是不服氣，他總想找個機會去看看。

小松鼠玩倦了，就走了。臨走的時候，還說明天再來和大家到外面去玩。

這一天，大家都睡得很早，沒出什麼事情。

三

第二天，大清早，猴子伯伯就跑來到羊先生的家裏。開口就說了一個壞消息：

「昨夜，斑鹿的小孩子不見了，老鵲説是給老狐騙去吃了，他親眼看見的，在老狐的洞口有小斑鹿的骨頭。」

「這還成世界！」羊先生瞪大了眼睛，給嚇呆了。

説着，羊先生就跟了猴子伯伯去找箭猪他們大家商量去了，臨走之前，還叮囑了羊太太看好門口。

羊先生去了不久，忽然有人來拍門，羊弟弟就走到門邊來問：

「你找誰呀？」

「羊先生在家嗎？」

「他剛出去了。」

「孩子，開門吧，我是你爸的朋友。」

羊弟弟想開門，羊媽媽趕來扯開了他，對門外客人説：

「羊先生不在家，你改天再來吧！」

「我是你們的好鄰居，不要怕，開門讓我進來坐坐吧，我有個好消息，要告訴你們。」

「你還是改天來吧，對不起。」羊媽媽説。

「你有什麼好消息，你説呀！」羊弟弟搶着説。

「好孩子，我帶了糖菓給你，你開了門，我就告訴你好消息。」

羊弟弟想開門，羊媽媽攔住了，羊弟弟忍不住，大聲的説：

「有什麼好消息，你說呀！」

「我們森林國有了個皇帝了呢，你開門吧！」

「好吧。我們知道了，謝謝你！」羊媽媽說。

「誰是皇帝呀？」羊弟弟好奇的問。

「老虎爺爺呀！他做了我們的皇帝了呢！」

羊媽媽趕忙用桌子堵住了門，拖着羊弟弟回房間裏，打着他的小屁股，教訓他說：

「不聽話的孩子，該打！」

「他又不會吃人，怕什麼？」羊弟弟倔強的說。

「他就是老狐，他就是要來吃你的！」媽媽發狠了，再多打幾下。

羊弟弟却懊悔自己沒有看見老狐。

選自華嘉《森林裏的故事》，香港：學生書店，一九四八

姜天鐸

白楊與蒿草

在一條通到城裏去的大路傍，一棵粗大的白楊樹矗立在那兒。這棵白楊樹威風極了，每當狂風襲來的時候，它就枝條擺動，發出呼呼的吼聲。又在風靜日晴的日子，它就驕傲的高瞻遠矚，顯出不可一世的神氣，有時，微風吹來，它又像一個陰險人的自言自語，發出蕭蕭的聲音。

在這白楊樹下，長滿了叢叢的蒿草。這些蒿草大家擠在一起，繁茂英挺，生活得很快活。

有一天早晨，一棵最高的蒿草忽然高興起來，它仰視着白楊樹，趁着一陣小風吹來，它就輕輕的彎了腰，向白楊樹施了一禮說道：

「白楊先生你好啊！」

白楊樹像沒有聽見似的只翻了翻它的白葉子。

「白楊先生，我的同伴向你說話，你沒有聽見嗎？你怎麼不說話呢？」另一棵不高不矮的蒿草接着問。

「哼，和你們這些微末不足道的蒿草，有什麼話好說呢？」白楊樹傲然的說。

「白楊先生，你說這話太可笑了，我們好意的向你招呼，你怎麼竟說出這樣無禮的話來呢？你說我們是些微末不足道的蒿草，難道你還是什麼有用的大材嗎？」蒿草們都憤憤不平的說。

「那還用說嗎？你們看人間建築的高樓大廈能缺少了我嗎？那一座華麗的房子不拿我來做棟樑呢？像你們這些蒿子貓兒眼的東西，有什麼價值呢！」白楊高傲的大聲說。

「我以為你的話並不對，所謂『草』『木』者對於人類同樣是有用的，並不能因你高大，你的價值就會比我們高，反而比我們低也說不定！」一棵最小而非常聰明的蒿草說。

「你這棵小蒿草太自大了，你們的用處，頂多是給那個貧窮的老太婆把你們採回去，作製豆豉的香料用，再不然就是煑飯作為燃料了，此外還有什麼用處呢？而我除了作棟樑之用外，人們又用我作地板，那更是我的光榮了，在那輝煌的大廳裏，他們用白臘把我打磨得很光亮，他們就在上面跳舞，於是和我接觸的都是一些美麗的小姐和富貴的紳士，你們呢？恐怕連作夢也想不到罷！」

「哈！哈！哈！」蒿草們一聽這話，不由的一齊哈哈大笑了。

「白楊先生！你說這話不覺得害羞嗎？實在說，連我們這些微末不足道的蒿草都替你臉紅！你說那些高樓大廈由你來支撐，你知道在你支撐的那些高樓大廈裏，整天價作些什麼勾當嗎？你要知道在這一時代裏，愈是高樓大廈愈是藏垢納污的地方。至於你說，人家把你作成地板，在上面跳舞，你就可以和那些美麗的小姐，高貴的紳士接觸，這更是不知恥的，你整天價為那些吃飽飯不做事的男女踐踏跳舞，就算是你的光榮嗎？呸！呸！」蒿草們一齊顯出蔑視白楊的神氣啐着唾沫說。

「你們這些忘恩負義的東西，我素日給你們遮蔽風雨，盡力的保護你們，你們不但不知感激我，反而罵起我來了，你們可眞大胆和沒良心到家了。」

「笑話！你保護我們，實在告訴你説罷，我們都恨透你了，白天由於你的遮蔽使我們曬不到有益的陽光，夜裏由於你的遮蔽使我們受不到清涼的甘露，若不是我們生命力強，恐怕早已枯死了，你不惟不知懺悔，反而來丑表功，你眞是不要鼻子呀！」

白楊樹被這些蒿草連駁帶嘲，弄得一句話也沒有了，只是氣得蹶着嘴翻動着它那白葉子，恰如那沒有理由可説的人翻動着白眼睛一樣。

X　X　X

有一天，太陽快要落山的時候，有幾個從城裏出來回到家去的人，當他們經過白楊樹下時，其中的一個面色憂鬱的人説道：

「你們聽説過嗎？最近那方面又要來攻城了，城裏也在準備，這幾天就要撥大批的民工，修築城防工事了。」

「這年頭老百姓倒霉，今天打過來，明天又打回去，越打越利害，恐怕永無太平之日了，打罷！打到最後都完蛋！」

「修築城防工事可不得了呀，除了撥民工外，恐怕又要伐樹砍木了。」

「那還能免嗎？」

果然，第二天一早就有幾個兵士從城裏出來，有的手裏拿着斧頭，有的肩上背着鋸子，後面跟了幾個推着小車的老百姓，他們沿着大路到鄉下來了，他們一面走着，一面張望，這時其中一個兵士說道：

「這一次恐怕要大打了，工事必須作得堅固一些，決不是用一點樹枝做的鹿砦擋一擋就行了，我們要伐大樹拿回去！」

「是呀！這一次決不是用幾付老百姓的門板，就可以對付了，這次的工事很浩大哩！」

「聽說民工就撥了六七千人，城牆腳下都要掘通，作成隧道，用木料架起來，以免有坍頹的危險！」

「反正老百姓倒霉，樹木倒霉！」

「喂！你看那棵樹怎樣？」忽然一個兵士指着路傍的那棵白楊樹說。

「好極了，這次用得着它了！上幾次都因為它太粗沒有伐它，這次可太好了。」

兵士們走到白楊樹下就站住了，他們從袋子裏掏出香煙來，一面劃火，點燃着，一面脫下帽子來說：

「這棵樹伐起來就要費一點力量了，休息一下再動手罷！」

「那裏需要我們動手，這幾個老百姓伐就可以了！」

於是兵士就吩咐那幾個老百姓動起手來，他們先把白楊樹下四周的蒿草拔去，又把樹根下的土掘開，然後就用鋸子鋸起來，過了一會，那棵白楊樹就轟然一聲倒在地上了。

白楊樹被一段一段的鋸開之後，就綑到車上推回城去了。

攻城的人眞的來了，他們把這座城層層的包圍起來，天一交黑，砲火就格外的猛烈起來，那些大砲彈直往城牆上落，不久，人被打死，城牆也隨着打坍了，於是那些攻城的人便潮水似的湧進了去。

守城的棄城退去，攻城的人高興的進城了。

X X X

大戰後的景象實在悽慘呀！城牆倒坍了，城裏的房屋燒去大半，老百姓像遊魂似的出現在大街上了。

有一天，老太婆攜了一隻筐子從城裏出來，沿着大路走來了，當她走到被伐去的白楊樹的地方，她看見有許多蒿草躺在那兒，老太婆就說道：

「這些蒿草太好了，已經晒乾，它的葉子正可以做豆豉的香料，它的幹子可以煮飯燒火了。」

老太婆説着就把它們都收拾起來裝到筐子裏，帶回城裏的家去了。

當老太婆回家坐在城門口傍休息的時候，那些蒿草忽然看見白楊樹幹躺在土洞裏，在那白樹幹上壓着無數的凌亂的磚頭和石塊，看樣子是很吃力的；同時白楊樹幹的身上，有許多鎗彈的瘢痕，弄得它早已不是從前那迎風而立的英武的樣子了。

「你們瞧！白楊現在落得這般光景，多麼可憐呀！」蒿草中的一棵指給大家看說着。

於是蒿草們不由的向白楊樹幹招呼道：

「喂！白楊先生，你好嗎？你眞是了不起，你現在眞作了棟樑了，不過你不是高樓大廈的棟樑，而是砲火中之地窟的支撐者，你眞不幸呀！大材小用，屈了你的材料，這是多麼可惜的事呀！」

「我現在落到這般樣子了，你還要開玩笑我嗎？這一場戰爭可眞利害呀，攻城那天晚上，躲在這個地窟的兵士都受傷了，機關槍的子彈，儘往我身上打來，眞把我嚇壞了，你們大家都好嗎？」白楊樹幹軟聲問。

「啊呀，白楊先生你有多麼客氣呀，我們都好，我們現在被這老太婆拾回家去，她將用我們的花和葉作豆豉的香料，我們的幹子作煮飯的柴火用了，我們能幫助這貧窮的老太婆做到這一步，我們就心滿意足了。」

「你們是幸運的呀！」白楊說了這句話之後，便害羞似的沉思起來了。

這時候，蒿草們隨着老太婆起身進城的當兒，蒿草們向白楊樹幹告別道：

「再見了，白楊先生，我們祝福你早日脫離開這惡劣的環境！」

「但願如此！再見了。」白楊頹喪的絕望的回答說。

於是，蒿草們便被老太婆帶着進城回家去了。

選自一九四八年二月一日香港《新兒童》第十七卷第五期

金帆

阿蘇的奇遇

從前有兩個女孩，大的叫阿蘇，小的叫阿桃。兩人是同胞姊妹。妹妹阿桃生得非常漂亮，性情又好，所以大家都很歡喜她和稱讚她；姊姊阿蘇却生得很醜怪，性情又不好，自私自利，常常罵人和與別人打架，所以大家都不歡喜她，老實說，還討厭她呢！

每當阿蘇聽見別人稱讚她的妹妹，她的心裏便酸溜溜的好像吃過醋，把額角皺成幾條小溝，把嘴唇扁起像一個油煎餅，甚至偷偷地把妹妹的玩具打破，或把妹妹放在衣箱中的衣服剪爛，說是老鼠來偷吃了！

「好，大家都說你好，不說我好，我拿點利害你看看，哼！」她心裏暗暗這樣說。

然而，這樣一來，大家更加說她壞話了，而小朋友們也不再跟她遊玩了。想想，這多麼痛苦呵！

一個夏天，她獨自一人走到森林中，坐在一株大樹下，哀哀地哭泣，她哭自己為什麼生得這樣醜怪，因此大家這樣討厭她，哭得非常傷心。

她哭了半天，哭得眼睛都紅了，忽然一個老伯伯走來，問她為什麼這樣傷心痛哭。

「我因為生得很醜，大家都討厭我。」她答：「我的妹妹生得很漂亮，大家都很歡喜她。我覺得生到這世界上來沒有一點樂趣！」

「如果你肯聽我的話，我可以使到你變得漂亮。」老伯伯答，捋捋他的雪白的鬍鬚，慈和地微笑着。

「眞的嗎？」阿蘇驚喜得跳了起來：「哦，老伯伯，我求求你吧，無論你叫我做什麼事，我都願意。」

「這森林的那邊，一個深山內面，」老伯伯說：「有一個仙泉。如果你能到那裏去洗一個澡，你便可以變得像朝霞一樣美麗了。」

「哦，那麼，帶我去吧！」阿蘇急忙地說。

「我可以帶你去的，不過，現在還不是時候。」老伯伯說：「現在你囘家去吧，一星期中不要對你的妹妹說一句不溫和的話。一星期過了，再囘到這裏來，那時我便帶你去。那泉水藏在很秘密的地方，普通人是找不到的。」

一星期不要向妹妹說一句不溫和的話？那眞是太難的事了！但是，阿蘇還是滿口答應，因為她想變得很漂亮呢！

一星期後，她又囘到那森林中來。老伯伯已經在那裏等着她了。

「你有實行你的約言麼？」老伯伯一見到她走來，便這樣問道。

「我有實行，完全照着你的話去做了。」她答。

「那麼，好，跟着我來！」老伯伯微笑地說。

於是，兩人便向森林深處走去。走了許久，最後走到山腳了。那山腳很美麗，開着許多花。

「如果一個人沒有耐心，還是找不到那泉水的。」老伯伯在山腳邊站住說：「現在，你回家去吧，一個月內，你對你的妹妹和同伴們要親親熱熱，同時尊敬她們，幫助她們，不要罵她們，正像你希望她們對你一樣。——你要在心裏假想，你是阿桃，她是阿蘇！將心比心！」

阿蘇聽見這話，皺一皺眉頭，終於離別老伯伯回到家中去。她決意照老伯伯的話去做，因為她想變得漂亮，像她的妹妹一樣，給大家歡喜呢。

一個月後，她又去森林中見老伯伯。當老伯伯聽見她完全照約言實行了，非常高興，於是即刻帶她去找那仙泉。

當她們來到半山，似乎聽到泉水潺潺奔流的聲音了，老伯伯忽然又站住，望着那有聲音傳來的遠處說：「一件事業的成功，要經過許多艱苦才能達到的。現在你回家去吧！三個月內，你不單對你的妹妹，對你的同伴，對一切人也是一樣，不要嫉妒，不要自私自利，不要想去陷害人，要常常幫助朋友的困難，要立志為人民為社會做事，除去心中一切邪惡的念頭；那時，你再回到森林來吧！我一定帶你到那仙泉中去。」

阿蘇沒有辦法，只得回家。雖然她覺得這些事十分難做到，但為了要變為一個漂亮的女孩子，不要再被別人討厭，她還是決心照老伯伯的話去做。

三個月後，她回到森林中，老伯伯摘了一朵紅花插在她的頭髮上，携着她的手，眞的帶她到那仙泉中去了。

哦，那裏多麼美麗呵！四面都是紅色，藍色，黃色，紫色，白色的山花，空氣非常芳香，人走到那裏，便覺得滿身舒暢。而那泉水呵，又好像水晶一樣，沒有一個見了，不想下去洗一個澡。

「你站在岸上，先照照你影子吧！」老伯伯對阿蘇說，他站在旁邊捋着雪白的鬍子微笑着。

阿蘇卽刻走到仙泉岸邊去，她很想先洗澡後再來照自己，因為她怕看見自己醜怪的臉孔。但是，多奇怪！水中的影子，却變得一個非常美麗的女孩了，雖然阿蘇還沒有到裏面去洗過澡！

「哦，好孩子，你現在很快樂了吧？」老伯伯看見阿蘇又驚又喜地呆站着不曉動，於是也快樂地說：「你看，你現在已經變得十分美麗了！正像你的妹妹一樣呢！這不是泉水的功效，是你自己努力的結果。當日你自私自利，嫉妬別人，心裏懷着許多惡念頭，所以你顯得很醜怪。今天，你便變得很好了，不再日夜想跟人嘈罵和打架，肯同情別人，肯幫助朋友的困難，所以你變得美麗了。你要知道，一個純潔的靈魂，就是使人美麗的原因，只有你肯與別人親熱，肯幫助別人，別人才不會討厭你，才愛你呢！」

阿蘇聽見，兩個腮兒不覺現出一種光輝的紅色，而嘴角也露出一種會心的微笑。

從此以後，阿蘇的額角沒有皺紋了，她與妹妹一齊去學上，一齊動手工作，對朋友也親親熱熱肯互相幫助，於是大家對阿蘇不再討厭了，而且很愛她呢，正像愛她的妹妹阿桃一樣。

「現在阿蘇與阿桃一樣美麗呢！」大家都這樣說。

阿蘇聽見心裏很快樂，因為她知道大家都在愛她，稱讚她。實在，一個人被大家所愛，被人稱讚，是多麼幸運的事呵！

選自一九四八年五月十六日香港《新兒童》第十八卷第六期

豐子愷

為了要光明

有一個人姓萬，名叫夫，家住在鄉村裏。他家的房子造得堅固，每個窗都有三層：外面玻璃，中間鐵紗，裏面板窗。窗板上又有鐵鎖，晚上鎖好，教偷兒爬不進來。早上開鎖開窗，放光明進來。

在一天晚上，萬夫鎖好了窗，把鑰匙藏在衣袋裏，到附近朋友家去吃喜酒。吃得爛醉，由別人扶着回家，倒在床上就睡。第二天起來，想打開窗子，放進光明來，找來找去，找不到鑰匙。這一定是昨夜吃酒醉了，把鑰匙掉在外頭。萬夫連忙到做喜事的人家去問，「有沒有在地上撿到鑰匙？」人都說「沒有」。他在歸家的路上仔細尋找，那裏找得到呢！他的鐵鎖是很特別的，不能向別人借鑰匙來開。為了他的臥室裏要光明，他只得去請銅匠司務來開鎖。

村裏沒有銅匠，須得坐了船，搖十里路，到鎮上去請。萬夫自家沒有船。他到隔壁航船戶家去借船，航船戶說：「這隻小船是空的。可是篙子被人借去了。只有一把櫓，沒有篙子，怎麼辦呢？」原來這十里水路很曲折！又很淺，非用篙子撐，不能行船。萬夫說：「那麼，讓我到竹林裏去砍一枝竹竿來，就有篙子了。」

為了砍竹竿，萬夫先到灶房裏去找柴刀。找來找去找不到。他問他的太太：「我們的柴刀那裏去了？」太太皺着眉頭說：「眞糟糕，昨天我在井邊上削一根木柄，一個失手，把柴刀掉在井裏了！我正要想法子拿它出來呢。」萬夫想了一想，說：「我有辦法。東村李先生家有一塊大吸鐵石。我去把它借來，用長繩縛牢了，掛到井底裏，柴刀被吸鐵石吸牢，就好拉出來了。」他的太太說：「好極，好極，你去借罷。」

為了要取井裏的柴刀，萬夫走到東村李先生家裏去借吸鐵石。李先生對萬夫說：「眞不巧，我那塊吸鐵石掉在地板縫裏，還沒有取出來呢。因為昨天我的太太把一隻繡花針掉在地上，尋來尋去尋不着，想是落在地板縫裏了，就用吸鐵石去吸。誰知繡花針沒有吸到，一個失手，反把吸鐵石掉進地板洞裏了。這洞雖然很大，可以伸手進去；可是地板下面非常之深，手臂摸不到底，因此無法取出。你要借用，只有去請木匠來，把地板拆開，取出吸鐵石來。我本來早想請木匠來把這個洞修補呢。」萬夫說：「那麼，我到西村去把王木匠請來」。

為了要拆地板取吸鐵石，萬夫走到西村去請王木匠。剛走進門，不見王木匠，只見王大嫂坐着，正在發愁。萬夫問道：「王大嫂，王司務在家麼？」王大嫂說：「他今天老毛病又發作，好端端的倒在地上，我剛把他扶到床上，現在還沒有醒呢。」原來王木匠有一種老毛病，叫做「羊癲瘋」，一年之中，要發好幾次。發的時候，突然倒在地上，不省人事，口中吐出白沫來。須得別人把他擡到床上，躺着靜養，半天之後，方可起身。倘使要他早醒，須得到北村去請老郎中來，替他按摩一下，便起身了。萬夫曉得這老毛病，便說：「那麼，我到北村去請老郎中來。」

為了要醫好王木匠的羊癲瘋，萬夫走到北村去請老郎中。剛走進老郎中家的門，天下起雨來。萬夫說：「老郎中，王木匠又發羊癲瘋了！請你勞駕，去救救他！」老郎中說：「我一定去的。但是天下雨了，我家的雨傘被客人借去，沒有還來；須得到鄰家中借一把雨傘來，方可出門去看病。」萬夫說：「是的是的，我到隔壁人家去借，借一頂大傘，我們兩人合用吧。」

為了要請老郎中出門去看病，萬夫傍着屋簷，走到鄰家去借傘，隔壁的老婆婆正在念阿彌陀佛，看見萬夫進來，站起來說：「萬大哥冒雨過來！坐坐躲雨吧」。萬夫說：「我是從隔壁老郎中家過來的，想請老郎中出門去看病，沒有傘，想請你老人家借我們一頂，大一點的。」老婆婆說：「傘麼？有是有的，很大的一頂；可是放在閣樓上，那梯子昨天被泥水司務借了去，不能爬上去拿，怎麼辦呢？」萬夫看看閣樓，果然很高，非用梯子，爬不上去。他想了一想說：「那麼，我去借把梯子來吧。」

為了要上閣樓去取傘，萬夫穿過田塍，到對面的土地廟裏去借梯子。土地廟裏的小和尚看見萬夫進來，就請他坐。萬夫說：「不坐了，我要借一把梯子，用一用就拿來還的。」小和尚說：「梯子麼？有是有的，放在後院子裏。後院子的大門鎖着，鑰匙放在老師父身邊，老師父到小橋頭張家去唸經了。張家的老太太今天斷七呢！」萬夫搔搔頭皮，想一想，說：「那麼，我到小橋頭張家去找你老師父拿鑰匙吧！他就走出土地廟，向小橋頭去。其實這時候天早已晴了，用不着傘了。但是萬夫只顧目前的需要，從不追究根本的意義，所以管自奔向小橋頭去。

為了取土地廟後院大門的鑰匙，萬夫辛辛苦苦地跑到小橋頭張家，找到了老和尚。老和尚在唸經，萬夫不便打擾，只得坐着等他唸完。等了一個鐘頭，老和尚還沒有唸完。其實這時候，王木匠的羊癲瘋早已發完，早已起來了。但是萬夫只顧目前的需要，從不追究根本的意義，所以管自坐着等候。約莫等了兩個鐘頭，老和尚方才唸完經。萬夫就告訴他，要借廟裏的梯，請他把後院大門的鑰匙拿出來，好去開門拿梯。老和尚一口答允，但是，他在他的衲裰衣裏摸來摸去，摸了半個鐘頭，摸不到鑰匙。後來把和尚衣解開來，細細尋找，連褲子腰裏，褲統裏，都尋到，尋不見鑰匙。老和尚說：「啊喲！我老昏了，把鑰匙都掉不知那裏去了！怎麼辦呢？」萬夫說：「你也許放在廟裏，沒有放在身上？你唸經已經唸好了，我和你一同囘去找找看吧。」老和尚說：「沒有放在廟裏，一向放在身上這個袋裏的。」但是沒有辦法，姑且答允他囘廟去找。老和尚收拾經書袈裟，交廟祝背了，又算了張家的經懺資，然後同萬夫一同走囘土地廟去。走到廟裏，就尋鑰匙。尋來尋去，終於尋不到。老和尚說：「我這鐵鎖很堅牢，要扭也扭不斷；又很特別，沒處去借鑰匙。只有請銅匠司務來開了。但是，村裏沒有銅匠，只有到鎮上去請。有十里水路，向你們隔壁的航船戶家去借一隻小船吧。」萬夫說：「好的，好的，我就去借。」

為了要請銅匠開土地廟後院大門的鐵鎖，取梯，上閣樓拿傘，陪老郎中去醫好王木匠的羊癲瘋，請他去拆開李先生家的地板，取出吸鐵石，吸起井底的柴刀，到竹林裏去砍根竹竿，當作篙子，撐船到鎮上去請銅匠，來開萬夫臥室板窗上的鎖，使臥室光明，——萬夫又走到航船戶家去借船。航船戶笑着說：「我早上對你說過了：這隻小船是空的，可是沒有篙子。你不是說，去砍根竹竿來當作篙子麼？你竹竿砍來了沒有？」他似乎恍然大悟了一下。但是過了一回，他又把根本的意義忘却，而努力追求目前的需要了。他毅然決定地說：「是的，是的，我去砍竹吧！」說過，就回家去找柴刀。……

選自一九四八年五月十九日香港《星島日報・兒童樂園》

唐權

縣太爺的公道

公道城所有的市民都武裝起來了，成羣的人在街道上團團轉。主婦們隔開院子互相大聲叫喊着。縣太爺自己也非常困惱。公道必須維持，凶手必須查出來才好！

那日清晨，一個市民暴死了。這不幸的人絆足在一塊磚頭上面，跌了一交，把頭頸折斷；他要到他鄰人家借一點麻油，不料就在鄰家的門前送了命。

縣太爺令人來一次查勘，那鄰人就被傳到他的面前，問以疏忽的罪名。

那鄰人抗辯道：「哦，縣太爺，我的門階就是今天叫泥水匠來修過。他才是罪犯。」

鄰人立即被釋放。縣太爺命令將那泥水匠帶到他面前來。

泥水匠抗辯道：「哦，縣太爺，我正在門口工作的時候，一個身穿藍袍的美麗的婦人走過，因此我的工作被打斷了。她的眼睛她的頭髮，她的輕盈的體態，和她的美麗的藍袍——這一切都把我迷惑了。我想那件衣服的確比其它任何東西的力量都來得大，當我的眼睛看到她的眼睛的時候，我覺得除了追隨以外，就不能做別的事了。在鄰人的門前放一塊磚頭不是我的錯。犯罪的乃是那個婦人……她才是犯罪的，縣太爺。」

縣太爺命令將那婦人帶到他面前來。那婦人抗辯道：「哦，縣太爺，我長得美麗並不是我的罪。我的美是上天賜給我的，那泥水匠愛慕我的藍袍，我也沒法阻止他，這藍袍不是我做的，這是成衣匠做的。」婦人被釋放了。

成衣匠抗辯道：「哦，縣太爺，我不過將美麗的衣料縫起來罷了，這案子我是不能負責的。犯罪的是紡織師。」成衣匠被釋放了。

紡織師抗辯道：「哦，縣太爺，我不過將絲線紡織起來罷了。這匹料離開我店門的時候，是栗殼色的，所以犯罪的是染匠。」

紡織師被釋放了，縣太爺命令傳染匠到他面前來。

那染匠抗辯道：「哦，縣太爺，染色的方法是我家數代傳下來，並不是我的發明，其實這種顏料是從海濱的貝殼上弄下來的——」

可是縣太爺已經聽厭這套話了。「把染匠抓出去吊死在那鄰人的門口。」他命令道。

不多一會以後，縣太爺聽見一陣奇怪喊聲，從聚集在衙門口看吊死染匠的羣眾那裏發出來。「公道城沒有公道」，這喊聲兩次刺進他的耳朵，他被它們弄得心亂如麻。

頓時一個傳訊的人奔來跪在縣太爺的足前。「哦，縣太爺，染匠在門口吊不起來，他身體太高了。」

縣太爺想了一會兒。「去找一個矮點兒的染匠吧！」他答道。

選自一九四八年五月二十六日香港《星島日報・兒童樂園》

許穉人

兩隻小鳥

畫眉鳥寂寞地住在籠中有一年之久了，她渴望有一個同伴。

一天，主人開了籠，送進一雙小燕子來，小燕子很漂亮。有紅色的小嘴，和雪白的羽毛，像一個小天使。

「歡迎呵，小燕子。」畫眉跳前拖着她的手，而且唱起歌來，歡迎她的新同伴。她想從此她再不會寂寞了。

「可憐的朋友，你被囚禁了多久呀？」小燕子憂鬱地說。

「一年了！」畫眉望着新來底朋友鎖着眉尖，於是她把快樂的顏色斂住。

一天一天地過去了，這對新交的朋友已很稔熟了。小燕子向畫眉講述着外面空氣的自由，眼光透過小竹柵，望着遙遠的東北方說：「通過這個有許多荊棘的大平原，渡過這個蒼茫的海，還有越過那個巍峨的遠山，那邊就是一個幸福自由的國度，那裏再沒有獵人射擊我們，也沒有閒得發昏的人要關住我們，供他們享樂！」

「呵，有這樣的世界麼？」畫眉鳥歡喜地叫。

「有的，你想不想去呢？」小燕子高興地說。

「為什麼不想呢？我給囚得發狂了，呵，這美麗的東北方呀，你誘惑着我，我要飛向你，飛向你！」畫眉在做着詩了。……

從此，他們兩個常常談着東北方的美麗，在夢裏也叫起來。畫眉的眼睛天天盯視着東北方，越看越接近，平原縮小了，蒼茫的大海也變得像一條小河，巍峨的山也不過是一個小丘吧了。

「呵，只要主人一天把這個門開了，我就逃出去，拍幾下翅膀，我就飛到這美麗的天地了。」畫眉幻夢地說。

小燕子搖搖頭，她沉思着。

「你為什麼搖頭呢？難道我們不能去嗎？難道我們要永遠做囚徒嗎？」畫眉悲哀地說。

「不，我們可以去！但你希望主人一天開了門，讓我們逃走，那只是幻想！」小燕子嚴肅地回答。

「那麼，怎麼辦呢？」

「用我們自己的力量把這竹柵弄破！我們不希望別人來解放自己，我們應該思索，怎樣才可以自己解放自己呢」。

從那天起，小燕子夜夜當人們睡覺的時候，就用自己的小嘴啄着這一條條的竹柵，竹柵很堅韌，每到天亮的時候，小燕子的嘴總是滿了血跡，身體疲倦得要死，她把嘴上的血跡抹乾，在主人來喂她們的時候，她假裝睡得很濃，沒有起來。

「小燕子眞太勞苦了，我得幫助她。」畫眉想，於是晚上她也和小燕子一起啄起來，但啄得十多下，她的嘴發痛，她忍受不住，於是停止了。

小燕子獨自啄着啄着，一晚一晚地，經過成十天，卒之把一條竹柵弄得快要斷了，她高興得很，知道自己的力量，足可以把自己的枷鎖解脫，但她不把它啄斷。因為恐怕主人知道了，換過一條新的來。於是她擱住它，又開始啄旁的一枝了。

因為這竹柵是很密的，要一連啄斷三枝，才有希望飛出去，小燕子沉毅地繼續着她的工作，夜夜得深夜啄到天亮，不過現在她的嘴流得血少些了，因為她已經習慣了。

「呵！今夜我們可以走了，可以恢復自由了，因為我已把三枝竹柵啄得差不多要斷，只要今晚再啄幾下，牠們就斷了，我們就可以飛出去了。」經過了卅天，小燕子高興地向她的同伴宣佈，而且跳着，唱着。……

「深夜，黑越越（黑傍）的我們飛到那兒呢？」畫眉有點畏懼了。

「白天我們是不能逃走的呀！你怕黑麼？」小燕子憂鬱地望着她：「你太軟弱了！」

「是的，我有點怕，我不了解我自己為什麼這樣軟弱？當我只是想着的時候，我覺得我自己是一個勇士；但當這個自由之門一天向我打開，要求我去實踐的時候，我反而猶豫了……」畫眉輕聲地嘆息着，垂下了頭。

「我了解你，親愛的朋友，因為你被囚禁得太久了，你的靈魂有點萎縮了，但只要你振作起來，飛出去，在自由的大地上跳着，受強烈的陽光照耀，你會恢復勇氣的！」小燕子，安慰她，握着她的手。

「你鼓勵我，你給我勇氣，呵，我不應放過這個機會的，我去，我去，朋友，今晚我們一起走！」畫眉被鼓舞起來了，她抬高頭，睜大了眼睛，感激地望着小燕子。

「這多好呵！今天，你是我的好伙伴，好同志呀！」於是她們大家笑着，擁抱着。

「我太高興了，今晚我們就要自由了，就要向着我們的理想前進了，讓我們唱一個解放的歌，而且高興地跳個青春舞吧！」小燕子提議。

「好的！」畫眉和議，於是她們就唱起來，跳起來，清脆的歌聲遠遠地播出去，播出去。……

主人給她們的歌聲引得搖着扇跑來了，他從來未看見她們這樣高興過，尤其是小燕子，一來了，就是愁眉不展，每天來喂她們的時候，她總是疲倦地睡覺，他以為她是病了，但現在却是這樣精神，這樣愉快，像瘋了似的，不是奇怪麼？

「小燕子，畫眉，你們為什麼這樣快樂呵！」他站着看了許久，忍不住要問了。

小燕子和畫眉簡直快樂到忘形，連主人窺伺了她們許久，她們還不知道，現在猛聽這一問，不覺着驚起來。

「不，不什麼快樂，我們不是想飛出去……」畫眉簡直手足無措，她以為主人已經識破了她們的秘密了。

「告訴你吧，主人，今天是我的生日，畫眉姐替我慶祝，我也高興地答禮，於是玩起來了。」

小燕子機警地截斷了畫眉的話，而且自己跑上前，用後脚輕輕踏着畫眉的脚，叫她鎮定。

「啊，怪不得，」主人不再懷疑了，他覺得小燕子很美麗，唱起歌來又悅耳，他眞高興極了，許多次，他的朋友金先生和銀先生，都說要來看他的小燕子，但他因為看見她常常疲倦，沒有笑容，所以不敢請他們來，現在好極了，他可請他們來看，而且打打價，最低限度也可向他們誇耀一下。他主意打定，便高興地對小燕子說：「很好，我也替你慶祝，今天給你最好的食物。」說着就走了。

一會兒，果然由僕人亞福送來了兩勺金黃的穀子和一碟蛋糕。

「多麼豐富的午餐！」畫眉跳躍着說。

「唉，剛才很危險呢？敵人時時在窺伺着我們。」小燕子又皺起眉來了，她不想吃這些東西，只有畫眉吃得特別起勁。

她們剛吃飽了午餐，主人便搖着扇子，帶着金先生和銀先生來了，金先生穿着摩登的夏季西裝，高個子，藍眼睛，綣毛，鈎鼻，像一個美國人；銀先生穿着中國古老的長衫大褂，臉肉肥胖，眼睛陰險。他們目無一切地談笑着。

「我們的小鳥不錯呀！」主人得意地說。

「不錯，很漂亮，如果拿出去價值不少呢？只可惜籠子太舊了，不鞏固。」鈎鼻的金先生一邊悠然地噴着雪茄烟一邊說。

「是的。」穿大褂的銀先生鞠着躬卑怯地回答。「現在我家裏有一個銅製的籠子，又美麗，又堅固，本來用來囚兩隻鸚鵡的，現在她們死了，空着沒用，借給你吧！」

「不要，我們這籠子住得很舒服！」小燕子大聲的叫，簡直想哭，她想到一換籠子，她們的解放計劃就沒辦法實行了。

「不要換籠子呀！」畫眉也哀求着。

但是，他們把眼睛掃了她們一下，對於她們的哀求毫不動心，而且主人非常熱情地在談着籠子的形狀大小，結尾他問：「什麼時候，我可以借到你的籠子呢？」

「明天早上，你叫阿福到我家裏拿吧！」銀先生回答。

「不要怕，你聽見麼？明天。」小燕子抹了一把冷汗，執着畫眉的手說。

主人，金先生，銀先生都走了，但太陽還沒下山，小燕子很焦急，覺得時光老人走得分外慢，她渴望黑夜快到來，她就飛出去，永遠逃脱這個羈囚着她的牢籠……

畫眉的心很矛盾，她怕一個更堅固的籠子來困她，但她更怕黑暗，她想着今晚就要飛出去，在這黑暗荒涼的天空裏飛，不知什麼時候才能休息，不知有沒有敵人在後面追她，向她放槍……簡直是顫抖的，但她不敢告訴小燕子。

大家都焦急地沈默着，大家都望着遠方，大家的心裏想着不相同的事。……

黑夜終於來了，喧囂的人聲也寂靜了，天空肅穆而黑漆，只有幾顆疏星悄悄地用着悲哀的眼睛注視着那滿了荊棘的平原。

小燕子緊張地用盡平生之力，把將要斷的竹柵猛啄幾下，三枝竹柵掉下來，籠子開了一個大孔，小燕子飛出去又用她的嘴銜着畫眉的翅膀猛力地向前飛翔。……

小燕子銜着畫眉的翅膀，猛力地飛翔，三天三夜她們沒有休息過，最多停一兩分鐘，在茫茫荊棘的大平原上，啄食一些小虫充飢。……

第四日的黃昏，她們真是筋疲力倦，再飛不動了，尤其是畫眉，她簡直連氣都沒有呢。小燕子回頭望望已飛過的路。那是多麼悠長呵！她想陰險的敵人再追不上她們了，於是她答應畫眉，今夜就停下來休息。

夜幕漸漸張開，黑黝黝的荊棘大平原，顯得份外可怖。許多怪物的陰影蠕動着。她們倆緊緊地靠在一起。

「這境地是多麼恐怖，我們又是多麼孤獨呵！」畫眉更靠近小燕子，簡直把頭鑽到小燕子的胸懷裏。

「你怕麼？把胆子壯起來，就什麼事情也不可怕了。」小燕子鎮定地安慰着她的朋友，却用銳利的眼睛去黑夜裏搜索。

「我覺得陰影幢幢。……」畫眉正顫抖地回答，忽然一聲尖叫，一頭人面蛇身的怪物在她面前出現了。

「你們要到什麼地方去？」怪物叫着。

「我們要找我們的自由和光明去。」小燕子簡單地回答。

「哈哈」怪物猙獰地笑着，「世間那有什麼自由和光明的東西，弱肉強食，這是生物進化的法則。即使我是殺人不眨眼的魔鬼，我有權力你們還得選我做皇帝總統！」

「不見的這是永遠的法則吧！沒有錯，現今的世界是這樣的，但我們正要把這樣的世界改變……」小燕子激動地說。

「哈哈，你們要改變這個世界嗎？恐怕你們今天就飛不過我的手上！」怪物瘋狂地吼着，張大了血盤一樣的口向牠們猛撲。

小燕子一側身，怪物撲個空，他要再撲時，小燕子早已張起她的翅膀飛高了，畫眉也跟着飛起，她們飛得很高，怪物氣極了，他張着口，豎起尾巴，他想追上去，但他沒有翅膀不會飛……

「哈哈」小燕子在高空裏笑着。而且用着響亮的調子唱起歌來：

「告訴你暴君，

新生的一代你不能撲滅！

自由勝利是屬於我們的。

只有墳墓向你張開了口……」

畫眉給小燕子的歌聲振奮起來，她的翅膀從新有力，於是她跟着小燕子，一往無前地飛翔了。

到了深夜，她們飛到一棵小松樹上。

「休息一下吧」！畫眉提議。她眞的飛不動了。

「好的，這兒怕沒有什麼敵人了。」小燕子回答，一齊去枝頭上停下了。

「呵，親愛的小鳥們，你們為什麼飛到這兒來呵！」一隻純善的老松鼠爬上來向她們打招呼。

「我們要到很遠很遠的東北方去，請問你還有多少路才能飛過這個平原，到達大海？」小燕子高興地回答。

「唉，還有很遠很遠的路呢，你們現在不過飛了十分之一吧？」善良的老松鼠搖着頭說。

「十分之一？」畫眉着驚地叫起來，她的心有點冰冷。她的身體更覺疲倦了。

「所以，我勸你們還是回去吧！路是太長了。我看見你們許多同伴飛不動，在這兒倒下了。也有些冷不提防給怪物噬死的，做奴隸，給人囚禁，雖然不舒服，但還安全呀！唉，這是我們的命！」老松鼠痛苦地說，甚至眼睛淌下點淚水……

「路長是沒有什麼可怖的，只要我們勇敢地韌性地走，我們終有一天要把它走完的。與其生不如死地過奴隸生活，我却寧願為追求自由幸福而犧牲，為千百萬受壓迫的同胞開闢一條解放的道路！」小燕子的語氣非常堅定。她有一個特性，就是越艱苦，她的鬥爭性就越強。

「你的話很對，你們年青的孩子都是很勇敢的，祝你們勝利成功，只是我老了，我不中用了。」老松鼠很悲哀。

「不要這樣悲觀，新世界是快會出現的。你也看得到呢。」小燕子學着大人的口吻安慰她。

老松鼠點頭，感動地握擺小燕子和畫眉的手，於是慢慢地沿着松樹爬下去了。

「唉，小燕子我和你比較起來，我是多麼軟弱？我多麼恨自己，我要學你！……」畫眉突然抱着小燕子激動着說。

「你們都是軟弱，我們都得在鬥爭過程中鍛鍊自己！」小燕子懇摯地回答。「不過現在不要想這樣多了，你太累，你睡覺吧！」

「不怕敵人來襲擊麼？」畫眉皺着眉頭說。

「你安心，我做守衛，我精神比你好。」小燕子回答。

畫眉把頭鑽到自己的翅膀下，很快就睡熟了。小燕子站在她的身側，用銳利的眼光向四面張望……

四周更是濃黑了，刺人的夜寒襲擊着孤獨守夜的小燕子，但她很興奮，繞着她睡熟的同伴輕輕飛着，像向誰禱祝地說：「天快要亮了吧。願她有這夜的好睡眠，明天再有氣力前進……」

天已光亮，畫眉一覺醒來，覺得自己非常精神，她抬頭望望小燕子，見她輕輕地繞着自己飛翔，眼睛因為整夜沒睡而紅腫了，她不禁難過起來。

「畫眉昨晚睡得好麼？精神回復了沒有？今天又要飛翔呢？」小燕子高興而又關切地問，自己也停在樹枝上。

「我……我睡得很好，你為什麼不叫醒我換班？你整晚沒睡？……」畫眉覺得很慚愧，她口訥訥地不知怎樣說。

「你睡得好我就高興，我不要緊呀，我精神好，我雖然沒睡，但也休息了一夜，翅膀現在覺得特別有力。」小燕子回答，於是奮力地飛起，飛得又高又快……

畫眉也追上去，她們快樂地笑着，唱着青春戰鬥的歌曲，唱得很矯健。

「小燕子，跟着你，我覺得很快樂，只是我不明白，這地方既然那麼好，為什麼去的人這麼少？我覺得有點孤獨。」畫眉忽然提出了疑問。

「哈哈，」小燕子快樂地笑着：「我們並不孤獨呀，我們的同伴多得很呢？不過天空是這麼廣闊，我們互相間看不見罷了，你等等，到渡海的時候，我恐怕多得使你大吃一驚呢。」

畫眉沒答話，她想着，在渡海的時候多得使她吃驚的同伴，一同飛着，遮蔽了海面，那該是多麼壯觀的場面呢。……

她們飛着飛着，有時沉默，有時歌唱，飛過無數無數的叢林，湖沼和荊棘的大平原……

忽然聽見後面一聲悲痛的號叫，她們回頭，看見一隻巨大的鷹，領着二十多隻小鳥，其中有鷓鴣，有杜鵑，有麻雀，也有白頭翁……但奇怪的他們都沉重地垂下了頭，飛得很慢，個個的眼睛都紅腫着，最後的四隻小鳥，更抬着一頭血模糊的鳥兒。……

「這是什麼一回事呀？」畫眉着驚地叫着

「不要大聲叫，人家很悲哀呢。」小燕子說着，停住了向前飛的翅膀，靜默地站在空中。

鷹領着這羣鳥兒由遠而近，而且向左邊的矮小的樹林下飛。

「讓我們也去看看吧！」小燕子和畫眉不約而同地說，於是他們也向着矮小的樹林飛去。

她們看見鷹用悲哀的眼睛凝視着這已死的鳥兒，而且用翅膀輕輕地蓋着她，其他的鳥兒都帶着眼淚去開掘墳墓。

「恕我愚昧，鷹同志，想你們也是要到東北那塊自由的國土吧！我想知道，剛才你們有了什麼可怕的遭遇？」小燕子飛到鷹的身邊低聲地說。

「不要問了，小燕子同志。」鷹悲痛地回答：「我們一行二十二個，我們遇到許多艱苦和怪物的恐駭，但我們都勝利地渡過了。只是今天早上，當我們正吃早餐的時候，幾個陰險狡猾的獵人來了！」

「就這樣，這位同志給獵人射死了？」畫眉插進來問。

「不，假如這樣，我們沒有過份的悲痛，因為戰鬥必得犧牲，只是太令人感動了。」鷹搖着頭，沒有說下去。

「快告訴我們，鷹同志，究竟她是怎樣犧牲的呢？」小燕〔子〕催促着。

「唉，那幾個陰險的獵人向我們欺騙，說前面有許多許多怪物，怎樣怎樣的可怕和危險，又說如果跟他們回去，食是最好的粟米，住是金絲籠，而且每天早晨放我們到空中去飛翔，給我們以自由……但是，我們都知道他們那一套是騙人的鬼話，因此，我們不約而同地掉下早餐不吃高飛了。這個可愛的孩子——杜鵑本來飛得最高最快，但在半空檢查一下少了百靈鳥。是的，百靈鳥是很軟弱的，一路來，她都這樣表現。「一定是聽了獵人的甜言蜜語而猶疑不飛了。」大家談着，都很婉惜，恐怕她又重新做了別人的俘虜。「我回去叫她，走了這麼長的路還猶疑上當。」勇敢的杜鵑說，於是翶翔而下了。我們大家一面高興她的友愛和英勇，但另一方面又担心着她的安全。不一會聽見「卜卜」的槍聲雜亂地響起來，大約經過十分鐘才沉靜下去，我們的心中都有着不幸的預感，等了成半個鐘頭還不見杜鵑回來，於是我着急了，自己跑回去偵察，獵人已經不見了，但也不見杜鵑和百靈鳥。一隻好心的老松鼠告訴我，說杜鵑飛回來，那些狠毒的敵人就一齊向她射擊，她被包圍在炮火圈裏，終於她中了三槍，連頭也給射斷了，跌下了來，百靈鳥也給槍駭得暈了，從空中飄下，於是獵人把她袋入網中，滿足地走了，我很悲憤，四週找尋，看了杜鵑斷了頭躺在一灘鮮血裏……」鷹的眼睛潤濕了，說不下去。

「唉！」畫眉和小燕子低聲地嘆息着。

「前進中有人向前，有人後退，有人倒下……而杜鵑却是為着挽救一個軟弱的朋友犧牲了……

燕子和畫眉都默然……

「在前進中最可怕的是猶豫！假如不是百靈鳥的猶豫，現在我們大家都安全的，而猶豫害了她，也害了朋友。」鷹繼續說着他的話，一個字一個字地非常有力敲擊着畫眉的心，很像他專為教訓她而說的。她望着一路來照顧着她自己的同伴，不禁慚愧得想哭了。

小鳥們已經把墳墓掘好，鷹親自把杜鵑放落去，又把泥土蓋上，接着大家從四方八面採了許多野花回來，堆在墳墓上，成了一個小小的花墳，花墳上插了一塊木牌，正中用大字寫着：「戰友杜鵑之墓。」兩旁用小字寫着一副對聯：「追求自由，英勇不屈」；「搶救同志，慷慨犧牲。」鷹做領導，各小鳥跟隨着，在墓前悲哀地行禮，而且唱着殉難的葬歌，大家的頭低垂着。……

之後，大家退到兩旁休息，準備起飛，只有畫眉一個依然留在墓前，她悲痛地叫道：

「今天我受了一次嚴重而深刻教訓，杜鵑，我不能讓我底小燕子，遭遇像你一樣的命運！」

小燕子和畫眉，從此加入了鷹領導的那個隊伍。同伴又多又親愛，畫眉非常高興。

有一次，因為要通過一個廣漠的怪物很多的危險地區，她們做了兩夜的長途飛行，畫眉的翅膀疲倦到像要折斷一樣，眼睛也睜不開來，肚子又餓，她眞的忍耐不住了，她想請求鷹停下來，暫時休息一下。

「鷹同志！」畫眉嘶聲地叫着。

「做什麼？」鷹回轉頭來，其他小鳥仍一往無前地繼續地飛着，沒有一個露出疲倦的姿影，她們飛得多英勇，彷彿還要長飛十天十夜她們也不會說聲累，最奇怪的是那隻前天還發燒生病的白頭翁，現在也像毫無病態，一起地飛，「她們都能飛，我為什麼這樣軟弱呢？」畫眉受了很大的刺激，她感到一陣慚愧，把要求休息的話縮回來，她支吾地說：

「什麼時候才到目的地呵！」

「還遠呢！不過只要我們不斷地飛，我們終有一天到達的。」鷹笑着回答：「你累了麼？」

「不，我不累。」畫眉的臉孔漲紅了。

她鼓起勇氣，她想她以後再不能示弱，別人能夠做，自己也一定能夠做，奇怪的，是她這樣決定以後，勇氣就不知從什麼地方湧出來，她的翅膀突然有力了，她不但能繼續飛，而且飛得很矯健，直飛到晚上要休息的時候，她還想再飛。

「畫眉，支持得來麼？」停下來小燕子問她。

「不累。」畫眉高興地回答，而且坦白地把今天想請求鷹休息一下的事情也說出來，結尾她感慨地說：

「意志就是力量，有戰鬥的意志就是有戰鬥的力量！」

「呵，畫眉，你多好，你說出了眞理！」小燕子抱着她舞起來，舞得很快，很高興。

她們就這樣地繼續飛了半個月，大家都在長征的過程中鍛鍊得更堅強，就是在最危險困難的時候，也沒有人會哭。

一天晚上飛到了一個大松林，天空是黑（　）（　）的，沒有月亮，只有幾顆明亮的星兒堅定地照耀着，現在已經是初冬，郊外分外冰冷，雪已經輕輕地飄着，雖然還不很大。

鷹吩咐停下來，而且自己去尋覓地方，說今晚要燒野火，大家開一個盛大的動員會，因為明天就要飛越巨大的海洋。

「飛越巨大的海洋！」大家聽見這個消息，多麼高興呵！沒有一個人生着恐懼的感覺，畫眉尤其是興奮，因為這是她生命史中最光輝的一頁，她有充足的自信，自己是能勝利地飛渡過這大海洋的。

「我們大家去採集野菓吧，今晚我們應該有一頓豐富的晚餐。」不知誰在提議，於是大家馬上附議，分頭去找了。

一會兒，鷹飛囘來，她已經找到了開會的地點，那就是松樹傍的一片寬濶的土地，小鳥們也各找了很多野菓囘來，於是大家就一起搬到那兒開會。

中間生起火，大家圍成圓圈，大家的臉露出了興奮的顏色。……

鷹站了出來：「各位同志，明天我們就要飛過巨大的海洋，那是很危險的，地上有敵人，天上有暴風，但我們不要畏縮！」

「我們不怕！」大家的聲音比鷹更響亮地回答着。

「是的，我們不怕，我們是經得起考驗的！現在剩下的問題，就是我們怎樣分配工作。第一個工作，我們要派人做前哨，偵探敵情及天氣，派誰去呢？」

「小燕子和麻雀呀，她們飛得快！」大家異口齊聲地説。

「小燕和麻雀有什麼意見呢？如果沒有，請站出來。」鷹用徵求的口吻説。

「我們很高興幹這光榮的工作！」小燕子回答，和麻雀一起走了出來。

「現在白頭翁同志是生病的，橫渡這個海洋時，我們必須有兩個同志照顧她，不得已時要背她走，這是一件艱苦的工作，誰願意……。」

「我願意！」畫眉不等鷹説完，就自告奮勇，跳了出來，大家都奇異地望着她。

「你夠勇力麼？」鷹担心地問。

「夠的！」畫眉很自信地回答。

「好，那麼還有誰？」

「我來！」鷓鴣咕咕地説着也跳了出來。

鷹和這幾位負責工作的同志談工作的方法與任務。周圍的小鳥却圍着他們，手拉手地興奮地跳着快樂的人們，歌聲震動了郊野，鷹也高興極了，她和小燕子，麻雀，畫眉，鷓鴣，不禁也圍着火在大圈子裏面跳起來！

於是冰冷的雪地上，馬上發現了一個動人的塲面，鷹和小燕子們圍着火，更廣大的鳥羣圍着他們，火好比是花蕊，他們是花瓣，他們有節奏地跳着，這些花瓣就有節奏地又開又合！……

「這是多溫暖，多美麗啊！」天上的星兒，也羡慕起來了。

她們靜靜地休息了一夜，有些睡得很寧靜，因為戰鬥於她們已是家常便飯了，她們得養好精神，預備明日長征，但有些却興奮得不會瞌眼，她們想着明天底巨大的海洋，艱險的戰鬥，又高興又懼怕，畫眉就是屬於後一種的！

天剛亮，她們就出發，燕子和麻雀做前哨，鷹做殿後，畫眉和鷓鴣緊緊地傍着有病的白頭翁。

還沒有到海岸，整個的天空忽然陰黑起來，氣壓驟緊，這是暴風雨到來的訊號。

「還飛麼？」小麻雀緊張地皺着眉頭。

「飛的，這是危險地帶，停留不得！而且，這兒的天氣老是這樣壞，很難找到一個晴朗的日子。……」鷹的話還沒有說完，狂風就呼呼起來，大雨傾盆而下！雷電交作，彷彿要把整個世界翻轉的，沒一分鐘，大家的身都濕透了。……

「我們要鎮定，要堅決，要看清航綫向前，不要給風雨打昏了，不要迷失方向！」鷹在後面叫着，於是一個個把話傳上去，小燕子嚴肅地點點頭，領着隊伍沈毅地向前飛。

巨大的海洋已經横在前面了，狂風大雨擊起了更洶湧的波濤，它呼嘯着，像一匹野獸。

小燕子緩慢地試探地向前，她走的，是大家都常走的那條正中的航綫，但地上的槍聲馬上像盆雨地響起來，密密的子彈，不但攔住她的去路，而且包圍着她，她處身在炮火網裏，後面的隊伍馬上停止了前進，大家都替小燕子担心，但她縱身高翔，而且猛力向西衝過三十度，她就跳出了炮火的重圍。

海岸東邊的草叢裏，馬上跳出了三個兇惡的獵人，一個前頭光秃，下顎長得像猴子，身上穿着白麻袍；一個肚子膨脹，臉肉橫垂，穿着西裝，像華爾街的老板；一個縛着腰帶紮着腿子，像戲台上的小丑。他們有的拿着長槍，拿着駁壳，那個華爾街老板的更拿着一挺輕機，他們追出來射擊，但顯然地他們一無所得，因為小燕子們已飛出了他們的射程。

狂風暴雨在天空上咆哮，驚濤駭浪在海面上洶湧，無情的密集的子彈追擊着她們，只要她們一猶豫，一畏懼，她們就會遭到覆沒的命運，她們就葬身在大海洋裏，就會給無情的子彈擊碎他們的軀體……然而她們飛得是這樣堅定，這樣勇敢，這樣迅速，使得敵人疲於奔命，使得槍彈永遠只能跟在她們的後面……

只有三十分鐘，她們是勝利地渡過敵人的封鎖綫了。她們鬆了一口氣，注視着浩瀚無（ ）的海面，聽着襲擊着她們的暴風雨的狂吼，她們覺得非常高興，這是一首雄壯的生命戰鬥的詩，只有經過這樣殘酷戰鬥的人才能體會。

風雨停止了的時候，已是黃昏，但她們的脚下還是海洋的中心，還望不見對岸……

她們繼續地飛着，陰暗的太陽已經沒有光彩地隱沒了，因為經過巨大的暴風雨，天空連一顆星都沒有，黑漆得像一盆墨，而白頭翁已經飛不動，畫眉和鷓鴣，一人咬住她的一隻翅膀，拖着他飛，很是吃力。

「唉，假如天上有一顆星就好了。」鷓鴣嘆息着。

「我說最好我們的眼睛都變了星！」畫眉回答，但奇怪的，她這話一說完，她的眼睛眞的變了星了，面前一切都很光亮，她正要叫，但她看見所有的同伴的眼睛都變成星了，連有病的白頭翁的眼睛也變成了星。

「眞驚怪，為什麼我們的眼睛都變成了星？」畫眉和許多小鳥不約而同地叫了。

「并不驚怪呀，因為我們的心都燃燒着熱情的火，因此我們的眼睛就變成了星。」鷹飛上來答着，她的眼睛也變成了星，而且很巨大。

「這是多麼好呵，我們從此不怕走夜路了，只是不知它將來會不會熄滅？」畫眉說。

「假如我們心中的熱情一天不熄滅，我們的眼睛就一天都是星！」鷹答着，於是馬上大家興奮地唱起來。

「我們的心中是一團火，
我們的眼睛都變成了星，
假如我們心中的熱情一天不熄滅，
我們的眼睛一天都是星，
都是星！」

就這樣，每隻小鳥的眼睛在夜晚就變成了星，在海洋的上空飛翔，遠遠的人們和所有的生物望見都覺得奇怪，他們想為什麼有這許多星在飛呢？平時雖然看過彗星劃天而過，但却不過一顆，而且是很少見的，為什麼現在這樣多呢？一連幾十顆，於是有些聰明的孩子替它們幻想出美麗的故事；科學家也給難倒了，他們以為天空上還有一種不為人發現的星，叫做飛星呢。

一切人們和所有生物的驚奇，小鳥們是不曾注意到的，他們只沈毅地飛着，飛了三天三夜，才飛越過這個大海洋。現在橫在他們面前的是一座山。

「飛過這高山就是我們要到的樂園了！」鷹說。

「我們不要休息，我們現在就飛越他！」每隻小鳥都興奮地叫起來，隨着翅膀不停地飛了。

果然，這對於他們並不是什麼險阻了，只要他們飛得高，只要他們的翅膀有力，這兒並沒有什麼敵人去追擊他們。自然，軟弱的，飛不起的，也會在這兒碰着山尖死亡，但曾經百次鍛鍊的他們，堅強得像一塊鋼，再沒有誰會倒退死亡的了。

他們加速勇氣，只一晝夜就飛過這綿亙五百里的高山了。

在天空他們早就望見地上幾千里平舖的，都是各色各樣果林，芬芳的氣味瀰漫了半空。一條澄碧的河水，緩慢地流着……

「呵，多美麗的樂園呵！簡直是世界上最美的一幅圖畫。」畫眉高聲地叫。

「到了，我們向下飛！」鷹說，於是大家眼睛向下，輕輕地降落來。

城牆是由海灘上最美麗的卵石築城的，五彩色，燦爛得很，上面插着一枝玫瑰色的旗，裏面寫着，「自由樂土」四個大字，最妙的，還是正中有一顆大星，和他們的眼睛一樣。

「旗裏這顆星多漂亮呀，比鷹姐姐眼睛那顆還是大呢。」小麻雀叫着。他們已經飛下到城門了。

一隊最會唱歌的音樂隊，奏起四部合唱的歡迎歌來歡迎他們，裏面有鸚鵡，蟋蟀，紡織娘和青蛙，由一個四五歲大的圓臉的，有着一雙美麗眼睛的孩子指揮着。

他們高興地在樂聲伴隨中進入了客廳，那兒擺着各色各樣最好的菓子給他們吃，許多人和各種各樣的動物朋友，尤其是他們的鳥類來慰問他們，説他們路途辛苦了。

鷹，畫眉，小燕子，鵪鴣很興奮地和各個新朋友談着路途的經過。當畫眉知道一隻小兔也是從南方遠遠走來這兒的，不禁驚奇了。

「你怎麼能越過這大海洋呢？」畫眉問。

「我游泳過去呀，自然我比你們困難，我和十幾個同伴游泳了三年，艱苦得很，幾個同伴給海浪吞掉了，但一個追求自由的信念在支持着我們，我們終於歷盡艱險到達了。」小兔他很高興地述説着。

「什麼艱險都過去了，我們永遠住在這個自由的樂土裏。」小燕子大聲地叫。

「不，今天下午開一個歡迎會歡迎你們，同時也就是歡送我們，我們明天就要走呢」。小兔戀戀地説。

「為什麼呢？你不喜歡這地方嗎？」小燕子驚奇地説。

「不，我多喜歡這個地方呵」，小兔搖搖頭。

「那麼，為什麼呢？來的動物們太多了，不夠住麼？」

「不」小兔子還是在搖頭，她們摸不着頭腦，但開會的鈴聲響了，他們沒有時間談下去。

開會的地點是一個大操場，長滿了整齊的青草，像一塊大彩毡，裏面擠滿了兔子，鳥，小貓，小鷄，白鴨，鵝……應有盡有，還有許多和善的人，一共五六千，圍着大圓圈，分成廿層，層層面前都放了生菓，汽水，餅乾等。做主席的是十歲大的孩子，他簡單地說了幾句歡迎詞後，就請來賓發表對這兒的觀感，畫眉第一個站起來，牠興奮地說。

「我從來沒有看過這樣美麗和平的地方，我以前住的地方，到處都是強凌弱，殺戮，迫害，飢餓，荒涼，你們究竟怎樣找到這樣好的地方呢？是上帝教你找到的嗎？假如我能永遠住在這裏，我死都高興了。」

「呵，它以前也是一塊強凌弱，殺戮，迫害，飢餓，荒涼的地方，是我們自己用自己的腦筋和手，把強暴者打倒，然後再把它造成和平美麗的樂土的呀，因此它不是上帝賜給我們的而是我們自己創造的！」雄雞覺得畫眉問得很古怪，他站起來高聲地答話。

「是的，雄鷄同志說得很對，因為他是開墾這荒地的老英雄。世界的其他地方雖然是醜惡，但也可以用我們的手去改造的。因此，我不希望大家滿足於這兒，我希望大家在這兒學得本領後回到大家的故鄉，把它醜陋的故鄉改造，我希望逐漸使全世界都像這兒一樣，都是自由樂土，所以今天我們一方面歡迎不避艱苦，遠地奔來的朋友；一方面歡送一批新戰士——兔子同志回去改造他們的家鄉。」主席滔滔地說着，大家都覺得興奮。

「我們要回到南方把我們的故鄉也改造成這個樣子，我一定要把同志們對我的希望實現。」兔子站出來堅決地說，大家都拍掌了。

「兔子同志，你先回去，遲些時候，當我學好本領，我也要回去的，我們一定得分頭努力，把全個世界都弄成這樣好！我們誰也不自私，只求自己生活得好！」松鼠同志也站出來嚮應了，會場眞是熱烈萬分。接着一串串新奇的游藝演出了，一直演到黃昏才盡歡而散。

「小燕子，我們還得回去，我們趕快學好本領吧！」晚上畫眉興奮得睡不着，她起來對小燕子說。

「是的，不過你還怕這艱苦的路程，這奇怪的大平原嗎？」小燕子回答。

「怎麼會怕呢？我們要去改造世界呀！」畫眉認眞地說。

「呵，我多高興，你完全不同往日的畫眉了。」小燕子抱着畫眉跳起來。

這個晚上，她們沒有睡過，她們緊張地計劃着，以後怎樣加強鍛鍊自己呢。

署名穉子，選自一九四八年五月二十九日、六月五日、十二日、十九日、二十六日、七月三日及十日香港《華僑日報・兒童周刊》

嚴大椿

老婦的巧智

脫倫森城被敵軍包圍了許多日子，城裡的居民弄得困苦到極點。他們連糧食都沒有了，飢餓和疾病殺死了許多人，那些活人見了，非常沮喪。

城中的首領召集了所有的士紳，說道：「朋友們，我們的糧食用盡了，我們不得不獻城了。」

「不，不。」一個名叫阿依夏的老婦搶出來說：「不要獻城！我料得到敵人不久就會退走的；我保証穆罕默德（他是回教的教主）會援救我們的。不必獻城，你們只要依照我的話行事，這個城池保証可以解圍的。」

那些長官答（應）她照辦。於是她說：「先給我一條小牛。」

「一條小牛！」首領猶豫地說：「城裡的動物早已喫光了，那裡再找得到一條小牛呢！」

可是，老婦阿依夏表示非要不可，首領派人在全城尋找，找了許多時候，畢竟在一個慳吝的老人家裡尋到一條小牛。那個傢伙藏起這條小牛，預備有一天賣好價錢。首領的手下人不管那老人怎樣的抗議，牽了小牛到老婦那裡。

「現在，我（　）要一些麥子！」老婦說。

「在這可憐的城裡無法找到麥子了！」首領說。

但是老婦強求他再派人到各家各戶去一粒一粒地搜集起來，首領派去的人到底弄得了一些麥子，得意洋洋地拿給老婦。她拿麥子浸一浸濕，使它的體積大一點；然後，把浸〔濕〕的麥子餵給小牛吃。

首領見她把麥子餵牛，說道：「唉！阿依夏！當許多大人和兒童餓得將死的時候，你把這些好麥餵給這隻畜牲吃，多麼浪費！多麼殘忍呵！」

老婦答道：「讓我這樣做罷，我可以保証，敵人將要放棄包圍的。」說罷，她牽了小牛，到城門口去。」

她向哨兵說：「開門！」

哨兵不肯，不久頭目走來，命令哨兵依從阿依夏，因為她答應居民救城的。

城門開後，阿依夏把小牛趕出城去，牠跑到城外，開始吃草。敵人聽得牠的叫聲，以為城裡的兵團出來了，急急忙忙地開來一隊兵。他們看見是一條小牛，就興高彩烈地牽了牠回到營中。

「這條小牛，你們從那裡捉來的？」大王問。

「在城門口捉來的；那是城裡的居民放牠出來吃草的。」

「唉！」大王說道：「我以為脫倫森城的居民都將餓死了。誰料那是不可能的事，因為如果他們沒有東西吃的話，他們那可以拿這條小牛來充飢，雖然牠生得不十分肥。」

兵士們齊聲說：「是啊，的確，他們的糧食顯然比我們還多呢。我們已經許多日子沒有吃到新鮮的牛肉了。」

「那麼，」大王說：「殺死這隻畜牲罷，你們就有烤牛肉吃了。」

兵士就殺死了小牛。剖開牛胃，看見裡面都是麥子，非常驚訝。

大王〔聽〕了兵士的報告，說道：「這樣看來，脫倫森城的居民還有許多麥子來餵他們的畜牲，那麼我們要得到此城，還須留此好久呢！我們勢必比他們先餓死！繼續包圍此城，沒有意思了。」

於是，大王命令拆營，當日領了全體人馬離去。

脫倫森城解圍了。那些歡樂而知恩的居民，抬了阿依夏在城裡兜圈子，舉行凱旋式。他們還贈給她一筆養老金，好讓她安安甯甯地過她的餘年。

選自一九四八年六月九日香港《星島日報‧兒童樂園》

鮑維湘

油畫像的故事

天氣很熱。孩子們吃過了晚飯，跟爸爸到院子裏去乘涼。孩子們吵着要爸爸講故事。爸爸說：「讓我來想一想，記一記，如果能夠想得或記得有什麼有趣的故事，就講；如果想不出或記不起，那就只好不講了。」

爸爸想了一刻兒，笑嘻嘻地說：「有了！有了！我記起一個有趣的故事來了，那是關於一幅油畫像的故事的。」

孩子們好不歡喜，他們注神地聽爸爸講故事。爸爸喝了半杯白開水，就開始講了起來：

「某城裏有一個油畫家，人很聰明，藝術也很高明，可是他的脾氣却十分怪僻。在他家附近，有一對姓陳的弟兄，身材和面貌都生得十分相像；這一對弟兄是素來跟那位畫家熟識的。有一個時期，那油畫家跟那位哥哥很要好，他就自願替那位哥哥畫了一幅油畫像。油畫像畫好之後，他在像上題了這麼四句話：『相貌堂堂，坐在中堂，有人來問，陳家大郎。』拿去送給那位哥哥。

誰知，過了一個時候，那位怪僻的油畫家，不知為了什麼小事，忽然跟那位哥哥不要好了，却跟那位弟弟親暱起來。有一天，他就走到兩兄弟的家裏去，向那位哥哥把畫像討了回來，打算轉贈給那位弟弟。因為兩兄弟的面貌既相像，所以這畫像上畫的哥哥，面貌也就極像弟弟，使人不容易分辨。可是，畫上所題的四句話，又該怎麼辦呢？油畫家想了一想，並不把它們刮掉，却在每句下面，各加上兩個字：『相貌堂堂無比，坐在中堂之西，有人來問是誰，陳家大郎阿弟。』題字補好，那油畫家就把這油畫像，送給那位弟弟了。

「這樣的又過了一個時候，那位脾氣古怪的油畫家，突然又跟兩兄弟中的弟弟不對了，却忽兒再跟那位哥哥要好起來。他就又向那位弟弟把油畫像討了回來，重新送給那位哥哥；可是，畫像上的題字已經改過了，刮去吧，這就顯得自己沒有本領；不刮去吧，那就該怎樣補充才對呢？油畫家的脾氣雖然古怪，但人是挺聰明的，他稍稍思索了一會，就用筆再在每句下面，各添上兩個字：『相貌堂堂無比之客，坐在中堂之西園中，有人來問是誰之像，陳家大郎阿弟之兄。』

「故事說到這裏，已經完了。孩子們，你們且想一想：這位油畫家該多麼聰明，多麼有趣啊！」

孩子們聽爸爸講完故事，大姊姊開口問了：「爸爸，這位油畫家，後來可再跟那位哥哥鬧翻嗎？」

「不鬧翻，一直要好下去了。」爸爸笑着說：「不錯！虧得他以後永遠跟那位哥哥要好下去，要不然，這油畫像上的四句題句，還有什麼方法再補上字眼去呢？」

選自一九四八年九月二日香港《星島日報・兒童樂園》

施雁冰

尖帽子的朋友

一個快樂的小老人，名字叫尖帽子，因為他常常戴了大紅色的尖帽子，一跳一蹦地唱着歌：

「我是一個快樂的人，因為我喜歡幫助別人。」

他跳到圓圓的玻璃缸邊，缸裏的蝸牛三三，看見尖帽子來了，非常高興，他叫：「喂！」

「喂！你今天好嗎？」尖帽子回答。

三三爬到玻璃缸旁邊，身子靠着玻璃說：「快樂的尖帽子，我一點也沒有事情做，多麼難過，快樂的尖帽子呵！幫幫我的忙呵！」他說着哭起來了。

「不要哭！假使你有事情做，你會快樂的。」

「我有什麼事情可以做呢？每天只是在缸裏兜圈子，連跟我講講話的朋友也沒有，快樂的尖帽子啊，幫幫我的忙吧！」

「不要哭！」

三三還是哭着叫着：「你想一隻蝸牛沒有工作做，多麼不開心啊！」

「我替你想辦法去，現在我要走了，明天再來看你！」

尖帽子離開了玻璃缸，想替三三找一些事情做，但是他想不出，有什麼事情可以給三三做的呢？唉！一隻小蝸牛。

過了很多的時候，他走到樹林裏去，東找西找，也找不到，沒有一件事可以給三三做的，他的脚走得又酸又痛了，就在小池塘旁邊坐了下來，脱掉襪子，把一隻脚伸在水裏，然後，把第二隻脚也伸到水裏去，還有兩隻手也伸進去。

他的手攪着水，拍！拍！拍！

忽然，他的脚指被一樣東西咬住了，拿起脚來一看，原來是一條小魚。

「尖帽子先生！喂！你好嗎？」

「我很好——你呢！」

「我也好，但是我要求你一點幫助！」

「說吧！要我幫什麼呢？因為我很喜歡幫助別人。」

小魚聽了，非常快樂，他在池子裏游了一圈，約了許多朋友來替尖帽子洗脚，他們從水裏伸出頭來，要求尖帽子幫忙：「好心的尖帽子先生啊，這裏的水太髒了，我們希望把它弄弄清潔，尖帽子先生，你有什麼方法嗎？」

「我想總有的吧，但是我現在還不知道這是什麼方法，不過我一定為你們去想，想出了，再來告訴你們。」

小魚們高興得很，在水裏鑽來鑽去，拍得！拍得！把水弄得更髒了。

「魚們對於髒水是一點辦法也沒有的，但是我有什麼辦法呢？」

尖帽子的腦子裏，現在想着兩件事，一件是蝸牛三三請求他找事情做，他想不出辦法，還有一件是小魚們要求他把水弄弄清潔，他也想不出辦法。

「哎喲，眞糟糕啦！我一點也不能幫助他們！」他幾乎不快樂起來了，不能幫助別人，是多麼的難過呀！

他走到屋子裏想：

「我要幫助三三，那隻可憐的小蝸牛，使他有工作做。」

「我也要幫助小魚們，使他們有清潔的屋子住。」

後來他又走出屋子，沿着小路一直走去，輕輕地唱：

「我是一個快樂的人，因為我喜歡幫助別人，假如我不能幫助別人，便不能算是快樂的人！」

樹林裏的光線，漸漸地暗下來，夜已經來了，尖帽子沒有吃飯想着想着。

第二天早晨，他走到另外一條路上去想。

「尖帽子！尖帽子！」有一個聲音叫他，他向大池塘裏望望，有一隻鴨子在游水。

「喂！你好嗎？」

「很好！」尖帽子說：「你們這裏的水好像很清潔。」

「是的，因為水裏有許多蝸牛把他弄清潔的。」

「蝸牛！哈哈！」尖帽子叫起來了，他跳得很高，把帽子拋到半空中，恰巧落在鴨子的頭上，把整個的頭遮住了。

「你怎麼啦！」

「蝸牛！蝸牛！呵啦！可憐的三三，小魚們呵！我有最好的方法了。」

鴨子戴着尖帽子，拚命搖動長頭頸，尖帽子看得笑彎了腰，把帽子拉回來，戴在自己的頭上，問：「你們這裏一共有多少蝸牛？」

「很多很多呢，你看？」

「我可以在這裏替三三找一個朋友，他一定會高興的。」於是他爬到河邊，把頭伸到水面上，看見許多小蝸牛，在水裏慢慢的移動着。

「你們這裏有誰肯跟我到另外一個池塘去，和蝸牛三三一同工作嗎？」

許多蝸牛都說他們不願意離開自己的老家。

這時候，尖帽子聽見一個小聲音說：「尖帽子先生，我願意跟你去的，我的名字叫仃仃。」

許多蝸牛笑起來了，說：「仃仃做不來什麼事的，他做事最慢最慢。」

「但是，我願意努力的做，尖帽子先生帶我去吧！我多麼想找一個好好的小朋友啊！」

於是尖帽子帶着仃仃到三三的玻璃缸旁邊，然後一隻手背着三三，一隻手夾着仃仃，朝髒水池走去，尖帽子把三三和仃仃丟到池裏，這使從來沒有出過門的三三很害怕，他緊緊拉住仃仃的衣服，一直往下沉，往下沉，沉到池底，那裏他們看見許多魚游來游去。

仃仃說：「魚朋友，尖帽子送我們到這兒來，幫你們把水弄弄清潔！」

「歡迎啊！歡迎！」魚們很高興的叫着。

「我很快樂能夠住在這裏，因為我有工作做了，池水是這樣的髒呀！」三三說。

「好朋友！請你們住在這裏幫助我們吧！」

三三和仃仃覺得別人用得到他們，非常高興，魚們也很高興地說：「讓我們大家一同謝謝尖帽子的幫助吧。」

來！一！二！三！大家浮到水面上去，看看前面，看看後面，再也找不到尖帽子了。

從此仃仃和三三便留在髒水池裏工作着，這裏，沒有大蝸牛欺侮仃仃，三三因為有朋友談天，有工作做再也不憂愁了。不久，他們生了許多許多小蝸牛。一天晚上，他們帶着孩子們爬到水面上，魚們也浮到水面上，等待尖帽子回來，池水慢慢的清潔了，仃仃說：「尖帽子看見我們有這樣好的成績一定會喜歡的。」

「真的！」三三說：「把池水弄乾淨，真是蝸牛最好的工作了。」

魚們很感謝三三和仃仃，常常有禮貌地說：「謝謝你們！」

「但是我們不要忘記謝謝好心的尖帽子啊！」

他們浮起在水上，等着等着，尖帽子還沒有回來。

「好心的尖帽子啊！我們永遠地，永遠地感謝你，你為什麼不回來看我們呢？」

這時尖帽子正在另外一個地方，一跳一蹦地走着，他也想起三三和仃仃，還有魚朋友們，當他們需要幫助的時候，他會回來。

他常常這樣輕輕地說：「親愛的朋友啊！祝你們永遠快樂。」

接着他又唱起他最愛唱的歌來：

「我是一個最最快樂的人，因為我喜歡，幫助別人。」

選自一九四九年一月十六日香港《新兒童》第二十一卷第四期

易江

糊塗的國王

在很古很古的時候，有一個糊塗的國王。

這個國王真是一個糊塗蟲，對於治理國家的事情，他是一點也不懂的，連字都不認識一個；所以，將國家弄得一塌糊塗，變成了一個糊塗的國家。

這個糊塗的國王，一生只喜歡兩件事：第一件是喜歡別人喊他「萬歲」；第二件是喜歡發大財；他想將全世界的金銀財寶，都歸他所有。

因為這樣，這個國家的人民，他們納的稅特別多，什麼屠宰稅呀，煙酒稅呀，壯丁稅呀，耕牛稅呀，鷄鴨稅呀，貓狗稅呀，讀書稅呀，過路稅呀，桌椅稅呀！……數也數不清，說也說不盡，眞是到了「萬般皆有稅，唯有屁無捐」的地步了。

不用說，人民對國王是恨得入骨了。知道國王是喜歡別人喊他「萬歲」的人，便將「萬歲」改成了「萬稅」來喊，因為「歲」和「稅」是同音的呢！意思是罵國王抽稅抽得太多的，而且還寫了「國王萬稅」的紙條，到大街上去貼。

有一天，宰相知道了這件事情，馬上叫僕人到街上去，撕了一張「國王萬稅」的紙條回來，親自帶進王宮去給國王看。

宰相說：「國王呀，你看！那些該死的人民，都在罵國王呢。」

宰相將那一張紙條，從口袋裏拿出來，恭恭敬敬的，送到國王手裏。

國王驚奇地說：「什麼？他們胆敢罵國王嗎？他們怎樣罵我呢？」

國王連看也不看，就將那紙條丟在桌子上了，因為他是不識字的呢。

宰相說：「他們滿街滿巷都貼有紙條，說『國王萬稅』啊！」

國王說：「什麼，你說什麼？」

宰相重複地說：「那些該死的人民，滿街滿巷都貼了紙條，罵『國王萬稅』呢！」

國王大聲地罵道：「你這混帳的宰相，他們貼『國王萬歲』的紙條還不好麼？你倒來騙我了。滾，快點滾出去！」

宰相給國王罵了一頓，無可如何地，戰戰兢兢地出了王宮。

國王拿起了那一張紙條，對他跟從的衛兵說：「你將這紙條貼在寶座的牆壁上面去，並且給我下一個命令，說萬歲的命令：因為人民忠於國王，所以今天下午，特別免稅半天。」

那個跟從國王的衛兵，在寶座上面貼上了「國王萬稅」的紙條以後，便到王宮外面去發免稅半天的命令了。

國內的人民，接到這個命令後，大都弄得莫名其妙，所有的大臣也猜不透國王的意思，只有給國王罵了一頓的宰相心裏明白，害得他哭也不是，笑也不是了。

第二天，早朝的時候，大臣們看見寶座上坐着的國王，心裏很高興一樣，面上掛滿了笑容。國王頭頂的牆壁上，却貼上「國王萬税」的一張紙條。

有一個大臣看見了這紙條以後，慌忙向國王跪下，說：

「國王呀，那個宰相眞該死了，王宮裏面的事情，他也不留心來管一管呢！」

國王說：「對啊，我還打算叫他馬上滾蛋哩！」

那宰相聽了，很着急的跪下說：

「親愛的國王啊，昨天我並沒有騙國王呢，我是說那些該死的人民罵國王呀！」

國王說：「我看你是發瘋了呢，人民是在稱頌我啊！人民的稱頌，你說是人民的咒罵，那不是欺騙我麼？」

宰相說：「國王啊，你聽我說明白吧！人民說『國王萬税』並不是說『年歲』的『歲』啊，他是說『納税』的『税』呢！這意思不是說國王活上千歲萬歲，做千年萬年的國王，而是罵國王抽税抽得太多，抽得太重啊！」

國王聽了這些話，吃驚地說：「什麼，你說？你說他們罵我抽税抽得太多嗎？」

宰相說：「是啊，國王！人民是罵國王抽税太多了呢！」

剛才跪在地上的大臣也說：

「對啊，那些該死的人民，還將罵國王的字，貼到寶座上面呢！」

國王馬上就吩咐跟從的衛兵說：「撕下來，趕快撕下來！」

那張紙條撕下來以後，國王很焦急的，想了很久，然後很喜歡的對宰相說：「這倒是一個很好的預兆呢，我這個國王，一定可以做到萬歲的了，哈哈哈，我一定可以眞正做到萬歲的國王了。哈哈哈！」

宰相說：「但願這是一個預兆，是國王萬歲的預兆！」

國王說：「你趕快去查一查看，到底是不是有了萬種稅了呢？如果還不夠萬種稅，我倒想加抽幾種，眞正抽到萬種稅時，我一定會眞正做到萬歲了。」

宰相說：「現在的稅，已經抽得老百姓太苦了，如果再加幾種，國王呀，那恐怕人民不安份啊！窮苦的人民怎麼受得起萬稅的重壓呢！」

國王說：「我已有了萬稅的預兆，難道人民會推翻我麼？別說廢話了，去吧！」

宰相說：「我實在耽心人民不准你做到萬稅啊！」

可憐的宰相，他回到家裏，除了吃飯的時間外，他沒休息，也沒睡覺，將堆滿了一間房子的稅捐簿，翻來翻去，整整查了三天三夜的時間，才將各種稅的名目查清楚，一共有九千九百九十九種稅，差一種不夠一萬呢！

查清楚後的第二天，宰相就跑到國王的面前，說：

「國王呀！我是花了三天三晚夜的時間去查的，我們國家的人民，每一個人要納九千九百九十九種稅呢，加多一種就夠萬稅了。」

國王說：「好好，你想想，還差那一種東西沒有稅呢？我記得什麼東西，什麼事情，什麼人都有稅了的，如果你想出那一種東西還沒有稅的，我立刻下命令就是了。」

這個宰相，眞苦死了，他要在九千九百九十九種之外，想出另外一種稅來湊足萬稅，這多不容易啊！到底宰相是聰明的，他一面查那裝滿一間房子的稅簿，一面去想，整整費了九天九夜的時間，才想出一種稅來。

他想：一個小孩子出世了，馬就要加上一種人頭稅，一個人死了，難道不可以抽一種死亡稅嗎？為了使這一個稅的名目好聽一點，就叫做「歸天稅」吧，據說，一個人死了是要到天堂享福的呢！

於是，宰相很快的又跑到國王的面前，對國王說：「國王啊！我想了九天九夜才想出呢，只有一件事情還沒有抽稅啊！」

國王說：「是什麼事情呢，我為什麼沒有想到它？」

宰相說：「那就是人民死了還沒有稅，聽說，一個人死了，是會到天堂去的，所以，我以為最好是叫做『歸天稅』吧！」

國王說：「對啊，『歸天稅』！多好的一個名目啊！多聰明的宰相啊！哈哈！好吧，我就立刻下命令去！」

可是，國王要眞正抽夠萬種稅的消息，全國人民很快的都知道了，都憤恨得不得了。所以很多人都悄悄的商量着，團結起來了，要趕走這個糊塗的國王，很快的，就將京城佔下來了，將王宮圍起來了。

國王抽萬稅的命令才發出，宰相氣喘喘地，慌慌忙忙的，從王宮門口跑了進來，說：

「國……國王，不……不……不好了……了啊！人民不……不准你……你做到萬……萬稅呢，圍……圍……圍王……王宮了，……。」

宰相的話，還沒有說完，那些圍王宮的人民，就很快的衝進王宮來了，指着國王說：

「混帳的國王，你，生不准我們好好的過日子，連死了也要我們納稅。現在，就要你給我們納一次『歸天稅』吧！」

這樣，這個「萬稅」的糊塗國王，還未眞正做到萬稅，就給人民殺死了，王宮內所有的金銀財寶，也一起給人民搶散了。

選自一九四九年二月十六日香港《新兒童》第二十一卷第六期

謝加因

夢是會實現的

阿麗花了一個星期的時間，讀完了四百多頁的「少年航空兵」。她看到一本描寫將來新中國的書，眞是高興。雖然是一個夢，夢是會實現的。她不是也做過這樣的夢嗎？

她正在左思右想的時候，急促的脚步聲驚動了她。原來是大哥拿着旅行袋走進來，對她說：「你去不去自由中國？報館派我到那裏工作，你要去讀書，就同我來，要快，飛機就要起飛了。」

阿麗匆忙收拾了一個書籃，就和大哥坐了的士，一直到飛機塲，上飛機不久，飛機剛好起飛了。

不知道飛了多少時候，阿麗沒有留意，因為她是第一次坐飛機，覺得腦袋昏沉沉的。

阿麗比較清醒的時候，她也奇怪自己什麼時候躺在這醫院？這醫院又是什麼地方？

一位穿白衣的看護小姐來看她，問她：「你好一點嗎？頭還昏嗎？」

「謝謝你，不昏了，請問我什麼時候到這裏？這裏是什麼地方？」

「啊！小姑娘，你忘記嗎？你和你的大哥從香港坐飛機來的那天晚上氣候不好，你到達的時候，已經昏迷了。這裏是少年醫院，你的大哥因為工作不能陪住你；就送你在這裏留院。」

阿麗想了一想，她對看護小姐說：「這裏的醫院，多少錢住一天？」

「完全免費的，新中國一切是為着少年兒童們。」看護小姐說：「等一會我帶你去參觀你將來的學校吧！我是你的特約褓姆呢！」

「什麼是特約褓姆呢？我又不是幼稚園學生，還要褓姆？」阿麗睜大眼睛看她。

「這是你大哥將你寄托給醫院，特約我做你的看護人，我是你大哥的朋友……」

「啊！你一定是大哥常常提到的黃小姐，我知道了，啊……你是大哥的……」

阿麗「啊」了兩下，把這位看護小姐弄得滿面通紅，很難為情，她用嘴巴吹着食指，表示要她說話輕一點。（其實是不想她說下去。）

看護小姐對她說：「你大哥說你很頑皮，果然不錯。」

她帶着阿麗走出醫院，經過一座香噴噴的花間，對面就是一間學校，門口寫着：市立第一二四八學校。阿麗數着千字的數目，把舌頭伸了出來，她幾乎叫了起來：「這樣多的市立學校？」

看護小姐看到她這種怪相，就告訴她，她不久就到這學校六年班，這些市立學校不收學費，而且由公家供寄給一切生活費呢。

她們走進學校，剛好是一年級上動物常識——放映五彩電影代替課本。看護小姐和女教師說幾句話，就和阿麗一齊進小型電影場。

兩百多個一年級的學生來了（五班），不久，電影放映了。這是敘述一個獵人用捕獸器蓋在茫茫的雪地下，一隻貪吃的狐狸嗅到了肉味，用爪來攫取。不料，牠的脚爪被鐵閘夾住了，當獵人在兩里路外跑來的時候，狐狸由風嗅到了人的氣息，牠拚命掙扎，用自己的牙齒，咬斷了自己的脚爪，鮮血滴在雪上，狐狸在雪地裏閃着一點褐色就不見了。

獵人趕到的時候，捕獸器只留下一隻狐狸的脚爪，他很後悔的說：「如果我從逆風的方向來，那狡猾的狐狸嗅不到氣味，牠就逃不了。」

這一節電影完的時候，孩子們就提出問題來問：「那隻狐狸為什麼咬斷自己的脚爪？牠不怕痛嗎？」

老師笑笑的回答：「你們試想想，如果牠不咬斷自己的脚爪逃走，獵人來捉到牠，豈不糟糕？這叫做生命的代價呀！為了不被捉捕殺死，狐狸肯犧牲一隻，甚至兩隻脚爪的代價。」

離開了小型電影塲，走到五六年級的植物園。在園裏，有許多學生開墾種菓樹，這是他們上的植物課的時候。他們由老師指導，將書本上告訴他們的知識，實用起來，他們還要改良菓子的種植。

植物園裏面的菓樹，依照年次分區種植的，有高有矮，在園裏，有許多白鴿，自由自在的飛來飛去。這些白鴿也是五六年級的同學養的。

從植物園轉出去，就走到一個很大的池塘，那里有很多同學釣魚，看護小姐告訴她，這是四年級的同學上水族常識。

許多同學釣上了一些魚。每釣上一條不同的魚，老師就告訴她們，這是鯉魚，土鯪魚，鱸魚……看護小姐和阿麗看得有趣，要求老師給她們釣竿釣，老師給她們釣竿，笑着說道：「你們釣不到魚的。」

她們不大服氣，釣魚有什麼難呢？阿麗和看護小姐用心的釣，但浮標總是浮在水面，魚老是不來，她們看見同學們像報數一樣，「一條大的，一條小的」這樣喊叫。一直到他們要走了，魚還是不上釣。

老師走來跟他們說：「你們穿白色的衣服呵，魚在廿步以外就嚇到了，你們應該知道，魚是怕白色的。」

看護小姐說：「小姑娘，我們倒是眞正的上了一課呢！」

她們回醫院的時候已經是下午四點鐘了。

醫生來給阿麗試針，她還有點發熱，就替她打一針特效藥，使她快一點好。

針刺在阿麗白嫩的手臂上，（阿麗最怕打針的）不管痛不痛就叫起來，她的叫聲，嚇得媽媽連忙起來。

「大妹妹！什麼事？」

阿麗睜開眼睛看，媽媽坐在床前，那本「少年航空兵」不知什麼時候掉在地板上了。

不久，她又沉沉入睡，她想，什麼時候才可以到那些生活、勞動、娛樂知識結合在一塊的學校念書呢？

署名加因，選自一九四九年二月十八日香港《文匯報·新少年》

范泉

金手杖

從前，有一個很懶很窮的人，他的名字叫奚百佳。

奚百佳的母親死了以後，就再也沒有人燒好了飯，給奚百佳吃了。奚百佳常常餓了肚子，常常餓得連走路也走不動。奚百佳的家裏還有很多白米，還有很多乾柴，只要奚百佳好好地自己燒飯，就可以吃得很飽很飽了，但是奚百佳不高興燒飯，奚百佳懶得老是躺在床上想：「什麼時候我纔可以發財呢？什麼時候我有很多很多的錢，住很好很好的房子，有很多很多的傭人燒飯給我吃，而那時候，我自己可以一動也不動，就能夠吃到很香很軟的飯，過着幸福和快樂的日子呢？」

奚百佳一天到晚地想，想得幾乎瘋了。人瘦得就像一根手杖。想着要吃飯的時候，就賣掉家裏的米和乾柴，去換一些燒熟了的飯來吃。後來米和柴賣光了，就賣家裏一切東西。一切東西賣光了，再賣屋子和地皮。後來奚百佳變成一個什麼也沒有的窮人了，但是奚百佳還是不高興做工，仍舊躺在草地上，發瘋一般地想：「什麼時候我纔可以發財呢？」

一天晚上，奚百佳做了一個夢，夢見一個財神老爺對他說：「喂，奚百佳，你瘦得像一根手杖，是不是做工做得太辛苦呀？」

奚百佳說：「我本不高興做工！做工的人沒有一個是發財的。我是要發財呀！我在想種種的方法去發財。我發了財，我有很多很多的金子，我變成了一個富翁，我就有很多很多人服侍我，燒飯給我吃，我終於吃得很胖很胖的，變了一個大胖子！」

那財神老爺說：「你是要想發財麼？——發財很容易，我就叫你怎樣發財（ ）！」

「眞的麼？」奚百佳快活得跳起來。他跑到了財神老爺的跟前，請求他說出發財的方法。

財神老爺告訴他，發財的方法有兩種：一種是做苦工，把錢一點一點積起來。一種是變金子，用財神老爺的手杖的頭，點在一切的東西上，這一切的東西，就會變成值錢的金子了。

奚百佳自然要第二種的發財方法，他大聲地叫：「老爺，你的手杖請借一借罷！」

奚百佳在夢裏拚命地叫，就叫醒了。醒回來以後，看看自己的身邊，的確有一根手杖。他好奇地站了起來，握住了手杖，點在草地上，點着的青草立刻變成了金草。點在石頭上，石頭立刻變成了金塊。奚百佳快活極了。他想他已經是世界上第一富翁了，他可以把整個世界變成黃金世界，他想着想着，便呵呵地大笑起來。他笑得那麼厲害，笑彎了腰，笑得站立不住，就撲通地跌了一交，倒在地上，把手杖跌落了，跌得手杖的頭碰在自己的頭上，於是奚百佳，這個世界上最快樂最幸福的大富翁，瘦得像手杖一般的大富翁，就立刻變成了一個金子的人，變成了一根金手杖，躺在地上一動也不動了。

一個不想工作只想發財的人，就會有這樣的結局！

選自一九四九年八月二十一日香港《星島日報・兒童樂園》

第四輯

故事

宋因

血紅的國旗

一

阿強決定不買一盒水彩顏色了，他跑囘去，把那張一元大洋紙幣還給他的媽媽。

「強！你不是為着一盒顏色而發愁嗎？現在為什麼不買呢？一元大洋兑換了港幣，剛夠買一盒的了，不是嗎？」

「唔！我……我不買了，等囘廣州再買罷！」

「是的，往時在廣州一元足夠買四盒了，大洋帶到香港來就不值錢。唉！」媽媽獨自沉吟。

就在媽媽的沉吟中，阿強挽了書包上學去，然而，書包總是空虛的，阿強的心裏也是空虛的，在書包裏，強少了一盒水彩色。

二

剛才，在找換店的路上，阿強的心想着母親和母親給他的紙幣，但現在上學的途中，他的心裏却想着教師和教師吩咐他要買的一盒水彩色了。過去的事情，在阿強腦中翻騰着。

在前星期李先生初來教圖畫科的時候，他這樣的宣佈：「水彩畫不是比鉛筆畫更好看更美麗嗎？我想你們一定愛習水彩畫的，但現在不能單靠一枝鉛筆了，還要用一盒顏色。你們要緊記：好孩子用好國貨，不要買□□貨，你們買馬頭牌的好了。記着，要國貨的，下星期上堂大家要買備了。」

李先生的話，阿強沒有忘記，但一星期過了，等到第二次圖畫堂時，同學們都有了一盒可愛而又有趣的顏色，放在桌上。這使阿強羨慕，也使阿強慚愧。

阿強也像他的同學一般，必然的領了教師之命，回去告訴母親，但母親聽了之後，除了眉頭上多掀起幾條縐紋，口裏無力地發出微弱的幾聲咳嗽之外，母親給強的不是光亮的銀子，而是幾瞥憂鬱慈祥的眼光。從這種神色，阿強領會到顏色是買不成了。

阿強也曾計劃過，如果現在仍像初來香港時一樣，母親每天給他二個銅仙的零用糖果錢，那麼兩星期後可以儲蓄起一盒可愛的顏色了。但在不久以前，母親要求過阿強，說要把糖果錢補充到飯菜上了。最近，每餐飯菜更只剩得幾粒欖角，如果能夠加多一小碟鹹魚，便算很難得的了。父親還愁着年老的氣力，換不來兩餐白飯哩！阿強實在沒有辦法可想，但他又不能不想，下次圖畫堂時，怎麼辦呢？他想，想了一星期了，晚上躺在床上，眼總瞌不攏來，有時倦極入睡了，忽然夢見教師叫他拿出顏色來繪畫，也會嚇驚的醒轉來。

一天晚上，阿強睡着了，他在夢中說：「我要買一盒顏色！媽！」明早醒來，經過老母幾次婉轉的盤問，強終於向母親吐露了心裏的憂鬱。母親一面拭淚——母親自己的淚和強的淚——一面在破舊的衣襟裏，掏出幾重厚紙包裹着的一張一元大洋紙幣出來，塞在強的手裏。

「強！你不要哭了，你哭，母親便更傷心了。你如果要用什麼，儘管對我說。你太苦了，好孩子你去罷，把它兑換了，先去買一盒顏色罷！但寧願價錢貴些，也要買國貨。現在我們逃難的痛苦，是誰給我們受的？你不要忘記，不要買他們的劣貨。等到最後勝利了，回廣州去，我們終歸是幸福的，你不要哭！」

聽見母親説到了「勝利」兩字，阿強的心裏光亮起來。而且李先生説過：今天要繪一幅漫畫，畫題是「最後勝利」，是需要紅的和藍的顏色去畫我們的國旗的。強只好接了母親的紙幣。

紙幣遞進兑換店的銅欄柵內，換回出來的却是三個小銀角子和五個小銅元。

「咳！一元大洋就換得這末多嗎？」阿強詫異地問。

「是，三角半啊！」

咳！一張紙幣兑來還不夠買一盒顏色，這還了得嗎？不，阿強不兑換了，阿強不忍換掉它，向兑換店討回那張大洋紙幣。

三

課室裏一片寂靜，李先生板着嚴肅的面孔，以斥責的語氣説：

「阿強！你為什麼這樣的不用心，你的圖畫塗色全不像樣，國旗上的紅色，簡直像一片狗血污。」

「不，不是狗血，是人血啊！」強不能不抗議。

「什麼，是人血？」

「是！是我的血！因為我沒有水彩顏色。父親辛苦賺得來的錢還不夠吃飯，母親給我的大洋，我不忍作賤去兑換。錢是沒有了，可能找得到的只有我的血和母親洗衣用的藍靛。先生！你可以原諒我嗎？」

李先生感動地走到阿強的身旁，審視阿強手指上的傷痕。然後莊嚴地對大家説：

「強！我親愛的孩子！我原諒你！我敬重你！血染的國旗是最光輝的，最美麗的，而最後勝利的獲得，也祇有用血染的國旗可以保証。你的畫圖是最有意義的傑作，起來，大家對這光榮的國旗行最敬禮！」

選自一九三九年十一月九日香港《大公晚報・兒童樂園》

黃慶雲

不相識的客人

晚餐過後，王媽去收拾榮兒和芳兒的桌子。照例，他們都有吃不完的小菜的。

榮兒和芳兒是生長在富貴人家的小孩子，你看，他們的小菜是多麼地豐富，魚唎，肉唎，雞唎，每頓飯差不多都有的。不特好吃，而且多，多到他們吃不盡。

媽媽是愛榮兒和芳兒的，每天她總叫王媽弄更好的菜給他們，每天總是問王媽，「他們都把菜吃光嗎？」

今天晚上，媽媽又照樣問了。王媽一面收拾桌子，一面答媽媽說，「不，那裏有吃光，剩得多呢，簡直還夠一個人吃的。」

但是榮兒和芳兒却笑着對媽媽說，「媽媽，菜實在太多了，我們已經飽了呢。」媽媽點點頭，就走了。

他們吃賸的骨頭很多，王媽用一塊新聞紙把這些骨頭包起來。

榮兒把眼光投到桌子上來，忽然，他看見報紙上幾個大字吸着他底眼光。那是：廣東饑荒，湖南大災，上海冷斃百餘小童的新聞。這新聞已不是他第一次看見的了，但是今天却能特別引起他的注意。他走近桌子旁，把題目下面的文章讀了，臉蛋漲得紅帮帮地，在想着。

芳兒望着他，問他說：「哥哥，你在想甚麼呢？」

榮兒說，「芳妹，我在想着，如果有一天，你很窮，又餓，又沒有東西吃。我却很有錢，吃得又多。但是我並不分給你吃，寧可把多餘的都丟了。你看我是一個怎樣的人呢？」

芳兒搖着她那可愛的頭，說，「不，哥哥，你決不會是那麼一個殘忍，可怕的哥哥的。」

榮兒說，「妹妹，可是我們就是那麼可怕和殘忍咧。你看，廣東的，湖南的，江蘇的和其他地方的小朋友們不就是我們的兄弟姊妹嗎？他們是怎樣的捱着飢餓，報紙上常常登載着，老師也對我們說過了。但是我們竟沒有理會他們。我們天天丟棄很多的飯菜。剛才你聽見王媽在說甚麼嗎？」

芳兒說，「她說我們賸下來的菜簡直還夠一個人吃的呢。」

榮兒說，「是的，我就是想着這話，我想我們好不好對媽媽說，請她把那份多餘的菜錢省下來，捐給救濟兒童的機關去呢？」

芳兒拍着手說，「好極了，好極了，那麼我們每天在吃飯的時候，就會想到有一個不相識的小客人，和我們在一起吃飯了。」

榮兒也跳起來說，「妹妹，我想起了。我們請求媽媽每月把錢捐給不同的地方。那麼我們就可想到有一天我們是同着一個江蘇的小客人，有一天是同着廣西的，廣東的，湖南的，小客人在一起吃飯呢。」

於是他們把這意思告訴了媽媽，媽媽也就答應了。

從那個時候起，吃飯的時候就是他們最快樂的時候，因為他們常常有一個不相識的客人和他們在一起呢。

署名慕威，選自一九四六年十二月十六日香港《新兒童》第十三卷第二期

煙花

過幾天就是新年了，自強小學校開了一個會議，準備開會慶祝一下。

這是四年級的課室，他們正在開討論會咧，班裏的空氣很緊張。班代表張文飛鼓着圓臉子高聲的説着話，他是光頭的，他那緊張的情緒使他連頭皮都弄得通紅了。

「我們該好好的快樂一下，」張文飛説，「大家應盡他的所能，貢獻給這大會！剛才方至明同學答應過表演幻術了，關秋河同學答應過表演口琴了，何誠同學答應過把他的會翻筋斗的小狗帶回來了。還有那一位同學，有什麼東西可帶回來給大家玩的呢？」

大家都沉默起來，很多雙眼睛都不期而然的望着李小年。因為大家都知道李小年有很多東西玩的。李小年今天還帶了很多的煙花回來咧。煙花是很好玩的，一燒了出來就有很多玩意看的。

裏面又有洋囡囡呀，小桌子，小椅子呀……等等，怪好玩的呢。

李小年的爸爸很愛李小年的，常常買很多玩具給李小年玩。但是李小年從來不喜歡別人玩他的東西的。他只喜歡別人看他的東西，就羨慕他的東西。所以同學們都不喜歡李小年。今天李小年又帶了煙花回來了，他不是想給同學們大家玩的，只是想大家羨慕羨慕他。

當大家把眼光射向小年的臉上時，小年明白這不是羨慕的眼光了。他把頭轉過左邊去，就碰到幾對的眼光，那幾對眼光好像說，「看你拏出來不拏出來！」

小年又把頭轉過右邊去，又碰到幾對眼睛了，那幾對眼睛好像說，「拏出來，快點！」

小年覺得有一種特別的感覺了，他很熟悉這一種感覺。在他給媽媽罵時，肚子裏餓時，答不出先生的問題時，他都會有這種感覺，他是想哭呢。

他不曉得望向那裏好，連主席的眼光也不是很好，他的臉漲紅了，他的嘴角很不由自主的向下垂……「不興作強迫人家的！」他的聲音簡直是嗚咽了。

主席說，「我們是公開的徵求，是很民主的。並沒有強迫誰呢。」

這時，班裏最俏皮的一個同學胡求之站起來說，「主席，我倒有一個唱歌的節目參加呢。」

主席說，「那很好。」

胡求之說，「我的歌是這樣的：

吝嗇鬼，

哭娃娃，

不幫助大家，

大家也不要，

回去找媽媽！」

李小年哇的一聲哭了出來，但是這哭聲却沒在全班同學的笑聲裏了。

李小年在糊裏糊塗的哭，不知甚麼時候，大會已散了。李小年又糊裏糊塗的上了幾節課，跟着就是下課了。

李小年把書包和煙花帶出了校門，心裏好像放下了一塊大石頭似的，很輕快的跑着。到他跑到半路，到橋邊的時候，遇見了一個孩子，站在路邊，不知等甚麼，却給小年碰了一把，把煙花撒了一地。

小年很生氣，想罵，但想想是自己的錯誤，就不做聲，低下來撿那些煙花，心裏還在想着：也許他還要怪我呢。但是很奇怪，那孩子却沒有罵他，反而俯下身子來幫他撿。

小年心裏想：「這眞是好人啊！從沒有人對我這樣好的。」於是他開始和這人說話了。

「煙花是很好玩的，」他說。

那窮孩子點一點頭，連細心看看煙花的樣子也沒有。

小年又說，「煙花可燒出很多的東西的，像洋娃娃呀，大火船呀，飛機呀，都能燒出來。」

那窮孩子的臉上稍帶了一點微笑，但仍沒有好奇心的表現。

小年又說，「煙花是很貴的呀！」小年說。他心裏想：「這話一定能嚇驚他，他是一個窮孩子啊！」

但是那孩子竟連頭也不轉。好像輕微的見他點着頭，顯然毫不驚奇的樣子。

小年有點生氣了，乾脆的說，「你知道你所撿的就是煙花，我爸爸費了許多錢買回來的呢。」

那孩子才把頭抬起來說，「是的，我曉得這是煙花，我費了很多的心機造的。我是造煙花的小工人咧。」

小年想不到會得着這麼的一個回答，他不禁停下來了，他睜大了眼睛，停了一會，就問，「造煙花是很困難的嗎？」

那孩子說，「困難倒不困難，可是很費時間，而且有危險的。」說着，他把手舉起來，指着他手上的一個傷痕，說，「這就是給灼傷的。」

小年伸伸舌頭望着他，「很痛嗎？」

那孩子說，「痛是很痛的，不過我那天很忙，還繼續造呢，眞累死了，天天都一樣。」

小年說，「那麼你一定很痛恨了。」

那孩子說，「恨誰？是我爸爸叫我做的，難道我恨我的爸爸嗎？能夠減輕爸爸的負担就是我最大的安慰了。那麼我恨誰呢？叫我恨那些迫着爸爸的人嗎？我不知道是什麼人在迫着爸爸。恨畢竟是大人們的事啊，我年紀還小咧。」

小年說，「那麼，你不恨玩煙花的人麼？」

那孩子搖着頭說，「我想到我能造東西給小朋友們用，我才夠高興啊！我至少知道，他們不會是在欺負爸爸和我的。」

這時，他們的煙花都撿齊了，小年把煙花捧在手裏，看見那孩子底臉，心裏不曉得怎麼樣好，說，「我把這煙花都送給你吧。」

那孩子搖着頭說，「謝謝你，但是我從來不要那些不是我勞力得來的報酬的。煙花對於你是一種玩意，但對於我就是一種賺錢的貨物，你拏給我，我還是拏去賣。那不等於白白讓你送錢給我嗎？」

小年說，「但是你却從沒有玩過煙花啊！你總沒看過燒煙花呢？」

那孩子說，「唔，我倒有一個很好的機會，我認識一位姓張的小朋友，在一間小學校念書的，他說過兩天新年他們的學校有慶祝會，聽說也許會有燒煙花看。因為有一位同學剛有煙花呢。」

小年說，「那是什麼學校？」

那孩子說，「我忘了。但我曉得怎樣去就是，好了，我現在要回家去了。要是我看得到那燒煙花，倒是我造煙花以來第一次呢。」

小年也就和他分手了，他什麼都不敢想，趕快走跑着，可是跑得太快，一碰碰到橋頭上，骨冬一聲，那盒煙花跌到河裏去了。他還在驚訝着的時候，忽然聽見後面有人大聲的向他喊，分明是那窮孩子的聲音，他喊的是：

「我記起了，那學校是自強小學，你新年晚上有空可去看呀！」

小年呆住了，那種奇異的感覺又偷襲到他心中。但這次的感覺是很特別的，也不是給母親罵時，也不是肚子餓時，也不是答不出先生的問題時，也不是給同學窘迫時所有的感覺，但他曉得那也不全是為了失掉煙花的。

他在哭着，但他沒有聲音，也沒有眼淚。

署名慕威，選自一九四七年一月一日香港《新兒童》第十三卷第三期

詩人

五月的一天，循循小學六年級正在上國文課。上課的是馮老師，正在對大家講起屈原的故事來。因為過幾天就是詩人節呀。班代表何其忠站起來說，「老師，詩人們既是那麼偉大，我們要不要在那天開會紀念紀念他呢？」

周美芳說，「最好我們請一位詩人來和我們講講做詩，我們很想學做詩呀。」

班裡的人都叫起來說，「是呀，我們都想學做詩呀！」

馮老師說，「我歸納你們的意見，都是想紀念紀念詩人節，還想請一位詩人來和大家說說話，教大家怎樣做詩，是不是？」

班裡的人都說，「是的。」

馮老師說，「那麼，你們去籌備開會，我介紹一位詩人來給你們講話好麼？」

班裡的人說，「很好，介紹給我們吧。」

馮老師說，「馬百民的爸爸馬少采先生就是一位大詩人呀。」

大家的眼睛都向馬百民這方面望過來。馬百民呢，臉紅紅的，嘴裡不知說些什麼，但是許多人已拍手贊成了。

馮老師說，「你們大致是贊成馬少采先生來演講的，你們還有什麼問題呢？」

方柏靈站起來說，「老師，我很歡迎馬少采先生來。不過我很懷疑他是不是一個詩人呢，因為詩人一定是很清雅的，但是我却常常看見馬少采先生挽着菜籃到市上買菜呢。」

馮老師說，「唔，還有什麼意見呢？」

張孟昌說，「還有，一個詩人該是很文雅的，我常常看見馬先生在路上和很髒的工人談話呢。」

李義山說，「還有，一個詩人該是很藝術的，但是馬少采先生的臉上却有一個難看的疤痕呢。」

馮老師說，「還有什麼呢？」

黃次文說，「詩人該是有很多知識的，但是馬先生却常常向孩子們請教呢。」

大家又望着馬百民，馬百民的臉更紅了。馮老師却微笑的說「這些問題都讓馬詩人來給你們解釋好麼？我相信他一定有很好的解釋的。」一面，他對馬百民說，「百民，你囘去先告訴你爸爸吧。」

下課後，百民回家去了。他心裡想着這些事情，不曉得和爸爸怎樣說好。當他剛把書包放下的時候，爸爸已從街上回來了。他把菜籃放到桌子上。

百民跑上前去，對他說：「爸爸，我們的班請你在詩人節時演講呢。」

爸爸很高興地說，「很好，百民，我一定參加的。」

百民吞吞吐吐地，一面望着爸爸的菜籃說，「可是，爸爸，大家把您看做一個詩人的。但是，他們却不明白……譬如，為什麼你要到街上買小菜去呢？」

爸爸望着他說，「百民，有什麼奇怪呢？一個詩人就不該有用的，是不是？你以為我應該為了使自己很文雅的緣故，就使你媽媽做得更苦，連氣都抖不過來麼？還是讓你一放學回來就做工，因而連功課都不能做呢？你曉得，我們是沒能力用老媽子的呀。」

百民說，「不過，爸爸，許多詩人不是不管生活上的瑣碎的事的麼？」

爸爸說，「孩子，吟風弄月，談愛傷感，那些輕鬆的詩人生活已成過去了。眞正的詩人應該以大眾的快樂做快樂，應該以大眾的痛苦做痛苦的，他的生活是不該和大眾分離的。他要清清楚楚的認識現實的，孩子，買小菜並不是一件可恥的事。自己嫌麻煩而把這麻煩加在別人身上才是可恥呢。所以我們不要單從外表去批評別人。很多勞動的人們，他們正正直直的去生活，比之很多人都較為可敬的。我常常和他們談話，從他們當中我懂得更多的現實呀。」

百民了解地點着頭，却說，「爸爸，這我都明白了。可是我們的同學都是很跳皮的。譬如他們又問問為什麼爸爸頭上有一個大疤痕呢。」

爸爸說，「孩子，恐怕這也是做成詩人的一部分呀。孩子，一個眞正的詩人要有眞正的情感的，他不特要用詩句表達他的情感。他的生活還要和情感一致的。這疤痕，就是我打抱不平，而給人家打的呢。那是六年前了，我住在一個鄉村裡，有一天，半夜，忽然我們聽見一個女孩子的哭聲。起來問問，才曉得那是一個拐賣人口的地方，那些人在那裡打那些女孩子呢。我當時氣憤極了，跑去和他們交涉。那曉得他們都是特殊分子，反而把我打了一頓。這疤痕就是那時的傷痕呀。後來我把這事情寫做一首詩，在報上發表。結果引起了很多人的注意，竟把那些人都趕走呢。孩子，一個偉大的詩人應有偉大的人格，生死他是不顧的。你看屈原就是一個呀。」

百民點點頭說，「爸爸，現在我感覺你的疤痕很美麗啊！可是，爸爸既是這麼能幹，為什麼爸爸却要去把問題問孩子呢？」

少采笑着說，「百民，我要不斷的學習的呀。我要從大眾學習，我要從孩子們學習。孩子們是蘊藏着很多幻想力，而且很坦白的，對不對？一個偉大的人從不會看輕孩子的啊！虛心學習，這是每一個人該有的態度啊。以為祇從書本上才是學習，那種學法已是很古老的了。」

百民說，「爸爸，我明白了。有用，認識現實，有眞正的情感，不空言，肯在生活裡學習，這都是一個詩人所必需的，對不對？」

少采說，「對的，孩子，你現在再不嫌爸爸做瑣事，醜陋和問孩子嗎？」

百民叫着說，「爸爸，我一點也不嫌呢，我很想做一個詩人，我怎能像爸爸一樣呢？」

少采說，「你還是一個孩子呀。我剛才忘却告訴你呢。一個詩人還要一根能表達意思的文筆。

你得先學得寫作的技巧呀。寫多一點，讀多一點吧。」

百民扁着咀說，「那麼，爸爸，孩子寫詩一定不及大人的了。」

少采搖着頭說，「不，孩子，孩子的詩也許比大人好呢。你記得，你們是多麼純潔，而且，最重要的，我不是說過，孩子們是富于幻想的麼？」

百民就抱着他的爸爸說，「爸爸，教我，有一天我也要做一個詩人呢。」

署名慕威，選自一九四七年六月十六日香港《新兒童》第十五卷第二期

一個眞實的敵後故事

從廣西西江流過去的地方，那是廣東的地土，最近海的是中山。每年西江挾着上流的肥美的積聚流過去，中山的沙田便享受這優美的賜與而收穫很好。有着這些沙田的農家都是豐衣足食的。

可是，近三年來，中山的農民便不能全享受這安樂的生活了。這完全不是他們自己的過失，而是強暴的敵人侵了進來。好的肥的都拿了去，雖然是西江不絕的把好的東西帶給他們，他們自己受到的却是很少。

方家就是這些農民裏的一家人，他們有年長的父母和兩位強壯的兒子。大哥哥方覺民，已經

有二十多歲了，小弟弟方新民，祇是一個十歲大的孩子。他們家裏有很多的田地。

新民是一個好好的孩子，他常常在家裏幫助哥哥做事和娛悅他的父母，因為他覺得他們的環境太不好了，在淪陷區的人是永遠沒有快樂的。

從前新民是喜歡讀書的，現在他就不愛讀書了。自從偽軍接管這地方以後，他們的課本都塗改了的。那些孩子們祇能夠做些消極的反抗，暗裏不合作，有時，當他們被迫着叫「汪主席萬歲」的時候，他們故意叫成：「汪主席買水（註一）」！有時他們還暗裏幫着游擊隊進行工作。

「為什麼我們不回到可愛的祖國去呢？」新民常常這樣問哥哥。

覺民只是說，「父親和母親太老了，走不動，還有我們走了之後，我們的田園誰管呢？」

「那麼，我們終在這淪陷區裏嗎？」新民又說。

「那却不是」覺民說，「因為我們快勝利了，我們的國家終會打回來的！」

新民沒說什麼，可是他們的心裏常想着：「我們總是要回到祖國去的！」

不久，哥哥娶了一位又美麗又能幹的嫂子回來了。家裏似乎熱鬧了許多。可是新民心裏仍是很不快樂，可憐的孩子，連做夢的時候也念着「到祖國去！」

有一天，覺民和新民一同在郊外走着，覺民告訴新民說，「弟弟，家裏多了一位嫂子，我把你送回祖國去讀書吧！」

新民心裏覺得十分快樂，這時，他聽到頭上有飛機的聲音，新民憤憤地說，「看呵！那又不是可惡的敵機麼？像它，也有機會到祖國的上空去！」

覺民却不以為意，繼續說，「我已向那帶路的人定了兩個位子了，讓我把你送到國內讀書之後，我才回來。」

新民很感動地，正要拉着哥哥的手，忽然，正當他仰起頭來的時候，他看見那飛機墮下來了。「哥哥，你看！」

覺民看見左右沒有人，就說，「如果那是敵機墮下來，讓我們拿一條樹枝把那空軍打死了！」

於是他們兩人躲起來，果然不到一會，那飛機墜下來了，一個飛行員從上面走下來。那機已經毀壞了，那飛行員好像在上面撿些什麼似的。

覺民把頭伸出來，手裏緊握着那根樹枝，可是當他一看之後，他就對新民說，「出來，這原來不是敵軍，却是我們的盟軍呵！」

新民激動得很，立刻鑽了出來。「盟軍」，這是多令人刺激的字眼呵！他從哥哥和游擊隊那裏聽過很多次這名字了。

當他們跑出來的時候，那盟軍不明白他們是怎樣的人，立刻拿搶把他們指嚇着。後來經他們的解釋，他就把槍放下了。他把機上的重要文件都撿了出來。覺民把自己的衣服解下來給他穿。他和盟軍說了許多話，有的是英文，有的是國語，新民一點也聽不懂，可憐，淪陷區的孩子連說國語的機會也沒有的。

哥哥急急的帶那盟軍一起走路，新民跑着路跟着。

到家裏哥哥把門關上了，對嫂嫂說，「快點給我準備些行裝，我要立刻把盟軍送回中國去，遲一點敵人就到來搜查了！」

「那麼哥哥，你就到國內去了？」新民着急地問。

「是的，為了盟軍，那協助我們作戰的人。可是，」哥哥沉吟起來，「你年紀這樣小，怎能跟我們？怎樣才好？」

新民眼睛都充滿了淚，可是他勇敢地說，「哥哥，那麼，我不走吧，免得誤了事！那帶路的人還說過祇帶兩個人的！」這時門外來了敲門的聲音。

哥哥拍着他底背說，「這才是好孩子；你快把那盟軍帶到後園裏去，裝作是掘菜，別忘了把泥塗在他底臉上，說不定日軍就來搜查了。我還有事和爸爸媽媽嫂嫂商量呢。」

新民便急急地拉着那盟軍到後園裏。新民不絕的用眼望着他。覺得所有哥哥和游擊隊們的話是眞的，這盟軍是很可愛的。他底壞老師的人却是不對的，那個漢奸老師，常常叫他恨盟軍，說盟軍是可惡的。

正在那時，兩個日本兵走進來了，後面還跟着那位老師。新民便站起來行了一個禮。

「有美國空軍到你家裏麼？」那漢奸老師問。

「沒有！」

「你曉得美國空軍是怎樣的？」一個日本兵問，新民差不多急出淚來，幸而那盟軍俯着身子做工，他們看不見。於是新民裝得很鎮靜地答：

「我曉得的！老師告訴過我們，美國空軍是可怕的。他們殺害老和壯的人，欺負女人和小孩子，搶我們的東西，燒我們的房子。」

「對了，對了！」那兩個日本兵拍手笑起來，「剛才我們發現一架毀壞的敵機在這裏，那美國空軍不會逃得很遠的，有進來麼？」

新民説，「那麼我請問你們，你們進來時看見爸爸，媽媽，哥哥，和嫂嫂麼？」

「看見過了！」

「我們的屋子裏的東西佈置得整齊嗎？」

「好的！」

「我們的屋子好看嗎？」

「好的！」

新民便嘻嘻的笑起來説，「那不是證明未有過美國空軍到這裏麼，家裏的人老的壯的也沒有殺死了，我的嫂嫂也沒有給欺負了；屋裏的東西沒有凌亂了，屋子沒有燒去了，是嗎？老師！」

那漢奸老師拈着鬍子笑，「好學生，好學生！」又對那兩個日本兵説，「那麼我們走吧！」

那兩個日本兵説，「好的，我們回來派大隊人來把這村子圍着，那美國空軍又不懂路又不懂話，終是給我們捉着的！」

於是那三人耀武揚威地走了。

哥哥匆匆的走進來，才把剛才的事告訴那盟軍，那盟軍把新民抱起來長長吻了一下。

新民説，「剛才掘地的時候，我看見你的臂是傷了的啊？」

哥哥便把衣裳撕了一塊，給那盟軍裹傷，那盟軍很有禮的點着頭，表示謝謝。

新民一面幫助着裹傷，一面偷偷的把自己一張小相片裹了上去，心裏祝着：讓我一天也像這照片一樣到國內去吧。

方家整家都熱心地圍着那盟軍，除了新民之外，每人都是紅着眼睛的。

那美國空軍竟在哥哥引渡之下，安全出險了。

才過了一點鐘，那些日本兵領了大隊來搜查這村！

以後怎樣就不曉得了，這故事是從述出來的哥哥口裏述出來的。

（註一）廣東死父母時由孝子買水回來説替死者洗身。所以説人家買水便是人家死父母。

署名秦三，選自《慶雲短篇故事集（一）》，香港：進步教育出版社，一九四八

不做工的王新新

王先生有五個兒子，大兒子國新，二兒子家新，三兒子大新，四兒子新新，五兒子又新，彼此都很友愛。

王先生和王太太都最愛四兒子新新，因為他是五兄弟中最聰明的一個。他樣子又長得漂亮，

在學校裏的成績又最好。

每看見新新要做什麼粗重的事情的時候，王太太就叫着他，「讓大哥給你拏，你年紀小呀。」有時新新要搬一張椅子來坐坐，王先生又說，「弟弟又新給哥哥搬一搬吧，小的應該幫哥哥呢。」

有時，國新和大新在擦皮鞋，王太太又說，「你們順便給新新擦擦他的皮鞋吧。」

新新是一個很聰明的孩子，他以後也會引用「順便」的兩個字了。

「大哥，請你順便給我裝裝飯吧。」

「二哥，請你順便給我收拾一下床舖吧。」

「三哥，請你順便給我掛一掛蚊帳好不好？」

「又新，請你順便給我洗洗這條小帕子好不好？」

從朝到晚，差不多就只有「順便」，「請」，「謝謝」這幾個字在新新的咀裏。

是的，新新是很聰明的，他還會怎樣選擇不做工呢。

比如，他們大家要收拾房子，洗刷房子。他們大家分配工作的時候，新新就說，「我到街上去買東西吧。」因為他知道，留在家裏要做很多事情，搬東西，擦地板，都是麻煩不過的。

有時他們要旅行去了，新新一早就把圖畫紙擺出來，說要寫生。他的圖畫是挺好的呢。為了寫生，他又可以不去做工作呀。

王先生常常和王太太說，「我們都曉得新新是一個懶虫，可是，聰明人終是懶一點的。而且，讓他舒服一點也好，省一點時間，他可以多念些功課呢。」真的，新新的功課成績是兄弟中最好的。

有一天，放了暑假，王先生和王太太把他們帶到連平鄉去，看他們的姑母。

姑母只有一個女兒，叫做萍姑。年紀比他們小點點，他們都叫她做表妹。

「來呀，」王太太叫他們說，「來看你們的表妹，你們的表妹是個聰明的孩子，今年還考了第一，又得獎咧。」

萍姑害羞地笑着，深而大的笑渦從她健康的臉上浮出來。

國新，家新，大新，新新，又新都高興地圍着萍姑，要她帶他們去看她的學校。

新新照例是帶了他的圖畫紙去。

他們爬下了一個坡，太陽晒得赤熱，汗珠在他們的額上流着。

他們跑到一條河邊，河上有一堆堆的石基，一尺，兩尺的隔着，要過河，就要走過這些石的。

新新開始畏難起來了。他說，「這裏風景很好，我就在這裏坐下，寫寫生吧。」

表妹說，「啊，這裏算不得好，那邊更好呢，你到那邊去寫好了，」她又向其他的表哥說，「你們看，從前我們這裏沒有這些石基的。從前過河的時候，就要給水浸着脚，有時，水大的時候，連肚臍都浸着的。後來，我才把石基一塊一塊的築好。可惜我祇有一個人，要是我有你們這麼多兄弟，我準可把它築得更好呢。」

國新，家新，大新，又新都齊聲應她說，「很好，很好，我們以後可以幫你築好它呢。」

看見一個女孩子也會扛了那麼多石頭來，那裏好意思說懶得走呢，新新只得合了畫箱，一聲不響的走了。

可是，表妹已經一眼看見他的吃力的樣子了，就說，「新新表哥，我順便給你拏拏畫箱子吧，你不慣走這些石頭呢。」

嚇，好意思！「順便」兩個字倒先由那女孩子的口裏先說出來呢。新新只好說，「不，謝謝你，我自己拏，石頭路很好走」。他非但不給萍姑拏，也不「請」他的哥哥弟弟「順便」給他拏了。

到了學校，萍姑還是活潑得像一隻小駒一樣。帶他們去看學校，看她種的菜，看她做的凳子，看她做的圖書館書架。

她說，「我們這裏誰都愛做工夫，做得好的，先生給獎品我們，同學們還稱我做勞動英雄呢。我們同學都喜歡做工，做工是最快樂不過的呀！」

她又叫他們打排球。新新眞的不能參加了，他已是氣喘如牛了。他說，「這一回我眞的要寫生了。你們打球，我給你們寫生。」

萍姑說，「你要寫生，自己先有這經驗才好。你看，我寫過一張打稻的畫，我眞的去打過稻之後，覺得寫起來還有那種力在筆裏呢。」

她抽開了抽屜，抽出那張畫來。那雖不是一張極好的畫，却眞的使人感到那種力和力的韻律，他們看得口都大起來了。

「表哥，你也給你的畫我看！」萍姑說。新新就紅着臉，捺着畫箱，死也不給，他知道，和萍姑的畫比較起來，他的太過死板了。

他只好勉強的打了幾下球，然後跟着他們回去。

那天在晚飯的時候，大家都很快樂。王太太很愛萍姑。姑母也告訴他們萍姑怎樣愛勞動。叫萍姑把臂膀露出來。她把臂膀一伸一曲，説，「看看我的老鼠仔啊！」只見她的筋肉像一隻小耗子似的走來走去。

「我們的老鼠仔還不夠你的大啊！」國新，家新，大新，又新都説，都露出他們的手臂來。

「你的呢？」萍姑轉過頭來問那不做聲的新新。

新新吞吞吐吐地説，「我的？我的老鼠仔：給貓兒吃去了。」眞的，他一點老鼠仔也沒有咧。

王先生皺着眉頭説，「是的，他身體很不好。那天，他學校的校長有信來，説他太弱，要停學休養呢。」

王太太也歎一口氣説，「所以我們把他帶到鄉下裏來住。我從前總以為不做工就舒服，那曉得他身體會變弱的。」

新新想哭，但他想一想，就笑起來，因為他能夠有機會勞動了，有機會和這勞動英雄在一起了。

並且，第二個學期，新新用不着停學，他的身體已經在暑假中養好了。

他常常把爸爸和媽媽帶到萍姑的學校裏去。那過河的路，已築得很好，用很大的石頭堆好的。萍姑和國新，家新，大新，又新都説，「這該謝謝新新，他比誰都做得更起勁呀！」

署名慕列，選自一九四九年七月一日香港《新兒童》第二十三卷第二期

胡明樹

大鉗蟹

〔存目〕

選自胡明樹《大鉗蟹》，香港：學生文叢社，一九四七

肚裡沙——疍家仔遇險記

在難民營裏，新近又多了幾個難民。其中有兩個男孩，皮膚晒得很黑，黑中帶紅。最小的一個腮部還有點腫。他們到營的第二天，就不肯呆在宿舍裏，他們要找玩的地方。因此他們就混到難童中了。難童中也有印度孩子，大家叫他「差仔」。差仔對這兩位新來的很感興趣。他在心裏想道：

「你們晒得很黑，但我知道的，無論你們晒得多麼黑，也決不是印度人，但是你們是怎樣來到

難民營的呢？難民營每餐只有十一兩的飯可吃，其他什麼也沒有。到這裏來，一定不是什麼好運氣的。」

差仔鼓起了勇氣，問道：

「喂！你們從什麼地方來的？」

「我們是從海上回來的。」最大的一位答。「我叫大妹，他叫細妹。」他說着，用手指了指自己的兄弟。「我們是叔伯兄弟。你呢？叫什麼？」

「人家叫我差仔。你們為什麼要到難民營來住呢？」

「我們沒有地方住呢！我們遇了很大的險呀！」細妹說。但大妹阻止他：

「阿細！不要亂說！」

「什麼？遇了什麼險？」差仔追問道。他見他們不肯說，於是又自己說道：「我知道，你們一定是過了中秋就出海打漁，遇了風打壞了船，一定是！……你兩個都會游水，游得一定很好，於是就游回來了！一定是！」

「不是！不是！」大妹說：「在大海中，任你有多大本領，遇了大風浪，打壞了船，也無法游水的……」

他們說話漸漸投機起來，大妹終於答應了差仔的請求，敍述他們這次的遇險：

「我們的船是一向灣在筲箕灣的。我在漁校裏讀書。我十歲，讀第三冊。我們是中秋前一晚出海的。你知道，我每天都到學校去，現在忽然要跟着漁船出海了，我多麼的捨不得每天見面的學校，先生，同學呢！但是沒有辦法，我如果不跟着我們的船出海，我就沒有地方住，沒有地方吃。開學只一個月又要出海，去一月半月不等，下學期又要留級的啦！你不知道，我是一心要讀書的啦！聽說在滿清的時候，我們疍民是不准讀書的啦！從前，疍民是不准穿襪子的啦……

「我的爸爸說呢：現在准讀書了，應該用功的去讀了，我於是就決心勤力讀書啦。但是我很忍心的跟着拖船出海了。我想：這一次，最好是撈得一條『肚裏沙』回來吃一頓呀！人家說，吃肚裏沙就不會暈浪了。『肚裏沙』就是沙魚母肚裏的小沙魚。沙魚是胎生的。肚裏沙眞好吃呀！我今年十六歲大，只吃過兩次肚裏沙：眞好吃！連骨也可以吃的！我十歲大，年年都出海，但我從來沒有暈浪。

「我們出海的第二天，就看見了『龍上天』啦！又有人叫這是妖風。但學校裏的先生告訴我：那並不是『龍』，也不是什麼『妖』，而是偶然的小旋風，小旋風把海水捲上了半空，在我們看來就像是『龍上天』了。可是我的爸爸媽媽是迷信的，他們一定要說那是『龍』，那天我們一看見牠，船裏的人就立刻把一個柚子剝去了青皮，拋進海裏去了。——他們說，把牠拋下去，那龍就會以為牠是『龍珠』，只顧去搶龍珠，就不會來傷害我們了。

「又過了兩天吧，海上忽然停了風，老於經驗的人說，天氣變化了，大颶風要來了。我們決回到岸邊避風。但是幾點鐘後，大風起了，最初我們還可以利用風勢向岸邊駛；可是後來不行了，我們的船走了很多的『之』字路都駛不回來。半夜，風更大了，雨也下了，海浪打進了船裏。每個人都濕了身子了！每個人都冷得打顫。天是那樣的黑，什麼也看不見。一口一口的海浪打了進來，海浪裏有千萬點火星？那是什麼呢？我問過先生，先生説：那是燐光，海水中有鱗質。

「我們的船裏共有二十二個人，有些是我的兄弟姊妹，有些是叔伯嬸母，有些是僱來的漁工，我們的船被打破了，我聽到了一陣淒慘的叫聲，這時候沒有燈沒有火，大家是沒法照顧的了。我不知道大家怎麼樣，我只覺得我自己是落在水裏了。我在水裏飄了幾飄，但我忽然一手抓住了一樣東西，後來我知道那是帆——最小的一張帆，我終於坐在它的上面了，我摸到了一條繩子，我把我自己縛在帆木上……。

「我醒來的時候，是天亮了。我記得我至少暈過了一次。我是被一種叫聲叫醒的。『大妹！大妹！』我醒來了，看見一張帆上坐着幾個人，我以為是我的爸爸媽媽了，但是不，那是我的伯父——不同船的，其中還有細妹！」

「對啦！」細妹説：「是我最先看見你的；我説，睡在那小帆上的一定是大妹，我的爸爸就大聲的把你叫醒了。」

「我醒來，到處的看，我的哥哥不見了！姊姊不見了！爸爸媽媽不見了！我想他們一定完了！」說到這，大妹細妹的眼眶裏都泛起了淚水。

「你們為什麼不用火輪船去打漁？」差仔說。

「對啦！」大妹停止了哭：「我們的漁船和捕魚的方法都是落後的！我們將來一定要用輪船和科學的方法去捕魚！差仔，我們合作好嗎？我們一同去捕沙魚，一同吃『肚裏沙』！『肚裏沙』真好吃呢！」

三人的手握在一起，好像訂立了一個「友好協定」似的。

選自一九四七年十一月一日香港《新兒童》第十六卷第五期

榕樹爺爺契男

他的名字叫李妹仔，如果根據他的名字的字面上看來，他應該是一個女子；但是在他的名字的上頭可以冠上「榕樹爺爺契男」的銜頭的，則他又應該是一個男子無疑。「李妹仔」是他的母親替他取的名字，怕他養不大算是故意看賤他的意思，他生下來不久，母親替他去算命，算命先生說他最好「契榕樹」，她就請鄰人用紅紙寫了「榕樹爺爺契男李妹仔」的一張條子，貼在大榕樹的樹身上，還帶他去拜他的「契爺」。

在戰爭期中，他有一次幾乎被飛機的機關槍射死，但是幸得一棵大榕樹保護着他，人家說：這是他的契爺在保護他，他的父親就是被炸死的，他的母親最後也餓死了。他因為怕會像母親一樣地餓死，所以除了乞食之外還實行偷，偷不到就半搶，他走近去走近去，拿到一個麵包就走，而且很快的放進口裏，當他被抓到的時候，麵包已經吃進肚裏了，自然他得忍受着一〔塲〕痛打。他沒有一個親人，他沒有家，他在街頭巷尾渡過兩個冬天，戰爭結束了，士丹利街的熟食攤又恢復了繁榮，他從晚春一直到初秋都是在這街（ ）行（ ）兼同客人「打扇」，他在他的扇子上寫着這樣的字：「扇子好青（ ），是是在手中，（東大）不見面，下日有相逢。」他的老表笑他寫錯了，（ ）替他改正成這樣：「扇子好清風，時時在手中，冬天不見面，夏日又相逢。」他有一個老表和一個亞姨，他們母子倆是販賣報紙，香港淪陷後曾回到鄉下種田。戰事一結束母子倆又回港重操故業，李妹仔的那把「好清風」的扇子就是借用亞姨的。

自從去年入秋以來，李妹仔的扇子也就沒有用處了，他把它還給了亞姨。仍跟其他的孩子們一樣不願離開這個充滿着肉味的街。他們的職業是「使人涼快」，但現在都「失業」了。就以他們的襤褸樣子看來，或以他們的骯髒的樣子看來，更以他們的嗆嗆的留（ ）的態度看來，他們太像一羣叮附肉塊的蒼蠅了。

一天，他的老表來叫他，說亞姨病了，要他去幫助派報。李妹仔於是跟了老表去了。第二天一早，大概五點鐘左右吧，他就跟着老表去領報紙，領了報紙然後分別派給定戶。在平時，中環的定戶是亞姨負責派的，西環的定戶是老表派的。現在老表得先派完了中環然後再（ ）巴士到西環。所以西環的定戶都嫌「報紙仔派得太晏！」有時甚至等得發起脾氣來，所以決定請李妹仔去幫派，第一二天他先跟老表認識了中環一帶的定戶。老表派報紙很快捷：二樓，三樓，四樓的定戶，他都是站在地下「派」上去的。怎麼「派」法呢？他把報紙捲成一束用力擲進「欄河」內，雖高如四樓也一樣擲上去。李妹仔也學習這種「派報法」，但他最初只能擲上二樓，後來慢慢擲到三樓，但是無論如何也擲不到四樓，他問他的老表怎樣學會了這種派報法的？他的老表答他：他是看見那位古里古怪的「賣橄欖」的人常常把橄欖擲到三四樓的欄河內去，所以他就學會了這種派報法。

李妹仔因為年紀比老表小，吃的也太差，所以很花氣力才能擲到三樓。而且擲報的時候，一定不自覺地說了一聲：「啫，丢那媽！」或者：「啫！你老母塊！」這是李妹仔自小養成的壞習慣，在他的周圍都是一些壞小孩——小流氓，喜歡打架，喜歡相罵，開口閉口都離不了「丢那媽！」「……你老母塊……！」等等粗口話。

李妹仔替亞姨派了一個月報紙，所以食宿都跟老表在一起。後來亞姨的病復原了，她又擴展定戶，或準備在零賣方面多做些生意，所以仍留李妹仔派中環方面的定戶。

新年很快又過了，他玩了幾天——因為報紙停出了兩天。正月中旬，李妹仔派報紙到荷里活道x號三樓的時候，看見一位着西裝的中年男子站在「欄河」上，看見李妹仔來，於是喊道：「喂，報紙！今天咁晏呀？」李妹仔答道：「唔晏！正係七點半！」李妹仔照例的用力向上一擲：「啫！你老母塊！」那位中年男子聽了李妹仔的話，很是不高興，但立刻轉為笑臉：「喂，上來！畀報錢你！」李妹仔到了樓上，看見桌上正是剛散塲的麻雀。他還未開口，那中年西裝男子已經笑笑着臉孔走近他，冷不提防的他被那男子打了兩個耳光：「今日大早晨，我算倒霉，遇着你個破家精！『你老母塊』什麼意思？」李妹仔莫名其妙的，蒼白着面孔走出來了。他回憶他剛才究竟怎樣開罪了人，平時講慣了粗口，今天得到了這樣的報應，眞無話可說了。那位先生是迷信的，在新年頭聽到李妹仔的話以為在罵自己，於是給對方一個無情的打擊。李妹仔也是迷信的，在新年頭捱了打，就把這當作一年不吉利的兆頭，就常常感到失望。所以偶有不利，就想到要拜他的榕樹爺爺，但最近連榕樹爺爺也自身難保了：一場大風它倒下了。這使李妹仔倒是好的，他失去了那毫無可靠的精神的偶像了。

署名力衡，選自一九四八年四月十日香港《華僑日報・兒童周刊》

小黑子流浪記

〔存目〕

選自一九四八年九月十八日、二十五日、十月二日、九日、十六日、三十日、十一月六日、十三日、二十日、二十七日、十二月四日、十一日、十八日、二十五日、一九四九年一月一日、八日、十五日及二十二日香港《華僑日報・兒童周刊》

理想的漁村

阿蝦是一個漁家子弟，只在漁民學校讀過一年書。除了認識幾個字之外，眞可以說是什麼也不懂。在學校時，他是最懶又最好玩的一個，他已經十四歲了，但他還是和那些十歲的同學坐滑台，而且往往打起架來，他年紀大，當然是他打贏。他打贏，對手哭了，可是挨罵的却是他。他覺得先生不幫他，心裏不服氣，後來因為父母要出海打漁，他就休學跟漁船出海，半年來他一直不回過學校一次。

他有一個表兄阿海，在學校讀五年級，舊〔曆〕年卅晚也還留在學校不回家拜神，說是學校正在忙於成績展覽。

大年初一，阿蝦穿起了新衣，準備今天跟父親去拜年，或者去看電影。

「阿蝦，聽表兄阿海說，他在學校忙了幾天，為的佈置會場，還築了一個什麼漁村的計劃呢！說是初一，初二，初三——一連三天公開展覽，你不去看看？」父親這樣對他說，但他沒有回答，去呢？不去呢？他有些遲疑不決。他是想去的，但他怕看見學校的先生，如果先生問道：「阿蝦，你為什麼一直不回校呢？你下學期復學嗎。」怎麼回答呢？或者先生當着父〔親〕的面說他懶，愛打架，不是太難為情嗎？如果說不去吧，顯然是宣佈了自己不高興回學校的心事，沉默了一下之後，他終於說：

「什麼成績展覽會？有什麼好看？成績，成績，你難道還沒有看過嗎？一些習字簿，作文簿，默書簿擺在一起就叫做展覽會，我想我們還是去看看電影或者大戲的好。」

「是你表兄辛辛苦苦忙了幾天晚上，不單只他自己忙，還有幾位先生和幾位同學一齊忙了好幾晚，一定有些什麼花樣的，我想還是先去看看成績展覽會之後才去看大戲吧。你表兄特別要我今天去看一看的。我如果不去看，他問起我來，我無話可答，去，你也一齊去。」

阿蝦無可奈何，跟在父親的後面，到了學校。校門外放着一個牌子，一位襟上掛着紅蝦子的學生，很有禮貌地向他們點了一下頭，用手向屋裏一指，說：

「請到裏面參觀！」

他們進了去，通過了操場，走向大禮堂。那裏又放着一個牌子，一位學生又向會場一指，說：

「請參觀⋯⋯」

「請簽名⋯⋯」一位學生遞來一枝筆，要阿蝦的父親簽名。他父親有點愕然，他是不會寫字的，所以不敢接過那枝筆。他說：

「阿蝦，你簽吧！」可是阿蝦已經竄到裏面去了。正在這時，阿蝦的表兄阿海在招待着來賓，看見自己的舅父（阿蝦的父親）站在簽字桌前不知如何是好，就立刻走上前，叫了一聲「舅父！」就接過了舅父手上的筆，說：

「我替你簽！」

四個教室，和中間的禮堂，都擺滿着成績，有壁報，有作文貼堂，有剪貼的手工，有花窗剪紙，（都是一些船，海，魚，網等），有圖書，有習字，有女生做的兒童的花裙，有海產標本，（幾百種奇形怪狀的魚蝦蟹……）有海貝有海底的樹，有五星的魚，有製網的過程用的各種用具（都是模型），也有縮小了的帆船（是按照着普通的漁船的尺寸縮小造成的）……

阿蝦對這些成績都不大感興趣，可是他的父親却感動得流淚。然而阿蝦終於在禮堂的中間牆上貼有「理想的漁村」的指標下停了脚步。那是一個漁村建設的模型，用泥土，樹葉，鉄片，紙片造成的。它惹起了阿蝦的非常的高興。阿蝦看見那漁村的堤岸下面泊着幾隻小洋船（只能乘四，五個人的小汽船），他覺得自己像是站在堤上，他打算走下去，駛出海面去「遊遊河」，但却忽然遇見他的表兄阿海匆忙地走過，他就問：「阿海表兄，你那裏去？」阿海住了脚，說：「哦，是你嗎？我去漁民銀行。」阿蝦問：「去銀行借欵子嗎？」阿海道：「借欵？為什麼？又不做漁船，又不造房子，又不去旅行，又不去買辦貴重的製魚機，我現在是去存欵啦！我們從前向資本家借高利貸來活命，現在可不同啦！我們自己的銀行，有重大用處的時候才去借用，平時我們倒是把欵子存在銀行的，銀行就是我們的賬房呀！我們一年有多少進欵和多少開支一看銀行的賬單就知道的。」阿蝦跟表兄進了銀行，只三分鐘就辦清了手續。他又跟表兄到了漁民醫院。「到醫院去看誰呢？」阿蝦問。表兄告訴他：「我的媽媽在醫院裏留醫，他刮砂眼。」「怎麼，砂眼也要留醫的嗎？」「她老人家一年辛苦，到醫院休養休養也是好的。我們漁民，患眼疾的很多，我想叫我的弟弟將來專門學眼科，聽說日本的眼科也很有名，印度也有祖傳眼科。」阿蝦又跟着阿海從堤岸向崗上走去，先經過一間漁民托兒所的門前才到達醫院。阿海看見母親已睡着了，就不再驚動她老人家，他們退出來了，他們走下山，進了漁民食堂，食堂很大，很多人在那裏吃飯，菜色也很豐富。吃飽了，阿蝦爭着付錢，可是阿海阻止了他：「記賬的！將來在漁民銀行裏撥支。」他說道：「現在那裏去呢？」阿海道：「開一個小船到海中釣魚吧！」他說：「好呀！」他們出了食堂門口，就走向堤邊，下了船，開到了海中，但忽然，阿蝦聽到有人叫他：「阿蝦，返去嘍！」是父親叫他。父親站在堤岸叫他。他船駛近岸邊……。他的父親不是站在堤上，而是站在禮堂的門口，叫他的名字。阿蝦如夢初醒，他是站在「理想的漁村」的旁邊，並不是在船中。這漁村的設計人之一的阿海，也並不在漁村裏，他在禮堂中忙着招呼來賓。

阿蝦跟在父親的後面走出校門，但他心裏却想着理想的漁村：什麼時候可以有那樣的漁村出現呢？

（香港仔漁校成績展覽會觀後作）

選自一九四九年二月十九日香港《華僑日報・兒童周刊》

小黑子尋母記

〔存目〕

選自一九四九年四月十七日、二十四日、五月一日、八日、十五日、二十二日、二十九日、六月五日、十二日、十九日、二十六日、七月十日、十七日、二十四日、三十一日、八月七日、十四日及二十一日香港《華僑日報・兒童周刊》

易江

小小

「小小，你的爸爸呢？」

「……」

有人問起爸爸的時候，小小是蠻傷心的，因為很多人都笑小小是沒有爸爸的野東西。

小小為甚麼沒有爸爸呢？有爸爸多好呵！像流鼻涕的阿毛一樣，有好衣服穿，有好菜吃，有書讀，天天都有爸爸摸着腦殼叫寶寶，沒有一個人欺負他，說他是沒有爸爸的野東西。

「媽，爸爸呢？」

一天，小小倒在媽媽的懷裏，仰着頭，看着媽媽的蒼白的臉孔問。但是，媽媽過了許久才回答說：

「打日本去了。」

「那時才回來呢？」

「打勝仗以後……」媽媽的眼睛一轉，兩顆發亮的眼淚就跳出來了。

雖然，媽媽是這樣的傷心，但是，小小還是快樂的，因為小小是有一個爸爸的，小小並不是沒有爸爸的野東西。

於是，像一個肚子餓得發痛的，希望有人給他送來一大碗飯來一樣，小小在希望着打勝仗，一天一天的希望着，一月一月的希望着，一年一年的希望着；這日子多長啊！但是，還沒有打勝仗，爸爸還是沒有回來。

小小曾問過有鬍子的公公，問過戴眼鏡的伯伯，也問過在學堂裏教書的先生，他們都說，我們一定打勝仗的；所以爸爸一定會回來。但是，到底到那一天才打勝仗呢？誰也沒有告訴過小小，小小又有點傷心了。

那一天才會打勝仗呢？小小在想着，默默地在想着。

小毛們的風箏給秋風吹得高高的時候，小小快樂極了，因為很多人都在說打勝仗了。呵，打勝仗了呢，爸爸一定要回來了！

小小將這個好消息，告訴了媽媽，媽媽雖是沒有講話，小小是會知道的，媽媽心裏一定也很歡喜，因為媽媽也像小小一樣的在望着爸爸回來。

「你去看着爸爸回來吧，到村子外面去看爸爸回來！」

小小在媽媽這樣叮囑底下，每天都走到了村子外面，去看爸爸回來。在一棵大樹下，踏滿了小小的足印，因為小小在那裏等過了不知多少日子，小小曾用泥沙堆成過無數個墳墓，捉過無數隻小蟲，也將小蟲餵飽過無數隻螞蟻。但是小小倒不計較這些，小小希望着的是爸爸回來。

一天，一隊大兵走過了大樹下，小小想：怕是爸爸回來了吧！但是，沒有一個會像小毛的爸爸叫小毛那樣，叫小小做「寶寶」的，小小心裏多着急呀！

「伯伯，你見到我爸爸嗎？」

「你的爸爸是誰呀！」

「爸爸是當兵打日本的。」

「打日本的多得很呢！」

一陣大笑聲，小小的臉孔都給笑紅了，這些大兵為甚麼笑得這麼厲害呵！小小很氣惱，很傷心。

但是，使小小更氣惱，更傷心的事跟着來到了；那天晚上，媽媽流着眼淚告訴小小說：國家又在打仗了，爸爸是再不會囘來了。

這消息對於小小是多麼的不幸呵！害着小小整整哭了一晚夜的時間，連眼睛也哭腫了，像兩個紅雞蛋。

照道理，田裏的穀子該是像黃金的時候了，但是，今年比石灰還白，媽媽就焦急得臉發黃。

「小小，我們娘倆要餓死了，田禾都白穗了呀！」

眞的，收割了，禾田裏却聽不到打穀的聲音，往年堆着很多穀子的倉，今年倒空着。隣村的王三爺來催過三次租。媽媽就這樣的急病了。於是，小小餓着肚子守着媽媽，希望媽媽的病快些好，正像希望爸爸囘來一樣。

「小小，你爸爸沒良心呵，打了日本還未囘來，還要打甚麼天下呀！」

誰又知道爸爸要打甚麼天下呢？小小知道的是：媽媽這樣的病了幾天，終於死去了。在媽媽臨死的時候，還摸着小小的腦殼說：

「寶寶，去吧，去等爸爸回來！」

是的，去等爸爸回來，媽媽就是這樣的留給小小一個簡單的希望。

不論是晴天或黑夜，帶着這樣簡單的希望的小小，又出現在村子外面的大樹下了，像插在地上的兩枝黑杇的竹竿，撐着一堆破布衣裳的稻草人，默默地在守望着，守望着爸爸的回來。

——爸爸為甚麼還不回來呢？

小小在默默地在想着，想着，不知想過多少次了，正像不知等了多少天一樣。

——爸爸再不會回來了嗎？不，不會的，爸爸不回來，還要打甚麼天下呀！

小小在默默地想着，想着，不知想過多少次了，正像不知等了多少天一樣。

可是，爸爸還是沒有回來，直到小小臥倒在一個雪後的晴天的早晨的雪地裏的時候；回來了的，只是昨天從西方走去，今天又從東方回來的太陽。

選自一九四七年六月一日香港《新兒童》第十五卷第一期

許穉人

雙十節

今天是雙十節，小穎天剛亮就爬起來，趕着去製他的巨型提燈，因為學校晚上要舉行提燈巡行呢。

當他正把燈架糊好，祖父走近他的面前：「小穎，你弄什麼啊？」祖父把瘦弱的手撫着他的頭，慈和地笑着。

「祖父忘記了！今天是雙十節呀，晚上學校提燈慶祝。」小穎快活地說。

「我沒有忘記，卅六年前，我曾親自參加，而且流過血……」祖父用着抖顫的聲音說，而且面色有些蒼白了。

小穎很畏懼，他望着祖父發怔，他不知自己說錯了什麼，使祖父難過，祖父沒有細心理會小穎，只逕自走出去。

小穎繼續把燈架糊好，而且裱上了黃白兩色的紙，他想假如紙上再寫些東西或者畫一些東西，一定更好看，但畫些什麼呢？寫些什麼呢？他想來想去都想不出，「還是請教祖父吧，」雖然祖父剛才不高興，但現在大概不會了，小穎深深知道祖父愛他，即使自己有什麼錯誤，只要再叫一聲祖父，就什麼事也沒有了，於是他就向着祖父的房子跑去。

但祖父不在房子裡，廳裡也不見他的蹤跡，到什麼地方去呢？這可急壞小穎了，他整間屋都找遍，一直找到後〔園〕去。

在這兒，他看見祖父了！祖父坐在一塊石頭上，翹首向天，幾顆豆一樣大的眼淚水，掛在深陷的面頰上，眼睛是多麼沉痛和憂愁呵！額上的皺紋也似乎更深了！

小穎遠遠地呆望着，他不敢走近去，他從不曾見過祖父這樣悲痛的，他的小小心靈，也感到難堪，他急急地要回去想告訴母親，但不提防和父親撞個滿懷。

「這樣莽撞做什麼啊？」父親帶着責備的口吻說。

「爸爸，祖父在後〔園〕裡哭啊。」小穎怯怯地說。

父親點着頭，好像一切他都明白了！他嘆息了一口氣，就頹然地坐到椅子上去了。

小穎覺得很奇怪，為什麼父親也和祖父一樣發愁呢？他想不清楚，只呆呆地站着。

「爸爸，今天是國慶日，祖父告訴我，卅六年前，他曾參加過革命，曾流過血，今天大家熱烈地慶祝這個紀念日，他不是應該感到快樂和光榮麼，為什麼他却要哭？」小穎終忍不住勇敢地發問了！

「正因為過去他曾英勇地獻身過革命，所以今天特別感到痛苦，卅六年前，他和先烈們，為中國的幸福和民主，不惜流血，犧牲自己，但卅六年後的今天中國究竟有什麼進步，十多年來的連綿內戰，招來了日本帝國主義的侵畧，八年艱苦的抗戰後，人民正要休養建設，但却爆發了全國性的內戰，到處響着自己人殺自己人的鎗聲，人民流離死亡，經濟混亂，國幣一天低落一天，民主自由，和富強只成了不能兑現的夢想，這是先烈當時希望的麼？先烈的血不是白流了麼？因此，你祖父份外感到傷感，而最近你叔叔在鄉間給拉去當壯丁，至今消息全無，不知生死，這叫你祖父怎能不傷感，怎能不流淚呵，你們孩子只知慶祝，你們知道在這慶祝裏面，會有多少辛酸的眼淚呵。」父親一口氣説完，深深地歎息着。

小穎沒有悲哀，只感到憤怒，他為祖父難堪，年青時候的祖父熱烈地為革命獻出了一切，但當他年老的時候，却看見人們把他用鮮血換來的事實糟塌，却眼看自己的孩子給人捉去在非正義的內戰裡當炮灰，這是能容忍得麼？「今晚我們巡行，不但要慶祝，而且要控訴。」他想着，於是跑回去用鮮紅的血色，在燈籠上塗上幾個大字！「繼承先烈遺志，爭取民主，自由。」

小穎把這燈籠帶回學校去，一切的同學都圍着他，覺得他燈籠上面的字寫得又新鮮又有力，不像他們的庸俗，於是小穎細心把祖父的悲哀都向小朋友們告訴了，大家都感到難堪。

巡行了，小穎領導着小同學一路呼叫着他燈籠上的口號，走過他家的門前，他抬頭看見祖父和父親站上騎樓上看，於是小穎把燈籠舉得特別高，叫得也更有力，所有的小朋友都跟着呼喊，聲音洪亮得震動天地。

他看見祖父笑了，父親也笑了。

署名穉子，選自一九四七年十月十一日香港《華僑日報・兒童周刊》

讀課外書

這個學期，小華班裏的國文教師陳先生走了，換來一個李先生。

上第一堂，李先生就對他們講述這一個學期的國文教授方法，說除書本外，還有許多補充教材：什麼新文學發展史呀！怎樣閱讀與怎樣寫作呀！選讀一些好的詩歌和散文呀！還說要他們看課外書，交讀書筆記，李先生說來津津有味，把大家的注意力都吸住了，但鈴聲一響，李先生下堂走了，班裏馬上起了騷動，同學們都說：「這樣教法雖然好，但我們從前完全沒有學習過這些，現在改變太多了，怕應付不來。」尤其是小華，更是担心，他歷年來在班上都是考第一的，記憶力很好，考試時答問題，真是連一個「的」字「麼」字也不漏，因此各科先生都讚揚他，他自己也以此驕傲，但現在李先生的教授法是這樣奇異，他生怕他弄得不好，歷年的寶座給垮了台，這對於他是怎樣大的打擊呵！因此這幾天來，他心情最壞，像熱鍋上的螞蟻一樣，比其他同學更焦急。

星期六來了，李先生上課已經有一星期了，新的知識像雪片一樣向他們飛來，使他們又緊張又興奮，覺得現在才是眞正讀書，以前的都不過是敷衍騙人吧了。一天，在下課的時候，李先生向他們說：「星期日ｘｘ社主辦一個文藝討論會，是討論茅盾的清明前後，茅盾是近代一個很有名的小說家，這本清明前後是反映重慶黃金潮的內幕的，你們或者不懂，不過不要緊，大家去聽聽，也能獲多一點知識的。」

星期日全班都是依着李先生所說的地址跑去，只有小華在猶疑，他想：星期日正好「咪」一天書，把歷史和地理背熟，但他又想起，假如全班同學都去聽講了，只有他不去，李先生會不高興的，而且說不定這個奇異的李先生會根據這一次討論出測驗題，他不去聽，豈不吃虧，於是硬着頭皮也去了。

討論會開始了，參加的人都很熱烈發言，忽然聽得一個很熟識的聲音響起來了，他一看，正是他同班的同學劉青。

小華摸不清楚他說什麼，因為他根本沒有看過這書，連茅盾這個名字也沒聽過，不過看見大家都集中精神聽着，而李先生還點頭向他表示讚許？「他一定說得不錯了，」小華想。他很不高興，劉青在班上前學期考試的名數不過是第六名，小華素來就不很看重他，現在居然給他出風頭了，他從什麼地方弄得許多知識呢，小華很想知道一下。因此會一開完，小華便借故到劉青家裏去。看見他案頭很多書，是小華連書皮也沒有看過的，而且還有許多筆記，小華掀開一看，見裏面的字寫得很整齊，條理也很清楚，許多地方，旁邊還加上紅綫，這是要費許多時候，心血和精神來做的，小華看着，覺得非常羨慕，但他驕傲的心，使他不肯承認別人的成績，他只裝着滿不在乎地一看，便把它丟下，一言不發地回家。

又過了一星期，李先生一天上國文堂，突然不講書，說要對他班裡來一個文藝常識的測驗，題目只有四條：一、新文學運動的領導者是誰。二、中國目前有那幾個著名的小說家和詩人，他們有什麼代表作，三、托爾斯泰和高爾基是那一國人，他們有什麼著名的作品，四、阿Q正傳是誰寫的，你讀過嗎？

小華望着這些題目，一無所知，結果他是交了白卷，測驗派回來的時候，成績最優的是劉青，他有九十分，最壞的却是小華，他得零蛋。

這對小華的打擊很大，他禁不住放聲大哭了，李先生很溫和地走到他面前，安慰他說：「這是由於你平時不看課外書，因此一些最應該知道的知識也沒有，但不要緊的，慢慢學習就有進步。」

「但是這課外的東西，不是課內的，你為什麼要考我呢？為什麼要把這當作國文的成績呢？」小華哭着抗議。

「課內知識和課外知識是不能分割的，一個中學生連這些近代最有名的文學家和作品都不知道，怎麼成呢，好比前清一個秀才，他們不知道杜甫和李白是什麼人那成麼？」

「但是我無論如何沒有興趣去看課外書。」小華苦着臉孔說。

「那是因為你不知看課外書的益處，你不重視課外書。因此你沒有興趣去看吧了，其實課內書的知識是有限的，課外書才能給你活生生的，無限的有用知識，一個人要想充實自己，一定要多看課外書，課外的知識豐富了，課內的知識也隨着豐富的，國文尤其是這樣，如果你能多閱些創作和文學理論的東西，這不但會使你常識豐富，而且會幫助你作文進步，比你背熟課本更有用。」

「眞的麼？李先生。」小華睜大眼睛說。

「是的，你自己試驗一下，將來你一定承認我的話是對的。」李先生笑着回答。

署名穉子，選自一九四七年十一月一日香港《華僑日報・兒童周刊》

小倔強

我家的隔壁，是一間洋服店，裏面有五六位裁縫師，此外有一個學徒，叫做小強，大約有十四五歲，人很精靈活潑，許多次我想找他談談，但都沒機會，因為名義上他雖然是學徒，實則，買菜，燒飯，抱孩子……等一切雜務的工作都由他担負，從朝忙到晚，沒有一刻鐘看見他是空閒的。

一天，將近黃昏的時候，我從學校裏匆匆回來。看見小強抱着老板娘的孩子站在門口，一個小乞丐正迎面而來，他的雙手生滿了瘡癩，血和膿混合着，一陣陣奇臭直透到人的鼻膜。

「先生，可憐呵！」他向路人行乞，但人們都掩鼻而走開了。

「來！」小強向他招着手，他走近去，用懷疑的眼睛望着小強那補綴許多處的黑粗布衫。

「你的手很痛麼？你應該到公立醫院去看看。」小強說。從袋裏拿了一塊錢出來，偷偷塞在小乞丐的手裏。

「呵！」小乞丐茫然望着小強，剎那間，一種激動的溫暖的光彩掠過他灰死的臉上，他呆呆地站着。

老板娘裝扮得很漂亮，拖着老板的手，香氣迫人地走出來，大概要去看電影了。

「走吧，」小強低聲向小乞丐說，小乞丐機警地將身子移開。

夜色漸漸蒼茫，老板娘遠去了，小乞丐沒踪影了，只剩下了小強，我看見他用衫袖揩着他的眼淚。

我靜默地站着，我太感動了。

「小強！」我禁不住低聲呼喚他。

他走來了。我們第一次長談。他的父親是一個船塢工人，母親早死，但父親不幸在去年也給機器輾斷了一隻手臥在家裏，只得要他出來做工。

「你喜歡看書麼？」最後我問他。

「喜歡的，我也念過幾年書，只是沒有錢買書，你有書適合我看麼？」

「有的，你要看來借吧！」我高興地囘答。

以後，他就經常地到我家裏來借書，妹妹很喜歡他，為他選擇了好些有益的書本。

一天午夜，我忽給一陣陣嘈吵聲驚醒。

「你要讀書，就像少爺一樣上學校吧，不要來做學徒，每晚不知耗廢多少燈火？白天還要打瞌睡，我給飯你吃為着什麼？為着什麼？」我聽見老板和老板婆混合的咆哮聲，清脆的籐鞭聲也連續地響着。

「小強一挨毒打了，我們借書給他看害了他。」妹妹也給嘈醒了，她難過得想哭。

明天，小強的手和脚都鋪滿了〔紅〕紫的鞭痕，他拿囘（　）（　）（　），並且有一本他自己的讀書筆記。

「替我收藏着吧，我怕老板娘看見撕了的！」

我接着，把它打開來，看見廿頁厚厚的部子，完全寫滿了蠅頭的小字，我不斷地翻動着，欽佩地望着他。

「我得回去了，不然又要挨罵，你還有什麼書借給我看麼？」他急促地說。

「給人打了，還借書看，你不怕麼？」妹妹驚異地叫着。

「為什麼要怕呢？書裏給我許多知識，也給我許多勇氣，人生是一塲惡戰，打算得什麼？」他嚴肅地說，咬着他的口唇。

我拿了一本高爾基的童年給他：「願它給你更多的勇氣和自信吧。」他點頭，打開衫來，把書懷在腋下就走了。

「眞是小倔強呵！」妹妹送他出門口時感歎地說。從此我們就把他叫做小倔強了。

小倔強雖整天做着雜務，老板和師父們從沒有教他做過衣服，但因為他聰明，一年多來，他已經懂得做衣服的一切竅妙。一天，一個師父告假回鄉，店裏的工作幹不了，衣主又來催，小倔強自告奮勇，幫助師父做，最初大家很不放心他，只是試試看，但結果他做得很好，和師父沒有兩樣，這使大家很驚奇，老板高興得很，因為他的工資比一般師父便宜幾倍，於是他被升到裁縫員了，他的位置，馬上找到一個孩子來代替。

小倔強對這個新來的和他差不多年紀的小學徒很要好，他一有空就幫他煮飯和掃地，而且還常常背着老闆教他讀書和講有益的奮鬥故事給他聽，他們兩個像是一對小兄弟。

「你已經可以擺師兄的架子了，何必再要幫他掃地呢？」妹妹開玩笑地說。

「我自己受過的痛苦，難道還要別人受不成？」他睜大眼睛認真地說，弄得妹妹再不敢開口了。

一天晚飯後，隔壁的洋服店又喧鬧起來，我正寫着東西，沒有心情去看。

「姊妹，不得了呀，那個新來的學徒打爛了一個鑊，老闆娘把他打得出血了，你快去看。」妹妹走來不由分說，一手拖着我就走。

小學徒瑟縮地站在一角，老闆娘依然怒氣沖天，手上的籐鞭還沒放下。……

小倔強站着，咬着口唇，我從沒有過他這樣憤怒的臉孔，他用眼睛長久地盯着老板娘，但終於開口了：

「打爛一個鑊最多要他賠償，不能這樣毒打，你應該把他看做一個人！」

「你知道一個鑊要多少錢麼？他能夠賠麼？」老板娘哼着鼻子說。

「我賠！」小倔強大聲地回答。

「哼，眞了不起，你的錢從什麼地方來的！你敢教訓我？」老闆娘跳起來，而且哭叫着。

嘈鬧聲一直響着，直至黑夜，還沒靜下去。

「唉，事情不知鬧成怎樣了？」睡覺的時候妹妹嘆息起來。

天剛亮，我們還沒有起牀，小倔強已來了，他提着包袱，後面還跟着那位打傷了的新學徒。他來向我們拿回他那本讀書筆記。

「你打算到什麼地方去？」最後妹妹忍不住問。

「回家去，我們不是奴隸。」他簡單地説。

「但是你的生活……」我説。

「不要緊的，世界是這樣大，難道我們眞找不到自己的路麼？」他堅决地囘答，而且告辭走了。

看着他們遠去的背影，妹妹哭了。

「不要哭，他那倔強的靈魂，正是他光輝前途的保證呵！」我説，一縷崇敬的激動的感情使我的眼睛也模糊了。

署名稺子，選自一九四八年四月十七日香港《華僑日報・兒童周刊》

司馬文森

上水四童軍

〔存目〕

署名宋芝，選自《上水四童軍》，香港：學生書店，一九四八

嚴冰兒

一分鐘

掛鐘噹噹地響了七下，小林一虎從床上坐起來，擦擦眼睛，打了個呵欠。「該起來了，但是，再睡一分鐘吧，一分鐘，就是一分鐘，不會遲到的。」這樣想着的時候，她就又躺下去了。

一分鐘過去，小林起來了，很快地洗了臉，胡亂地吃了一點早點，就夾着書包上學去。她走到十字街口，看看前面是綠燈，剛想走過去，路警的叫子一響，綠燈變成紅燈，她恨恨地說：「要是早一分鐘就好了。」

她等了三分鐘，才通過十字街口，前面紅柱子的電車站，正停着一輛電車，她趕緊追上去，剛跑到車子旁邊，「丁令——」，車子開了。她恨恨地：「要是早一分鐘就好了。」

等着，等着，這該等了五分鐘了，想着學校裏快上課了，她眞是又急又恨，看看街的盡頭，還不見車子的影子，她就決定還是走到學校裏去，帶跳帶跑地才走了二十幾步，後面「丁令，丁令——」電車來了，經過他的身邊開走，她說不出話，只是白着眼睛，望着它遠去。

她走到了學校，腿也頫了，氣也喘了，從教室的窻子看進去，同學們坐得整整齊齊的，李老師指手劃脚地在講書。她紅着臉，硬着頭皮闖進去！同學們一齊望着她，望得她頭也抬不起來，趕忙跳到自己的位置上。李老師看看他的手錶說：

「小林，今天你遲到了二十分鐘。」

小林非常悔恨！

「我只不過遲了一分鐘起來，但是我遲了二十分鐘上學了。」

選自一九四八年四月一日香港《新兒童》第十八卷第三期

呂志澄

慕琦的心事

慕琦一吃過午飯便趕緊回學校去。她一心惦記和珍妮一起玩。她沿着學校的圍牆走呀走呀的。大概因為走得太急的原故吧，她轉個彎的時候，便摔了一交。她尖聲叫着，希望有個人來把她拉起。可是這時候沒有人走過，她便忍着痛，自己爬了起來。

轉過牆角便是學校的門口。那裏有兩個女孩子坐在草地上玩得很起勁。慕琦認得，其中的一個便是珍妮，她底最要好的同學。另一個是有着長長的捲髮的麗娜，一個新進的同學。

看到這個景象的慕琦，不由得一陣心酸。

慕琦是一個七八歲大的孩子，她長得很好看。但這時却給一樁心事弄得難看起來了：她撅着小嘴，眼睛含着一泡眼淚，眉頭向中間緊縮着。

她的心事是最苦惱的，因為它說不出來，而必須藏在心裏。這就是她的妬忌！是的，妬忌！她這種酸醋的感覺，在她五歲的時候便出了名的。那時正是她的小弟弟出世之後。

從那時候起，慕琦已變成一個很小氣很偏心的女孩子。她覺得這麼一個小弟弟，只有那麼小小的脚，小小的手，小小的耳朵，小小的哭聲的小弟弟，怎麼值得媽媽給予最大的愛護呢！

從那時起，慕琦已經注意着，媽媽是花了最多的時候來照料小弟弟的。客人們來的時候也關心他，評論着他的樣子像誰。甚至爸爸也「寶寶呀，寶寶呀」地逗着他食東西。似乎沒有一個人記得還有一個小孩，名叫慕琦的，也是住在同一屋子裏的哩。

有一次，媽媽有一個朋友來了，慕琦偷偷躺在路旁的花叢裏。當這客人離開的時候，她就聽見她們談及她如何妒忌小弟弟的事情。這時她才懂得，心裏那一股酸酸的感覺叫做什麼。

同一天的傍晚，她爸爸帶她到公園裏散步。他清了一下喉嚨問她道：

「寶提是一個很可愛的小弟弟，是不是？」

她很慢很慢才答道：「是，是的。」

於是爸爸把眼睛靠得很近很近的，瞧着她說：「現在媽媽有很多事情要照料他，和你小時候一樣的。」

她的喉嚨充滿了酸味，她說：「媽媽偏心，她沒有像愛寶提一樣地愛我！」

爸爸在噴水池邊停着，坐下來，把他的兩隻大手搭在她的雙肩上，說：「慕琦，實在的，媽媽愛你像愛寶提一樣。寶提這樣小，沒有人幫助，他是需要更多照顧的。所以對於一個初生的嬰兒，一個媽媽或爸爸，不能不多留心點的。但別的孩子在他們的心裏，是佔着同樣大的位置的。」

於是他舉起她跨坐在他的肩上，一齊向家裏走。他繼續解釋着說：「你知道麼，慕琦？如果你在小弟弟的身上找出一些可愛之處，你就再不會覺得不快樂了。你就對於任何一個你所愛的人，也不會妒忌了。」

這是實在的，小弟弟有很多地方是值得愛護的呀！現在她看見媽媽照顧小弟弟，她是快樂的。她還儘量找機會幫助媽媽照顧小弟弟呢。

現在，她懂得怎樣來處理這一個新的問題了。她要找出麗娜很多值得疼愛的好處，來使她再不發生妬忌之感。

她苦苦地思索。麗娜是漂亮的，很有禮貌，而且仁愛——夏理口吃，別人都欺負他，學他口吃的樣，但她却和他說說笑笑。有一隻小花貓迷了路，繞着操場跑來跑去，她又幫助牠回家。慕琦覺得麗娜這樣多好處，是應該值得親近的。

放晚學的時候，她的心較為平靜了。但還有一點點酸味使她躊躇着，因為在她的前面有一件碍眼的事：珍妮和麗娜手圈手地往前走，一如以前珍妮和她時常做的一樣。她很担心，不曉得麗娜會不會成為她和珍妮兩人之間的，友誼上的障礙物。

「也許我太多疑了，」慕琦在夜裏躺在床上想，「我應該以坦白的態度待她們，才會消除今天的隔膜。」

於是她心裏重新平靜下來，好好地睡了一夜。

第二天早上，她再沒有撅着小嘴，鎖着眉頭。她臉上閃耀着微笑。她和平常一樣地和珍妮及麗娜說笑。這立刻使他們三個快樂地融合在一起。她們三個說了很多笑話，講了很多故事，做了很多遊戲。

慕琦從沒有現在這樣快樂，因為她自己已能解決了一件最重要的問題。從此，她更懂得：友誼不是從妬忌裏去取得的，妬忌只會使得已經存在的友誼中斷。只有坦白和大量才會取得更多人的友誼。

署名志澄，選自一九四八年五月一日香港《新兒童》第十八卷第五期

吳先生和人造雨

吳外錚先生是一個化學家。平常很喜歡弄點化學藥品做做實驗，他弄呀弄的，居然有了幾件小小的發明。但他家裏的人太不幫他的忙了，否則他發明的更多呢。

上個月的一個傍晚，吳先生讀到一段新聞，說是科學家看見天氣乾燥，水塘裏漸漸乾了，要來一次人工造雨。那是要飛上天空，在雲層裏加上乾冰，雲層得到乾冰做媒介，就冷縮起來凝成雨點，下到地上來的。不過現在成問題的是還沒有乾冰。於是吳先生想道：如果我要研究，我也能夠做得一點不差的。

之後，好幾天，吳先生在他小小的實驗室裏，努力地研究着。他把一些藥物由這個瓶，倒過那個瓶。用玻璃管把一些藥品混合。一會兒他把一些東西放在小火爐上燒熱，一會兒又把一些東西放在他太太的雪櫃裏冷凝。

他這樣弄呀弄的，兒子打架了，他不管。有朋友去找他，他不管。工人叫他吃飯，他不管。太太埋怨他，他也不管。

在禮拜六下午六點鐘，吳先生終於確實地把造乾冰的道理找出來了。

他立刻把正在臥室裏看書的太太叫來。他高聲喚醒正在打瞌睡的，耳朵有點聾的老祖父。他大聲呼喚他的兩個男孩子——大兒子正錚，小兒子立錚，正錚正在裝作一個牧童，把立錚當成綿羊，騎在他的背上。

他們聽見吳先生的呼喚，立刻便集合起來，他們看情形，已經明白一切。

「經過再三再四再五的研究，」吳先生興高采烈地說，「苦幹了六十，七十，八十個鐘頭，我終於發現人造乾冰的道理來了，我要馬上，卽是要立刻，也就是卽晚，我便要造出大量大量的乾冰來交給飛機師。明天早上十點一刻，你們等着看人造雨吧！

「在星期一早上下雨！」吳太太喊道，「你好心不要弄得星期一下雨！如果星期一下雨，你想想我洗的衣服怎會乾呢？」

「那麼，好吧，」吳先生說，如果不是迫不得已，他很易通融的，「我可延到星期二才弄吧。」

「你說什麼？」老祖父問：「你說什麼？在星期二落雨嗎？電光閃閃，雷聲隆隆，那不成！你知道我患了風濕骨痛，星期二我要晒太陽的。」

「好吧，」吳先生說，「那就改在星期三——」

「星期三！」那個工人嘆息地說，她剛從廚房裏來，「在星期三下雨，我怎能刈草呢？你不是說過要我在星期三把這工作做完嗎？」

「好好，」吳先生說，「那就星期四——」

「爸爸，星期四不好，」正錚說道：「星期四是我們籃球隊打球的日子呀！」

「好吧，那麼，」吳先生說，他漸漸有點着惱了，「在星期五吧——」

「星期五麼？星期五麼？」小兒子立錚含含糊糊地喊道，「星期五我有個集會哩！」

「好吧，那麼，」吳先生大聲地說，「星期六朝早——」

「星期六！」正在縫着衣服的他的嬸嬸喊道：「你知道星期六我有——」

「好，好，好，好，」吳先生截住說，「那就——在——星——期——日——早上——」

「星期日，星期日！」全家人都叫起來了，「那我們都不能到外邊遊玩了！」

「星期一不能，星期二不能，星期三不能，星期四不能，星期五不能，星期六不能，星期日還是不能！」吳先生氣喘喘地說「好，好，好，好，那麼，永遠不做吧！」

於是，一隻手拿起藍的玻璃瓶，一隻手拿着紅的玻璃瓶，胳肋底挾着三枝玻璃試驗管，大踏步走出屋子去，不一會，吳先生便把瓶裏的東西都倒在地上去了。

「現在，」吳先生說，「我希望，用不着我的幫助，這個星期天天都下雨，看你們又怎麼說！」

署名志澄，選自一九四八年五月十六日香港《新兒童》第十八卷第六期

家庭會議

媽媽前兩天買了一對小兔子，麗麗和倍倍都喜歡到了不得，對這兩隻小兔都非常珍愛。他們因此就有了爭論了。

「我要使牠們得到快樂呀！」麗麗叫道，她把倍倍手臂裏挾着的兔子的粉紅色的耳朵扯着。

「不，不要扯！這樣會傷害牠們的，」倍倍把兔子抱得更牢一點，高聲說着，「把牠們放在洋囡囡的睡車上，推來推去，是不好的！」

「但放在鞋盒子裏更不好呀！」麗麗反駁着。

恰巧，倍倍的朋友湯君走進來，見到他們爭吵，便問道：

「你們爭論什麼？」

「啊，麗麗要把小兔子擠在洋囡囡的小睡車裏，像她逗洋囡囡一樣！」倍倍回答道。

「倍倍要把牠們放進鞋盒裏，帶來帶去，這豈不更壞！」麗麗解釋着說。

湯君兩手插進袋裏站着，輪流地察看着他們倆，說：「為什麼你們不舉行一個家庭會議呢？我們家裏有了爭執的事情，總是在家庭會議上解決的。」

「家庭會議？這是怎麼一回事？」倍倍迷惑地問。

「噢，這就是開會呀，一家人在吃過飯以後舉行的，有一個人做主席，有一個人做書記，每個人說出自己的意見，然後由大家表決——誰的意見受多數人贊成，誰的意見就算正確。……」

「那麼，如果我的意見得多數人贊成，我就可以把兔子放在鞋盒裏帶來帶去，而麗麗就不能把兔子放在小睡車裏了，是不是這樣？」

「是的，」湯君說，「自然，如果別人提出比你們更好的意見，這會得到最多數人的贊成的。」

「好，等我們試試看。」麗麗說。

「O.K.」倍倍也同意這個辦法。

晚餐後，孩子們幫着媽媽迅速地收拾好桌子，然後，每個人重新坐下來。

「我們舉誰做主席呢？」媽媽問。

「這樣吧，如果我們經常舉行這種會，」爸爸說道，「我們就輪着做。現在我們由年紀最小的做起，好不好？」

「好的。」麗麗和中中都贊成。中中是倍倍的哥哥，他現在高小念書的。

其他的人也點着頭。

「你們的意見是叫我做主席麼？」倍倍瞪着圓眼問道。

每個人都笑起來了。

「你年紀最小是不是？」麗麗問。

倍倍便站起身來，眼睛不定地向四圍望着。

「我們應該有一個書——書——書——」

「書記！」中中幫忙他說出來。

「是不是需要一個書記呢？」倍倍接着說出自己的意思。

「好主意！」爸爸說，「我推舉中中做書記。」

中中笑了一下，站起來，鞠了一躬。大家都笑了，連主席也笑了。

「我不贊成這個提議。」媽媽說。

「為什麼？」主席瞪着圓眼問道。

「如果選定了中中，她恐怕別人沒有機會做書記哩，」爸爸解釋說，「但問題是：有沒有人贊成我的提議。」

「我贊成。」麗麗說。

「中中，你最好預備幾張紙，你紀錄議案和大家表決時都要用的。」

「你的意思是寫備忘錄麼，爸爸？」倍倍又問。各人都大笑起來。媽媽把笑聲止住了。

「噢，對的，對的！」倍倍微笑說。

這時，中中已把紙和鉛筆拿來了。

「現在，主席先生，」爸爸說道，「今晚這個會討論什麼問題呢？」

「那一對小兔子，」倍倍立刻地答道：「麗麗要——」

「我的意見要我自己說才對，這是湯君說過的。」麗麗站起來打斷倍倍的話。

父親點了點頭。

「O.K.」倍倍說。

「主席先生，我想把小兔子放在我的洋囡囡小睡車裏，使牠們得到快樂，而倍倍却不讓我這樣做。」麗麗說完便坐下來。

「我也要對我自己稱呼『主席先生』麼？」倍倍笑着問道。

「你該說：『我退出主席的地位』，然後再說你的意見。」爸爸解釋道。

「我退出主席地位。我是想把兔子放在鞋盒裏。別的人有沒有意見呢？」

中中急忙忙地記錄着。現在他站了起來。

「主席先生，」他說，「我以為我們應該造一個眞正的兔籠，離開地面放在木架上，這樣飼養牠們才合乎科學的。牠們住的地方不能太小，不能常常被拿在手上的，這樣就會使牠們生病了。」

他說了便坐下來。

「還有別的不同的意——見——麼？」倍倍詢問着，「如果沒有，我們來表決吧！書記先生，請派紙給大家！」

「這裏有三個意見，」書記說，他看着他的記錄簿：「一個是要把兔子放在小睡車裏，一個是要把兔子放在鞋盒裏，一個是要把兔子放在兔籠裏。我們要表決一個。」

倍倍接過中中遞給他的紙張，迅速地寫好，摺成小小的方格。他又把票收集起來，指揮着，「麗麗，你來讀票，等書記把它們寫下來。」

麗麗解開第一張票說：「兔籠。」

她解開第二張票讀道：「兔籠。」

她解開第三張票讀道：「兔籠。」

她解開第四張票讀道：「兔籠。」

她解開第五張票讀道：「兔籠。」

他們彼此望着，都笑了起來。

主席站起身，睞着眼，宣佈說：「兔籠勝。」

「主席先生，」爸爸說，「我想，我們這個決議是很『民主』的。」

主席笑着說，「會議結——結——」

「結束。」書記代答道。

之後，小兔便住在籠子裏，而他們，從這天起，便經常有着家庭會議了。

署名志澄，選自一九四八年七月一日香港《新兒童》第十九卷第三期

胡叔異

你不能去了

「文駿，做做你的算術罷……」

「文駿，念念國語罷……」

「文駿，現在是整理你的玩具的時候了……」

文駿歡喜把事情拖延，父母時時刻刻提醒他，但他老是這樣回答：「停一會兒就做……」

有一天，他真高興，因為叔叔寫信來說要來接他們——他和他的弟妹——到海邊去避暑。

文駿想到在海岸上奔來奔去，在泥水中行走，捕捉淡菜和蝦蟹……都是非常有趣的事情，他就微笑起來。

出發的隔夜，文駿的媽媽向孩子們說：「今天，你們該整理手提箱了，因為明天清晨，叔叔來找你們。我知道他來時，一定匆匆忙忙的，他來到的時候，你們應該什麼都已準備好！」

「是了，媽媽，」孩子們快活地回答。

當下，弟妹兩人就去整理他們各人的手提箱，文駿却又放出老脾氣來，自言自語說：「今天到明天，還有許多時間呢，晚一點整理沒有關係。」

文駿不理箱子，却到園裡去捉蝴蝶。

整個下午過去了，傍晚時，母親問道：「文駿，你的手提箱理好了沒有？」

「媽媽，我想吃好夜飯後整理，時候還早呢。」文駿回答了。

可是，晚飯後，隣居的孩子們來了，文駿那裡肯放棄那些遊戲呢，不知不覺地，玩玩到了睡覺的時候。

「不要緊，」文駿想道，「明天，我在大清早起來理罷……」

明天早晨，他非特不比別人早起，反而是最後一個起身，他的弟妹一切都準備好了，他還剛剛在洗臉呢。這時，叔叔來了，他見文駿什麼都沒有預備好，就向他說：

「孩子，抱歉得很，我不能多等了。等了你，我們就乘不到火車了。你不能去了……」

說罷，叔叔帶了弟妹起程，文駿只好失意地站在門口，望着他們遠去，眼眶裡含着淚水。

選自一九四八年八月四日香港《星島日報・兒童樂園》

呂伯攸

「我們要報仇」

隣家的小和兒，實在是個壞孩子；他最歡喜虐待小動物，有時候打貓，有時候趕狗……甚至連小小的螞蟻，他也不肯饒赦它。

小和兒的家裏，有個大花園，在牆角邊的嚴下，有一個黑螞蟻窩，常常有許多螞蟻從窩裏出來找食物吃；它們要是找到了一個昆虫屍體，便成羣結隊地共同搬運，來來往往，十分忙碌。

在階沿旁邊，也有一個黃螞蟻窩，它們常常為了爭奪食物，和黑螞蟻開起戰來，雙方出動成千成萬的小將士，拚命搏殺，誰也不肯放過誰，一霎時，但見滿地都是蠕動着螞蟻，陣容非常嚴肅。

小和兒眼看着那些螞蟻，不論是搬食物的，或是出陣戰鬥的，他都覺得十分討厭，便想把它們一起消滅掉。至於他對付它們的方法，實在慘酷極了！——不是用脚來脚死它們，便是用滾水來燙死它們。

他的同學小三寶，看到他這種慘酷的手段，着實有些不忍，雖然屢次勸誡他，可是，他無論如何也不肯認錯，依舊是每天想出種種方法來，使那些小動物受些災難，他才快意！

不過，小三寶和小和兒的性格，一向是知道得非常熟稔的，他雖然殘忍，但却非常迷信，和他講到妖魔鬼怪，他總是害怕非凡，比他所怕的父親，更要厲害。

有一天，小和兒早晨起來，閒着沒事，便一逕跑進花園裏，想捉幾隻小蝴蝶玩。他剛走過假山邊，便看見地上有一叢黑螞蟻，蠕蠕地在那裏動着，他仔細打量了一會，原來這一叢黑螞蟻，好像還排着一些花樣似的，經他仔細一瞧，果眞排的是五個一尺見方的大字：「我們要報仇。」

小和兒頓被這個字嚇呆了。他自己知道，這幾年來，被他殺死的螞蟻實在太多，無疑地，它們顯示的「要報仇」，當然是向他報仇。因此，他便深深地懺悔，立誓從此不再虐待小動物了。

小朋友們，你們想想看：是不是螞蟻眞的會排字嗎？聰明的小朋友，一定立刻會回答我：決沒有這樣的事。那麼這五個字是那裏來的呢？

告訴你們，這不過是小三寶給他的一次教訓，他趁着小和兒不在家裏時候，特地來探望他，於是乘機溜進花園，取出他身邊帶來的一瓶蜜糖，悄悄地用手指（蘸）着，在地上寫了這五個字，螞蟻嗅到了蜜香，便成羣結隊地想去吃喝一頓，不知不覺，却被蜜糖黏住，隨它們怎樣掙扎也掙扎不脫了。

選自一九四九年三月十六日香港《星島日報・兒童樂園》

謝加因

學校的風波

星期一　三月七日

「花洒」在紀念週演講「三八節」的事情，他說，婦女不嫁給男子做姨太太就得到平等了。他說他廿五年前就到過美國，那時候男子還給婦女讓坐，那時還是不平等，聽說現在平等了，男子對婦女也不需要讓坐了。……

眞討厭，誰愛聽他的鬼話，去吃他的黑飯好了，他的公民堂愛來不來上，有時來了，老是看着阿釘嫂。講起書來離題萬丈，嘴裏噴出好多口水，眞像花洒。

「阿禿」也是使人憎的，講地理就講地理好了，又說什麼奸匪造反，搶去很多地方，那些奸匪殺人放火，奸淫擄掠，無所不為。現在政府要全力來剿匪，拯救人民，不要使地圖變成恐怖的紅色。……

「大力士」何楚寶氣得碌眼，她站起來問，那些「奸匪」如此可惡，為什麼人民擁護他們？為什麼他們常常打勝仗，我想，這裏面一定有原因的，請朱先生講講。

阿禿氣得吹鬚，狠狠的看着我們，他說：「那些奸匪可惡得很，他們會欺騙人民，說得很好聽，等到你相信了，就實行共產共妻，多麼可怕啊！」他指着阿肥問：「李佩嫻，這樣可惡的奸匪，該不該殺絕？」

李佩嫻裝聽不見，沒有答覆，阿禿大聲的再問，李佩嫻站了起來答：「我唔識答。」

阿禿問阿肥鄰坐的碰着鬼（龐卓葵，她是花洒的乾女兒），碰着鬼神氣十足地站起來答：「應該……」忽然大嚷起來！哎啊啊。

引得全堂大笑起來，弄得阿禿的臉鐵青了，他大聲的問，「什麼？」

碰着鬼帶着哭聲說，「不知後面那個用針來刺我的背後。」

「哼，你們這班頑皮鬼，我告訴校長，全體留堂。」說完他就走出課堂了。

留堂的時候，是訓育主任來宣布的。她說，你們就趕做壁報吧！三八節壁報比賽呢！

我們十二個人偷偷的談論剛才的事情，原來是「二叔公」看不過她平時神氣十足，現在又唔知趣，用髮夾狠狠的刺她一下，到現在她還不知是二叔公搞她的。

好的，壁報比賽就比賽，學校常常和我們初三鬥氣的，學校專制，不許談時事，不許讀課外書，總之許多不許，我們拚了葡幣三毛半，出了一張最蹩腳的壁報。

「培培」畫一隻壽頭豬，豬嘴長了兩隻獠牙，張大嘴想吃人的樣子，旁邊寫着：「看我的象牙！」

「何包」畫一隻花洒，像他的麻子一樣，旁邊寫着：「你們不要光是淋浴呀，要照照鏡子吧！」

「劉克宣」寫了一篇怪論（我們這裏，新生報可以寄到的）題目是「姨太太比王八蛋好得多論」，其中警句是：「姨太太不過是在不得已或者是受騙時，賣身給男子，她的心是痛苦的，犧牲的不過是她本人而已。但王八蛋出賣心肝，出賣靈魂給主子，做狗，說出最無聊，無恥的話來麻木青年，這種墮落的程度，遠不如做姨太太多多了。……我們不是想做姨太太或者替姨太太辯護，但有人說，婦女不做姨太太，男女就平等了，本作家以為『恕，恕』（No No），如果這個社會有王八蛋存在，這個社會上的男女也還是得不到平等的。理由是什麼，請問那些王八蛋吧！本作家不是王八蛋，唔之。（西關音）」

星期三　三月九日

昨天三八節，我們初三，全都到會塲去站崗了，這是對我們的處罰吧！

壁報比賽，我們初三是最劣等。培培，何包，劉克宣給訓育主任叫去罵了一頓，說，如果再搗蛋，哼，不准畢業。

阿姑說，哼，不畢業就不畢業，激嬲我地，全班唔考畢業試。

二叔婆說，說我們搗蛋？對她們這些王八蛋，不搗才怪！

教國文的阿婆上課的時候，她勸我們不要太過火，她說：在這學校，你們最多不過還有兩個多月。

大力士說，我們受夠兩年半的氣了。再也受不了。

阿婆說，她也受氣的，有些同事（我們的壞先生）說她什麼什麼，難道教書要和同學鬥氣？

和同學好一點，就會搞風搞雨……唉！先生和同學多接近，也有罪名的。

星期一　三月十四

阿婆好幾天沒有來上課了，阿釘打聽出來，該是碰着鬼將阿婆講的話告訴花洒，花洒告訴校長，說我們的壁報，是阿婆叫我們搞的，這傢伙眞是碰着鬼。哼，看看我們好好的收拾你吧！

為了這件事，學校就中途辭退了阿婆。

下午，我們廿五個同學，（除了碰着鬼）請假不上課，到阿婆家裏去慰問她。還買了糖呀、餅呀，送給她的兒子。

我們到她家裏，阿婆很高興，她的兒子有東西吃也高興。

劉克宣說：「我們很對不起先生，壁報闖禍了，要先生受罪。」

阿婆說：「你們沒有錯，錯處在學校。我不要緊的，這裏找不到事做，我到別處去。你們好好的讀書吧，很快的，這種學校，這種不合理的教育會被淘汰的。」

署名加因，選自一九四九年三月十八日香港《文匯・新少年》

四月二十一夜

一

阿恩賣完晚報，準備回家吃飯和上夜學的時候，聽說有號外賣，他忘記了肚餓，跑到報館去看看。不錯，比牛眼還大的毛澤東朱德下令解放軍渡江的標題字，在捲筒機上轉着，他的心高興得跳得厲害，他願意將這好消息帶給許多人，他知道這消息比過去的什麼號外都要得，都好賣。

一直賣到十點鐘，幾百份號外賣完了，賺得十多塊錢，他從來沒有賺過這樣多的錢，也從來沒有這樣高興過，他想，要是把「光頭佬」抓住，那天的號外就更要得啊……

阿恩回家的時候，媽媽也是挑泥回家不久的。弟弟問他今晚不回來吃飯就上學，一定在外面吃什麼好嘢，阿恩告訴他，今天賣外號，沒有上夜學，一直到現在還沒有吃過嘢呢！他將小布袋倒出來，一大堆一毫子一張的票子，夾着淡黃色的鎳幣，弟弟伸手來搶鎳幣。今天阿恩也慷慨了，給弟弟五六個。他告訴媽媽，今天的號外好賣，大家都搶賣。媽媽問他什麼事情？他說，我們窮人的軍隊下江南了，不久就會打到省城來，那時候，我們就回內地去過好日子了。

「你爸爸會回來麼？」媽媽輕輕的問。

「他一定會回來的，聽說兩廣縱隊也渡江了。」

弟弟聽說爸爸要回來了，很高興的問：

「眞的，爸爸的軍隊回來了？」弟弟拴着手裏的錢幣：「爸爸的軍隊來了，你還要在香港賣報嗎？」

「自然大家都要回到內地去了，那個還高興住在這裏。」

「回到內地，我要進學堂，我要穿學生裝，我要打球……」

「當然啦！那個時候，大家都有飯吃，有書讀，有工做……」

「你爸爸回來就好了！」媽媽拿三隻碗出來，他們要吃夜飯了。「我們窮人總有出頭的一天了。」

二

一陣爆仗聲，阿恩聽說人民的軍隊到省城了，阿恩一個人跑到四牌樓去看，馬路上擁滿了人，人民的軍隊從黃沙車站一條龍那樣開進市區，好多人仔細看着隊伍裏的面孔，有的找着丈夫，找着兒子，或者爸爸，哥哥……都高興得流淚，跟着他們走，這些跟在馬路旁探望的人，大聲的唱歌歡迎他們，那些軍隊對着馬路上來探望的人，有的做鬼臉，有的微笑，有的撫摸着年幼的孩子們……孩子們亂叫伯伯，哥哥，聲音比什麼都親切，甜蜜。

阿恩看到隊伍裏一個滿面鬍子的人，他衝口叫出：「爸爸，爸爸。」那個鬍子向他招手，他便跟他向東山走……

在郊外，這些軍隊坐下來休息了，好多的荔枝，芒果，波羅，李子……——送來慰勞啊！這些軍隊很客氣的左推右讓。他們和自己的家人「傾偈」，和不認識的慰勞者宣傳他們為着打倒反動派，大家都一條心的作戰，所以每戰必勝的道理。又報告他們渡江南下的情形。他們說，為了要華南的同胞早日得過好日子，我們在南京，上海……都沒有停留過一步。

阿恩問爸爸，什麼時候回家看媽媽？他說：放假的日子才能回家的，人民的軍隊不能隨便離開軍營的。爸爸說：三年來，他北上之後，學了很多東西，在軍隊就同進學校一樣，他現在能看報，也能寫信了。

阿恩告訴他，自從他們的軍隊走了以後，國民黨軍隊，把村子燒光了，家裏什麼也被搶光了。媽媽和他兄弟到香港去謀生，媽媽挑泥，我賣報，晚上讀書，弟弟還沒有進學堂呢！

爸爸對他說，以後要好好的學習，將來要學好本領，替人民服務！

……

人民的軍隊繼續前進，爸爸要他回家告訴媽媽，他禮拜天回家看他們。

三

阿恩和弟弟，在一間市立小學讀書了，媽媽到一間工廠去做工，他們的日子過得很快活。

一個禮拜天，爸爸笑迷迷的回家，他們很高興的吃午飯，媽媽告訴爸爸，她擬好一個學習計劃，說一天要認識五個字，半年要懂得看報；工作這方面，她也要參加突擊隊，和紡織勞動英雄李素珍比賽。

爸爸很高興，他問阿恩：有什麼計劃嗎？阿恩說：他要努力趕成績好的同學，因為他十五歲才讀三年級，要補上過去空白的日子。爸爸也點頭說：對，窮人翻身了，翻身還不夠，要爬起來，站得腰桿直……。他說，他已考進了陸軍學校，要好好的學軍事上的知識。

他們剛吃完飯，「學習呼聲」報告了一個消息，說，廣東地方的戰爭罪犯一百多人，今天下午三時，開始在中山紀念堂公開審判了。

爸爸帶着他們乘公共汽車去看，中山紀念堂早就擠滿人了，他們好容易找到一個地方站着，阿恩看着那些戰犯面孔很熟却想不起他們的名字，那些平日作惡無比的戰犯，現在在人民法庭之前，低着頭，紅紅的面孔，變成慘白了。

……

阿恩覺得擠得太緊了，氣也透不過來，他站起來鬆鬆脚，不料，脚發麻了，站不穩就跌了一交。這樣，他就醒了。

已經是六點鐘了，他要到報館去領報紙去賣。他想，這些日子很快就會來的。他不像往天那樣，拖着無精打彩的身子去賣報。今天，他的精神很好，他知道這些受罪的日子，就快過完了。

署名加因，選自一九四九年四月三十日香港《文匯報・新少年》

施瑛

紙鳶

媽媽又是坐在窗口，呆呆地看着外面蔚藍的天空，好半天不作一聲。小梅覺得很悶，走近去推推她，問：「媽媽，你又在想念爸爸了，是不是？」

媽媽的心好像在遠遠的天邊，並不囘答她。小梅撲在媽媽的膝上，抬頭看着媽媽的臉，問：「媽，爸爸為什麼總不囘來啊？」

爸爸走後，如今已經第三個春天了，他為什麼總不囘來啊——叫媽媽怎樣囘答呢？她的眼皮一動，頭慢慢地垂下，兩顆淚珠兒也落下來，落在小梅的頭髮上。記得爸爸走的時候，也正是這樣嫩綠輕黃的早春，小梅才七歲。他到了北方，只來過兩封信。從此就沒有信來。媽找人到處打聽他的消息；總沒有確實的消息，連生死存亡都不知道。這兩年裡，媽是多麼的想念他啊！她老是默坐在窗口，看着天空，癡想着他到底在那一方。

媽垂下頭來，看到小梅還靠她的膝上，忙說：「小梅，你不用悶在這裡，到外面去玩玩吧。不錯，你喜歡的那隻紙鳶，有着蒼綠色大翼膀的，已經給你買來了，快到草地上放紙鳶去。」

早春，風和日麗，正是放紙鳶的時節。

草地上是冷清清的，一個年紀較大的男孩子走來，幫助小梅把紙鳶放了起來。風向很順利，蒼綠色的紙鳶平平穩穩地向上升，越升越高，小梅手中的綫團已經很小，她便緊緊的拉着綫，仰頭呼吸着新鮮的空氣。那個男孩子看見綫已放完，便走了開去，只剩下小梅一個人。

小梅覺得有點疲倦，一手拉着綫，在草地上坐了下來。她抬頭看着，那紙鳶只像一塊黑漬黏在藍天上。她望着天空，不禁像媽一樣的想了起來：爸在天空的那一邊，是不是？可惜這隻紙鳶並不是飛機，不能彀載着媽和小梅到爸爸那裡去！

天空仍是那樣的蔚藍，陽光仍是那樣的明亮，但是在癡想着的小梅，覺得風力突然加強——強得幾乎叫她支持不住，那隻小小的紙鳶，像要騰空而去，小梅急得兩隻手拚命拉住綫，力量還嫌不够。方才幫助她的那個孩子，早已不知道跑到那裡去了。小梅「急」回頭叫着：「媽，媽呀，快來幫助我！紙鳶要飛去了！」

媽還是坐在窗口，她聽到小梅的喊聲，趕快跑了出來。眞危險，那隻紙鳶幾乎把小梅拖了起來，她雙手緊拉着綫，只剩脚尖還站在地面。媽幫她拉，預備收綫，不料紙鳶在天空中搖擺了一下，像開足了發動機一樣，向上直竄，可憐媽和小梅倆，再也站不住脚，霎眼之間，跟着騰空而起。兩個人只好互相叫着：雙手緊拉着綫啊，不要放鬆了跌下來！

紙鳶曳引着母女倆騰飛去。她們害怕得緊閉雙眼，只覺得身體變得很輕，好像浮蕩在空氣裡，耳邊是呼呼的風聲，拉着綫的雙手，誰也不敢放鬆。好一會，媽才掙出一句話：「這紙鳶要把我們飛到什麼地方去呀？」

不知道誰在她們的耳邊輕聲說：「到遠遠的北方，爸爸的身邊，他也在想念你們，等待你們。」

這時候，那紙鳶像已精疲力盡，小梅母女倆只覺得身體在慢慢往下落，落，最後突然停住，她們睜開眼睛。看見正落在柔軟的草地上，身體上一點也沒有損傷。同時她們拉着綫的雙手一放，那紙鳶飄飄蕩蕩地向前飛去，漸遠漸小，直到看不見它。媽不知道自己現在什麼地方，她望着前面，前面一片鼓平如鏡的大湖，湖邊空禿禿的柳樹下，正坐着一個人，在那裡沉思。媽和小梅都看清楚了，他還不是音信斷絕已久的爸爸嗎！她們大喜欲狂，奔了過去，三個人擁抱在一起。

媽和小梅齊聲問：「你為什麼不回家啊，我們天天在想念你。」

爸說：「這兩年中，我也天天在想念你們。可惜消息不能通，我也不願意再到南方來。這裡的生活很不錯，我正在想接你們到這裡——不錯，你們是怎樣來的？」

小梅抬頭望着天空，天空一片蔚藍，別的什麼也沒有。小梅詫異地揉着眼睛，說：「咦，難道這是做夢嗎？」

爸含笑拍拍小梅的肩膀，說：「不，這是真實的，媽和你現在不是都在我的身邊嗎？」

選自一九四九年四月十三日香港《星島日報・兒童樂園》

第五輯

寓言

呂志澄

王子和魚

一個很慳吝的王子請一個聰明人吃飯。他叫那聰明人坐在最末的座位上。當廚子把魚捧上來的時候，聰明人看到那些鮮美肥大的魚都被放在王子的面前，而放在他面前的却盡是小魚。這聰明人便心生一計。他把小魚逐條逐條拿起，對着魚頭，細聲說話，然後又把魚嘴對着自己的耳朵，點頭搖腦，好像得到了魚的答話一樣。

王子看見這個情形，很奇怪地問道：「你這是幹什麼的呀？」

「很久以前，」聰明人答道，「我的父親很不幸地掉進大海裏，此後我便再沒有看見過他，所以我時常見到魚就問牠們，有沒有見到我的父親。」

「牠們說的什麼呢？」王子問。

「牠們告訴我說，」聰明人答道，「這件事情是發生在牠們出世以前的，牠們不知道；假如我問問放在你面前的大魚，便可知道了。」

王子明白了他的意思，便拿些大的魚送過來給他的人客。

寓言：有才智的人，會帶給他自己以好的報酧的。

署名梅君，選自一九四六年十一月一日香港《新兒童》第十二卷第五期

黃慶雲

鬥聰明的魚

一個平靜的小河上面，兩條小魚在誇耀着自己的本領。另一條魚却在一旁，冷冷地看着。

那一條魚說，「你看我的本領多大，我會吹得很大的水泡兒的。」於是他吹了一個，有龍眼那麼大。

那一條魚說，「我也會呢。」於是他又吹水泡兒，也有龍眼那麼大。

剛才那條魚又說，「我還會吹更大的。」於是他使勁的吹，吹出了荔枝那麼大的水泡。

那一條魚又說，「難道我不會吹麼？」他也就使勁起來，也吹出了荔枝那麼大的一個水泡。

剛才那條魚更不服氣了，「你看我吹一個更大的給你看。」於是他拚命的吹，吹了一個像蘋果那麼大的一個水泡。

那一條魚又說，「你會的我都會的。」他也拚命也似的吹，也吹出了像蘋果那麼大的一個水泡。

一個漁翁望見那些水泡，知道那兒是有魚了，還以為很大的魚，用一個魚網把他們兩條魚都提起來。

那一條在旁邊冷冷地看的魚見了，歎着氣對那兩條魚説，「你們連避危險，求生存的基本常識都沒有，光是吹又有什麼用呢？」

選自一九四六年十一月十六日香港《新兒童》第十二卷第六期

柏善慶

紙老虎

一天，屋簷下放着一隻紙老虎，旁邊有兩隻小白兔正在吃草。

「小傢伙！你們敢在我身邊吃草，知道我的利害嗎？」紙老虎雄糾糾的對小白兔說。

「我們知道老虎在獸類中是最兇猛的，誰都怕牠，不過像你……」小白兔剛剛說完一個你字，紙老虎便怒氣沖沖的搶着說：

「像我怎麼樣？你們就不怕嗎？哼！我的眼睛不大，身子不胖，鬍鬚不長，爪牙不利，你們說：那點比不上山中的老虎，一旦我發了怒，張開血盆似的口，嘿！像你們兩隻小小的白兔，一口不夠……」小白兔被紙老虎這樣一嚇，早已魂不附體，伏在地上動也不動。

突然空中烏雲密佈，大雨將臨，小白兔便借機說：

「紙老虎先生！天將下雨，去屋內避避吧?!」小白兔說完這兩句話，一溜煙跑進屋裏去了，衹聽得紙老虎還在外面發威：

「你們這些怕死的傢伙，大驚小怪。」紙老虎雖也恐懼，但為了保持自己的尊嚴，不得不如此說。

大風雨過後，小白兔伸出頭一望，簷下的紙老虎衹剩了一個空空的竹架，小白兔便大步的走出來，向空竹架報復似的一笑說：

「紙老虎先生！紙老虎先生！如今大風雨掀去了你威武的外表，現出了空空的真面目，你的威風那裏去了！」

選自一九四六年十二月十六日香港《新兒童》第十三卷第二期

胡兆瑞

一條扁擔

有三個苦力，他們專靠搬運過活的。有一次合力扛一件笨重的東西到鄰縣裏去，回來的時候，太陽快要下去了，於是他們加速了腳步，往家裏趕。當他們走到城邊，那兩扇鐵的城門，已經緊緊地關閉了。要回到他們的家，必須經過城門，可是現在是不能夠通過了，怎麼辦呢？既然沒有錢住旅店，只有向守城門的士兵請求，雖然經過幾次的談話，結果，仍然是失望。

「我們今天就在這條扁擔上睡一夜，好嗎？」一個苦力這樣的提議着。

「好的！你就睡在裏面，我睡中間，阿王！你就睡在邊上吧！」另一個苦力這樣的分配着。

「好！好！好！」大家一致贊同。

在幾次的翻身打滾的聲音過後，一陣陣的鼻鼾從他們中間發出，打破了這夜的沉寂，顯然的，他們是睡着了。

「老張！你向裏面靠一點好嗎？」發出這句話的是第三個苦力，距開始睡的時候，大約有半小時的光景。

「阿王！你當心！不要睡跌下去呀！大家馬虎擠一夜算了。」這句話說完後，接着又是一陣亂翻亂滾的聲音。

這些不調和的聲音開始靜了，那鼻鼾也漸漸的由小而大，由低而高了。這種種聲音刺激了那個孤寂的守城門的士兵的耳鼓，在那些奇異的舉動之中，使他發生了懷疑：到底一條扁擔有多少闊？能夠睡得下三個人麼？還說：「向裏面靠一點。」這一個謎，他始終猜不透。他似乎不相信，但在不相信之中又相信了，因為那三個人的確睡得很甜蜜，他這顆好奇心更加跳動得厲害了，他想：要曉得實在情形，就非親看一下不可。於是他拿定了主意，伸手去挑動門柵，用力拉開了城門。探首出去，不由的「啊呀！」一聲叫了出來。原來是一條和普通沒有兩樣的扁擔剛剛打在他的頭上，他連忙縮了進去。就在這個時候，那三個人一擁，也就跟着他的頭進了城來。他呆了半天，看着他們談笑自如的經過他的面前走了，漸漸的遠了，看不見了。最後他才發覺上了他們的當，悔恨已是來不及了。

選自一九四七年一月一日香港《新兒童》第十三卷第三期

謝加因

將死的狼

·為上水四小學生被殺有感而作·

有這麼一個地方，發生這麼一個事故：

有一個古老的村莊，這村莊靠近一個大森林，這大森林裡所有的產物是他們生活的資料的一部份，但可怕的恰是他們認為神的化身的豺狼。幾千年來，豺狼們得到大森林的掩蔽和村民的迷信，以為這些森林是神所恩賜的，要生活在這地面上，就得忍受一切，因此，豺狼們經常到這古老的村莊來殘害村民。幾千年來，他們供給了豺狼果腹的生命不知多少，幾千年來這些血債多到無法計算。那些殘存着的年老人，永遠是這樣地告誡下一代，對於神不但不能反抗，而且不能不敬的，如果遇到苦難的關頭，只好忍受，即使粉身碎骨，也得感謝神恩。只有神才能使他們生活，也只有死於神才是光榮的。不過，人究竟求生慾是強的，作為神的化身的豺狼來暴虐的時候，大家能避開就避開，不要觸怒他……

豺狼們幾千年來的橫行無忌，完全是這些村民的迷信和無限度的忍受，最近十幾年來豺狼們的貪婪，殘暴已經到了極點。

因此，幾年來，這古老村莊裡的青年給豺狼們的殺死最多，再也不能忍受了，為了自己這一代的平安和生活得像一個人樣，太多血腥的教訓使他們對豺們的憤恨。他們經過了智者的啟示，森林裡的產物，是自然界的產物，並非什麼神賜的恩物，而豺狼是歷代剝削他們生存的權利吸血的魔鬼，他們非抵抗不可，非大家起來消滅他們不可。

但這需要相當長的時間，付出最大的代價。為了將來的日子，目前只好忍受苦痛。於是深入森林圍攻，並且用火來燬滅這有了幾千年歷史的罪惡的森林。

森林着火了，四百的村民用矛，槍來警誡着，防止着豺狼的竄逃。幾年的艱苦戰鬥，將大森林燒燬了，豺狼們也消滅了，大家在歡呼和歌唱。

不知從什麼地方，突然出現了一匹最大的豺狼，倒在地上，身上的毛已經脫光了，有一部份是燒掉的，有大部份是因為年齡過高而脫落的。這匹狼突然地死在眾人之前，大家都圍攏來看牠，大家都忘記了現在還是戰鬥的時候，人們正研究這匹狼的年壽，和綠色的兇光……突然間，這隻老狼從地上躍起，瘋狂地咬死了幾個年青的孩子，因為這些孩子們還沒有自衛力啊！

許多人為這突然襲擊，重新將矛、槍，來作最後一次〔殲〕滅戰鬥。連旁觀的人都為着自衛而參加了戰鬥，結果了幾千年來最後的一匹豺狼。

為著驚惕自己，和告誡下一代，他們在石碑上寫着這樣的字：

「將死的狼是最凶殘的，為了更殘暴的報復，狼最善於裝死。」

署名加因，選自一九四八年四月二十七日香港《華商報・熱風》

公劉

熊、狐狸、和他們的影子

有一個山林，某天被大風暴掃蕩了一次，許多小動物都給雷鳴電閃嚇倒了，獨有一隻大熊，毫不慌張，日子過得很安定，於是，他們便很崇拜熊啦。

狐狸聽了小動物界的輿論，很不以為然，說穿了就是很妒忌。

於是，他心裡就一直在七上八下的打主意，總想找個機會，來向小動物們證明這隻熊並沒有什麼了不起。

有一天，他看見熊坐在一條山澗旁邊，動也不動的凝視着遠方，像一座磐石一樣。

他想：機會來啦。計謀拿定以後，就趕緊跑去叫了一大批小動物來，要他們朝山澗的水流看去，並且指着熊在水中的影子說：

「你們瞧！熊……那不是熊嗎？他胆怯得很啦，連這點水都怕哩，你們瞧，他不在發抖嗎？抖得很厲害，簡直像害了惡性瘧疾一樣嘛。你們還崇拜他，說什麼最穩健，最安定，永遠沒有誰能動他……呸！這就是你們崇拜的英雄啦！哼！」

狐狸一面説着，一面吐著口沫，十分得意。

他把熊大罵了一頓，說得人家十分卑劣微賤以後，而同時當然更不會忘記為自己捧場一番，於是開始自吹自擂，形容得自己天花亂墜，比什麼都強。

說着說着，竟不知日之西落；太陽已竟落在他們屁股後面去了。

突然，一隻小兔子尖聲尖氣的叫了起來：

「哎呀，那是什麼？水裡的影子！」

這一叫，駭了大家一跳；仔細看了看，原來那影子並非別的，就是這隻站着講得起勁的大狐狸！

狐狸發現自己的影子倒映在山澗中，被汹湧的暴布沖得支離跛碎，亂抖亂動的，而且因了黑夜將（　）的原故，還特別顯得黯淡。

這時候，狐狸覺得十分狼狽，只好裝瘋裝顛地連續叫了幾聲說：「那不是我！那不是我！」就向樹林中溜之大吉了。

坐在山坡上的熊，給這呼天搶地的狐鳴所噪擾，便用很不高興的調子哼了一聲。

這時，小動物們更慌亂成一片，以為是什麼怪物來了；那曉得定神一看，原來那高高的山崖上，正坐着那隻熊。雖然這已經快黑夜，但熊仍然坐在那裡凝視着整個山森，動也不動，像一座磐石一樣。

惑眾妖言的是永遠不敢面對事實和真理的；而且，真正的上當只有一回，雖然真正的欺騙可能不止一回。

選自一九四八年六月二十八日香港《華商報・熱風》

樂怡

老伯伯和蛇

有一位老伯伯，早晨出走散步，走了一會，驀（音末）地看見一條大蛇，被壓在一塊大石頭下面。這條蛇也是出來散步的，不料山上滾下一塊石頭，將他壓住，石頭非常重，所以他爬不起來了。

老伯伯心腸很好，他就跑過去替蛇將石頭搬開，可是石頭剛搬開，那條蛇却要反口來咬他了。老伯伯大聲叫道：「且慢！讓我們先去找一個我所認識的人，請他評評理看。」

因此他們就走到一個狐狸的洞邊，狐狸走出洞口，露出很聰明的樣子。

老伯伯問狐狸：「這條蛇被壓在一塊大石頭下面，我將牠救了出來。現在他反而要吃我了。你看公道不公道？」

狐狸想這個老頭兒很肥胖，吃起來一定味道很好，因此牠說：「如果蛇要咬你，我倒不覺得有什麼不公道的地方。」

於是蛇就張口要咬了。可是老伯伯又說：「等一等，我們不妨再去找一位聰明的朋友，問他這件事公平不公平。」

因此他們又去找出一隻兔子。老伯伯對牠說：「這條蛇剛才被山上滾下來的一塊石頭壓住了，我幫牠將石頭搬開，現在他倒要咬我，你看這件事對不對？」

兔子睞睞他的紅眼睛，搖搖頭，說道：「我不信一塊石頭能壓住一條蛇。除非親眼看見，誰能相信有這樣的事呢？所以在解決這個問題以前，且讓我們先去看一看那一塊石頭再說吧。」

他們三個立刻便走到那個地方，並且找到那塊大石頭，兔子說：「蛇兄，請你躺下來，讓我們把石頭放在你的身上，看看是否壓得住。」

蛇就照做了，老伯伯就把石頭放在蛇的身上，將蛇壓住。蛇雖然竭力掙扎，總是爬不起來。

於是老伯伯就伸手去搬那塊石頭，想把蛇再放出來。可是兔子叫他不要搬。「你不要去放他吧。」兔子說，「牠既然要咬你，就應該讓他自己想法脫身了。」

因此老伯伯就和兔子各自走開，讓那條蛇一直被壓在石頭下面。

選自一九四八年七月七日香港《星島日報・兒童樂園》

嚴大椿

驢子和狗

一個人走回家去。他的驢子走在他前面，他的狗走在驢子前面。走了一程，他疲倦了，躺在一棵樹下睡熟了。

驢子餓了，去吃青草。狗也餓了。在驢子的背上載着兩籃麵包，狗向驢子說：「我也餓了，請你把籃裡的麵包給我一塊罷。」

但是，驢子繼續吃着草，若無其事地回答說：「等你的主人醒來罷。」

忽然，一隻狼從樹林裡跑出來，走到狗和驢子身前。狼也餓了。驢子很害怕，向狗說：「朋友，幫幫忙！」

但是，狗一動不動，冷淡地回答：「等你的主人醒來罷。」

狼就跳到驢子身上，把驢子吃掉。

選自一九四九年六月二十九日香港《星島日報・兒童樂園》

胡明樹

洋鴨和土鷄

王弟的媽媽最近養了一對洋鴨，因為洋鴨比土鷄大，也比較好吃。據說養有洋鴨的家，烏蠅也會減少，因為洋鴨是吃烏蠅的；蛇也不敢到裏屋來，因為蛇（ ）到了洋鴨的屎尿的氣味，他就怕了幾分。

庭前有一羣鷄在啄食地上的米粒或虫蟻。那對洋鴨也在捕食在地面上飛來飛去的烏蠅，洋鴨的動作是很快的。牠們張開咀巴把頭部向前一伸，烏蠅就落進他們的肚子裏，如果烏蠅飛得比他們高，牠們就向上一跳，把烏蠅捕捉到了。

天井上有一隻剛出羽毛的小鷄，牠正在覓食，忽然一隻洋鴨向牠身上躍來，牠以為洋鴨向牠襲擊，有點害怕，但是並不，洋鴨只把咀巴向牠身上一觸又縮了回去，小鷄只覺得身上有一種異樣的感覺，但毫無痛苦，所以牠只以為洋鴨和牠開頑笑，或者和牠親善。牠那知牠自己身上的羽毛——剛剛生長的羽毛又被拔了一根呢！洋鴨也不知道牠自己已經拔了小鷄身上的羽毛，牠只看見小鷄身上有些黑點，就以為那些黑點是停在小鷄身上的烏蠅，牠是在捉烏蠅的呢。

經過幾次之後，洋鴨發覺自己在小鷄身上捕捉到的不是烏蠅，卻是小鷄的羽毛——美味的羽毛呀！和烏蠅的味道不同的羽毛呀！洋鴨將牠的經驗告訴牠的同伴，於是兩隻洋鴨就聯合一起，向那正在生長羽毛的小鷄身上襲去，一根一根的拔牠身上的羽毛——比烏蠅更美味的有血有肉的羽毛呀！

小鷄身上的羽毛幾乎被拔光了，小鷄才覺得滿身不舒服，因為被拔去了很多羽毛，現在有點痛了，皮膚發紅了，而且有些地方出血了。小鷄於是去找牠的媽媽，牠說：

媽媽，我的身上怎樣呢？我覺得很不舒服！

怎麼？你這幾天生長出來的羽毛都沒有了？小鷄的媽媽很關心的問。

我不知道，我是看見一隻洋鴨和我玩，後來兩隻一齊來和我親善……

那一定是洋鴨拔了你身上的羽毛了！

正說着，洋鴨又來了，又向小鷄身上用功夫了，而且那第二隻洋鴨又向另一隻小鷄身上發展了。小鷄的母親發怒了，牠教小鷄們避到一邊去，牠自己鼓起羽毛向那兩隻洋鴨啄去：

「洋鬼子，你們為什麼拔去了我的孩子身上的羽毛？」

「誰拔你孩子的羽毛？我不過替牠捉烏蠅吧了！」

母親覺得辯論沒有益處，於是團結了所有的大鷄向洋鴨衝鋒，結果把那兩隻洋鴨趕出了天井。

X　X　X

王弟在廚房吃飯，看見一羣鷄向那兩隻洋鴨衝去，很是着急，就放下飯碗握起了一根竹桿，想幫助洋鴨打退鷄羣，但他的媽媽却制止牠：

「阿弟，不要管牠們，你看，那隻小鷄身上的羽毛都被洋鴨拔光了，所以牠的媽媽就團結其他的大鷄把洋鴨趕出牠們活動的天井。」

洋鴨為什麼要拔小鷄的羽毛呢？王弟問。

最初，洋鴨只以為小鷄身上初出的羽毛是烏蠅，後來雖然知道，那不是烏蠅，但覺得很好吃，就不惜侵害人家，竟把小鷄初出身上的羽毛吃光了，所以結果被驅逐出天井，是當然的結果！

選自一九四九年十月三日香港《華僑日報・兒童周刊》

第六輯

戲劇

黃慶雲

中國小主人

〔存目〕

選自黃慶雲《兒童獨幕劇》，香港：進步教育出版社，一九四一年六月初版；一九四二年十月再版；一九四八年六月三版

一雙小腳（三幕劇）

序幕

時　間　一九四〇年聖誕前夕

地　點　香港

人　物　徐國材（父）

徐太太（母）

徐小材（五歲）

佈　景　一個中等的小家庭的小房間，有着聖誕意味的陳設，並且在這些陳設當中，你會意味到有一個小孩子，而且是一個受父母疼愛的小孩子在裏面。開幕時台上全黑。光漸現處，露出一雙潔白的，可愛的孩子的脚來。那雙小脚正在跳着舞，燈光逐漸擴大，現出那孩子的全身，他的衣服非常漂亮，是天使的裝束，他顯然是在練習着甚麼的，他還有點兒不放心，和不時的矯正着。他嘴裏在哼着歌，這歌聲常給他因錯誤而鼓着的嘴巴中止了。後來，他跳得很馴熟，一點也不錯。最後，他停止了，門上起了一陣掌聲，徐國材和徐太太不知在甚麼時候已進來了。徐國材的臂彎裏還挾着兩包甚麼禮物。為了不去驚擾孩子的跳舞就靠在門上面，徐太太靠在徐國材的身旁。

徐國材　徐太太　跳得好！跳得好！

徐小材　（撒嬌地跑到他們身旁）爸，媽。

徐太太　小材，你準備好了麼？

徐小材　好了，媽，學校還有一個鐘頭就開會呢。

徐國材　啊，啊，我的孩子還要表演甚麼嗎？

徐小材　是呀，爸爸，我要扮一個小天使，在基督降生那一天晚上，在他們的歌聲裏，我慢慢的降下來的。起先只看到我的脚，後來就看到我的全身了。我還要跳着舞，還要唱着歌呢。

徐太太　你唱的是甚麼歌？

徐小材　是「平安夜」的歌。爸，媽，現在我就唱給你們聽聽。

徐國材　好的。（微笑點頭）

徐太太

徐小材　（唱）平安夜，聖善夜，

萬暗中，光明射，

照着聖母也照着聖嬰，

多少慈祥也多少天眞。

靜享天賜安眠，

靜享天賜安眠。

徐國材　（感動地聽他唱，手上的兩包東西不覺骨碌一聲跌在地下）啊呀！

徐小材　爸，這是甚麼東西？

徐太太　（蹲下來）我忘了，你猜這是甚麼？（拏起一包）

徐小材　是洋囡囡。
徐太太　（搖頭）再猜。
徐小材　是小汽車。
徐太太　（搖頭）不，你再猜，你看看你身上缺少的是甚麼？
徐小材　（撒嬌地頓着腳）唔，還要猜，還要猜，（忽然想起來了）是鞋子！
徐太太　對了，（把包扯開）對了，是鞋子，是保護寶寶的腳的鞋子！
徐小材　多美麗呀。
徐太太　是給寶寶今天穿回學校裏去的呢，唔，你的腳多髒，讓我拏些水來給寶寶洗吧。（下）
徐小材　（又扯開那另一包，是一個地球）爸，這是地球，是不是？我的先生告訴過我。地球就是全世界的地方，對嗎？
徐國材　（點頭）對的。
徐小材　那麼，中國也在這地球上了。（在找着）
徐國材　（點頭）對的。
徐小材　唔，看，這就是中國了。爸和媽和小材都在上面的。
徐國材　是的，地球上容得很多人的。
徐小材　那麼天使呢，也在地球上嗎？
徐國材　（略一遲疑）唔，天使是在天國的。

徐小材　那麼為甚麼天使不搬來地球上面呢？地球上多熱鬧呀！又有爸爸，又有媽媽，又有寶寶，又有先生，又有英國人，美國人，俄國人……

徐國材　是的，如果我的寶寶做了天使，寶寶一定到地球上來的。

徐小材　是的，我一定到地球上來的，像今天晚上降生的基督一樣。

徐太太　（把一盆水捧了出來，和小材洗脚）

徐小材　爸爸，您以為地球上的人會歡迎我嗎？

徐國材　當然歡迎的。

徐太太　小材，你動太厲害了。（給他揩着一隻脚）

徐小材　媽媽，我用這一雙脚，要踏遍那地球的。（抱着他的媽媽）媽，多好玩啊

——幕漸隱，最後是孩子的一雙穿了新鞋子的脚和那地球。幕後飄起「平安夜」的歌聲。

第一幕

時　間　一九四六年冬夜

地　點　香港

人　物　徐小材　漢子　客人　阿金　漢子

佈　景　一條不大乾淨的街道轉角處，晚上，街燈在空中也不發出多大的光。開幕時台上是黑的，燈光現處，剛是一隻踏在擦鞋小台上的穿了皮鞋的脚，一個孩子在擦着那皮鞋，在燈光漸現的地方，照見那孩子的瘦削的臉，那是我們的老朋友徐小材，他長大了，那時台上很沉靜，只有北風虎虎的聲音和擦皮鞋的聲音。

徐小材　先生，請把那一隻脚掉過來吧，你看擦得好嗎？

客　人　（把剛擦過的脚舉起來，看了看）馬馬虎虎，你的鞋膏不夠好的。

徐小材　那却是不便宜的咧。我買了很久，唔，先生，我給你多塗一點就是。

客　人　好了，算了，已經很晚了，快點擦罷。（他剛想把那隻未擦的脚踏上去，但是忽然的一隻不認識的脚先踏上去了。跟着哼哈一聲，一隻手踭對正碰在他的手肘上，他抬頭一看，原來是一個漢子。）

漢　子　喂，老兄，請讓開一點，老子要趕着擦皮鞋呢。

客　人　你怎麼搶着我的。

徐小材　（陪着笑）先生，您要擦鞋嗎？讓我先把那位先生的鞋擦過了再擦您的吧。已經擦了一隻了，很快的。

漢　子　哼！想擦皮鞋！（一起脚把那些擦皮鞋的東西都踢去了。）

客　人　豈有此理！你在這裏欺負小孩子！

漢　子　（白他一個眼）欺負就怎樣？不欺負又怎樣？你得熟性點！
客　人　你不應該欺負小孩子！
漢　子　那麼我就欺負大人給你看！（撻的一聲打在那客人的臉上）
客　人　（給打得倒後退了幾步）你再來！
漢　子　（哈哈大笑）你再來！（抽出了一柄小劍）
客　人　（憤憤然，又不敢抵抗）看，終有一天！（向街的一邊去了）
徐小材　（本來驚至不知所措的站在一邊的，現在意識至自己的危險了，忙把那些擦鞋的東西搶起就想走。）
漢　子　（喝一聲）小鬼，不要走！過來，老子還未擦鞋呢。
徐小材　唔……
漢　子　過來！
徐小材　（過去一點）已經沒有黑鞋膏了。
漢　子　怎麼擦鞋的連鞋膏也不帶來的嗎？
徐小材　不，剛才不曉得踢到甚麼地方去了。（有點可惜）那是新買來的呢。（回頭想去找）
漢　子　不必找了，哼！新的鞋膏！看你這土頭土腦的樣子，怪道那麼不熟性，新的鞋膏，哈哈哈！你擦了幾天鞋了？
徐小材　昨天才開始擦的。

漢　子　怎麼？你昨天已在我這地頭擦鞋嗎？

徐小材　不，我今天才來的，我不知道這是你的地頭。昨天我在大道中擦，有幾個擦鞋的說那是他們的地頭，我才到這裏來的。我看見這裏沒有人擦鞋，我不曉得這地頭是你的。

漢　子　那麼你以後還想擦鞋嗎？

徐小材　想的。

漢　子　那你就得先向我熟性，聽見沒有？

徐小材　我想熟性！怎樣向你熟性的？

漢　子　你要擦鞋，就得先入會，先交三十塊錢來，就派定一個地頭給你，以後再不怕有人干涉你的。

徐小材　哦……

漢　子　（這時有另外一個漢子上，帶着一個小地痞之類的孩子，漢子對他招呼）等一等，讓我先把這事攪好！（向小材）喂！你究竟想不想熟性的？你打定你的主意。今天在中環，有一個不熟性的小鬼差不多給我改低了幾寸了。（指着他身上的血跡）看，那斷手上的血還未洗咧！

新漢子　誰叫你不掩着他的嘴，他喊的那麼響，幾乎累我也給警察抓着咧。（也幫着搖撼着小材的肩頭）交三十塊錢來！

徐小材　我沒有三十塊錢，我衹有三角錢，我等了半天，才有兩個人來擦皮鞋。有兩角錢是本來有的。一個擦鞋的給了一角錢給我，那一個，就是剛才那一個，却走了。
漢　子　（瞧着那小地痞）搜搜他……
小地痞　把手舉起來。（小材舉手給他搜）眞的就有三角錢。
漢　子　再搜清楚一下。
小地痞　甚麼都搜過了。
新漢子　鞋底呢？
小地痞　他是沒有鞋穿的。
漢　子　算老子碰了倒霉星！滾吧！（狠狠的給小材一個耳光，小材拿起東西便走）
漢　子　（忽的斷喝一聲）你過來！
徐小材　（抖着的走過來）還有甚麼事。
漢　子　把你那三角錢拿來。
徐小材　（抖着的把三角錢掏出來，小心翼翼，好像捧着兔子似的捧到漢子跟前）哪！
漢　子　（俯視着那顫着的孩子的臉，他才第一次清清楚楚的看到他，也許是小材那特別可愛的樣子，也許是小材給他打出血的臉引起他憐憫，他停下來）我不要你的，拿回去。你還想活下去的！
徐小材　（一直都給他嚇呆了）是的。

漢　子　是甚麼？

徐小材　是三角錢！（新漢子和那小地痞都大笑起來）

漢　子　我問你有想過活沒有。

徐小材　我沒有想過活，我衹想怎樣才不會死。（他們三個都笑起來）

新漢子　不要管他了，吃茶去！

漢　子　不，等一等。（向小材）那麼你拿了三角錢回去就可以不死了，是嗎？

徐小材　我不知道。

漢　子　你的家呢。

徐小材　我沒有了家了。

漢　子　你的家人呢？

徐小材　我沒有家人的，爸爸給日本人活活燒死，媽媽走散了。

漢　子　那麼你怎樣活來着？家沒有了，鞋也沒有得擦了，三角錢一下就吃光的。

徐小材　是的，吃光的。（忽然意識到自己的痛苦，他把雙手蓋着眼睛，很苦澀的哭出來。）

新漢子　（向漢子）走吧，吃茶去。

漢　子　等一等，也許，唔，你那邊還需要「馬仔」用不？

新漢子　「馬仔」是多多益善的。

漢　子　我想要他做一個。

新漢子　太瘦了一點。

漢　子　總有用處的。（回頭來）你叫甚麼名字？

徐小材　徐小材。

漢　子　徐小材，老子有方法叫你活的。只要你跟着老子。算造化了你，遇着老子做你的乾爹。

新漢子　走吧，吃茶去吧。

漢　子　你站在這裏等我回來。

新漢子　（向那小地痞）阿金，還不把那金錶拿出來給我？眼睜睜的望着幹嗎？（小地痞把金錶掏出來交給他）等着，不要到別處去。（漢子和新漢子下）

阿　金　（等他們去後，坐下來掏出一塊硬麵包來大嚼。小材望着他，許久，阿金把一片麵包遞過去。）

徐小材　（苦笑。）謝謝你，我不吃。

阿　金　為甚麼不吃。

小　材　我沒心情吃。

阿　金　怎麼沒心情？

徐小材　反正我是逃不了的，請告訴我他們是不是想吃了我？

阿　金　他們為甚麼要吃你？他們有茶吃啊。

徐小材　剛才他們不是又叫我做馬仔，而嫌我太瘦嗎？

阿　金　（哈哈的笑起來）你放心好了，他們不會吃你的，他還是你的乾爹咧！

徐小材　怎樣他會認起乾兒子來了？

阿　金　他的乾兒子多得很呢，我就是他的一個乾兒子。（麵包已塞得他不能再說話了，他從袋子裏再掏出一塊厚麵包來，他把它在衣服上擦了一擦，吹了幾下就交給那垂涎欲滴的小材，點點頭，算是說了話，再加上含糊的一聲）哪！

徐小材　（吞了一口涎接過麵包）謝謝你。（很饞的吃着，彼此靜默了一會。）這麵包是你買回來的嗎？

阿　金　（點着頭，把麵包嚥下去）是的。

徐小材　（羨慕地）你眞是有錢啊！剛才那金錶是你的嗎？

阿　金　（驕傲地）是我篤回來的。

徐小材　（不明白）篤是要錢的嗎？

阿　金　（笑）篤了就有錢。

徐小材　（裝做明白）所以你常常有錢的。

阿　金　所以我常常篤的。我篤甚麼就有甚麼。

徐小材　（想了一下）你是弄法的，你是有神仙棍子的？

阿　金　也算是弄法，我是從那舅巴子那裏學回來的。

徐小材　誰是舅巴子？

阿　金　剛才跟我一起來的人。

徐小材　他也是弄法的?

阿　金　唔。

徐小材　弄給我看看!

阿　金　你望望那舅巴是不是走來了?

徐小材　(把臉轉過來,阿金就把他的鞋刷子拏來,小材囘過頭來)不,沒有來?

阿　金　我想刷刷我的褲子,把你的刷子借給我。

徐小材　(一邊找一邊說)你甚麼時候弄法給我看。

阿　金　你等一等就看到。

徐小材　啊!刷子不見呢。剛才分明在這裏的,他只踢去了我的鞋膏。

阿　金　那麼不用找了。(掏掏袋口)我却有一個呢。(拏出來刷)

徐小材　那是我的鞋刷呢。

阿　金　你認清楚是不是你的。

徐小材　是我的,是我的!上面還有我昨天弄污了的痕跡。

阿　金　刷子是你的,不過却是我篤囘來的。剛才你不是叫我弄法嗎?

徐小材　這就叫做篤?

阿　金　是呀!這就是篤,這就是乾兒子,做馬仔的勾當。

徐小材　那麼你們是偷，是搶，是合夥兒來偷搶的。
阿　金　你也快要偷，要搶，要合夥兒來偷搶的。
徐小材　我不幹這些事，偷和搶是最卑污的事！
阿　金　（臉紅了）你不要當面罵人！
徐小材　我不是故意罵你，不過偷和搶是不正當的行為。
阿　金　可是到你肚子餓的時候，那就顧不了正當不正當的。
徐小材　我也曾餓過，但是我不做賊的。我曾經讀過書，我曾經做過天使……
阿　金　你總算不曾大餓過吧。我做過小販，我做過叫化子，我吃過草根樹皮。要是你眞的到了餓極了那一天……
徐小材　（弄着那三角錢）我終於到那麼一天的……
阿　金　你是那裏來的？
徐小材　我在寶安那裏當小工，幫人家種田的。現在打仗，田沒有得耕，人家說，香港好，香港有工做。
阿　金　人總是要活下去的。你看你那瘦樣子。
徐小材　阿金哥，你篤了多久了？
阿　金　三個多月了。起先是拜了乾爹學了篤咧，墨咧。
徐小材　甚麼是墨？

阿　金　就是進人家房子裏偷東西。我們跟着舅巴去篤和墨。

徐小材　那麼你的工作是很危險的。給人家抓過沒有？

阿　金　我還沒有。別的馬仔却抓過了。今天我上午時，我篤了一個人的墨水筆，舅巴子接了手。我給人抓着了，但是搜不出贓物來，那人只打了我一掌。

徐小材　唔，打了一掌！

阿　金　這有甚麼怪呢？你沒有偷東西，剛才也給人打了一掌咧。

徐小材　（停一停）那麼你現在是很有錢的了？

阿　金　我怎樣有錢？就不過是餓了的時候多一點硬麵包吃就是。

徐小材　你不是已篤了很多東西嗎？要是我，我把這些東西賣了，變了錢，去熟一下子性，就繼續擦我的鞋子，譬如剛才那金錶，大概很值錢的。

阿　金　是的，很值錢的，那金錶，你不是看見嗎？那舅巴子拿去了。我沒有錢，錢都是乾爹，舅巴子拿去的。他們要錢去吃茶，抽鴉片。

徐小材　那麼你……

阿　金　我嗎？等到我也做舅巴子，也做乾爹的時候，就有馬仔來養我，來供我吃茶，供我抽大烟的了。

徐小材　但這怎能算是生活呢？

阿　金　我沒有想過。你不是說過嗎，現在不是想活，只是想怎樣子可以不死就是……餓不是已經夠苦嗎？

徐小材　（停着，一會，伸出手來）你還有麵包嗎？

阿　金　（掏遍兩個口袋，找得一片麵包來）哪，就這麼多了。

（徐小材慢慢的吃。台上沉默，風聲漸大，阿金把衣領拉上一點，縮瑟着，他起來走一個圈子）

阿　金　（望望那一邊）他們甚麼時候才回來呢？今夜不曉得是不是就在這裏住。（忽然望到徐小材的臉上）咦，怎麼你的臉上還是淌着血的？

徐小材　（用手一揩臉）啊呀，血呀。

阿　金　（在身上掏了一張紙出來）我給你揩揩。

徐小材　（一面給他揩着）啊呀，痛呀，你這紙是很硬的呀。（一手把紙扯下來）唔。（看看）

阿　金　看甚麼？血有甚麼好看的？

徐小材　不，這是一張地圖，一張世界的地圖。

阿　金　甚麼是地圖？

徐小材　是這個世界，這個大的世界，沒有地方給我們安身的呀。（憤然把地圖丟在地上，用力踏它。）

阿　金　看！再沒東西給了你揩血了。

徐小材　（突然抱着阿金）疼我呀，金哥！我全世界再沒有一個親人呀！（大聲痛哭）

阿　金　我的乾弟弟，呀。

——幕——

第二幕

時　間　一九四六年冬夜　距前幕約一月

地　點　香港

人　物　香太太　香先生　徐太太　魯太太　香美美　徐小材

佈　景　一層四層樓上很華貴的一間孩子睡房。案上擺着很大的一個美麗小女孩的照片，桌上還堆着幾件禮物。開幕時香太太和魯太太上。香太太手裏拏着一包禮物。

香太太　魯太太，你眞是太客氣了，孩子生日算甚麼一回事，買這許多東西來。

魯太太　小孩子，誰不該讓他高高興興？魯先生說過，這是孩子的年頭咧。啊，美美這房間眞好。

香太太　好啦！美美一天到晚，總是喜歡在她自己的房間，連我的房間也不大來的呢。

魯太太　（欣賞牆上的孩子畫）這房間佈置得眞好，完全是孩子氣味的。

香太太　都是徐媽給她弄的。

魯太太　好極了，連床布，檯布，墊子都綉滿了孩子畫的，還有那時間表也是畫的。
香太太　都是徐媽一個人弄的。
魯太太　那徐媽眞難得，就是那個有點傻氣的徐媽嗎？
香太太　可不是？人家都說她是傻的。不過她特別用心料美美，她簡直把美美當做她的生命一樣。
魯太太　你不小心她嗎？你曉得她是甚麼來歷的？
香太太　我倒曉不得她的來歷，她大概是受了很大的刺激，連記憶力都是失掉了。戰時，這一種可憐的人正多咧。
魯太太　（走近桌前）這都是美美的禮物嗎？
香太太　是的，這小房子，是爸爸買給她的，這全套的衣褲鞋襪，是我買給她的。這洋囡囡，是徐媽造給她的。現在，還有你的糖菓。
魯太太　（笑）這眞是衣食住玩都齊了。呀，徐媽的洋囡囡眞造得不錯呀。
香太太　（看錶）九點十分了，頭場電影快要完的了，你等徐媽和美美囘來嗎？
魯太太　恐怕我不能等他們了，我也正要趕着去看第二場的電影咧。現在我要走了，美美囘來替我恭祝她，說我說她乖。
香太太　我陪你一同下樓。
魯太太　你太客氣了。（又囘頭）這房子實在太好了。（和香太太下）

台上稍為沉靜了一會；一雙小脚從窗上吊下來，一會，徐小材從窗口下來了，他跳進房子來，把桌子上的禮物攫了，揣在懷裏。忽然聽到好像有人聲，縮了一下，但聽聽不是，又跑到床前，把床布揭起來，剛一半，聽見樓梯有聲，就放下了。趕着囘到窗口，攀着上去。

香太太　（上場，第一就看見桌上的禮物不見了，第二就看見一雙孩子的脚在窗口裏吊下來，她下意識地想叫，但立卽掩着嘴。那一雙孩子的脚在美美的照片上晃動着，最後，把美美的照片碰了下來，那兩隻脚也縮了上去。香太太站了一囘，走到桌子前，站一下，她跪下去，把美美的照片撿起來，注視着，一囘，美美拉着徐太太上，這是我們的老朋友。）

美　美　媽！

香太太　（如夢初醒）美美囘來了。

美　美　（撒嬌）媽媽，（指着照片）美美好看不好看？

徐太太　（搶着）美美好看極了。

香太太　（撫着她底臉）美美是很好看的。

美　美　爸爸，媽媽，徐媽都有很多東西給美美是不是？

香太太　是的，爸爸給美美一間囡囡的房子。

美　美　房子裏面又有房子，好玩極了。媽媽呢？

香太太　媽媽給美美一件新衫子，一雙新襪子，一雙新鞋子。

美　美　美美穿了這套新裝多漂亮呀，徐媽呢？

徐太太　我做給你的是一個小美美，一個漂亮的小美美呀。

美　美　照徐媽的東西都是好玩的，還有呢？

香太太　還有魯伯母送給美美的一包糖菓。

美　美　糖菓呢？我現在要吃啊。

香太太　美美，今天晚上的電影好看嗎？

美　美　媽媽，好的。還有那些禮物呢？

香太太　美美今天晚上睡得好好的，明天就看到那些禮物。（門外汽車響）

美　美　不，媽媽，今天就看，今天是美美的生日啊！

徐太太　（傻氣地）我先拏我的洋娃娃給你！（向桌前）太太！

香太太　徐媽，不要拏了，我都拏去送給人，明天我都買過去給你，美美，我一定買的。

美　美　（扁着嘴）媽媽，美美今天是生日。

香先生　（剛上來）誰說今天不是美美的生日呀？（把美美摟在懷裏）美美，看見我的小房子沒有？（美美用眼望着香太太）

徐太太　（傻氣地）太太都送給人家去了。

香先生　（向太太）怎麼一回事？

香太太　（嘆了一口氣）都送了。
徐太太　（更傻氣地）連我造的洋囡囡也送去了。
香先生　（向太太）你怎麼這樣子不高興呢？
香太太　剛才我把那些禮物擺在這桌子上的，我送魯太太下樓去，回來的時候我看見那些禮物給偷走了，一個小偷從窗口裏爬進來。
香先生　你怎麼不喊人？
香太太　我沒有喊人，我親眼看着他走的。
香先生　（急）怎麼你看見他還不喊人捉他？
徐太太　我來了，一定捉住他！捉住他！
香太太　我本來想喊的，後來我看見那是一雙骯髒的，孩子的脚，那麼瘦，那麼小，就在那窗子上吊下來。那雙小脚就在美美的照片上晃來晃去，掙扎着往上爬。
徐太太　打他！打他！把臭脚放在我的美美的照片上頭。
香太太　（阻止她）徐媽！（繼續向香先生）這是很高的四層樓，要是我一喊，那孩子一定着慌就跌死了的。
徐太太　跌死了就沒有第二個生日了。
香先生　（皺着眉）徐媽，不要亂講，等太太説完。
香太太　所以我沒有喊，我難過極了，看見那雙掙扎着的小脚，就在美美的照片上頭。（笑

顧着美美）媽媽替美美把東西送給那可憐的孩子了。（美美不做聲，徐太太往外便跑）

香先生　徐媽，你忙甚麼？

徐太太　我追去把那洋娃娃要回來。

香先生　算了吧。

徐太太　我不讓那骯髒的孩子玩我的洋娃娃。

美　美　連鞋子也討回來，我不讓他的髒腳穿我的新鞋子！

徐太太　決不讓他穿，我追他回來，打他，叫他不要生第二次日。

香先生　（皺着眉，厲聲）徐媽，我不許你說你又說。

徐太太　不，不，叫他不要跌死第二次。

香太太　徐媽，你不說話不成的嗎？

美　美　（想哭）媽媽，怎麼你這樣偏心那偷東西的孩子的？

香太太　不，媽媽不是偏心他，媽媽只愛美美。

美　美　偷東西是不對的呀。

香太太　不對的，美美，我們再不談那些事了，媽媽心裏難過呢。

香先生　啊，我忘却告訴你們，我買了一部新汽車回來呢。那車子的響聲是怪好聽的。以後美美就可以坐車子去上學，坐車子去看電影，和媽媽，爸爸坐車子去吃餐了。

美　美　那好極了。

徐太太　那麼不和我嗎？（苦着臉）
美　美　我到處都要徐媽陪着去的。（徐媽笑）
香先生　現在我們這樣定好不好，爸爸回來就響一下號，媽媽兩下，美美三下。
美　美　很好，很好，爸爸和我看汽車去。（香先生和美美下）
香太太　（看着那傻氣的徐太太）徐媽，你近來睡得好麼？
徐太太　太太，我常常睡不着的。
香太太　你在想甚麼？
徐太太　我甚麼都沒有想的。
香太太　不過，不想倒好。（樓下汽車喇叭響）
徐太太　可是現在我却想起來了。
香太太　你想甚麼？
徐太太　我想你為甚麼說難過起來？
香太太　唉，我看見那雙小小的脚！
徐太太　那為甚麼會難過呢？你又不是他的母親！
香太太　你不明白的，徐媽，你不是一個母親，你不明白一個母親的心。
徐太太　母親的心是常常難過的嗎？
香太太　徐媽，我說過你是不會明白的。

徐太太　那麼，幾時我才可以是一個母親呢？

香太太　（皺皺眉，下面汽車連響了三下）聽，美美要你的，還不下去？

徐太太　（急跑着下，回頭大喊着）太太，我會不會是一個母親？

——幕——

第三幕

時　間　一九四六年聖誕前夕十一時

地　點　香港的一條街道上的騎樓底下

人　物　徐小材　阿金　漢子　新漢子　徐太太　香先生　香太太　香美美　司機　過客

佈　景　這是比較偏僻的所在，風颼着，店子關門了，祇有店門上的 Xmas 的記號才表現這是聖誕。開幕時台上差不多全黑，一個人在街燈下把火柴劃亮了。從光裏可看見他的臉孔。那是個漢子。

漢　子　（四顧無人拿出口哨來吹一下子，那新漢子跑了上來）唔，今天得手沒有？

新漢子　得手！從朝到晚都得不到一個死牛咧。

漢　子　倒霉！

新漢子　你找得好馬仔啊！

漢　子　那一隻？

新漢子　徐小材。今天他篤了一個錶，不等我接就丢了，怕死！

漢　子　你怎不揍死他？

新漢子　（聳着肩）還要我揍，好好的已給人賞了重重的一拳了。不中用的東西，我早說過他太瘦的。

漢　子　是的，太瘦一點。

新漢子　也許就是太瘦了，你可憐他。

漢　子　我那裏可憐過他？他瘦，爬上樓時倒方便呢。

新漢子　你可憐他的！要是會可憐孩子的話，你就別幹這種勾當了。

漢　子　我可憐孩子？我甚麼時候可憐過孩子？（伸開左手）我這張手曾把刀插進過一個不熟性的孩子的臂上。（伸開右手）我這張手曾扼死過我自己的孩子，我自己的孩子。沒有得吃，他偏要吵着吃，我就扼死他，叫他以後都不要吃。（很激動）

新漢子　（漠然無動）你在我面前誇耀則甚？

漢　子　老哥，今天我烟癮起了，在這裏等了你半個鐘頭，你先借點兒來。

新漢子　幹麼你不向那些乾兒子要去？

漢　子　你借兩塊錢給我，我準得教訓那個契弟的。勝哥，明天我就還。香港這麼大，可以

篤的。（徐小材和阿金上）

徐小材　乾爹。

漢　子　（一把將他踢開）好意思叫乾爹，乾爹給你餓死了，你有甚麼孝敬乾爹沒有？

徐小材　（倒下去）乾爹。

漢　子　（踢一脚）你幹麼不等人接就把金錶丟了？

徐小材　那人打我呀，我心窩裏就着了一拳。

漢　子　誰叫你跑得那麼慢？要是我，我連你的心肝也打出來了。

徐小材　我走不動，我到現在還沒有吃東西。

漢　子　你的老子就有得吃呀？老子今天還未過烟癮你知道不知？

新漢子　哈哈，哈哈。

漢　子　（記起來了）不要以為老子是那麼好欺負的。（把左手張開）老子這張手曾把一張刀插進一個不熟性的孩子的手臂裏（伸開右手）我這張手曾扼死我自己的孩子，我自己的孩子。你吵着吃，他就是吵着吃的。要吃，老子給你吃去！你這瘦骨頭！

新漢子　（滿意了）好吧，去抽幾口去，老子借兩塊錢給你。

阿　金　勝哥，我今天也不曾吃晚飯。

新漢子　哼，你想吃？你和徐小材一起吃吧。北風是最好吃的。

漢　子　你們兩個都不要吃飯了，除非你們今天篤兩塊錢給我。

新漢子　（站遠一下）那邊正有一個人來。你們做他的世界吧。（向漢子）我們走吧。
阿　金　勝哥，你不幫手麼？兩個人不夠的。（急）沒有人接應啊。
新漢子　我管你們的死，老子接應的時候你們却把金錶丟去了。到老子烟癮起的時候才來問老子接應？怎麼不等到老子討老婆那天才叫老子接應？
漢　子　（陪着笑）嘻，嘻，嘻，吃烟去吧。
新漢子　去就去，你記得，兩塊錢。（拉漢子走）
漢　子　（回過頭來）你們記得，兩塊吓。
阿　金　（扶起徐小材）看，那邊有人來啊。
徐小材　我很痛，又餓。
阿　金　天氣冷呢，肉是易痛些，肚是易餓些的。起來吧！
徐小材　這樣的生活我再過不下去了，做人是那麼苦的。
阿　金　沒辦法的，既是做了人，就不能改行了。我們又不能死，你不是說過嗎，只求不死的話。
徐小材　（站起來）那人呢？你說他就來。
阿　金　低聲點，（指向東）就是那邊。（徐小材和阿金都躲起來，一會，過客從東邊來，阿金從柱後跑出來和那人碰了一個滿懷，那人幾乎跌倒，徐小材却從後面出來，把那人的墨水筆偷去，小材向東下）

過　客　好不小心的孩子。（阿金向西走，那人拍拍身上的塵，也想走，忽然發現到襟上的墨水筆失去，他立刻追上前去，把阿金一把拉着）你把我的墨水筆偷了？

阿　金　誰拏你的墨水筆？你不要認錯人？（過客把阿金的身摸了幾把，忽然想起了，回頭一看，把阿金推開，向東跑下，阿金担心的向東望，又閃下，後來聽到過客叫搶的聲音，又聽到汽車的喇叭聲音，又走來。東張西望。忽然聽到汽車戛然而止的聲音，又聽到很多人嘈雜的聲音，他害怕了。又聽到那邊的聲音「壓倒了，扛他到這裏來！」人聲越來越近，阿金不知所措，忙走向西邊。這時，司機抱着徐小材，腰以下用毛巾裏着，血跡斑斑：過客，香先生，香太太，徐太太拖着香美美，都從東邊上）

香太太　沒重要吧？

司　機　還有點氣，雙脚都輾碎了。

過　客　是一個小偷呢。

香先生　徐媽，不要給美美看了，帶美美走，到那邊坐的士先回去。

徐太太　我給撞得頭昏起來呢。（還不走）

過　客　我們怎麼去報案呢？他偷了我的墨水筆，我追他，他自己撞到車上的。

司　機　他衝過來，我收掣也不及的。

香太太　你們祇管說，找一部車子來把這孩子載到醫院去啊。我們的車撞壞了。

香先生　徐媽，你還管死盯着這孩子不走？有甚麼好看的？

徐太太　是，先生。（攜美美下）

阿　金　（偷偷從西邊探個頭出來）徐小材，徐小材！（又走）

（徐太太定了，再回頭望望那孩子）

美　美　徐媽，走啊。

香先生　徐媽，你還不帶美美走？

徐太太　是。（她悵惘地走，差不多到出口了，忽然遠處傳來「平安夜，聖善夜」的歌聲，徐太太停了下來，雙手捧着頭）

阿　金　（又探出頭來）徐小材，徐小材！

徐太太　（把雙手放下來，連美美也不顧了，跑回去看清楚小材）徐小材，徐小材是我的兒子呀。

過　客　怎是你的兒子？這是偷兒呀。

徐太太　是的，是我的兒子（她看清楚了！）我看見我的兒子偷東西，我坐在車子上，我看見我的兒子壓死了的。

司　機　他還沒有死呀！

徐太太　那麼，小材，你怎麼不應我？我是你的媽媽啊。小材，你的臉瘦呀！（翻着看他）啊，你的一雙小腳，怎麼都碎了呢！

香太太　徐媽，你可不是發了瘋嗎？

徐太太　我沒有發瘋，這是我的兒子徐小材，我四年之前就和他散失的，就在他爸爸給日本人殘殺之後。我都記起來了。孩子，你好苦呀！你記得五年前我們唱聖誕詩，你記得你裝天使！小材你應我呀！

香先生　這時候，怎能叫孩子説話呢？

徐太太　他不是死了吧？我的小材呀？（哭）

司　機　徐媽，你看到的，沒有人殺死他，你可以做見證的。

徐太太　我可以做見證的，我看見很多人，很多人殺死我的孩子。

司　機　徐媽，你眞的瘋了。

香太太　（喝着司機）你不要説她。（把美美抱着）

徐太太　香太太，我都記起來了，我是一個母親，我是一個很苦的母親啊！

香太太　（淒然）徐媽，怎麼你偏要在這個時候明白過來啊？

徐太太　這時候我怎能再糊塗下去呢？（香太太取出手帕來揩眼淚）

美　美　媽媽！

徐太太　啊！小材！（才發覺不是小材）怎麼不是你叫我的聲音，你怎麼不會叫我了？

司　機　他差不多冷了。

徐太太　他沒有冷，是四圍的空氣冷吧了。

香先生　徐媽，孩子怕沒有救了。

徐太太　（狂叫）怎麼孩子沒有救，孩子是可以救的。你們救救孩子呀！怎麼四圍是那麼靜的？

——幕——（完）

選自一九四七年二月一日、十六日、三月一日及十六日香港《新兒童》第十三卷第五期、第六期、第十四卷第一期及第二期

許穉人

互助

時間：現在
地點：灣仔洛克道，國民戲院門口
人物：吳大少——二十五歲，穿着漂亮的夏季西裝
　　胡小姐——二十歲，穿着粉紅色的旗袍，拿着紅色大手袋
　　陳雲——小學生，十五歲
　　小牛——十二歲，小乞丐，很骯髒
　　葉強——三十歲，強壯的工人

開幕：（吳大少與胡小姐，手挽着手，在看鏡頭）。

胡小姐：（呶着嘴）我說不要這樣快來，你看現在還沒有散頭場，真是悶死人。
吳大少：不要生氣，我請你吃東西好不好？
胡小姐：（撒嬌）也好，我要去大三元，我要吃魚翅，不要再叫那些什麼珍肝麵呀牛河呀，這

些眞是吃死人呵。（一邊說還站着看鏡頭）（小牛，洪仔站在旁邊）

小　牛：洪仔，你聽，珍肝麵牛河還說吃死人，我們却發夢也吃不到這些好東西呢。他們一但很有錢，我試向他討一些錢吧，我今天整天沒東西吃了，餓得要命。

洪　仔：好，我也去。

小　牛：（搖手）你不要來，人多他們就不給呢。（說着跑上前）大少爺，大小姐，好心施捨個錢呀，我一天沒有吃東西了……

吳大少：（厭惡地）眞討厭，走，沒錢給！

小　牛：（不怕人罵，纏住胡小姐）小姐，修修心，給個錢呀……

胡小姐：討厭得很，給斗零他走吧，免得他來纏。（打開銀包，作找錢狀）

洪　仔：（看見開手袋，奔上）小姐，好心也給個錢我呵！（也伸出牛奶罐）

胡小姐：（忿然把手袋關好），你們以為有得搶麼？一個來了又一個，一個也不給！

吳大少：走吧，這個地方……（成羣冤鬼，挽胡小姐的手下）

小　牛：（追上前）大小姐，好心給我個錢呀，不要給他……

吳大少：討厭鬼，避你，你還要追上來。（一手把小牛向後推，小牛冷不提防滑倒。吳大少和胡小姐頭也不回地走了。）

洪　仔：（走近小牛）你跌倒？

小　牛：（跳起來）你還敢問？一日都是你，叫你不要來，你却來弄得她不肯給錢我，本來她說給斗零我呀（舉起手打洪仔）！

洪　仔：你為什麼打我，你可以乞，就不許我乞麼？（也還手打）

小　牛：（邊打邊哭）你知道我今天乞不到一個錢，一天也沒吃東西麼？

洪　仔：我今天何嘗乞過一個錢？我今天何不是和你一樣沒吃東西嗎？

小　牛：不管這許多，總之，你倒了我的米，我就要打你。（兩人打做一堆）

葉　強：（剛放工，手上還拿着一桶鐵椎，鐵（　）和鋸等）小朋友，你們做什麼打架呵！

陳　雲：（剛放學，手上拿着一個小書包，看看，也停下來）哎喲，打得這麼兇！

小　牛：（聽見有人問他，停了手），我向人乞錢，叫他不要來，他却來，弄得人家不給錢我……

洪　仔：（跳起來）你可以乞，我為什麼不可以乞，我不是叫她不給錢你，你為什麼打我？

小　牛：就係你來了，她嫌人多不給錢我呀。（又舉起手來想打）

葉　強：小朋友，不要打，（勸開他們）你們都是為着生存，你們不是敵人，你們是一對可憐的朋友呀！

洪　仔：（睜大眼）一對可憐的小朋友？

葉　強：是的，一對可憐的小朋友，你們都沒衣穿，都沒飯吃，要吃富人的殘菜剩飯，你的敵人不是他（指小牛），你的敵人也不是他（指洪仔），你們眞正的敵人是不合理的社會，是站在你們頭上壓迫你們的人！

小　牛：呵！是不合理的社會？

葉　強：是不合理的社會！你們要有好日子過，就要團結去改革這個不合理的社會，現在你們不要乞食，乞食是沒長進的，應該找工作。

小　牛：我也知道，但找工作沒有熟人，做買賣也沒本錢。（很痛苦地低頭）

葉　強：不要難過，小朋友，這幾天來我多做工作，積蓄了拾塊錢，現在送給你們吧（在袋裏拿出五塊錢來），這些錢雖不能做其他賣買，但做販賣報紙的本錢還可以的。

小　牛：（接過錢，驚異地叫）你給這十塊錢我？這是你辛苦賺來的錢！

葉　強：有什麼驚奇呢？我們苦難的人應該互相幫忙，（拖住洪仔和小牛的手）以後你們不要互相打架，應該團結求生！

陳　雲：（站在旁邊看着，給感動了）。這裏我有兩塊錢，是媽媽給我今晚和姐姐一起去看戲的，現在你們沒有飯吃，我們為什麼要去看戲呢？我把它送給你們，使你們多一些賣報紙的本錢，（從袋裏掏出來）。

洪　仔：（伸手接過來）呵、我們是不是做夢？

葉　強：不是做夢，是現實，有良心的人都站在一起，小朋友，你眞好！（拖住陳雲）。

陳　雲：不，這是我應做的事，先生說過，我們孩子應該有人類偉大的同情心，崇高的正義感，應該幫助一切苦難的人們，今天，我不過是第一次實踐先生告訴我的話吧！

葉　強：你先生說得好，讓我們大家都緊緊握着手，去創造一個合理的新社會吧！（大家感

動地擁抱在一起）

署名稺子，選自一九四八年五月十五日香港《華僑日報・兒童周刊》

他們的夢想

第一場

時間：正月初的早晨

地點：郊外

人物：馮炳光——擦鞋童，十三四歲

吳　發——販報童，十四五歲

何　娟——女中學生，裝束很漂亮，十六七歲

俞啟明——男學生，十九歲

陳淑仙——女中學生，十八九歲

郭耀宗——男學生，廿歲

工　人——三十歲左右

老　農——六十餘歲

李老師——廿五歲

開幕：四個裝束漂亮的男女中學生唱着英文歌上：I am dreaming in my heart……

何娟：今天天氣眞好呀，這塊石很不錯呢，就在這兒坐吧。

啟明：好好，（他把手上的小籐喼放在石上）密斯何說什麼地方就什麼地方呀！（做着鬼臉）

何娟：（呶着嘴）你再這樣裝鬼弄怪我就回去，一輩子不和你玩。

（大家已經跟着把東西放下）

淑仙：今天盡情玩一天，明天就要上學呀！（得意地把大衣鬆一下）

耀宗：你們學校為什麼這樣勤力，我麼還有五天。（伸出五隻手指）

何娟：鬼知道鴨腎（校長渾名）打什麼主意，偏偏和我們作對，人家要玩，她要上堂，如果還有五天，我儘到澳門去玩。

啟明：（把籃子打開，當大家談天的時候，他已經開好罐頭）喂，「民以食為天」，吃飽東西再談。

（大家湧上去，拿着叉子，拿着刀子吃個痛快。）

（馮炳光拿着擦鞋箱，怯怯地走近來。）

炳光：擦鞋，先生，一角擦一對，又平又靚。

（大家好像沒有聽見，繼續吃着笑着，爭取多肉的吃）

炳光：（走到何娟面前，彎下身去拿她的脚放在鞋箱上）小姐，擦鞋，一角一對，你皮鞋上的塵太多呢。

何娟：（躲着脚）討厭，不擦不擦，快走。

吳發：（夾報紙上）文匯報、大公報、華僑報、華商報、星島報……（走向這羣學生）喂先生，買份報紙看，消息的多呵！

淑仙：呀喲，又叫擦鞋，又叫買報紙，一刻都沒有安寧，討厭死了。（她把大塊罐頭魚送入口裏）

耀宗：走，走，討厭死呀，不識趣的，做生意也不要走到這兒呀。（揮着手）

（炳光和吳發無精打彩地走開，在另一塊小石頭上坐着。）

吳發：喂，你擦鞋的生意好嗎？今天擦了多少錢？

炳光：見鬼，昨天只擦了兩對，早上吃了一個麵包，晚上什麼東西都沒落肚，今天以為到郊外玩的人多，生意會好，見鬼，一個錢都沒發市，反給他們罵了一頓，喂，你呢？你的生意可好？

吳發：這幾天是較好的，因為國內戰局緊張，大家都買報紙看。

炳光：那麼，我也要轉行了。

吳發：轉行？有時一天也賺不到幾角錢，天未光就要起床，遲些就發不到你，昨晚睡得不好，現在眼累得很。（瞌起眼來）現在這個世界，有那行生意容易撈呢？喂，你不是說肚餓麼，我這兒有塊麵包。（在袋裏掏出一塊枕頭麵包來遞給炳光）

炳光：（搖頭）不，你自己吃。

吳發：客氣什麼呢？吃呀，大家都是找飯吃的人，唉，這個世界……

老農：（担着一担菜，累得停下來）這世界眞難過，日捱夜捱，得不到一餐飽，辛辛苦苦種一担菜，賣不到多少錢，買不到幾斤米，唉。（望望這羣愉快地吃着的學生，無限感慨地搖頭而下）

炳光：做農夫也不是好過啊。

吳發：這個世界除了幾個有錢有勢的，誰好過啊，國內更慘，上海每天都餓死二百多人。

（旁邊，這四個學生却什麼不管，吃飽了跑到旁邊去摘花，互相嘻笑了一陣……然後快樂地唱起歌來 When we together together together ……他們一邊唱一邊搖搖擺擺地拍着手，愉快的歌聲使這兩個痛苦的孩子也感動了。）

炳光：多好聽，你會唱麼？

吳發：這是學堂仔唱的，誰會唱，我又沒有這樣幸福有書讀。

炳光：會唱歌眞是很好的，如果我有書讀……（When we together together together……的歌聲又起了，炳光也跟着哼起來）together（他大聲而不合拍地叫着）

淑仙：討厭，人唱你又唱。（她悻悻地呶着嘴瞪視着炳光）

炳光：我學你們唱呀。
何娟：學我們唱？你知你唱得多難聽，好像鴨仔叫。
吳發：我們唱歌也有我們的自由，你們干涉不得呀。
耀宗：咳，豈有此理，你們侵犯別人自由，還說……
吳發：這個地方又不是你的。
耀宗：你敢這樣無禮罵我們。（他跳起來）
啟明：好，然則這方又是你們的!?哼，（他輕蔑地看他們一眼，又囘頭對他的同伴說）我們走，豎橫在這兒逗留得夠久了，我們到前邊的桃花林裏去玩，和這羣乞兒仔鬥氣失了斯文。
（說到這特別大聲。大家收拾東西走）
工人：（拿着鋸和裝鐵鎚與釘子的桶匆匆上。）
吳發：（跑前去）先生，買報紙呀，華僑、華商、星島、文匯樣樣都有。
工人：我要華商，（拿出一角錢來，接過報紙）喂，生意好嗎？
吳發：也不算壞，不過到郊外，卻不曾賣過一張，以為這羣學生哥會買了，趕來叫他們買，倒給罵了一頓，你做工人也看報紙，他們學生讀書識字也不看報，眞奇怪。（他呶着嘴，用手指着已經拾起東西向前走的這羣學生。）
工人：惱什麼？人家是只讀英文不關心國事的。
炳光：他們佔盡便宜，又舒服又有書讀，又會罵人，看不起人……（悻悻地坐在剛才學生們坐的那塊大石上。）

工人：這就是社會不平等，惱是沒有用的，應該好好地去努力。（下）

吳發：努力？努力又有什麼用？日做夜做，還不是食不飽，穿不暖，受人欺凌!?

工人：不是的，你看到的是現在目前的世界，不是未來的世界，未來的世界是很幸福的，你們都不用受人欺凌，你們都有書讀，我們工人也不用這樣苦，農人都用機器耕田，豐衣足食，誰也不欺負誰。

吳發：（睜大了眼）眞的有這樣的世界麼。

炳光

工人：眞的，誰騙你，現在許多地方都是這樣幸福了。好，我趕住上工，小朋友，再見。

吳發：如果有這樣的世界是多麼好！

炳光：那時我和你都不受人欺凌，都有書讀，但是，照你看，會是眞的麼？

吳發：這工人說的是，我想他不會騙我們的，唉太疲倦了（於是他們背靠背地合着眼休息。）

炳光：那時這個老農也不用這麼辛苦了，如果他再經過這兒，我告訴他。

吳發：唔（他們漸漸地互相背着臥下）

燈光漸熄……

內面有音樂的序曲，由高揚而微弱。

女神：（隨着音樂聲，拏着火把，緩步嚴肅登台，朗誦着下面這首詩。）

第二場序詩

這兩個苦難的孩子，
疲倦地睡着了，
他們夢見，
他們穿上整潔的衣裳，到學堂
唱歌和學習去了。

他們夢見
那個苦着臉
拿着鋸子的工人，
現在成了發明家。
掛着勳章
滿臉笑容地來上文化課了。

他們夢見
那個滿面皺紋的老農，
笑得咧開了嘴，
他學會用機器耕田
有着剩餘的糧食，
穿得漂漂亮亮跳起舞來了。

更奇怪的，
他們夢見
那羣蔑視他們的學生，
現在也和他們握着手，
一起學習，一起歌唱了。
而且他們還虛心地請教他們，
恨悔自己以前的錯誤！

他們現在已不是擦鞋童和販報童，
而是鞋廠和印刷廠的熟練工人
先生讚美他們，
說他們勤勞工作，
生產突破最高紀錄，

於是把一顆勞動勳章，同學們都圍着他們跳舞，
掛在他們的襟上，把最美麗的鮮花擲向他們……

第二場

開幕：（馮炳光和吳發都穿着整潔的衣服，挾着書本，歡歡喜喜地唱着歌跳着舞出來，歌是我們是新中國的主人翁，後台配着，愉快活潑。歌完。）

吳發：炳光，你準備很充分吧，今天討論一定很有趣，「我們怎樣擊敗了我們的敵人日本仔」，你看這是多麼有意義的問題？我們大家都受過日本仔的毒害，談起來一定很親切，而且我們要學會了這種打敗敵人的經驗，將來誰要侵略我們，我們也一定要打敗他！

炳光：是的，我昨晚眞是興奮得睡不着，喂，先生指定的那兩本參攷書你看過沒有？

吳發：為什麼沒看呢？而且看過兩次呀！不過現在還想再看，越看越有趣。（打開書坐落來看）

炳光：呀喲，我只看過一次吧，我也要趁這個時候來看。（也打開書坐下看）

工人：（穿着整潔的衣服和鞋子，也挾着書上）早晨，早晨，你們到得這樣早。

炳光：（看着工人胸前燦爛的勳章，跳上前去摸着它）這是什麼章，是不是班章，你為什麼有而我們沒有的？

工人：（笑着）不是班章，是勳章呀！

吳發：（也跳起來）勳章？多漂亮！你怎麼能得勳章？

工人：你知道我現在是在熔鐵廠工作，我打理機器，但生產却不多，我研究了許久，後來才知道機器有毛病，於是我請准廠方，准我嘗試去改造機器，廠方自然答應，經過幾個月來，我把機器改造成功了，現在鐵的產量多一倍，政府嘉獎我，給我這個勳章。

炳光：想不到，你能做科學家，發明家了。（高興地跳起來抱着他）

工人：實在這並不奇怪，成天工作，對機器摸慣了，自然會發現它的毛病，瓦特發明偉大的蒸汽機，也是因為替學校修整儀器多才研究出來的呢！喂，你們都準備得很充分吧？這部書我只看了三次，（揚着書本）有些地方還不曾澈底了解。

吳發：還說，最勤力你呀，我只看了兩次，一會用心聽你的高論，下次要向你看齊！（大家都埋頭看書了）

老農：（穿着潔淨的藍色衫褲穿着鞋子，束着腰帶，跳着舞上）割呀，割呀，大家努力割呀，不分你和我，大家要合作……

炳光：你看老伯伯高興成這個樣子，自己跳起舞來了。

老農：（繼續跳着唱着，大家跟着唱，一會卽完）為什麼不高興呢？以前成天耕作還要捱凍捱餓？現在麼吃飽穿暖又有餘糧，而且還有文化課上，孩子孫子也再不會失學，眞是發夢也想不到不死有好世界過。

吳發：你眞不像耕田人，這樣乾淨。

老農：你知道不知道？現在是在用機器耕田呀：我已經學會駛拖拉機，收獲又多又乾淨，在集體農場裏，大家幹。收獲超過了預算兩倍，我們收獲了，又去幫助別的集體農場，他們也和我們一樣有成績。政府説我們是集體英雄，（高興地）你看，我也有勳章呢！

（大家都拍起手來）

炳光：（愁悶地）你們都進步，都努力，只是我們落後，我還得不到勳章……雖然我也很努力，早到遲退。

吳發：愁什麼？現在得不到，就要更加努力去做呀，喂，我和你挑戰，我要更加努力印刷，你更努力做鞋，看誰先得到勳章。

炳光：（跳起來）應戰，我要先得！

（工人老農都笑着拍起手來。）

（何娟、陳淑仙、俞啟明、郭耀宗四人上。）

何娟：為什麼這樣高興，拍起手來。

吳發：我們打賭誰先拿勳章。

淑仙：這眞了不得，你們的向上心我很佩服，先生常説你們努力，對問題看法很實際，而我們却很空洞，唉！（感傷地）

炳光：那有什麼，大家都學習，誰也有缺點，誰也有長處。向優點看齊發揚，把缺點改造克服，那就會逐漸做成一個很好的人了。我也有缺點，但我不悲觀，我的文化水平比你們低，我現在正努力向你們學習。

啟明：還說你們文化水準低，你們每次討論都預備得很好，頭頭是道。喂，有一個問題要請教你們，什麼叫做法西斯主義？

吳發：法西斯主義就是少數人的獨裁專制，用暴力侵畧別人，壓迫別人，奴役別人，反對民主，反對自由，與廣大的人民為敵，譬如希特勒，墨索里尼，東條等都是，除了這些，還有許多徒子徒孫，不過他們都不堪人民一擊。（興奮地站起來）現在的世界是法西斯滅亡民主勝利的地界。

何娟：你們唱得眞好，現在還有廿分鐘才上堂，我們來唱一支歌，唱得興興奮奮才上堂好麼？

炳光：好的，唱什麼歌呢？

何娟：我教你唱一支當我們在一起。（唱）當我們在一起，在一起，在一起⋯⋯

吳發：那不是和你們在郊外唱的那支英文歌 Together together 一樣麼？

何娟：你眞好記性，是的，譜是一樣的，不過字句不同。

炳光：那麼你現在肯教我們麼？你不會嫌我們唱得不好聽，像鴨仔叫麼？

何娟：（慚愧地搖頭）那時我是錯誤的。（低頭）

淑仙：你不要惱我們，因為那時我們所受的教育不好，無論學校和家庭都教我們看不起你們，憎恨你們。而我們自己才是高高在上的人上人，現在我們才知道錯了。

啟明：現在我們深切地知道，誰也一樣平等，既沒有人上人，也沒有伏在地下受人踐踏的人。

吳發：以前我聽過一首歌，是什麼讀者會的，他說：「不分貧富，不分貴賤，同是小兄弟。」

那時我非常感動，我覺得那裏有這樣的世界呢？現在麼，我們不但不分貧富，不分貴賤，而且簡直是沒有什麼貧富貴賤之分，一律平等，這個世界是多麼美好呵！

耀宗：（跑來握着炳光吳發的手）我以前駡過你們，而且還想打你們，現在想起來眞是難過得很，你們肯原諒我們麼？

炳光：（熱情地握着他的手）為什麼不肯？我們早就不怪你的了，剛才我不過是講笑。

吳發：（激動地）我們用自己的手把一切不合理的推翻，把一切合理的創造，今天我們過得是多麼美好的生活呵！然而我們還不能停止，我們要使全世界的人都過着這樣美好的生活！

淑仙：你說得多麼好呵？

老農：吳發簡直變成一個詩人了，他說出世界人類的希望。（大家興奮而又感動望着）

何娟：我們唱一次我們在一起吧，快要夠鐘上課了。

（大家都說好，於是由何娟指揮唱起來。）

李老師：大家早。（大家停止了唱歌，起立行禮。）

老農：今天是討論會嗎？李老師，參攷書我看過兩遍了，不過還有一些問題不了解的。

李老師：（走近老農）不要緊的，不明的地方討論時儘管提出，大家幫助你了解。（退後兩步，向着大家）現在在未討論前，我來報告你們一個好消息。（大家睜大了眼睛望着李老師）就是吳發和馮炳光榮獲勳章，吳發排字百萬餘不曾錯過一個字，而且工作效率突破全廠紀錄，每小時排字八千。馮炳光晝夜車鞋，趕給現在還沒有鞋子穿的猺人孩子們，每天車好鞋面一百二十對，突破每天車一百對的最高紀錄，因此政府特地叫我轉授勳章給他們，請吳發及馮炳光出來領勳章。

大家：（拍掌）勞動英雄，勞動英雄萬歲。

（吳馮出去領勳章，李老師替他們帶在襟上，大家在旁邊的花盆上摘出野花擲向他們，一邊歌唱，團團圍着跳「快樂的人們」。）

——燈光漸熄。

第三場

地點：與第一幕同

吳發：（揉揉眼睛爬起來）我的勳章，我的勳章呢？

炳光：（也揉揉眼睛爬起來）我的勳章，我的勳章呢？（四處找尋）

工人：（拿着鋸，鐵桶上）孩子們，什麼勳章呀？這麼晚還不回去，我已放工了。

吳發：（大力搖頭清醒了）呵！我們還是在這裏，以前我們是做夢呀，這夢多好。

炳光：這夢多好，我們夢見了我們工作又讀書，我們夢見你（指工人）也和我們一起，你做了科學家，我們夢見以前輕視我的那四個學生也和我們一起學習跳舞，而且承認自己的錯誤，而且我們夢見了我們都得了勳章。

工人：（感動地）這是多令人興奮呵！

炳光：但是這只是夢！（感地低下頭，每個字都說得慢）

吳發：（望着天）難道這只是夢麼？夢是要實現的呵！（有力地）我們要把它實現。

工人：對，這夢在許多地方已經實現了，在我們這兒也是要把它實現的。

——落幕——

選自許稺人等著《他們的夢想》，香港：學生文叢社，一九四九

平浦

蒸籠（獨幕劇）

這是一個獨幕劇。靜靜地唸一遍，然後挑選幾個人担任其中的角色，將它朗誦出來。劇中的人物是——

鞋匠　　房東
他的妻子　　警察
買客　　醫生
乞丐　　鄰人

布景：鞋匠的家。一邊是鞋匠的矮凳；一邊是一架織布機。鞋匠和他的老婆面對面坐在中央的桌子兩旁。他們剛吃好飯。

鞋匠：這些饅頭好吃極了。

妻子：眞是好吃，可惜已經吃完了。現在剩下來的，衹有那饅頭店老板娘借給我的蒸籠了。還蒸籠實在是一件麻煩的事啊。

鞋匠：我看起來一點兒都不麻煩。
妻子：那末你為什麼自己不去還呢？
鞋匠：我忙得很。我一定要把這一隻鞋子做好再說。
「他坐上矮凳，拿起一隻鞋子。」
妻子：我一定要把這段布織好再說。
「她在織機旁邊坐下。」
鞋匠：如果你是一位好太太，你一定不再多煩，就把這個蒸籠還掉。
妻子：如果你是一位好先生，你一定一聲也不響，立刻就把它送還。
鞋匠：你一定要去還掉才好。
妻子：你去還！
鞋匠：聽我說，太太。我們再打一個賭，從現在起，誰先說話，誰就去還蒸籠。
妻子：好！就這末辦！
「她把一個手指按在唇上。他也這樣做。她開始紡織。他在鞋上打釘。外邊有人打門。夫妻倆人一同跳起來，開口要說『進來』。於是記起了東道（就是打賭），他們都把手遮住了口，重新坐下。
外邊又打門了。鞋匠吹口哨，他的妻子低聲吟唱。
門開處，一個買客走了進來。她是一位高傲的婦人。」

買客：你忙啊，鞋匠！我要你代我上（就是把鞋面子裝到底上去）一雙鞋子。鞋底要揀揀最好的皮，你看要多時候可以上好？

「鞋匠把兩手掩住他的口。買客生起氣來了。」

我問你，什麼時候可以做好？咦，你為什麼像個木頭人一樣站着不開口？你不能回答我的問話麼？嚇，你要是用這種態度對待你的主顧，你一定會把生意斷送完結。我倒不在乎，我可以去找東街的那個鞋匠去，看你能裝腔多少時候！

「她把足一頓，大踏步走了出去。

鞋匠的妻子大聲笑着，伸手指着鞋匠，露出得意的神氣，他向她揮拳作勢。

外面又有人扣門。一個乞丐走了進來，他四面張望着。」

乞丐：給苦叫化一碗飯吃吧！啊！那邊桌子上還有一桶飯吃呢。我看得出你們兩位都是好心腸的人，一定肯賞苦叫化一碗飯吃的。你們既然不說不可以，我就自己動手吧。

「他盛了一碗飯。」

啊！這是上等的白米飯，剩下這許多，實在可惜。

「他將碗放在籃裏。」

這裏還有一個鹹蛋，吃過飯倒是很好的。

「他將鹹蛋也拿來放進籃裏。」

這裏還有一碗肉湯。

「他捧起碗來喝湯。鞋匠的妻子跳起身，向他奔過去，拿起一根棒來打他。」

怎麼？連湯也捨不得讓我喝一口麼？

「鞋匠的妻子舉棒打他，他逃出門去。」

救命啊！她打我啦！救命啊！

「鞋匠的妻子把門砰上，怒氣沖沖回到她的座位。鞋匠用手點着她，笑得彎了腰。

外邊又有人打門了。

房東走進來。」

房東：忙啊，鞋匠，老板娘！我來收房租了，對不起呢。

「他看看鞋匠，又看看他的妻子。」

咦，怎麼你們兩個人變成聾子了？

「他走到鞋匠身旁，對着他的耳朵大叫。」

我來收房租了！

「鞋匠跳了起來，兩手連忙掩住耳朵。」

怎麼，這還不能聽見麼，讓我來對老板娘說。

「他走到老板娘身邊去，湊住她的耳朵大叫。」

我一定要收我的房租！

「鞋匠走到房東面前，拿出他的皮夾給他看。裏面是空的。」

別裝腔作勢吧！你們兩人總得把房租付給我，否則就得說出個緣故來。怎麼！你們不願意嗎？好，我去叫警察來看他能不能使你們說話。

「他走到門邊，開門向外大叫。」

警察先生！喂，警察先生！請你到這裏來！

「警察走進來。他是一個胖子，手裏拿着一根棍子。」

警察：你們有什麼事？

房東：這個人和他的老婆既不肯付房租，又不肯說出不付的理由，我想他們大概是想到警察局去。

「警察站在鞋匠的面前，舞着他的警棍。」

警察：你跑過來！請問你是不是要到警察局去？

「鞋匠拚命搖頭。」

那末你為什麼不說話？

「鞋匠無可奈何地搓着手，警察走到鞋匠老婆的面前。」

老板娘，你是不是也要到警察局裏去？

「老板娘拚命搖頭。」

那末你為什麼不說話？

「老板娘也無可奈何地搓着她的手，警察轉身向着房東。」

先生，這倒奇怪了，看上去他們兩個人都是突然變成啞子了。我想還是去請個醫生來吧。

「警察走到門邊開門，向外喊。」

醫生！喂，醫生！請到這裏來。

「醫生走進來。他戴着一副眼鏡，手裏提着一個黑色大皮包。」

醫生：誰要看醫生？

警察：就是這兩個可憐的人。看上去好像他們兩人突然地不會説話了。

醫生：不會説話了，是嗎？唉，唉！這眞是太可憐了。讓我看看吧。

「問鞋匠。」

老板，請把你的舌頭伸出來。

「鞋匠伸出他的舌頭。」

這就怪了。這個舌頭既不太大，也不太小；既不太濶，也不太狹，既不太短，也不太長。可是他却不會用它了！讓我給他吃一粒丸藥吧。也許這能夠治好他的病。

「醫生從他的大皮包裏取出一粒丸藥。

鞋匠做了一個鬼臉，吞了下去。

他的妻子掩面竊笑着。」

喂，老板娘，現在請你伸出舌頭來看看。

「老板娘伸出她的舌頭。」

奇怪，奇怪！這個舌頭一點毛病都沒有啊。它既不發腫，也不收縮，既不太滑，也不太枯。或者吃一點藥水就會好的吧。

「他從一個瓶裏倒出一些藥水在一個匙裏。老板娘做一個鬼臉，可是終於將藥吃下去。鞋匠用袖子遮住了臉暗笑。」

現在你們兩位可以說話了，我命令你們說話。

房東：快說，你們願付房租嗎？

警察：快說，你們願意到警察局裏去嗎？

「大家都睜大了眼睛望着鞋匠和他的妻子，可是他們兩個人還是不說一句話。一個鄰人推門走了進來。」

鄰人：喂，你們在吵些什麼事啊？他們兩人有什麼病嗎？

房東：有什麼病？嚇，他們大家都不肯說一句話，我們簡直不知道他們是聾了，還是啞了，還是瘋了，還是十不全了！

鄰人：不肯說話？你說他們不肯說話？讓我看。

「他請那三個人，房東，警察和醫生過來，大聲說。」這好像是着了魔呢！

「鞋匠和他的妻子嚇了一跳。」

警察：喔！

醫生：着了魔！
房東：那末怎麼辦呢？
鄰人：「輕聲」這事交給我辦好了。
「大聲」
我老實告訴你們，我早就疑心這老板娘是一個有鬼附在身上的人。現在擺明在眼前，這種突然變啞一定是一種魔術。可是一個妖怪使了魔術，她一定會自己解掉的。要使妖怪解魔，祗有強迫她們才行。
「他走到老板娘身邊，揚起鞭子來裝作要打她的神氣。」
老板娘，我命令你立刻解除你的魔術，否則我就要用鞭子抽你，抽得你骨頭都作痛！
「老板娘尖聲怪叫起來。」
鞋匠：「跳起身來」住手！怎麼！打我的老婆！你敢打我的老婆，你這混蛋！
鞋匠的妻：哈！哈！哈！哈！現在要你去還蒸籠了！
「她歡喜手舞足蹈。」
房東：這是怎麼回事呢？
鞋匠妻：讓我奉告列位：
「我們裝啞作聾。
倘然要問原由，

為了一個蒸籠，

不過一個蒸籠！」

房東：哈！哈！

警察：呵！呵！

醫生：嘻！嘻！

鄰人：鬧得天翻地覆，為了一個蒸籠！

全體：不過一個蒸籠！

選自一九四八年六月二日香港《星島日報・兒童樂園》

阿佳

補鞋費

人物：王大，小皮匠。
地點：皮匠攤邊。
時間：下午
開幕：小皮匠正坐在小櫈子上，縫一隻皮鞋，王大忽忽地從幕裏走出來。
王：喂，小皮匠，昨天叫你修補的一雙舊皮鞋，補好了沒有？
小：你瞧，我這裏皮鞋這麼的多，你的那雙，是黃皮的？是黑皮的？打前樁？打後樁？還是換整個的底？
王：是一雙黃色紋皮的，打前樁，又打後樁，而且鞋面上還要補一個小洞！
小：我實在記不清了，昨天講明多少修補費呢？
王：兩元金圓券！
小：好，讓我給你找找看！

（小皮匠當即在一堆補好的舊皮鞋裏，找尋起來。）

王：快一點，好不好，我穿了皮鞋，還要出去看電影！

小：啊，怎麼單單不見了你的一雙呢？眞要命！也許剛才那個人來取鞋子，被他誤取了去了！

王：誤取去了？那也不要緊，只要你賠我一雙新的就是了！

小：賠你一雙新的？你眞是好算錢！你的明明是一雙舊皮鞋，為甚麼要賠你新的？

王：你把我的皮鞋丟失了，現在無憑無據，我說是新的，你提不提得出一點反證？

小：提甚麼反證？你的既然是一雙新皮鞋，為甚麼却要叫我修補，當然是破舊的了！所以，即使要賠，也只要賠你一雙舊皮鞋就是了！

王：你可知道，我的那雙，是眞正英國貨的紋皮鞋，現在已經買不到了，所以，非賠我一雙新的不可了！

小：（想了一會）哦，是眞正英國貨的紋皮鞋？那價錢倒的確不輕，不知道你是從那一家舖子裏買來的？

王：（忘其所以的顯出得意的樣子）哼，像我這麼一個精明的人，會花了大價錢去買這麼一雙皮鞋嗎！老實告訴你，我是從舊貨担上收來，所以，只花了一塊錢啊！

小：哦，原來是買的便宜貨，看你不出，倒是一個內行人！

王：當然，你別瞧我不起！我不論對於甚麼都知道，樣樣都是內行！

小：先生，請你原諒！現在要買這麼好的一雙皮鞋，的確是買不到了。我想，向你求個情，讓我賠償你一塊錢的買價好不好？

王：看你可憐，就這麼辦吧！——快些，拿一塊錢給我，大家兩不吃虧，了清了這筆賬就是了！

小：是的，我們就此了清了這筆賬，請你拿出一塊錢來給我！

王：（詫異）為甚麼我反而要給你一塊呢？

小：你想想看，你的那雙舊皮鞋，買來只花去一塊錢；但是，應該付給我的修破費，却要兩塊錢。換一句話，就是你應該付給我兩塊錢，我却只要賠償你一塊錢，兩塊錢減去一塊錢，不是還要找我一塊錢嗎？

王：（扳着手指計算了一會）不錯，不錯，的確我應該找還一塊錢！

小：（掏出一塊錢來給王大）喏，這是我賠你的皮鞋錢！

王：（也掏出一塊錢，和小皮匠的一塊放在一起）喏，這是我給你的補鞋費！

小：（收了錢）對，對，現在我們誰也不欠誰了！

王：（點頭）對，對，現在我們清賬了！再會！

小：再會！

（王大猷氣十足，高高興興地走了。）（幕下）

選自一九四八年十一月二十四日香港《星島日報・兒童樂園》

第七輯

漫畫

豐子愷

爸爸吃蛋糕

署名子愷，選自一九四八年五月二十六日香港《星島日報・兒童樂園》

哭

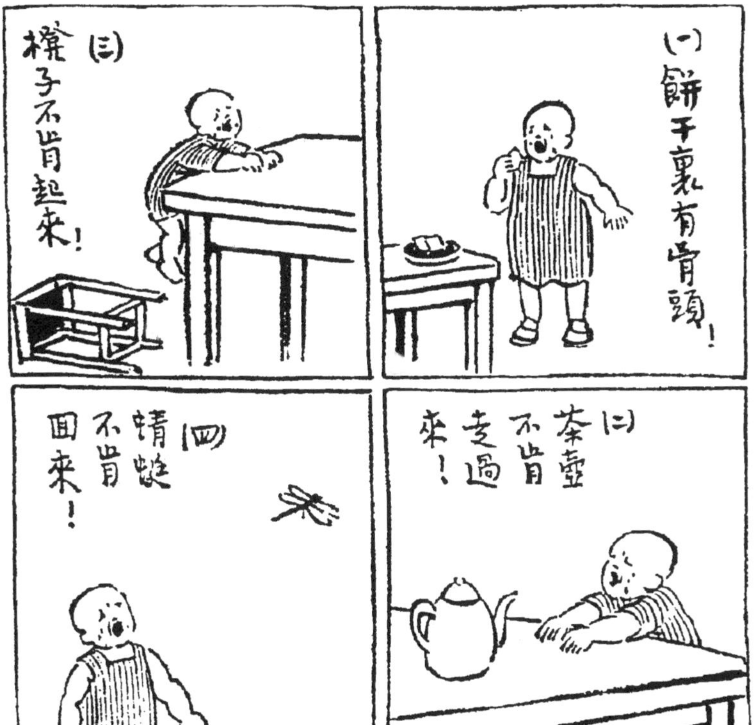

署名子愷，選自一九四八年六月二十三日香港《星島日報・兒童樂園》

西瓜藝術

署名子愷，選自一九四八年六月三十日香港《星島日報・兒童樂園》

山歌

署名子愷，選自一九四八年八月十八日香港《星島日報・兒童樂園》

我愛人　人愛我

(一)我扇哥哥，哥哥扇姊姊，姊姊扇我。
(二)我扇哥哥，哥哥扇姊姊，姊姊扇媽媽，媽媽扇我。
(三)我扇哥哥，哥哥扇姊姊，姊姊扇媽媽，媽媽扇爸爸，爸爸扇我。
(四)我扇哥哥，哥哥扇姊姊，姊姊扇媽媽，媽媽扇爸爸，爸爸扇婆婆，婆婆扇公公，公公扇我。

署名子愷，選自一九四八年九月二日香港《星島日報・兒童樂園》

小弟弟遠足

署名子愷，選自一九四八年九月二十二日香港《星島日報・兒童樂園》

好夢

(一)手臂生得長，能採樹上的果子。
(二)兩腳變成輪盤，走得比汽車還快。
(三)頭上生傘，不怕落雨。
(四)背上生翅膀，飛到月亮裏

署名子愷，選自一九四八年十一月二十四日香港《星島日報·兒童樂園》

爸爸抱我

署名子愷，選自一九四九年三月十六日香港《星島日報‧兒童樂園》

麥非

大人煩惱的時候

選自一九四八年十一月四日香港《大公報・家庭》

心甘情願

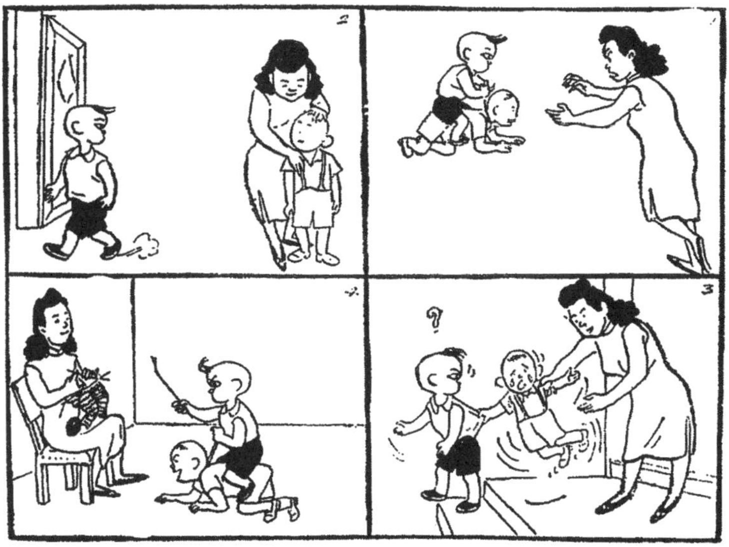

選自一九四八年十一月二十五日香港《大公報・家庭》

煑飯

選自一九四八年十二月九日香港《大公報・家庭》

不量力

選自一九四八年十二月二十三日香港《大公報・家庭》

破皮球

選自一九四九年一月十三日香港《大公報・家庭》

作者簡介

曾昭森

畢業於廣州嶺南大學，留學美國，獲哥倫比亞師範學院哲學博士學位，返國後任職母校。一九三八年廣州淪陷，隨校南遷到港，繼續任教，其間，創辦《新兒童》半月刊。推崇美國教育家杜威的教育理念，曾翻譯他的《經驗與教育》及《我的教育信條》。一九四一年五月，發表〈兒童教育信條〉，並以《新兒童》為其實踐場所。一九四八年，從《新兒童》半月刊第一至八卷中選文，編成「新兒童叢書」，共五十冊，由香港進步教育出版社出版。

黃慶雲（1920-　）

筆名慶雲，另有夏莎、宛兒、昭華、是德、安彌、敏孝、杜美、慕威、芳菲、特行、齊苑、羅蘋等，因在《新兒童》設「雲姊姊信箱」與小讀者通信，有「雲姊姊」之稱。原籍廣東廣州澄海，幼年曾在香港居住，十一歲返回內地，十五歲考入廣州中山大學文學院。一九三八年廣州淪陷，借讀於遷往香港的嶺南大學。後升讀嶺南大學教育系研究生，研究兒童文學，期間擔任《新兒童》主編。同年十二月香港淪陷，《新兒童》輾轉於桂林、廣州、香港復刊。一九四七年獲「助華協會」（China Aid Council）獎學金，到美國哥倫比亞大學師範學院學習一年。一九四〇年代主要在《新兒童》發表兒童文學作品，另有兒童文學理論研究文獻多種。

柳木下（1914-1998）

本名劉慕霞，一名劉孟，另有筆名木下、馬御風、馬臨風、婁木。原籍廣東梅縣（一說廣東興寧）。一九三二至三六年入讀上海復旦大學（一說上海大夏大學），畢業後赴日本深造。一九三八年返回故鄉，任教中學。一九三〇年代後期至四〇年代初居香港。一九四〇年秋因精神病被送入高街精神病院，同年返回內地，一九四一年夏再到香港，同年秋轉赴上海工作。一九四八年再定居香港，任中學教師，並參加香港「中國新詩工作者協會」。一九四〇年代後期有兒童文學譯作刊於香港《華僑日報・兒童周刊》，另有評論〈兒童圖書館的設立（一個目前非常迫切的工作）〉收入《我們的節日》（香港：學生文叢社，一九四九）。

胡明樹（1914-1977）

本名徐善源、徐力衡、陳姆生。原籍廣西桂平。早年就讀於廣州中山大學附中，一九三四年赴日本東京法政大學讀文學。一九三七年回國，翌年至桂林，加入文協桂林分會，編輯《詩》月刊，參加抗日文藝活動。抗戰後來港，在黃慶雲主編的《新兒童》半月刊發表大量兒童文學及翻譯作品，並任《華僑日報・兒童周刊》編輯。一九四九年與曾昭森等聯署發表〈一九四九年兒童節日兒童文化工作者宣言〉。兒童文學作品有《小黑子失牛記》、《小黑子流浪記》、《小黑子尋母記》、《小黑子從軍記》及《大鉗蟹》等。

大朋友

生平資料不詳。一九三〇年代後期有兒童文學作品刊於香港《大眾日報・小朋友》。

亦夫

生平資料不詳。一九三〇年代後期有兒童文學作品刊於香港《大眾日報・小朋友》。

炳焜

生平資料不詳。一九三〇年代後期有兒童文學作品刊於香港《大公晚報・兒童樂園》。

徐徐

生平資料不詳。一九三〇年代後期有兒童文學作品刊於香港《大公晚報・兒童樂園》。

宋因

生平資料不詳。一九三〇年代後期有兒童文學作品刊於香港《大公晚報・兒童樂園》。

鷗外鷗（1911-1995）

本名李宗大。廣東東莞虎門人。少年時隨家人來港，就讀於育才書院。一九二〇年代赴廣州，至三〇年代再返香港，並發表詩作。一九三七年主編《詩羣眾》月刊及擔任《中國詩壇》編委。一九三八年在香港主編《中學知識》月刊，任國際印刷公司總經理。香港淪陷後，前往桂林，任《詩》月刊編委及大地出版社編輯室主任。著有《鷗外鷗詩集》及多種兒童讀物。一九四〇年代後期有兒童詩及童話刊於香港《新兒童》。

呂志澄（1915-1991）

筆名志澄、一青、士登、室提、李沁、亨亨、方里、梅君、雷向明等。原籍廣東高要。一九三五年考入中山大學中文系。一九三八年初，到延安就讀抗日軍政大學第四期學習班，曾在《五月在延安》、《抗戰大學》、《遊擊隊》等雜誌上發表作品。一九三八年畢業後，到「重慶國際反侵略協會中國分會」任秘書。一九四三年，由重慶返回廣東，在高要縣立中學教書。一九四五年出任《新兒童》編輯，同年十二月，隨《新兒童》遷港。在香港期間，撰寫及翻譯了兒童故事、童話、詩歌、少年科學等作品，多刊於《新兒童》、《華商報》、《大公報・兒童園地》、《文匯報・新少年》等。

李石祥（1928-　）

又名李碩祥，筆名石祥。曾為《新兒童》廣西梧州兒童通訊員，因投稿《新兒童》獲賞識而受邀參與工作，負責插圖和美術，常為呂志澄的詩歌配畫。一九四〇年代的兒童畫作多刊於香港《新兒童》、《華僑日報・兒童周刊》、《大公報・兒童園地》及《華商報・熱風》等。

許穉人

又名許稚人、許彥常，筆名穉子、小穎。戰後來港，從事文教工作。一九四七年，任香港《華僑日報・兒童周刊》編輯，與胡明樹主持「兒童周刊讀者會」，該會由《華僑日報》總編輯何建章倡議成立，並每月由該報撥款二百元作為活動經費。一九四九年離港。一九四〇年代後期在香港《華僑日報・兒童周刊》發表不少作品，包括故事、童話、日記及評論。

金　近（1915-1989）

原名金知溫，筆名林玉清、王玖。原籍浙江上虞。十二歲到上海，曾從事書店校對、抄寫工作。一九三五年在《兒童日報》做雜務，翌年任助理編輯。一九三七年在《小朋友》雜誌發表第一篇童話〈老鷹鴿的起落〉。抗戰期間，曾在重慶、成都，擔任流浪兒童教養院教員、報紙記者和編輯，並在重慶《新華日報》發表兒童小說。一九四六年返回上海，在報刊上發表兒童作品，包括兒童詩集《小毛的生活》和童話集《紅鬼臉殼》等。一九四七年，當選「上海兒童讀物作者聯誼會」理事。一九四九年到東北電影製片廠工作。一九四〇年代後期有兒童文學作品刊於香港《大公報・兒童園地》。

賀　宜（1915-1987）

原名朱家振，又名蕻園，曾用名朱宜。生於江蘇省松江縣（今屬上海市）。一九三三年任小學教師，並開始兒童文學創作。一九三四年加入中國左翼作家聯盟。一九三六年出版第一本童話集《小草》。一九三九至一九四〇年，先後在少年出版社出版童話集《隱士的的鬍鬚》、中篇童話《凱旋門》、長篇童話《木頭人》等作品。一九四六年參加「上海兒童讀物作者聯誼會」，並組織中國少年劇團，任團長。一九四〇年代中後期有兒童文學作品刊於香港《新兒童》、《星島日報・兒童樂園》等，童話《飛金幣》收入香港進步教育出版社於一九四八年出版的「新兒童叢書」。

陳伯吹（1906-1997）

原名陳汝塤，曾用筆名夏雷。原籍江蘇寶山（今屬上海市）。一九二〇年代，任小學教師，並開始業餘文學創作活動。一九二七年出版第一部中篇小説《學校生活記》。一九三〇年在北新書局工作，主編《小學生》半月刊，並編輯「小朋友叢書」、《北新小學活頁文選》。一九二九年後，到上海修讀大夏大學高等師範科。一九三四年至一九三七年，任兒童書局編輯部主任，負責編輯《兒童雜誌》、《常識畫報》和《小小畫報》。抗日戰爭爆發後，在《立報》、《譯報》、《文匯報》發表作品，也翻譯不少歐美兒童文學作品。一九四二年在四川國立編譯館工作，並在復旦大學任教。一九四三年，在重慶任中華書局編審。一九四五年，擔任在重慶復刊的《小朋友》主編，中華書局遷返上海後，仍任該書局編審。一九四六年，在上海發起「上海兒童讀物作者聯誼會」。一九四〇年代後期有作品刊於香港《大公報．兒童園地》。

鄒荻帆（1917-1995）

原籍湖北天門。詩人、翻譯家。一九三〇年代發表長篇敘事詩〈做棺材的人〉和〈沒有翅膀的人們〉。一九三〇年代後期，在武漢等地從事抗日救亡運動，曾與穆木天、馮乃超等創辦《時調》詩刊，又輾轉到桂林，為艾青主編《廣西日報》副刊《南方》的主要撰稿人，後到香港居停半年，返回內地。一九四六年一月，到武漢美國新聞處工作。一九四八年初，再到香港。一九四九年六月離港。一九四〇年代後期有兒童文學作品刊於香港《文匯報．新少年》。

琳清（？-1999）

琳清，本名卓琳清，另有筆名楊柳風、容穎、東方珠、聞一知、周天徹等。作品一九四〇年代後期經常在《華僑日報．學生周刊》與《華商報．熱風》發表文章，兒童文學作品只見於香港《星島日報．兒童樂園》。

許地山（1894-1941）

本名許贊堃，字地山，筆名落華生。原籍廣東揭陽，生於台灣台南。燕京大學文學院及宗教學院畢業後，留校任教。就讀大學時曾參與五四運動。一九二一年與茅盾、鄭振鐸等發起成立文學研究會，在《小說月報》、《新社會旬刊》等發表作品。一九二三至一九二七年間赴美國、英國深造，返國後繼續任教於燕京大學。一九三五年到香港，任香港大學教授，主持中文學院，推動課程改革。一九三八年「中華全國文藝界抗敵協會香港分會」成立，獲選為理事，並積極參與香港「中英文化協會」、「新文字學會」工作。童話《桃金孃》與《螢燈》刊於《新兒童》，收入香港進步教育出版社「新兒童叢書」。

華嘉（1915-1996）

本名鄺劍平。原籍廣東南海。一九三〇年代初在上海參加左翼文藝活動。抗戰期間在廣州《救亡日報》任戰地記者。後到桂林參加「中華全國文藝界抗敵協會」，任桂林《救亡日報》記者、副刊編輯。一九四一年，隨夏衍到香港，在《華商報》任記者，積極參與香港的文藝活動。香港淪陷後赴內地。國共內戰期間再到香港，曾以鄺劍萍之名任職培僑中學。一九四九年返回內地。著有童話《森林裏的故事》（香港：學生書店，一九四八）。

姜天鐸

生平資料不詳。一九四〇年代後期有兒童文學作品刊於香港《新兒童》。《路燈》收入香港進步教育出版社「新兒童叢書」。

金　帆（1916-2006）

本名羅國仁，筆名克鋒，廣東興寧人。一九三七年參加「中國詩壇社」。一九四〇年畢業於廣州軍醫學校，抗戰期間參加東江縱隊。戰後來港，曾任香港香島中學、達德學院校醫，並在《中國詩壇》、《華商報》、《大公報・文藝》、《新兒童》等刊物發表詩文。一九四六年與呂劍、蘆荻等籌組「中國詩歌藝術工作社」。一九四九年與曾昭森等聯署發表〈一九四九年兒童節日兒童文化工作者宣言〉。一九四〇年代後期有兒童文學作品刊於香港《新兒童》及香港《華僑日報・兒童周刊》。

豐子愷（1898-1975）

原名潤，又名仁、仍，號子覬，後改為子愷。原籍浙江石門。一九一四年入讀浙江省立第一師範學校。一九一七年參加組織「桐蔭畫會」（後改名為「洋畫研究會」）。一九一九年畢業後，與同學在上海創辦上海專科師範學校，任教務主任，並教授西洋畫。一九二一年赴日本東京，學習西洋繪畫，年底回國。一九二二年到浙江上虞春暉中學教授圖畫和音樂。一九二四年，在文藝刊物《我們的七月》四月號首次發表畫作〈人散後，一鉤新月天如水〉，年底離開春暉中學，在上海參與籌備創辦立達中學。一九二五年立達中學（後改為立達學園）正式成立，又參與創辦立達學會，開始在《文學周報》刊登畫作。一九二六年，參與創立開明書店。一九三一年，由開明書店出版第一本散文集《緣緣堂隨筆》。抗戰期間，四處避難，直到一九四六年重返上海。一九四八年五月十九日，香港《星島日報・兒童樂園》第四期起改為周刊，主編署名「豐子愷」，並以「豐子愷題」或「子愷題」的書畫為報頭，並有漫畫、童話及散文刊於《兒童樂園》。一九四九年四月五日至二十三日曾到港舉行畫展及演講。

唐　權

生平資料不詳。一九四〇年代後期有兒童文學作品刊於香港《星島日報・兒童樂園》。

嚴大椿（1909-1991）

號錫壽，筆名莊森。原籍江蘇吳縣。一九二八年畢業於上海立達學園，同年到法國國立格城大學就讀。回國後，任上海開明書店、上海兒童書局編輯。一九四〇年代後期有兒童文學作品見於香港《星島日報・兒童樂園》。

鮑維湘

生平資料不詳。一九三〇至四〇年代，編著有「初中學生文庫」、「小朋友文庫」、「英文學生叢書」、《花鳥蟲魚的傳說》、《童話之王——安徒生故事》及《課外運動》等。一九四〇年代後期有兒童文學作品刊於香港《星島日報・兒童樂園》。

施雁冰（1928- ）

筆名冰冰。原籍浙江鎮海，生於上海。一九四七年上海新陸師範畢業，任新陸師範文書，上海第一師範附小教導主任。一九四七年發表第一篇兒童文學作品《陽光和小草》。一九四八年加入「上海兒童讀物作者聯誼會」。一九四〇年代後期有兒童文學作品刊於香港《新兒童》與《星島日報・兒童樂園》。

易　江

生平資料不詳。一九四〇年代後期有兒童文學作品刊於香港《新兒童》。

謝加因（1912-1992）

筆名加因。原籍廣東廣州。一九四一年，到香港文藝通訊社工作，後在達德學院任教。一九四〇年代後期，先後撰寫《阿麗的日記》、《小米鼠》、童話劇《時間——生命的鑰匙》、以及長篇童話《尋春記》。另出版有《聖誕老人的禮物》、《金鴨王子》、《洋囡囡奇遇記》、《阿麗漫遊童話國》等兒童作品，曾主編「兒童文學連叢」。一九四〇年代後期在香港發表的兒童文學作品多刊於《華僑日報・兒童周刊》、《大公報・兒童園地》、《文匯報・新少年》、《新兒童》、《華商報・熱風》。

范　泉（1916-2000）

原名徐煒。生於江蘇金山（今屬上海市）。一九三三年就讀上海光華大學附中時開始文學創作，在《光華附中》半月刊上發表過兒童文學論文〈論安徒生、加樂爾、愛羅先珂三大童話家之思想與藝術〉，也創作童話。一九三七年在上海創刊《作品》半月刊，曾編雜誌《文藝春秋》、叢書十五種，任上海《文匯報》等四種報紙、三種副刊的編輯或主編。四十年代起以「范泉」為筆名進行文學創作，著有小説集一種、散文集五種、民間傳説集二種，還翻譯了不少世界文學名著。一九四〇年代著有中篇童話《哈巴國》及《幸福島》。一九四〇年代在香港發表的兒童文學作品亦見於《星島日報・兒童樂園》。

司馬文森（1916-1968）

本名何應泉，亦曾用名何章平，筆名有燕子、林娜、耶戈、林曦、文森、宋芝、白沉、宋桐、何文浩、何漢章、馬霖等。原籍福建泉州。一九三〇年代，開始發表作品。一九三四年到上海，加入中國左翼作家聯盟。一九三八年兒童節，創作了兒童劇本《爸爸不要做漢奸》、《不要説我們年紀小》。一九三九年一九四四年，隨《救亡日報》撤至桂林，擔任「中華全國文藝界抗敵協會桂林分會理事」，先後負責出版部、組織部、兒童文學部，並為文化供應社編輯了《少年文庫》。抗戰勝利後，輾轉到廣州，後赴香港，任香港文委委員。一九四七年出任達德學校文學教授和香港文協常務理事。一九四〇年代編輯與創作大量兒童文學作品，曾主編香港學生書店出版的《學生小文庫》，收入其作品《黑帶》與《上水四童軍》。

嚴冰兒（1924-2006）

原名嚴光化，筆名魯兵、嚴若冰、嚴冰兒、大哥、阿難、難、古為今、嚴霽、沙采、何真、顧喻今。原籍浙江金华。一九四二年金華中學畢業。一九四五年入讀浙江大學。一九四七年到上海。一九四八年六月，在小草叢刊社出版童話集《橋的故事》。一九四〇年代後期在香港發表的兒童文學作品見於《新兒童》。

胡叔異

教育家。一九四〇年代初期到美國哥倫比亞大學進修，獲得碩士學位。一九三〇年代著有《兒童的新生活》。一九四〇年代後期有兒童文學作品刊於香港《星島日報．兒童樂園》。

呂伯攸

筆名有白攸、尚之裔等。編輯，兒童文學作家。曾就讀於浙江省立第一師範學校。一九二二年，應《小朋友》主編黎錦暉邀請，為「兒童文學叢書」撰寫《楊柳姐姐》、《湖水》、《菊花黃》及《寒梅》四本詩集。一九二〇年代中後期，任世界書局兒童讀物部主任。自二十年代始，參與編輯《新小學教科書常識課本》與《初小國語讀本》等。一九三三年由商務印書館出版四冊本《中國童話》。一九四〇年代後期有兒童文學作品刊於香港《星島日報．兒童樂園》。

施瑛（1912-1986）

生於浙江湖州德清縣。一九三〇年代就讀於南京金陵大學，後至嘉興秀州中學任教。一九三五年春入上海世界書局編輯所擔任助理編輯，參與《英漢字典》編校工作。同時為啟明書局撰稿，並為《世界文學名著翻譯本》改譯原稿。一九三七年上海淪陷，避居德清縣新市鎮，執教謀生。一九四五年到上海《新聞報》任職。曾翻譯愛米契斯《愛的教育》（上海：啟明書局，一九三六）。一九四〇年代後期有兒童文學作品刊於《星島日報．兒童樂園》。

柏善慶

生平資料不詳。一九四〇年代後期有兒童文學作品刊於香港《新兒童》。

胡兆瑞

生平資料不詳。一九四〇年代後期有兒童文學作品刊於香港《新兒童》。

公劉（1927-2003）

原名劉仁勇，又名劉耿直。原籍江西南昌。一九四六年就讀於中正大學法學院。一九四八年初，到上海，旋赴香港，任「香港中國新文學學會」宣傳幹事。一九四八年參加全國學聯，歷任學聯《中國學生》編輯，香港《文匯報》編輯，同年加入「中華全國文藝家協會」。一九四〇年代後期有兒童文學作品刊於香港《文藝報・新少年》、《華商報・熱風》。

樂怡

生平資料不詳。一九四〇年代後期有兒童文學作品刊於香港《星島日報・兒童樂園》。

平浦

生平資料不詳。一九四〇年代後期有兒童文學作品刊於香港《星島日報・兒童樂園》。

阿佳

生平資料不詳。一九四〇年代後期有兒童文學作品刊於香港《星島日報・兒童樂園》。

麥　非（1916-2007）

原名麥春光。廣東台山人，父母都是旅美華僑。一九三八年畢業於廣州市立美術專科學校。抗戰後加入「漫畫宣傳隊」，任第三戰區《前線日報》美術編輯。曾經在皖南舉辦「麥非戰地畫展」。一九四五年在福建舉辦「麥非漫畫速寫展」。一九四六年到台灣，參與《台灣畫報》籌備，畫報停辦後，任《新生報》編輯，《公論報》及《中華日報》記者。一九四八年到香港，任《大公報》特約政治漫畫作家。一九四九年兼任《文匯報》美術主編。一九四〇年代後期有兒童文學作品刊於香港《大公報・兒童園地》。

《香港文學大系一九一九—一九四九》編輯委員會鳴謝
以下人士及單位，資助本計劃之研究及編纂經費：

李律仁先生

•

香港藝術發展局

香港藝術發展局
Hong Kong Arts Development Council

藝發局邀約計劃
香港藝術發展局全力支持藝術表達自由，
本計劃內容並不反映本局意見。

•

香港教育學院 中國文學文化研究中心

The Hong Kong Institute of Education
香港教育學院

中國文學文化研究中心